Brigitte Buch-Edition *Die Liebesromane*

Aus dem Englischen von
Grete Osterwald

DIE GESCHICHTE DER LIEBE

Nicole Krauss

Brigitte Buch-Edition *Die Liebesromane*

Brigitte Buch-Edition *Die Liebesromane*

Band 14

FÜR MEINE GROSSELTERN, DIE MICH DAS GEGENTEIL VON VERSCHWINDEN LEHRTEN

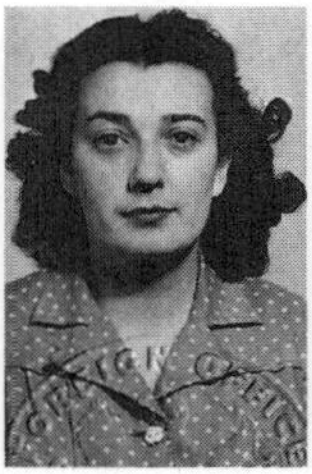

UND FÜR JONATHAN, MEIN LEBEN

DIE LETZTEN WÖRTER AUF ERDEN

Wenn sie meinen Nachruf schreiben. Morgen. Oder am Tag darauf. Wird es heißen: *LEO GURSKY HINTERLÄSST EINE WOHNUNG VOLLER SCHROTT.* Ich wundere mich, dass ich hier nicht längst lebendig begraben bin. Es ist nicht geräumig. Den Weg zwischen Bett und Klo, Klo und Küchentisch, Küchentisch und Wohnungstür muss ich mir freikämpfen. Vom Klo zur Wohnungstür, unmöglich, da muss ich über den Küchentisch. Ich stelle mir mein Bett gern als Homeplate vor, das Klo als First, den Küchentisch als Second, die Wohnungstür als Third Base: Klingelt es, während ich im Bett liege, muss ich um Klo und Küchentisch herum, ehe ich zur Tür gelange. Wenn es zufällig Bruno ist, lasse ich ihn wortlos ein und sprinte ins Bett zurück, das Gebrüll der unsichtbaren Menge in den Ohren.

Oft frage ich mich, wer der letzte Mensch sein wird, der mich lebendig sieht. Müsste ich wetten, würde ich auf den Jungen setzen, der das Fertigessen vom Chinesen bringt. Ich bestelle an vier von sieben Abenden. Wann immer er kommt, mache ich ein großes Trara um die Suche nach meiner Geldbörse. Er steht dann da, zwischen Tür und Angel, das fettige Päckchen in der Hand, während ich mich frage, ob dies der Abend ist, an dem ich meine

Frühlingsrolle aufessen, ins Bett klettern und im Schlaf einen Herzinfarkt bekommen werde.

Ich bemühe mich sehr darum, gesehen zu werden. Manchmal, wenn ich rausgehe, kaufe ich mir einen Saft, obwohl ich keinen Durst habe. Ist der Laden voll, bringe ich es sogar fertig, das Wechselgeld auf den Boden fallen zu lassen, dass Nickels und Dimes in alle Richtungen springen. Dann bücke ich mich runter auf die Knie. Es fällt mir sehr schwer hinzuknien, und noch schwerer, mich wieder aufzurichten. Und doch. Mag schon sein, dass ich dabei aussehe wie ein Narr. Oder ich gehe zu Athlete's Foot und sage: *Was für Turnschuhe haben Sie da?* Der Verkäufer sieht mich an, den armen *schmock,* als der ich ihm erscheine, und zeigt mir das einzige Paar Opa-Rockports, das sie führen, etwas in strahlendem Weiß. *Naa,* sage ich, *die habe ich schon,* dann gehe ich rüber zu den Reeboks, greife etwas heraus, was kaum noch aussieht wie ein Schuh, einen wasserdichten Booty beispielsweise, und frage nach Größe 41. Der Junge sieht mich wieder an, genauer. Lange sieht er mich an, und scharf. *Größe 41,* wiederhole ich, den netzbeschichteten Schuh fest im Griff. Kopfschüttelnd geht er nach hinten, sie aus dem Lager zu holen, und bis er wieder da ist, ziehe ich die Socken aus. Ich kremple die Hosenbeine hoch, blicke hinab auf meine Füße, diese hutzligen Dinger, und es verstreicht eine peinliche Minute, bis klar wird, ich warte, dass er mir die Booties anzieht. Kaufen tue ich nie. Alles, was ich will, ist, an meinem Todestag nicht ungesehen zu bleiben.

Vor ein paar Monaten sah ich eine Annonce in der Zeitung: NACKTMODELL FÜR ZEICHENKURS GESUCHT, $ 15 STD. Das klang zu schön, um wahr zu sein.

So viel gesehen zu werden. Von so vielen. Ich rief die Nummer an. Eine Frau sagte mir, ich solle nächste Woche Dienstag vorbeikommen. Ich wollte mich beschreiben, aber das interessierte sie nicht. *Egal,* sagte sie.

Die Tage vergingen langsam. Ich erzählte Bruno davon, aber er missverstand und meinte, ich hätte vor, einen Zeichenkurs zu machen, um nackte Mädchen zu sehen. Er wollte sich nicht korrigieren lassen. *Zeigen sie ihre Titten?,* fragte er. Ich zuckte die Achseln. *Und das da unten?*

Nachdem Mrs. Freid aus dem dritten Stock gestorben war und es drei Tage gedauert hatte, bis jemand sie fand, gewöhnten Bruno und ich uns an, nacheinander zu schauen. Wir fanden immer eine kleine Ausrede. *Mein Klopapier ist alle,* sagte ich etwa, wenn Bruno aufmachte. Ein Tag verging. Dann klopfte es bei mir. *Ich habe mein Fernsehprogramm verlegt,* erklärte er, und ich ging ihm meines holen, obwohl ich wusste, dass seines genau da auf seiner Couch lag, wo es immer lag. Einmal kam er sonntagnachmittags herunter. *Ich brauche eine Tasse Mehl,* sagte er. Es war taktlos, aber es rutschte mir so heraus: *Du kannst doch gar nicht kochen.* Betretenes Schweigen. Bruno sah mir in die Augen. *Hast du eine Ahnung,* sagte er, *ich backe einen Kuchen.*

Bei meiner Ankunft in Amerika kannte ich kaum jemanden, nur einen Vetter zweiten Grades, der Schlosser war, also arbeitete ich für ihn. Wäre er Schuster gewesen, wäre ich Schuster geworden; hätte er Scheiße geschaufelt, hätte ich mitgeschaufelt. Aber: Er war Schlosser. Er brachte mir das Handwerk bei, und es wurde mein Beruf. Wir hatten zusammen einen kleinen Betrieb, doch eines Tages erkrankte er an Tb, die Leber musste ihm herausgeschnitten werden, er bekam über 40 Grad Fieber und starb, also übernahm ich. Ich schickte seiner Frau die Hälfte vom Gewinn, auch später noch, als sie einen Doktor geheiratet hatte und nach Bay Side gezogen war. Ich blieb über fünfzig Jahre im Geschäft. Es ist nicht das, was ich mir gewünscht hätte. Und doch. Die Wahrheit ist, dass es mir lieb geworden ist. Ich verschaffte denen Einlass, die ausgeschlossen waren, während ich anderen auszuschließen half, was nicht eingelassen werden durfte, damit sie albtraumfrei schlafen konnten.

Dann, eines Tages, sah ich aus dem Fenster. Vielleicht in die Betrachtung des Himmels vertieft. Setz einen Toren ans Fenster, und es kommt ein Spinoza heraus. Der Nachmittag verging, Dunkelheit brach herein. Ich reckte mich nach der Strippe der Glühbirne, und plötzlich war es, als hätte mir ein Elefant aufs Herz getreten. Ich fiel auf die Knie. Ich dachte: Ewig habe ich nicht gelebt. Eine Minute verging. Noch eine Minute. Noch eine. Ich klammerte mich an den Fußboden, schleppte mich zum Telefon.

Fünfundzwanzig Prozent meines Herzmuskels starben ab. Es dauerte, bis ich mich erholt hatte, und ich nahm meine Arbeit nie wieder auf. Ein Jahr verging. Ich spürte die Zeit um ihrer selbst willen zerrinnen. Ich starrte aus dem Fenster. Sah den Herbst Winter, den Winter Frühling werden. An manchen Tagen kam Bruno herunter und setzte sich zu mir. Wir kennen uns von ganz früher, als wir kleine Jungen waren; wir sind zusammen in die Schule gegangen. Er war einer meiner engsten Freunde, mit dicker Brille, rötlichen Haaren, die er hasste, und überschnappender Stimme, wenn er sich aufregte. Ich wusste nicht, dass er noch lebte, aber dann ging ich eines Tages den East Broadway entlang und hörte diese Stimme. Ich drehte mich um. Mit dem Rücken zu mir stand er vor einem Lebensmittelladen und fragte nach dem Preis irgendeiner Frucht. Ich dachte: Du hast sie nicht mehr alle, was bist du nur für ein Träumer, wie wahrscheinlich ist das – dein Sandkastenfreund? Wie angewurzelt stand ich auf dem Bürgersteig. Er ist unter der Erde, sagte ich mir. Und du, du bist hier, in den Vereinigten Staaten von Amerika, da ist McDonald's, reiß dich zusammen. Ich wartete nur, um sicherzugehen. Sein Gesicht hätte ich nicht wiedererkannt. Aber: Sein Gang war unverkennbar. Er war schon fast an mir vorbei, da streckte ich den Arm aus. Ich wusste nicht mehr, was ich tat, vielleicht sah ich Gespenster, ich packte ihn am Ärmel. *Bruno,* sagte ich. Er blieb stehen und drehte sich um. Zuerst schien er erschrocken, dann verwirrt. *Bruno.* Er sah mich an, Tränen stiegen ihm in die Augen. Ich packte seine andere Hand, hielt einen Ärmel und eine Hand. Er fing an zu zittern. Strich mir über die Wange. Wir standen mitten auf dem Bürgersteig, Leute eilten vorbei, es war ein warmer Junitag. Sein Haar war dünn und weiß. Er ließ das Obst fallen. *Bruno.*

Ein paar Jahre später starb seine Frau. Es wurde ihm zu viel, ohne sie in der Wohnung zu leben, alles erinnerte ihn, und als im Stockwerk über mir etwas frei wurde, zog er ein. Oft sitzen wir zusammen an meinem Küchentisch. Den ganzen Nachmittag manchmal, ohne ein Wort zu sagen. Und wenn, sprechen wir nie Jiddisch. Die Wörter unserer Kindheit sind uns fremd geworden – wir konnten sie so nicht mehr benutzen, also wollten wir sie lieber gar nicht mehr benutzen. Das Leben verlangte eine neue Sprache.

Bruno, mein treuer alter Freund. Ich habe ihn nicht richtig beschrieben. Genügt es zu sagen, er sei unbeschreiblich? Nein. Lieber scheitern, als es gar nicht erst versuchen. Der weiche weiße Flaum, der deine Schädeldecke umspielt, wie eine halb abgeblasene Pusteblume. Oft war ich versucht, Bruno, auf deinen Kopf zu pusten und einen Wunsch zu tun. Nur ein letzter Rest Anstand hält mich davon ab. Aber vielleicht sollte ich mit deinem Wuchs anfangen, der sehr klein ist. An guten Tagen reichst du mir kaum bis an die Brust. Oder mit den Brillengläsern, die du aus einer Schachtel gefischt und zu deinen erklärt hast, riesige runde Dinger, die deine Augen weiten, als zeigten sie anhaltend 4,5 auf der Richterskala an. Das ist eine Frauenbrille, Bruno! Ich hatte nie den Mut, es dir zu sagen. Oft habe ich es versucht. Und noch etwas. In unserer Jugend warst du der bessere Schriftsteller. Ich war damals zu stolz, es dir zu sagen. Aber: Ich wusste es. Glaub mir, wenn ich sage, ich wusste es damals wie heute. Der Gedanke quält mich, es nie gesagt zu haben, auch der, was alles aus dir hätte werden können. Verzeih mir, Bruno. Mein ältester, mein bester Freund. Ich war nicht fair. Du bist mir ein so treuer Begleiter am Ende meines Lebens. Du, ausgerechnet du, der du die Wörter für das alles hättest finden können.

Einmal, vor langer Zeit, fand ich Bruno mitten im Wohnzimmer liegend, ein leeres Pillenfläschchen neben sich. Er hatte genug gehabt, wollte nur noch schlafen, in alle Ewigkeit. Auf seiner Brust klebte ein Zettel mit drei Wörtern: ADIEU, MEINE LIEBEN. Ich schrie auf. *NEIN, BRUNO, NEIN, NEIN, NEIN, NEIN, NEIN, NEIN, NEIN!* Ich schlug ihm ins Gesicht. Schließlich flatterten die Augenlider hoch. Sein Blick war stumpf und leer. *WACH*

AUF, DU DUMMKOPP!, rief ich. *HÖR MIR JETZT ZU: DU MUSST AUFWACHEN!* Seine Augen klappten wieder zu. Ich wählte die 911, holte eine Schüssel kaltes Wasser und schüttete es über ihn. Ich legte das Ohr an sein Herz. Weit entfernt ein schwaches Rauschen. Der Krankenwagen kam. In der Klinik wurde ihm der Magen ausgepumpt. *Warum haben Sie all die Pillen geschluckt?,* fragte der Doktor. Bruno, krank, erschöpft, schlug kühl die Augen auf. *WAS GLAUBEN SIE WOHL, WARUM ICH ALL DIE PILLEN GESCHLUCKT HABE?,* brüllte er. Die ganze Wachstation war still; alles glotzte. Bruno drehte sich stöhnend zur Wand. An diesem Abend brachte ich ihn ins Bett. *Bruno,* sagte ich. *Tut mir ja so leid,* sagte er. *So selbstsüchtig.* Ich seufzte und wandte mich zum Gehen. *Bleib bei mir!,* schrie er.

Wir sprachen nie mehr davon. Wie wir auch nie von unserer Kindheit sprachen, von den Träumen, die wir geteilt und verloren hatten, von allem, was geschehen und was nicht geschehen war. Einmal saßen wir schweigend zusammen. Plötzlich fing einer von uns an zu lachen. Es war ansteckend. Es gab keinen Grund, aber wir mussten kichern, und als Nächstes bogen wir uns auf den Stühlen und brüllten, *brüllten* vor Lachen, dass uns die Tränen über die Wangen strömten. Ein nasser Fleck erblühte in meinem Schoß, und wir lachten umso mehr, ich schlug mit den Fäusten auf den Tisch, rang nach Luft, dachte: Wenn ich abtrete, dann vielleicht so, in einem Lachanfall, was könnte besser sein, lachend und weinend, lachend und singend, lachend, um nicht zu vergessen, dass ich alleine bin, dass dies das Ende meines Lebens ist, dass draußen vor der Tür der Tod auf mich wartet.

Als ich ein Junge war, schrieb ich leidenschaftlich gern. Es war das Einzige, was ich in meinem Leben tun wollte. Ich erfand Personen und füllte Notizbücher mit Geschichten aus ihrem Leben. Ich schrieb über einen Jungen, der heranwuchs und so behaart wurde, dass die Leute Jagd auf sein Fell machten. Er musste sich auf Bäumen verstecken und verliebte sich in einen Vogel, der ihn für einen Dreihundert-Pfund-Gorilla hielt. Ich schrieb über siamesische Zwillingsmädchen, von denen eines sich in mich verliebte. Ich glaubte, die Sexszenen wären einzigartig. Und doch. Als ich älter wurde, beschloss ich, ein wirklicher Schriftsteller zu werden. Ich versuchte, über wirkliche Dinge zu schreiben. Ich wollte die Welt beschreiben, weil es zu einsam war, in einer unbeschriebenen Welt zu leben. Ich schrieb drei Bücher, bevor ich einundzwanzig war, wer weiß, was mit ihnen geschehen ist. Das erste handelte von Slonim, der Stadt, in der ich lebte, wo mal Polen und mal Russland war. Für das Frontispiz zeichnete ich einen Plan, in den ich Häuser und Läden eintrug, hier war Kipnis, der Schlachter, und hier Grodzenski, der Schneider, hier lebte Fischl Schapiro, der entweder ein großer *zaddik* oder ein Idiot war, das wusste niemand so genau, und hier der Platz und das Feld, wo wir spielten, und hier die Stelle, wo der Fluss breiter, und hier die, wo er enger wurde, hier begann der Wald, und hier stand der Baum, an dem Beyla Asch sich aufhängte, und hier und hier. Und doch. Als ich es der einzigen Person in Slonim gab, an deren Meinung mir etwas lag, zuckte sie nur die Achseln und sagte, sie hätte es lieber, wenn ich mir Sachen ausdächte. Also schrieb ich ein zweites Buch und dachte mir alles aus. Ich füllte es mit Menschen, denen

Flügel, und Bäumen, deren Wurzeln in den Himmel wuchsen, mit Leuten, die ihren eigenen Namen vergaßen, und Leuten, die nichts vergessen konnten; sogar eigene Wörter dachte ich mir aus. Als ich fertig war, rannte ich den ganzen Weg zu ihrem Haus. Ich stürmte durch die Tür, die Treppe hinauf, und überreichte es der einzigen Person in Slonim, an deren Meinung mir etwas lag. An die Wand gelehnt, beobachtete ich ihr Gesicht, während sie las. Draußen wurde es dunkel, aber sie las weiter. Stunden vergingen. Ich rutschte auf den Boden. Sie las und las. Als sie fertig war, blickte sie auf. Lange gab sie keinen Ton von sich. Dann sagte sie, ich solle vielleicht nicht *alles* erfinden, das mache es schwer, auch nur *etwas* zu glauben.

Andere hätten vielleicht aufgegeben. Ich fing von vorne an. Diesmal schrieb ich nicht über wirkliche Dinge und nicht über erfundene. Ich schrieb über das Einzige, was ich wusste. Die Seiten häuften sich. Auch nachdem die einzige Person, an deren Meinung mir etwas lag, ein Schiff nach Amerika genommen hatte, fuhr ich fort, Seiten mit ihrem Namen zu füllen.

Nachdem sie weg war, brach die Welt zusammen. Kein Jude war mehr sicher. Es gab Gerüchte über unfassbare Dinge, und weil wir sie nicht fassen konnten, glaubten wir sie nicht, bis wir keine Wahl mehr hatten und es zu spät war. Ich arbeitete in Minsk, verlor aber meine Stelle und kehrte nach Slonim zurück. Die Deutschen stießen nach Osten vor. Sie kamen näher und näher. An dem Morgen, als wir die Panzer heranrollen hörten, sagte mir meine Mutter, ich solle mich im Wald verstecken. Ich wollte meinen jüngsten Bruder mitnehmen, er war erst dreizehn, aber sie sagte, sie kümmere sich selbst um ihn. Warum habe ich gehorcht? Weil es einfacher war? Ich rannte in den Wald. Legte mich still auf den Boden. In der Ferne bellten Hunde. Stunden vergingen. Und dann die Schüsse. So viele Schüsse. Aus irgendeinem Grund schrien sie nicht. Vielleicht konnte ich ihre Schreie auch nicht hören. Danach nur Stille. Mein Körper war taub, ich erinnere mich, ich schmeckte Blut im Mund. Ich weiß nicht, wie viel Zeit verging. Tage. Ich bin nicht zurückgekehrt. Als ich wieder aufstand, hatte ich alles abgeworfen, was in mir je geglaubt hatte, ich würde Wörter noch für die geringste Lebensregung finden.

Und doch.

Ein paar Monate nach meinem Herzinfarkt, siebenundfünfzig Jahre nachdem ich es aufgegeben hatte, fing ich wieder an zu schreiben. Nur für mich allein, nicht für sonst jemanden, das war der Unterschied. Es kam nicht darauf an, ob ich die Wörter fand; ja mehr noch, ich wusste, es würde unmöglich sein, die richtigen zu finden. Und weil ich akzeptierte, dass das, was ich einst für möglich gehalten hatte, in Wirklichkeit unmöglich war, und weil ich wusste, ich würde niemandem je ein Wort davon zeigen, schrieb ich einen Satz:

Es war einmal ein Junge.

So blieb er stehen, starrte tagelang aus dem ansonsten leeren Blatt hervor. In der folgenden Woche fügte ich einen hinzu. Bald war die ganze Seite voll. Es machte mich glücklich, so als spräche ich laut mit mir selbst, wie ich es manchmal tue.

Einmal sagte ich zu Bruno: *Rate, was glaubst du, wie viele Seiten ich schon habe?*

Keine Ahnung, sagte er.

Schreib eine Zahl auf, sagte ich, *und schieb sie über den Tisch.* Er zuckte die Achseln und zog einen Stift aus der Tasche. Mein Gesicht erforschend, dachte er eine oder zwei Minuten nach. Er beugte sich über die Serviette, kritzelte eine Zahl hin und drehte sie um. Ich schrieb die wirkliche Zahl, 301, auf meine eigene Serviette. Wir schoben beide über den Tisch. Ich hob Brunos hoch. Aus Gründen, die ich mir nicht erklären kann, hatte er 200000 geschrieben. Er nahm meine Serviette, drehte sie um und machte ein langes Gesicht.

Zuweilen glaubte ich, die letzte Seite meines Buches und die letzte meines Lebens wären ein und dasselbe, das Ende meines Buches würde auch mein Ende sein, ein Windsturm würde durch mein Zimmer fahren und die Seiten wegfegen, und wenn die Luft wieder rein wäre von all den flatternden weißen Blättern, würde es still sein im Raum und der Stuhl, auf dem ich eben noch gesessen hatte, leer.

Jeden Morgen schrieb ich ein wenig mehr. 301 Seiten, das ist keine Kleinigkeit. Hin und wieder, wenn ich fertig war, ging ich ins Kino. Für mich ist das immer eine große Sache. Vielleicht kaufe ich mir eine Tüte Popcorn, die ich gegebenenfalls – wenn Zuschauer in der Nähe sind – verschütte. Ich sitze gern vorne, am liebsten so, dass die Leinwand meinen ganzen Blick ausfüllt, damit nichts mich ablenken kann von diesem Moment. Und dann wünsche ich mir, der Moment möge ewig dauern. Ich kann gar nicht sagen, wie glücklich es mich macht, ihn da oben zu betrachten, in überdimensionalem Großformat. *Größer als das Leben,* würde ich sagen, wenn ich diesen Ausdruck je verstanden hätte. Was ist schon größer als das Leben? In der ersten Reihe zu sitzen und oben, eine Etage höher, einem schönen Mädchen ins Gesicht zu sehen, während die Vibration ihrer Stimme einem die Beine massiert, erinnert an die Größe des Lebens. Also sitze ich in der ersten Reihe. Wenn ich mit steifem Hals und nickendem Ständer herauskomme, ist es ein guter Platz gewesen. Ich bin kein geiler alter Mann. Ich bin ein Mann, der so groß sein wollte wie das Leben.

Es gibt Abschnitte in meinem Buch, die weiß ich auswendig, ich trage sie im Herzen.

Im Herzen, das sage ich nicht leicht dahin.

Mein Herz ist schwach und unzuverlässig. Wenn ich sterbe, wird es wegen des Herzens sein. Ich versuche, es so wenig wie möglich zu belasten. Wenn etwas Folgenschweres droht, lenke ich es woandershin. In meine Eingeweide beispielsweise, oder meine Lunge, die sich dann vorübergehend aufpumpen mag, mir aber nie den nächsten Atemzug versagt hat. Komme ich an einem Spiegel vorbei und erhasche einen Blick auf mich selbst oder warte auf den Bus, und hinter mir stehen ein paar Gören, die sagen: «Wer riecht hier scheiße?» – die kleinen, alltäglichen Erniedrigungen –, stecke ich solche Dinge, allgemein gesprochen, mit der Leber weg. Andere Schläge gehen woandershin. Die Bauchspeicheldrüse behalte ich all dem vor, was mich an Verlusten trifft. Es ist wahr, davon gibt es reichlich, dabei ist das Organ so klein. Aber: Man kann nur staunen, was es alles schafft; ein kurzer scharfer Schmerz, schon ist es vorbei. Manchmal stelle ich mir meine eigene Autopsie vor. Enttäuschung über mich selbst: rechte Niere. Enttäuschung anderer über mich: linke Niere. Persönliche Misserfolge: *kischkeß.* Das sollte sich nicht so anhören, als hätte ich eine Wissenschaft daraus gemacht. So gut ist es nicht durchdacht. Ich nehme es, wie es kommt. Mir fallen nur bestimmte Muster auf. Wenn die Uhren vorgestellt werden und es dunkelt, bevor ich dazu bereit bin, spüre ich das, warum, kann ich nicht erklären, in den Handgelenken. Und wenn ich mit steifen Fingern aufwache, habe ich höchstwahrscheinlich von meiner Kindheit geträumt. Von dem Feld, auf dem wir spielten, dem Feld, wo alles entdeckt wurde und alles möglich war. (Wir rannten so schnell, dass wir glaubten, Blut spucken zu müssen: So klingt für mich die Kindheit, keuchender Atem und über harte Erde schrappende Schuhe.) Steife Finger sind mein Traum von der Kindheit, so wie sie mir am Ende meines Lebens erscheint. Ich muss die Finger unter fließend heißes Wasser halten, dass es dampft und der Spiegel beschlägt, dazu draußen das Rascheln von Tauben. Gestern sah ich einen Mann einen Hund treten, das traf mich hinter den Augen. Ich weiß nicht, wie ich es nennen soll, einen Ort vor Tränen? Der Schmerz des Vergessens: die Wirbelsäule. Der Schmerz des Erinnerns: die Wirbelsäule. Immer wenn mir plötzlich bewusst wird, dass meine Eltern tot sind – selbst heute noch überrascht es mich, auf der Welt zu sein, während das, woraus ich entstanden bin, aufgehört hat zu existieren –: meine Knie. Es kostet eine halbe Tube Ben-Gay und einen Riesenaufwand, sie wieder anzuwinkeln. Alles hat seine Zeit, und jedes Mal, wenn ich aufwache, um mich einen Augenblick dem falschen Glauben hinzugeben, es schlafe jemand neben mir: eine Hämorrhoide. Einsamkeit: So viel verkraftet kein einzelnes Organ.

Jeden Morgen ein wenig mehr.

Es war einmal ein Junge. Er lebte in einem Dorf, das nicht mehr existiert, in einem Haus, das nicht mehr existiert, am Rande eines Feldes, das nicht mehr existiert, wo alles entdeckt wurde und alles möglich war. Ein Stock konnte ein Schwert sein. Ein Kieselstein ein Diamant. Ein Baum ein Schloss.

Es war einmal ein Junge, der lebte in einem Haus jenseits des Feldes, gegenüber von einem Mädchen, das nicht mehr existiert. Sie dachten sich tausend Spiele aus. Sie war die Königin und er der König. Im Herbstlicht schimmerte ihr Haar wie eine Krone. Sie sammelten die Welt, eine kleine Hand voll um die andere. Wenn es dunkelte, trennten sie sich mit Blättern in den Haaren.

Es war einmal ein Junge, der liebte ein Mädchen, und ihr Lachen war eine Frage, mit deren Beantwortung er sein ganzes Leben verbringen wollte. Als sie zehn waren, fragte er sie, ob sie ihn heiraten würde. Als sie elf waren, küsste er sie zum ersten Mal. Als sie dreizehn waren, bekamen sie Streit und redeten drei Wochen nicht miteinander. Als sie fünfzehn waren, zeigte sie ihm die Narbe auf ihrer linken Brust. Ihre Liebe war ein Geheimnis, das sie niemandem erzählten. Er versprach ihr, solange er lebte, würde er nie ein anderes Mädchen lieben. *Was, wenn ich sterbe?,* fragte sie. *Auch dann,* sagte er. Zu ihrem sechzehnten Geburtstag schenkte er ihr ein englisches Wörterbuch, und sie lernten zusammen die Wörter. *Was ist das?,* fragte er, während er mit dem Zeigefinger um ihren Knöchel fuhr, und sie schlug es nach. *Und das?,* fragte er, indem er ihren Ellbogen küsste. *Elbow! Was ist denn das für ein Wort?,* und dann leckte er ihn ab und brachte sie zum Kichern. *Was ist damit?,* fragte er und berührte die weiche Haut hinter ihrem Ohr. *Ich weiß nicht,* sagte sie, machte die Taschenlampe aus und rollte sich mit einem Seufzer auf den Rücken. Als sie siebzehn waren, liebten sie sich zum ersten Mal, auf einem Bett aus Stroh in einem Stall. Später – als Dinge geschahen, die sie sich niemals hätten vorstellen können – schrieb sie ihm einen Brief, in dem stand: *Wann wirst du begreifen, dass es nicht für alles Wörter gibt?*

Es war einmal ein Junge, der liebte ein Mädchen, dessen Vater schlau genug war, alle Zloty, die er besaß, zusammenzukratzen und seine jüngste Tochter nach Amerika zu schicken. Zuerst wollte sie nicht gehen, aber auch der Junge wusste genug, um darauf zu drängen, und schwor ihr bei seinem Leben, er würde Geld verdienen und einen Weg finden, ihr zu folgen. Also ging sie. Er bekam Arbeit in der nächsten Stadt, als Hausmeister in einem Krankenhaus. Nachts blieb er auf und schrieb an seinem Buch. Er schickte ihr einen Brief, in den er in winziger Handschrift elf Kapitel seines Buches übertrug. Obwohl er sich nicht einmal sicher war, ob die Post ankommen würde. Er sparte so viel Geld wie möglich. Eines Tages wurde er entlassen. Niemand sagte ihm, warum. Er kehrte nach Hause zurück. Im Sommer 1941 stießen die Einsatzgruppen tiefer nach Osten vor und töteten Hunderttausende von Juden. An einem strahlend heißen Julitag zogen sie in Slonim ein. Zu dieser Stunde lag der Junge auf dem Rücken im Wald und dachte an das Mädchen. Man könnte sagen, es war seine Liebe zu ihr, die ihn gerettet hat. In den folgenden Jahren wurde der Junge ein Mann, der sich unsichtbar machte. So entrann er dem Tod.

Es war einmal ein Mann, der, unsichtbar geworden, in Amerika ankam. Er hatte sich dreieinhalb Jahre lang versteckt, meist auf Bäumen, aber auch in Spalten, Kellern, Löchern. Dann war es vorbei. Die russischen Panzer rollten ein. Sechs Monate lebte er in einem Vertriebenenlager. Er bekam Verbindung zu seinem Cousin, der in Amerika Schlosser war. Im Kopf übte er wieder und wieder die wenigen Wörter, die er auf Englisch wusste. *Knee. Elbow. Ear.* Schließlich kamen seine Papiere. Er nahm einen Zug zu einem Schiff, und eine Woche später landete er im Hafen von New York. Es war ein kühler Novembertag. Zusammengefaltet in seiner Hand die Adresse des Mädchens. In dieser Nacht lag er wach auf dem Boden im Zimmer seines Cousins. Die Heizung zischte und klopfte, doch er war dankbar für die Wärme. Morgens erklärte ihm der Cousin dreimal, wie er mit der Subway nach Brooklyn kam. Er kaufte einen Strauß Rosen, aber sie ließen die Köpfe hängen, weil er sich verirrte, obwohl ihm sein Cousin den Weg dreimal erklärt hatte. Schließlich fand er den Ort. Erst als sein Finger die Klingel drückte, kam ihm der Gedanke, dass er vielleicht hätte anrufen sollen. Sie öffnete die Tür. Sie trug ein blaues Kopftuch über dem Haar. Durch die Wand der Nachbarn konnte er die Rundfunkübertragung eines Ballspiels hören.

Es war einmal vor langer Zeit, da stieg die Frau, die damals noch ein Mädchen war, auf ein Schiff nach Amerika und erbrach während der ganzen Fahrt, nicht, weil sie seekrank, sondern weil sie schwanger war. Als sie das herausfand, schrieb sie dem Jungen. Jeden Tag wartete sie auf einen Brief von ihm, aber keiner kam. Sie wurde dicker und dicker. Sie versuchte es zu verbergen, damit sie ihre Arbeit in der Kleiderfabrik nicht verlor. Ein paar Wochen vor der Geburt des Babys erhielt sie

Nachricht von jemandem, der gehört hatte, in Polen würden Juden umgebracht. *Wo?,* fragte sie, aber niemand wusste, wo. Sie ging nicht mehr zur Arbeit. Sie konnte sich nicht überwinden aufzustehen. Nach einer Woche kam der Sohn ihres Chefs sie besuchen. Er brachte ihr etwas zu essen und stellte einen Blumenstrauß in eine Vase neben ihrem Bett. Als er merkte, dass sie schwanger war, rief er eine Hebamme. Ein kleiner Junge wurde geboren. Eines Tages setzte sich das Mädchen im Bett auf und sah den Sohn ihres Chefs das Baby in einem Sonnenstrahl wiegen. Ein paar Monate später willigte sie ein, ihn zu heiraten. Zwei Jahre später bekam sie noch ein Kind.

Der Mann, der unsichtbar geworden war, stand in ihrem Wohnzimmer und hörte sich das alles an. Er war fünfundzwanzig Jahre alt. Er hatte sich so verändert, seit er sie das letzte Mal gesehen hatte, und jetzt wollte etwas in ihm ein hartes, kaltes Lachen lachen. Sie gab ihm ein kleines Foto von dem Jungen, der inzwischen fünf war. Ihre Hand zitterte. Sie sagte: *Du hast nicht mehr geschrieben. Ich dachte, du wärst tot.* Er blickte auf das Foto von dem Jungen, der heranwachsen und aussehen würde wie er und der, obwohl der Mann es noch nicht wusste, aufs College gehen, sich verlieben und, von der Liebe verlassen, ein berühmter Schriftsteller werden würde. *Wie heißt er?,* fragte er. Sie sagte: *Ich habe ihn Isaac genannt.* Lange standen sie schweigend da, während er auf das Bild starrte. Schließlich brachte er drei Wörter heraus: *Komm mit mir.* Von der Straße drang Kindergeschrei herauf. Sie kniff die Augen fest zusammen. *Komm mit mir,* sagte er und streckte ihr die Hand entgegen. Tränen rollten ihr übers Gesicht.

Dreimal fragte er sie. Sie schüttelte den Kopf. *Ich kann nicht,* sagte sie. Sie senkte den Blick zu Boden. *Bitte,* sagte sie. Also tat er das Schwerste, was er je in seinem Leben getan hatte: Er nahm seinen Hut und ging.

Und wenn der Mann, der einmal ein Junge gewesen war und versprochen hatte, er werde sich, solange er lebe, nie in ein anderes Mädchen verlieben, sein Versprechen hielt, so nicht, weil er standhaft oder gar treu gewesen wäre. Er konnte einfach nicht anders. Und nachdem er sich dreieinhalb Jahre versteckt hatte, schien es nicht undenkbar, auch seine Liebe zu einem Sohn zu verstecken, der nicht wusste, dass es ihn gab. Zumindest nicht, wenn die einzige Frau, die er je lieben würde, es von ihm verlangte. Und letztlich, was bedeutet es schon für einen Mann, der ohnehin gänzlich verschwunden ist, noch etwas zu verbergen?

Am Abend bevor ich für den Zeichenkurs Modell stehen sollte, war ich nervös und aufgeregt. Ich knöpfte mein Hemd auf und zog es aus. Dann schnallte ich die Hose auf und zog sie aus. Mein Unterhemd. Die Unterhose. Mit Socken an den Füßen stand ich vor dem Spiegel im Flur. Ich hörte Kindergeschrei vom Spielplatz auf der anderen Straßenseite. Die Strippe der Glühbirne hing über mir, aber ich zog nicht daran. Ich stand da und betrachtete mich im schwindenden Licht. Ich habe mich nie für gut aussehend gehalten.

Meine Mutter und meine Tanten hatten mir als Kind immer gesagt, wenn ich größer sei, würde ich ein hübscher Junge werden. Es war mir damals schon klar, dass ich keinen sehenswerten Anblick bot, aber ich glaubte, ein gewisses Maß an Schönheit würde sich eines Tages schon einstellen. Ich weiß nicht, was ich mir ausmalte: dass meine Ohren, die in einem unwürdigen Winkel abstanden, sich anlegen, dass mein Kopf ihnen irgendwie entgegenwachsen würde? Dass mein Haar, ungefähr so borstig wie eine Klobürste, sich mit der Zeit von selber glätten und im Licht glänzen würde? Dass sich mein so wenig versprechendes Gesicht – schwer hängende Froschlider, dazu schmale Lippen – in etwas nicht Beklagenswertes verwandeln würde? Jahrelang wachte ich morgens auf und ging hoffnungsvoll zum Spiegel. Auch als ich dafür schon zu alt war, hoffte ich noch. Das Älterwerden brachte keine Besserung. Wenn überhaupt, ging es bergab, als ich in die Pubertät kam und das Nette, Reizende, das alle Kinder haben, mich im Stich ließ. Zur Zeit meiner Bar-Mizwa wurde ich von einer Akneplage heimgesucht, die vier Jahre dauerte. Aber ich hoffte noch immer. Kaum wich die Akne, wich auch mein Haaransatz, als suche er Abstand von den peinlichen Gesichtszügen. Meine Ohren, geschmeichelt durch die neue Aufmerksamkeit, die sie nun genossen, schienen weiter ins Rampenlicht zu drängen. Die Augenlider wurden schlaff – einiges an Muskelspannung ging in den Kampf der Ohren –, und die Brauen begannen ein Eigenleben zu führen, indem sie vorübergehend alles erreichten, was man ihnen wünschen konnte, bald aber urwüchsig jeglichen Wunsch übertrafen. Jahrelang hoffte ich weiter, dass die Dinge sich anders entwickeln würden, aber ich schaute nicht mehr in den Spiegel, und wenn, hielt ich das, was ich sah, für alles andere als das, was es war. Mit der Zeit dachte ich immer weniger daran. Dann fast gar nicht mehr. Und doch. Schon möglich, dass irgendetwas in mir die Hoffnung nie ganz aufgegeben hat – dass es sogar heute noch Momente gibt, in denen ich vor dem Spiegel stehe, meinen schrumpeligen *pischer* in der Hand, und glaube, mit meiner Schönheit, das wird schon noch werden.

Am Morgen vor dem Zeichenkurs, dem 19. September, wachte ich aufgeregt auf. Ich zog mich an und aß meinen Müsli-Frühstücksriegel, dann ging ich aufs Klo und harrte erwartungsvoll aus. Eine halbe Stunde nichts, aber mein Optimismus ließ nicht nach. Dann produzierte ich ein paar Kötelchen. Hoffnungsvoll wartete ich auf mehr. Es ist nicht unmöglich, dass ich auf dem Klo sitzend sterben werde, die Hosenbeine um die Knöchel. Schließlich verbringe ich so viel Zeit dort, und all das wirft eine Frage auf, nämlich: Wer wird der Erste sein, der mich tot sieht?

Ich wusch mich mit dem Schwamm und zog mich an. Der Tag schleppte sich dahin. Als ich so lange gewartet hatte, wie es ging, nahm ich einen Bus quer durch die Stadt. Die Zeitungsanzeige steckte quadratisch gefaltet in meiner Tasche, und ich holte sie mehrmals heraus, um mir die Adresse anzusehen, obwohl ich sie auswendig wusste. Ich brauchte eine Weile, um das Gebäude zu finden. Zuerst glaubte ich an einen Irrtum. Ich lief dreimal daran vorbei, bis mir klar wurde, dass es dieses sein musste. Ein altes Lagerhaus. Die Eingangstür war verrostet und wurde durch einen Pappkarton offen gehalten. Einen Moment lang erlaubte ich mir die Vorstellung, ich sei dorthin gelockt worden, um ausgeraubt und umgebracht zu werden. Ich sah meine Leiche in einer Blutlache auf dem Boden.

Der Himmel hatte sich verdüstert, es fing an zu regnen. Ich war dankbar für den Wind und die Tropfen auf meinem Gesicht, weil ich dachte, mir bliebe nicht mehr lange Zeit zu leben. Ich stand da, unfähig, vorwärts, unfähig, zurück zu gehen. Schließlich hörte ich von drinnen Gelächter. Siehst du, du bist lächerlich, dachte ich. Ich griff nach der Klinke, doch im selben Moment schwang die Tür auf. Ein Mädchen in einem zu großen Pullover kam heraus. Sie schob die Ärmel hoch. Ihre Arme waren dünn und blass. *Brauchen Sie Hilfe?,* fragte sie. Ihr Pullover hatte kleine Löcher. Er reichte ihr bis zu den Knien, und darunter trug sie einen Rock. Ihre Beine waren nackt, trotz der Kälte. *Ich suche einen Zeichenkurs. Da war eine Annonce in der Zeitung, vielleicht bin ich hier falsch* – ich kramte in meiner Manteltasche nach der Anzeige. Sie deutete nach oben. *Erster Stock, der Raum rechts. Aber es fängt erst in einer Stunde an.* Ich sah an dem Gebäude hinauf. *Ich dachte, vielleicht verlaufe ich mich, darum bin ich früher hergekommen.* Sie zitterte. Ich zog meinen Regenmantel aus. *Hier, nehmen Sie den. Sie werden noch krank.* Sie zuckte die Achseln, machte aber keine Anstalten zuzugreifen. Ich hielt so lange den Arm ausgestreckt, bis klar war, dass sie es nicht tun würde.

Es blieb nichts zu sagen. Da waren Treppen, und ich ging hoch. Mir klopfte das Herz. Ich erwog umzukehren: an dem Mädchen vorbei, die vermüllte Straße hinunter und durch die Stadt zu meiner Wohnung, wo es genug zu tun gab. Was war ich doch für ein Narr, zu glauben, sie würden sich nicht abwenden, wenn ich mein Hemd auszog, die Hose herunterließ und nackt vor ihnen stand? Zu glauben, sie würden meine von Krampfadern durchzogenen Beine betrachten, meine haarigen, hängenden *knejdlach* – und dann was? Anfangen zu zeichnen? Und doch. Ich kehrte nicht um.

Ich hielt mich am Geländer fest und stieg die Treppe hoch. Ich hörte den Regen auf dem Oberlicht. Schmutzige Helligkeit drang hindurch. Am Treppenabsatz ging ein Flur ab. Links ein Raum, wo ein Mann an einer großen Leinwand malte. Der Raum rechts war leer, bis auf einen mit einer Bahn schwarzen Samtes bedeckten Kasten und einen lockeren Kreis von Klappstühlen und Staffeleien drum herum. Ich ging hinein, setzte mich und wartete.

Nach einer halben Stunde kamen die ersten Leute. Eine Frau fragte mich, wer ich sei. *Ich bin wegen der Anzeige hier,* sagte ich. *Ich habe angerufen und mit jemand gesprochen.* Zu meiner Erleichterung schien sie zu verstehen. Sie zeigte mir, wo ich mich ausziehen konnte, eine Ecke, in der behelfsmäßig ein Vorhang angebracht war. Ich stand da, und sie zog ihn um mich zu. Ich hörte, wie ihre Schritte sich entfernten, und stand weiter da. Eine Minute verging, dann zog ich meine Schuhe aus. Ich stellte sie ordentlich nebeneinander. Ich zog meine Socken aus und steckte sie in die Schuhe. Ich knöpfte mein Hemd auf und zog es aus; es gab einen Haken, also hängte ich es daran. Ich hörte Stühle kratzen und dann Gelächter. Plötzlich lag mir nichts mehr daran, gesehen zu werden. Gern hätte ich meine Schuhe geschnappt, wäre aus dem Zimmer geschlichen, die Treppe hinunter und weg von hier. Und doch. Ich öffnete den Reißverschluss meiner Hose. Dann kam mir ein Gedanke: Was hieß «nackt» eigentlich genau?

Meinten sie wirklich ohne Unterwäsche? Ich überlegte. Was, wenn sie Unterwäsche erwarteten, und ich kam mit meinen schlenkernden Ihr-wisst-schon-was heraus? Ich griff nach der Anzeige in meiner Hosentasche. NACKTMODELL stand da. Sei nicht blöd, sagte ich mir. Das sind keine Amateure. Die Unterhose hing schon um die Knie, als die Schritte der Frau zurückkehrten. *Kommen Sie klar da drin?* Jemand öffnete ein Fenster, und ein Auto spritzte durch den Regen. *Ja, ja, ich bin gleich so weit.* Ich sah nach unten. Ein kleiner Schmierfleck. Meine Gedärme. Sie hören nie auf, mich zu erschrecken. Ich stieg aus meiner Unterhose und knüllte sie zu einem Ball.

Ich dachte: Vielleicht bin ich am Ende doch hierher gekommen, um zu sterben. Stimmte es nicht, dass ich das Lagerhaus noch nie gesehen hatte? Vielleicht waren die hier das, was man Engel nennt. Natürlich, das Mädchen von draußen, wie hatte mir das entgehen können, sie war so blass gewesen. Ich stand reglos da. Fing an zu frieren. Ich dachte: So ist es, wenn der Tod dich holt. Nackt in einem verlassenen Lagerhaus. Morgen würde Bruno herunterkommen, an meine Tür klopfen, und niemand würde antworten. Verzeih mir, Bruno! Ich hätte gern adieu gesagt. Tut mir leid, dass ich dich mit den wenigen Seiten enttäuscht habe. Dann dachte ich: Mein Buch. Wer würde es finden? Würde es weggeworfen werden, zusammen mit meinen anderen Sachen? Obwohl ich glaubte, ich hätte es für mich selbst geschrieben, wünschte ich mir doch eigentlich, dass es jemand las.

Ich schloss die Augen und atmete tief ein. Wer würde meinen Körper waschen? Wer würde in Trauer das *Kaddisch* für mich sprechen? Ich dachte: Die Hände meiner Mutter. Ich zog den Vorhang auf. Das Herz schlug mir bis zum Hals. Ich trat hinaus. Ins Licht blinzelnd, stand ich vor ihnen.

Ich war nie ehrgeizig gewesen.

Ich weinte zu leicht.

Ich war kein Kopfmensch.

Oft fehlten mir die Worte.

Während andere beteten, bewegte ich nur die Lippen.

Bitte.

Die Frau, die mir gezeigt hatte, wo ich mich umziehen konnte, deutete auf den in Samt gehüllten Kasten.

Stellen Sie sich dorthin.

Ich ging über den Fußboden. Es waren etwa zwölf Leute, die auf den Stühlen saßen, mit Zeichenstiften in der Hand. Das Mädchen im langen Pullover war dabei.

Wie es Ihnen am bequemsten ist.

Ich wusste nicht, wohin ich mich wenden sollte. Sie saßen im Kreis, irgendjemand musste sich mit meiner Hinteransicht abfinden, egal, wie ich mich drehte. Ich beschloss, so stehen zu bleiben. Ich ließ die Arme an den Seiten herabhängen und fixierte einen Punkt am Boden. Sie hoben ihre Stifte.

Nichts geschah. Dafür spürte ich den Plüsch unter meinen Fußsohlen, spürte die Armhaare sich aufrichten, die Finger schwer werden wie zehn kleine, nach unten ziehende Gewichte. Spürte meinen Körper unter zehn Augenpaaren erwachen. Ich hob den Kopf.

Versuchen Sie stillzuhalten, sagte die Frau.

Ich starrte auf einen Riss im Betonboden. Hörte, wie die Stifte sich über das Papier bewegten. Ich wollte lächeln. Mein Körper fing schon an zu rebellieren, die Knie begannen zu zittern und die Rückenmuskeln wehzutun. Aber: Es kümmerte mich nicht. Wenn nötig, würde ich den ganzen Tag hier stehen. Fünfzehn, zwanzig Minuten vergingen. Dann sagte die Frau: *Ich schlage vor, wir machen eine kurze Pause und setzen dann mit einer anderen Pose fort.*

Ich saß. Ich stand. Ich drehte mich um die eigene Achse, sodass diejenigen, die meine Hinteransicht noch nicht kannten, sie jetzt kennen lernten. Seiten wurden umgeblättert. So ging es wer weiß wie lange weiter. Einmal glaubte ich, ohnmächtig zu werden. Ich kreiste zwischen Fühlen und Benommenheit, Fühlen und Benommenheit. Meine Augen tränten vor Schmerz.

Irgendwie bekam ich meine Kleider wieder an. Ich fand meine Unterhose nicht und war zu müde zum Suchen. Ans Geländer geklammert, schaffte ich es die Treppe hinunter. Die Frau lief mir nach, sagte: *Warten Sie, Sie haben die fünfzehn Dollar vergessen.* Ich nahm das Geld, und als ich es in die Tasche stecken wollte, fühlte ich dort das Knäuel der Unterhose. *Danke.* Das kam von Herzen. Ich war erschöpft. Aber glücklich.

Ich möchte irgendwo festhalten: Ich habe versucht, nicht nachtragend zu sein. Und doch. Es gab Zeiten in meinem Leben, ganze Jahre, da hat die Wut mich untergekriegt. Hässlich kehrte ich mein Innerstes nach außen. In der Verbitterung fand ich eine gewisse Genugtuung. Ich machte ihr den Hof. Sie stand draußen, und ich lud sie ein. Ich blickte finster auf die Welt. Und finster blickte die Welt zurück. Erstarrt im Banne wechselseitigen Abscheus. Ich knallte den Leuten die Tür vor der Nase zu. Ich furzte, wann immer ich dazu Lust hatte. Ich beschuldigte Kassiererinnen, mich um einen Penny zu betrügen, während ich den Penny in der Hand hielt. Und dann, eines Tages, wurde mir bewusst, dass ich auf dem besten Weg war, einer von diesen Tauben vergiftenden *schmocks* zu werden. Die Leute wechselten die Straßenseite, wenn sie mir begegneten. Ich war ein menschliches Krebsgeschwür. Aber um ehrlich zu sein: Ich war nicht wirklich wütend. Nicht mehr. Ich hatte meine Wut vor langer Zeit irgendwo vergessen. Hatte sie auf einer Parkbank abgelegt und war weggegangen. Und doch. Es war so lange so gewesen, und ich wusste nicht, wie ich mich anders verhalten sollte. Eines Tages wachte ich auf und sagte mir: *Es ist nicht zu spät.* Die ersten Tage waren seltsam. Ich musste das Lächeln vor dem Spiegel üben. Aber es kam wieder. Es war, als wäre eine Last von mir genommen. Ich ließ los, und etwas ließ mich los. Ein paar Monate später fand ich Bruno.

Als ich vom Zeichenkurs nach Hause kam, hing ein Zettel von Bruno an der Tür: *WOO BIST DU?* Ich war zu müde, die Treppe hinaufzusteigen, um ihm Bescheid zu sagen. Drinnen war es dunkel, und ich zog die Strippe der Glühbirne im Flur. Ich sah mich im Spiegel. Mein Haar, oder was davon übrig war, stand hinten ab wie ein Wellenkamm. Mein Gesicht wirkte verschrumpelt wie etwas, was zu lange draußen im Regen war.

Ich fiel angezogen ins Bett, noch immer ohne Unterhose. Es war nach Mitternacht, als das Telefon klingelte. Ich erwachte aus einem Traum, in dem ich meinem Bruder Josef gezeigt hatte, wie man im hohen Bogen pinkelt. Manchmal habe ich Albträume. Das hier war keiner. Wir waren im Wald, froren uns in der Kälte den Hintern ab. Es dampfte aus dem Schnee. Josef drehte sich zu mir um, lächelnd. Ein schönes Kind, blond mit grauen Augen. Grau wie das Meer an einem sonnenlosen Tag, oder wie der Elefant, den ich in der Stadt auf dem Platz gesehen hatte, als ich in Josefs Alter war. Klar und deutlich hatte er da gestanden, im staubigen Sonnenlicht. Später konnte sich niemand erinnern, ihn gesehen zu haben, und weil unmöglich zu verstehen war, wie ein Elefant nach Slonim gekommen sein sollte, glaubte mir niemand. Aber ich habe ihn gesehen.

In der Ferne ertönte eine Sirene. Mein Bruder machte gerade den Mund auf, um etwas zu sagen, da riss der Traum ab, und ich erwachte im stockdunklen Schlafzimmer, während der Regen an die Scheibe platschte. Das Telefon klingelte weiter. Bruno, zweifelsohne. Ich wäre nicht drangegangen, wenn ich nicht befürchtet hätte, er würde die Polizei rufen. Warum klopfte er nicht einfach mit dem Spazierstock an die Heizung wie sonst immer? Dreimal klopfen bedeutet LEBST DU NOCH?, zweimal bedeutet JA, einmal NEIN. Wir machen das nur nachts, tagsüber gibt es zu viele andere Geräusche, und narrensicher ist es sowieso nicht, da Bruno gewöhnlich mit dem Walkman auf den Ohren einschläft.

Ich schlug die Decke zurück und stolperte, gegen ein Tischbein stoßend, zum Telefon. *HALLO?*, rief ich in den Hörer, aber die Leitung war tot. Ich legte auf, ging in die Küche und nahm ein Glas oben aus dem Schrank. Das Wasser gluckerte in der Leitung und spritzte im Schwall heraus. Ich nahm einen Zug, dann fiel mir meine Pflanze ein. Ich habe sie schon fast zehn Jahre. Sie ist kaum noch am Leben, aber immerhin. Eher braun als grün. Viel Verdorrtes dran. Dennoch überlebt sie, immer nach links geneigt. Auch wenn ich sie so herumdrehe, dass die Sonnenseite nicht mehr die Sonnenseite ist, neigt sie sich weiter stur nach links, entscheidet sich gegen das physische Bedürfnis und für den kreativen Akt. Ich schüttete den Rest meines Wassers in ihren Topf. Überhaupt, was heißt schon *blühen?*

Im nächsten Augenblick klingelte das Telefon wieder. *Schon gut, schon gut,* sagte ich, während ich den Hörer abnahm. *Brauchst nicht das ganze Haus zu wecken.* Schweigen am anderen Ende. Ich sagte: *Bruno?*

Spreche ich mit Mr. Leopold Gursky?

Ich nahm an, jemand wolle mir etwas verkaufen. Sie rufen immer an, um etwas zu verkaufen. Einmal sagten sie, ich solle einen Scheck über 99 Dollar schicken, dann sei ich in der Vorauswahl für eine Kreditkarte, und ich sagte: Prima, klar, und wenn ich mich unter eine Taube stelle, bin ich in der Vorauswahl für eine Ladung Scheiße.

Aber der Mann sagte, er wolle nichts verkaufen. Er habe sich aus seinem Haus ausgeschlossen. Er habe sich von der Auskunft die Nummer eines Schlüsseldienstes geben lassen. Ich erklärte ihm, ich sei im Ruhestand. Der Mann machte eine Pause. Offenbar konnte er sein Pech nicht fassen. Er hatte schon drei andere Nummern angerufen und niemanden erreicht. *Es schüttet hier draußen,* sagte er.

Können Sie nicht irgendwo anders übernachten? Morgens ist es leicht, einen Schlosser zu bekommen. Davon gibt es jede Menge.

Nein, sagte er.

Na schön, ich meine, wenn es zu viel verlangt ist – fing er wieder an und hielt dann inne, darauf wartend, dass ich etwas sagte. Ich tat es nicht. *Also dann.* Ich hörte seiner Stimme die Enttäuschung an. *Entschuldigen Sie die Störung.*

Trotzdem legte er nicht auf, er nicht und ich auch nicht.

Ich war voller Schuldgefühle. Ich dachte: Was brauche ich den Schlaf? Dafür ist noch Zeit genug. Morgen. Oder am Tag darauf.

Schon gut, schon gut, sagte ich, obwohl ich es nicht sagen wollte. Ich würde mein Werkzeug ausgraben müssen. Ebenso gut konnte ich eine Stecknadel im Heuhaufen suchen oder einen Juden in Polen. *Augenblick mal, ich hole einen Stift.*

Er gab mir eine Adresse ganz im Norden der Stadt. Erst nachdem ich aufgelegt hatte, fiel mir ein, dass ich um diese Zeit ewig auf einen Bus warten müsste. In der Küchenschublade lag die Karte des Goldstar Car Service, nicht, dass ich je dort anriefe. Aber: Man weiß nie. Ich bestellte ein Taxi und fing an, den Wandschrank im Flur nach meinem Werkzeugkasten zu durchwühlen. Statt seiner fand ich den Kasten mit den alten Brillen. Wer weiß, woher ich sie habe. Wahrscheinlich hat sie jemand auf der Straße verkauft, zusammen mit ein paar Geschirrstücken und einer Puppe ohne Kopf. Gelegentlich probiere ich welche aus. Einmal habe ich mir mit einer Damen-Lesebrille auf der Nase ein Omelett zubereitet. Es war ein Mammutomelett, beim bloßen Anblick wurde mir bang. Ich fischte eine Brille aus dem Kasten. Die Gläser waren viereckig und fleischfarben getönt, einen guten Zentimeter dick. Ich setzte sie auf. Der Boden unter mir sackte ab, und als ich versuchte, einen Schritt zu tun, kam er ruckartig wieder hoch. Ich torkelte zum Spiegel. Um etwas Schärfe zu gewinnen, ging ich ganz nahe heran, aber ich hatte mich verrechnet und bumste an die Scheibe. Es klingelte. Immer dasselbe, alle kommen, wenn dir die Hose um die Knöchel hängt. *Augenblick, ich bin gleich unten,* brüllte ich in die

Sprechanlage. Als ich die Brille abnahm, stand der Werkzeugkasten genau vor meiner Nase. Ich fuhr mit der Hand über den ramponierten Deckel. Dann schnappte ich meinen Regenmantel, der auf dem Boden lag, strich mir das Haar im Spiegel glatt und ging. Brunos Zettel hing noch an der Tür. Ich knüllte ihn in meine Tasche.

Eine schwarze Limousine stand auf der Straße, durch das Licht der Scheinwerfer strich Regen. Ansonsten weit und breit nur ein paar leere Autos, entlang der Bordsteinkante geparkt. Ich wollte schon ins Haus zurück, aber der Fahrer der Limousine ließ das Fenster herunter und rief meinen Namen. Er trug einen purpurroten Turban. Ich trat ans Fenster. *Das muss ein Irrtum sein,* sagte ich. *Ich habe ein Taxi bestellt.*

Okay, sagte er.

Aber das ist eine Limousine, betonte ich.

Okay, wiederholte er, indem er mich hereinwinkte.

Extras kann ich nicht bezahlen.

Der Turban nickte. *Steigen Sie ein, bevor Sie klitschnass sind.*

Ich duckte mich ins Innere. Da waren Ledersitze und auf dem Sideboard zwei Kristallflaschen. Es war geräumiger als gedacht. Die sanfte exotische Musik von vorne und der gemessene Takt der Scheibenwischer erreichten mich kaum. Der Fahrer lenkte die Schnauze des Vehikels auf die Straße, und wir fuhren in die Nacht hinaus. Die Ampeln bluteten in Pfützen. Ich öffnete eine Kristallflasche, aber sie war leer. Es gab ein kleines Glas mit Pfefferminz, und ich füllte meine Taschen. Als ich nach unten blickte, stand mein Latz offen.

Ich richtete mich auf und räusperte mich.

Meine Damen und Herren, ich will mich kurz fassen, Sie waren alle so geduldig. Offen gestanden stehe ich unter Schock, wirklich, ich glaube, ich muss mich mal kneifen. Eine Ehre, von der ich nur träumen konnte, der Goldstar-Preis für mein Lebenswerk, ich bin tatsächlich sprachlos ... Ist es wirklich wahr? Und doch. Ja. Sieht alles danach aus. Ein Lebenswerk.

Wir fuhren durch die Stadt. Ich bin all diese Viertel schon abgelaufen, meine Arbeit führte mich in die hintersten Winkel der Stadt. Man kannte mich sogar in Brooklyn, ich ging überallhin. Schlösser knacken für die Chassidim. Schlösser für die *schwartzers.* Manchmal ging ich sogar aus Spaß los, verbrachte einfach den ganzen Sonntag mit Spazierengehen. Einmal, es ist Jahre her, fand ich mich vor dem Botanischen Garten wieder und ging hinein, um mir die Kirschbäume anzusehen. Ich kaufte ein paar Cracker Jacks und schaute zu, wie die Goldfische dick und faul in ihrem Teich schwammen. Eine Hochzeitsgesellschaft machte Fotos unter einem Baum, der mit seinen weißen Blüten allein in einen Schneesturm geraten zu sein schien. Schließlich landete ich beim Tropenhaus. Drinnen war eine andere Welt, feucht und warm, als sei der Atem Liebender dort eingefangen. Mit dem Finger schrieb ich LEO GURSKY an die Scheibe.

Die Limousine hielt. Ich hob den Kopf ans Fenster. *Welches?* Der Fahrer deutete auf ein Stadthaus. Ein schönes Haus, mit einer Treppe zur Tür hinauf und in Stein gemeißeltem Blattwerk. *Siebzehn Dollar,* sagte der Fahrer. Ich tastete in meiner Tasche nach der Geldbörse. Nichts. Andere Seite. Brunos Zettel, die Unterhose vom Vormittag, aber keine Geldbörse. Beide Manteltaschen, nichts, nichts. Ich musste sie in der Eile zu Hause vergessen haben. Dann fiel mir das Honorar vom Zeichenkurs ein. Ich wühlte mich durch Pfefferminz, den Zettel und die Unterhose und fischte es heraus. *Tut mir leid,* sagte ich. *Wie unangenehm. Ich habe nur fünfzehn dabei.* Zugegeben, ich trennte mich nur widerstrebend von den Scheinen, schwer verdient war nicht das richtige Wort, eher etwas anderes, in Richtung bittersüß. Doch nach einer kurzen Pause nickte der Turban, und das Geld war akzeptiert.

Der Mann stand unter dem Türbogen. Natürlich hatte er mich nicht in einer Limousine erwartet, und ich tauchte daraus auf wie der Schlosser aller Stars. Ich war beschämt, wollte erklären: *Glauben Sie mir, ich würde mich nie für was Besseres halten.* Aber es schüttete unvermindert, und ich dachte, sicher braucht er mich dringender als irgendeine Erklärung, wie ich hergekommen bin. Sein Haar war ganz platt geregnet. Er bedankte sich dreimal für meine Freundlichkeit. *Nicht der Rede wert,* sagte ich. Und doch. Ich wusste, fast wäre ich nicht gekommen.

Es war ein tückisches Schloss. Der Mann stand über mich gebeugt, hielt mir die Taschenlampe. Regen lief mir über den Rücken. Ich spürte, wie viel davon abhing, dass ich dieses Schloss aufbekam. Minuten vergingen. Ich probierte. Nichts. Probierte wieder. Nichts. Dann, endlich, schlug mein Herz höher. Ich drehte den Knauf, und die Tür sprang auf.

Triefend standen wir im Flur. Er zog seine Schuhe aus, also zog ich meine aus. Er dankte mir noch einmal, dann ging er sich trockene Sachen anziehen und mir ein Taxi bestellen. Ich versuchte zu protestieren, sagte, ich könne den Bus nehmen oder ein Gelbes auf der Straße anhalten, aber davon wollte er nichts hören, was denn, bei dem Regen. Er ließ mich im Wohnzimmer zurück. Ich spazierte ins Esszimmer hinüber, und von dort erblickte ich einen Raum voller Bücher. Ich hatte noch nie so viele Bücher an einem Ort gesehen, der keine Bibliothek war. Ich ging hinein.

Ich lese auch gern. Einmal im Monat gehe ich zur nächsten Zweigstelle. Ich nehme mir einen Roman mit und für Bruno mit seinem grauen Star eine Hörkassette. Zuerst war er skeptisch. *Was soll ich denn damit?,* sagte er und starrte den Schuber von *Anna Karenina* an, als hätte ich ihm eine Klistierspritze in die Hand gedrückt. Und doch. Einen oder zwei Tage später war ich mit irgendetwas zugange, als von oben eine Stimme so laut brüllte: *ALLE GLÜCKLICHEN FAMILIEN SIND EINANDER ÄHNLICH,* dass ich fast einen Anfall bekam. Danach hörte er bei voller Lautstärke, was immer ich ihm mitbrachte, und gab es mir dann kommentarlos zurück. Eines Nachmittags kam ich mit *Ulysses* aus der Bücherei. Am nächsten Morgen saß ich auf dem Klo, als von oben *STATTLICH UND FEIST ERSCHIEN BUCK MULLIGAN* ertönte. Einen ganzen Monat hörte er das ununterbrochen. Er gewöhnte sich an, die Stopptaste zu drücken und zurückzuspulen, wenn er etwas nicht genau verstanden hatte. *UNERWEICHLICHE MODALITÄT DES SICHTBAREN: ZUM MINDESTEN DIES.* Pause, Spulen. *UNAUSWEICHLICHE MODALITÄT DES.* Pause, Spulen. *UNAUSWEICHLICHE MODALITÄT.* Pause. *UNAUSWEICH.* Als die Rückgabe fällig wurde, wollte er verlängern. Aber da hatte ich es satt mit seinem ewigen Stopp und Start, also ging ich zu The Wiz und kaufte ihm einen Sony Sportsman, und jetzt schleppt er ihn an den Gürtel geklemmt mit sich herum. Wahrscheinlich liebt er einfach den Klang des irischen Akzents.

Ich beschäftigte mich, indem ich mich in den Regalen des Mannes umtat. Aus Gewohnheit sah ich nach, ob etwas von meinem Sohn Isaac dabei war. Tatsächlich. Und nicht nur eins, sondern vier Bücher. Ich fuhr mit dem Finger die Rücken entlang. Bei *Glashäuser* hielt ich inne und nahm es aus dem Regal. Ein schönes Buch. Erzählungen. Ich habe sie wer weiß wie oft gelesen. Da ist eine – die Titelgeschichte. Meine Lieblingsgeschichte, was nicht heißen soll, dass ich sie nicht alle liebe. Aber diese steht allein da. Nicht allein, sondern für sich. Sie ist kurz, aber jedes Mal, wenn ich sie lese, muss ich weinen. Es geht um einen Engel, der in der Ludlow Street wohnt. Nicht weit von mir, gleich jenseits der Delancey. Er lebt dort schon so lange, dass er sich nicht erinnern kann, warum Gott ihn auf die Erde versetzt hat. Jede Nacht spricht er laut zu Ihm, und jeden Tag wartet er auf ein Wort von Ihm. Zum Zeitvertreib geht er durch die Stadt. Am Anfang hat er noch die Gewohnheit, alles zu bewundern. Er legt sich eine Sammlung Kieselsteine zu. Bringt sich höhere Mathematik bei. Und doch. Mit jedem Tag, der vergeht, blendet ihn die Schönheit der Welt etwas weniger. Nachts liegt der Engel wach und lauscht den Schritten der Witwe, die über ihm wohnt, und jeden Morgen geht er auf der Treppe an dem alten Mann vorbei, Mr. Grossmark, der seine Tage damit zubringt, sich, *Wer ist da?* murmelnd, treppauf, treppab zu schleppen. Soviel der Engel weiß, ist das alles, was er jemals sagt, bis auf das eine Mal, als er sich bei der Begegnung auf der Treppe unversehens zu ihm umdreht und sagt: *Wer bin ich?,* was den Engel, der nie spricht und mit dem nie gesprochen wird, so entsetzt, dass er nichts sagt, nicht einmal: *Du bist Grossmark, der Mensch.* Je mehr Traurigkeit er sieht, umso mehr wendet sich sein Herz gegen Gott. Er fängt an, nachts durch die Straßen zu streunen, bleibt bei jedem stehen, der aussieht, als brauche er sein Ohr. Was er da für Sachen hört – es wird ihm zu viel. Er kann es nicht begreifen. Wenn er Gott fragt, warum Er ihn so nutzlos gemacht habe, bricht seine Engelsstimme, so sehr ringt er mit Tränen des Zorns. Schließlich hört er ganz auf, mit Gott zu reden. Eines Nachts trifft er unter einer Brücke einen Mann. Sie teilen den Wodka, den der Mann in einer braunen Tüte hat. Und weil der Engel betrunken ist, weil er einsam ist und wütend auf Gott und weil er, ohne es auch nur zu wissen, das unter Menschen übliche Bedürfnis empfindet, sich jemandem anzuvertrauen, erzählt er dem Mann die Wahrheit: dass er ein Engel sei. Der Mann glaubt ihm nicht, aber er besteht darauf. Der Mann fragt, ob er es beweisen könne, und so hebt der Engel trotz der Kälte sein Hemd und zeigt ihm den vollkommenen Kreis auf seiner Brust, der das Engelszeichen ist. Aber dem Mann, der von Engelszeichen keine Ahnung hat, bedeutet das nichts, und so sagt er: *Zeig mir etwas, was Gott machen kann,* worauf der Engel, naiv wie alle Engel, auf den Mann deutet. Und weil der glaubt, der Engel lüge, boxt er ihm in den Magen, sodass er rückwärts vom Steg taumelt und in den schwarzen Fluss fällt. Wo er ertrinkt, denn eins hat es mit den Engeln auf sich: Sie können nicht schwimmen.

Allein in dem Raum voller Bücher, hielt ich das Buch meines Sohnes in der Hand. Es war mitten in der Nacht. Nach Mitternacht. Ich dachte: Armer Bruno. Inzwischen hat er sicher schon im Leichenschauhaus angerufen, um sich zu erkundigen, ob nicht zufällig ein alter Mann abgeliefert worden sei, in dessen Geldbörse sich eine Karteikarte mit dem Vermerk befinde: ICH HEISSE LEO GURSKY ICH HABE KEINE FAMILIE BITTE DEN PINELAWN-FRIEDHOF VERSTÄNDIGEN ICH HABE EINE GRABSTELLE IM JÜDISCHEN TEIL VIELEN DANK FÜR IHRE BEMÜHUNGEN.

Ich drehte das Buch meines Sohnes auf die Rückseite, um sein Foto anzusehen. Einmal haben wir uns getroffen. Nicht getroffen, aber von Angesicht zu Angesicht gestanden. Es war bei einer Lesung im 92nd Street Y. Ich hatte die Karte vier Monate im Voraus gekauft. Oft in meinem Leben hatte ich mir unser Treffen vorgestellt. Ich als sein Vater, er als mein Sohn. Trotzdem, ich wusste, es würde nie geschehen, nicht so, wie ich wollte. Ich hatte akzeptiert, dass ich mir höchstens einen Platz im Publikum erhoffen konnte. Aber während der Lesung überkam es mich. Danach fand ich mich in der Schlange wieder, mit zitternden Händen, als ich ihm den Papierschnipsel, auf den ich meinen Namen geschrieben hatte, in seine drückte. Er sah kurz hin und übertrug ihn in mein Buch. Ich wollte etwas sagen, aber es kam kein Ton heraus. Er lächelte und bedankte sich. Und doch. Ich rührte mich nicht. *Ist noch etwas?,* fragte er. Ich fuchtelte mit den Händen. Die Frau hinter mir warf mir einen ungeduldigen Blick zu und drängelte, um ihn zu begrüßen. Ich fuchtelte wie verrückt. Was sollte er machen? Er signierte das Buch der Frau. Es war unangenehm, für alle. Meine Hände tanzten weiter. Die Schlange musste um mich herum. Hin und wieder sah er verstört zu mir auf. Einmal lächelte er mich an wie einen Idioten. Aber meine Hände kämpften darum, ihm alles zu erzählen. Jedenfalls so gut sie konnten, bis ein Aufpasser mich fest am Ellbogen packte und mich vor die Tür begleitete.

Es war Winter. Dicke weiße Flocken fielen unter den Straßenlaternen zu Boden. Ich wartete auf meinen Sohn, aber er kam nie. Vielleicht gab es eine Hintertür, ich weiß es nicht. Ich nahm den Bus nach Hause. Ging durch meine schneebedeckte Straße. Aus Gewohnheit drehte ich mich um und prüfte, ob meine Fußstapfen zu sehen waren. An der Haustür angelangt, suchte ich meinen Namen auf dem Klingelschild. Und weil ich wusste, dass ich manchmal Dinge sehe, die nicht da sind, rief ich nach dem Abendessen die Auskunft an und fragte, ob ich eingetragen sei. Ehe ich an diesem Abend schlafen ging, schlug ich das Buch auf, das ich auf mein Nachttischchen gelegt hatte. FÜR LEON GURSKY stand da.

Ich hielt das Buch noch in der Hand, als der Mann, dem ich die Tür aufgeschlossen hatte, hinter mir auftauchte. *Kennen Sie das?,* fragte er. Ich ließ es fallen. Es landete mit einem dumpfen Knall vor meinen Füßen, das Gesicht meines Sohnes zuoberst. Ich wusste nicht mehr, was ich tat. Ich versuchte zu erklären. *Ich bin sein Vater,* sagte ich. Vielleicht auch: *Er ist mein Sohn.* Was auch immer, die Botschaft kam an, denn der Mann schien erst schockiert, dann erstaunt und sah mich schließlich an, als glaube er mir nicht. Was ich gut verstand, wer war ich denn, erst in einer Limousine vorzufahren, dann ein Schloss zu knacken und am Ende zu behaupten, der Erzeuger eines berühmten Schriftstellers zu sein.

Plötzlich war ich müde, so müde wie seit Jahren nicht. Ich beugte mich vor, hob das Buch auf und stellte es ins

Regal zurück. Der Mann sah mich noch immer an, aber da hupte draußen das Taxi, und das war ein Glück, denn für diesen Tag hatte ich genug vom Angesehenwerden. *Gut,* sagte ich, schon auf dem Weg zur Haustür, *dann gehe ich wohl mal.* Der Mann nahm sein Portemonnaie, zog einen Hundertdollarschein heraus und gab ihn mir. *Sein Vater?,* fragte er. Ich steckte das Geld ein und revanchierte mich mit einem Pfefferminz. Ich zwängte meine Füße in die nassen Schuhe. *Nicht wirklich sein Vater,* sagte ich. Und weil mir sonst nichts einfiel, sagte ich: *Eher wie sein Onkel.* Das schien ihn restlos zu verwirren, aber vorsichtshalber fügte ich hinzu: *Nicht richtig sein Onkel.* Er zog die Augenbrauen hoch. Ich nahm meinen Werkzeugkasten und trat in den Regen hinaus. Er versuchte sich noch einmal für mein Kommen zu bedanken, aber ich war schon auf halber Treppe. Ich stieg ins Auto. Er stand noch immer in der Tür und sah hinaus. Zum Beweis, dass ich wirklich von der Rolle war, winkte ich ihm mit geballter Faust.

Es war drei Uhr morgens, als ich nach Hause kam. Ich kletterte ins Bett. Ich war erschöpft. Aber ich konnte nicht schlafen. Ich lag auf dem Rücken, lauschte dem Regen und dachte an mein Buch. Ich hatte ihm nie einen Titel gegeben, denn was braucht ein Buch einen Titel, wenn keiner es lesen wird.

Ich stand auf und ging in die Küche. Ich bewahre mein Manuskript in einer Schachtel im Backofen auf. Ich nahm es heraus, legte es auf den Küchentisch und zog ein Blatt Papier in die Schreibmaschine ein. Lange saß ich vor der leeren Seite. Mit zwei Fingern suchte ich einen Titel:

LACHEND & WEINEND

Ich überlegte ein paar Minuten. Es war nicht das Richtige. Ich fügte ein Wort hinzu.

LACHEND & WEINEND & SCHREIBEND

Dann noch eins:

LACHEND & WEINEND & SCHREIBEND & WARTEND

Ich knüllte das Blatt zu einem Ball und ließ es zu Boden fallen. Ich setzte den Wasserkessel auf. Draußen hatte es aufgehört zu regnen. Eine Taube gurrte auf dem Fenstersims. Sie plusterte sich auf, trippelte hin und her und flog eine Runde. Frei wie ein Vogel sozusagen. Ich gab ein neues Blatt in die Maschine und tippte:

WÖRTER FÜR ALLES

Bevor ich meine Meinung erneut ändern konnte, zog ich es heraus, legte es oben auf den Stapel und klappte den Deckel der Schachtel zu. Ich fand ein Stück braunes Papier und packte sie ein. Vorne drauf schrieb ich die Adresse meines Sohnes, die ich auswendig weiß.

Ich wartete, dass etwas geschah, aber es tat sich nichts. Kein Windsturm, der alles wegfegte. Kein Herzinfarkt. Kein Engel an der Tür.

Es war fünf Uhr morgens. Es würde noch Stunden dauern, bis die Post aufmachte. Um mir die Zeit zu vertreiben, zog ich den Diaprojektor unter dem Sofa hervor. Das tue ich nur zu besonderen Anlässen, sagen wir, an meinem Geburtstag. Ich lege dem Projektor einen Schuhkarton unter, stöpsele ihn ein und knipse den Schalter an. Ein dunstiger Lichtstrahl erhellt die Wand. Das Dia hebe ich in einem Glas im Küchenregal auf. Ich puste, lege es ein, drücke auf Weiter. Das Bild rückt ins Blickfeld. Es zeigt ein Haus mit einer gelben Tür am Rand eines Feldes. Der Herbst geht zur Neige. Zwischen den schwarzen Ästen färbt sich der Himmel orange, dann dunkelblau. Aus dem Schornstein steigt der Rauch von Holzfeuer, und durchs Fenster sehe ich fast meine Mutter, über einen Tisch gebeugt. Ich renne auf das Haus zu. Spüre den kalten Wind auf meinen Wangen. Ich strecke die Hand aus. Und weil ich lauter Traumbilder im Kopf habe, glaube ich einen Moment, ich könnte die Tür aufmachen und einfach hindurchgehen.

Draußen wurde es schon hell. Vor meinen Augen verblasste das Haus meiner Kindheit allmählich zu nichts. Ich schaltete den Projektor ab, aß einen Müsliriegel und ging aufs Klo. Als ich erledigt hatte, was zu erledigen war, wusch ich mich mit dem Schwamm und kramte im Schrank nach meinem Anzug. Ich fand die Galoschen, die ich gesucht hatte, und ein altes Radio. Schließlich, zerknittert am Boden, den Anzug, einen weißen Sommeranzug, ganz passabel, wenn man über den bräunlichen Flecken vorn hinwegsah. Ich zog mich an. Spuckte in die Handfläche und bändigte mein Haar. In voller Montur saß ich da, das braune Päckchen auf dem Schoß. Wieder und wieder prüfte ich die Adresse. Um 8.45 Uhr zog ich meinen Regenmantel an und klemmte das Päckchen unter den Arm. Im Flur sah ich mich ein letztes Mal im Spiegel an. Dann ging ich zur Tür und in den Morgen hinaus.

DIE TRAURIGKEIT MEINER MUTTER

1 *Ich heiße Alma Singer*

Als ich geboren wurde, nannte meine Mutter mich nach jedem Mädchen in dem Buch *Die Geschichte der Liebe,* das mein Vater ihr geschenkt hatte. Meinen Bruder nannte sie Emanuel Chaim, nach dem jüdischen Historiker Emanuel Ringelblum, der im Warschauer Ghetto Milchkannen voller Zeitzeugnisse begrub, und dem jüdischen Cellisten Emanuel Feuermann, einem der großen musikalischen Wunderkinder des zwanzigsten Jahrhunderts, und auch nach dem genialen jüdischen Schriftsteller Isaak Emmanuilowitsch Babel sowie nach ihrem Onkel Chaim, der ein Witzbold war, ein richtiger Clown, der jedermann dazu brachte, sich kaputtzulachen, und durch die Nazis starb. Aber mein Bruder weigerte sich, darauf zu hören. Wenn Leute ihn fragten, wie er heiße, dachte er sich etwas aus. Er machte fünfzehn oder zwanzig Namen durch. Einen Monat lang sprach er von sich in der dritten Person als Mr. Fruit. An seinem sechsten Geburtstag sprang er mit Anlauf aus einem Fenster im ersten Stock und versuchte zu fliegen. Er brach sich den Arm und holte sich eine bleibende Narbe an der Stirn. Von da an wurde er nur noch Bird genannt.

2 *Was ich nicht bin*

Es gibt ein Spiel, das mein Bruder und ich oft miteinander spielten. Ich zeigte auf einen Stuhl. «DAS IST KEIN STUHL», sagte ich. Bird zeigte auf den Tisch. «DAS IST KEIN TISCH.» – «DAS IST KEINE WAND», sagte ich. «DAS IST KEINE DECKE.» So ging es weiter. «DRAUSSEN REGNET ES NICHT.» – «MEIN SCHNÜRSENKEL IST NICHT OFFEN!», kreischte Bird. Ich deutete auf meinen Ellbogen. «DAS IST KEINE SCHRAMME.» Bird hob sein Knie. «DAS IST AUCH KEINE!» – «DAS IST KEIN KESSEL!» – «KEINE TASSE!» – «KEIN LÖFFEL!» – «DIE TELLER SIND NICHT SCHMUTZIG!» Wir sprachen ganzen Räumen, Jahren, Wetterlagen die Existenz ab. Einmal, auf dem Höhepunkt unseres Geschreis, holte Bird tief Luft. Aus voller Kehle schrie er: «ICH! BIN NICHT! MEIN! GANZES! LEBEN! UNGLÜCKLICH! GEWESEN!» – «Aber du bist doch erst sieben», sagte ich.

3 *Mein Bruder glaubt an Gott*

Vor drei Jahren, als er neuneinhalb war, fand er einen kleinen roten Band mit dem Titel *Das Buch jüdischen Denkens,* gewidmet unserem Vater, David Singer, anlässlich seiner Bar-Mizwa. Es enthielt eine Sammlung jüdischer Gedanken mit Kapitelüberschriften wie «Jeder Israelit hält die Ehre seines ganzen Volkes in den Händen», «Unter den Romanows» oder «Unsterblichkeit». Kurz nachdem Bird es gefunden hatte, begann er, eine *kippa* aus schwarzem Samt zu tragen, die er überallhin aufsetzte, ohne sich darum zu kümmern, dass sie ihm nicht richtig passte und hinten eine Beule schlug, mit der er aussah wie ein Depp. Außerdem schloss er sich Mr. Goldstein an, dem Hausmeister der Hebräischen Schule, der in drei Sprachen vor sich hin murmelte und dessen Hände mehr Staub hinterließen, als sie wegwischten. Es gab Gerüchte, Mr. Goldstein schlafe nur eine Stunde pro Nacht im Keller der *schul,* er sei in einem Arbeitslager in Sibirien gewesen, sein Herz sei schwach, ein lautes Geräusch könne ihn töten und Schnee bringe ihn zum Weinen. Bird fühlte sich zu ihm hingezogen. Er folgte ihm auf Schritt und Tritt, sobald die Hebräische Schule aus war und Mr. Goldstein zwischen den Stuhlreihen saugte, die Toiletten putzte oder Flüche von der Tafel rieb. Es war auch Mr. Goldsteins Pflicht, die Gebetbücher, die alten *siddurim,* wenn sie zerfetzt oder zerfleddert waren, zu entsorgen, und eines Nachmittags, unter den Augen zweier Krähen, die groß wie Hunde von den Bäumen spähten, schob er eine ganze Schubkarre voll hinaus, über Steine und Baumwurzeln rumpelnd hinter die Synagoge, grub ein Loch, sprach ein Gebet und begrub sie. «Darf man nicht so wegwerfen», erklärte er Bird. «Nicht mit Gottes Namen drauf. Müssen ordentlich begraben werden.»

In der folgenden Woche begann Bird, die vier hebräischen Buchstaben des Namens, den niemand aussprechen und niemand wegwerfen darf, auf die Blätter seiner Hausaufgaben zu schreiben. Ein paar Tage später öffnete ich den Wäschekorb und fand ihn mit wasserfestem Marker auf die Etiketten seiner Unterwäsche geschrieben. Er schrieb ihn mit Kreide über unsere Haustür, kritzelte ihn quer über sein Klassenfoto, an die Wand im Badezimmer, und bevor es ein Ende nahm, schnitzte er ihn mit meinem Schweizer Armeemesser so hoch er konnte in den Baum vor unserem Haus.

Vielleicht deswegen, vielleicht aber auch wegen seiner Gewohnheit, sich den Arm vors Gesicht zu halten und in der Nase zu bohren, als merkten die Leute nicht, was er da tat, oder weil er manchmal seltsame Videospiel-Geräusche von sich gab – jedenfalls stellten die paar Freunde, die er gehabt hatte, in diesem Jahr ihre Besuche ein und kamen nicht mehr zum Spielen vorbei.

Jeden Morgen wacht er früh auf, um draußen nach Jerusalem gewandt zu *davnen.* Wenn ich ihn vom Fenster aus beobachte, bereue ich, ihm die Aussprache der hebräischen Buchstaben beigebracht zu haben, als er erst fünf war. Es macht mich traurig, weil ich weiß, dass es so nicht weitergeht.

4 *Mein Vater starb, als ich sieben war*

Was ich erinnere, sind Bruchstücke. Seine Ohren. Die verschrumpelte Haut an seinen Ellbogen. Die Geschichten, die er mir von seiner Kindheit in Israel erzählte. Wie er in seinem Lieblingssessel saß und Musik hörte und wie gern er sang. Er sprach Hebräisch mit mir, und ich nannte ihn *Abba.* Ich habe fast alles vergessen, aber manchmal fallen mir Wörter wieder ein, *kum-kum, schemesch, chol, jam, ejtz, nischika, motek,* ihre Bedeutung abgerieben wie die Motive auf alten Münzen. Meine Mutter, die Engländerin ist, hatte ihn im Sommer, ehe sie in Oxford zu studieren anfing, während eines Arbeitsaufenthalts in einem Kibbuz bei Ashdod kennen gelernt. Er war zehn Jahre älter als sie. Er war beim Militär gewesen und danach durch Südamerika gereist. Dann ging er wieder zur Schule und wurde Ingenieur. Er zeltete gern und hatte immer einen Schlafsack und zwei Kanister Wasser im Kofferraum, und wenn nötig, konnte er mit einem Flintstein Feuer machen. Er holte meine Mutter freitagabends ab, während die anderen Kibbuzniks auf Decken im Gras lagen, Hunde streichelten und schwatzten. Er fuhr mit ihr zum Toten Meer, auf dem sie seltsam schräge trieben.

5 *Das Tote Meer ist der tiefste Punkt auf Erden*

6 *Keine zwei Menschen sahen einander so unähnlich wie meine Mutter und mein Vater*

Als der Körper meiner Mutter bräunte und mein Vater lachend sagte, sie sehe ihm von Tag zu Tag ähnlicher, war das ein Witz, denn er war eins einundneunzig, mit strahlenden grünen Augen und schwarzem Haar, während meine Mutter blass ist und so klein, dass man sie noch heute, mit einundvierzig, von der anderen Straßenseite aus für ein Mädchen halten könnte. Bird ist klein und blond wie sie, ich bin groß gewachsen wie mein Vater. Außerdem bin ich schwarzhaarig, zahnlückig, abscheulich mager und fünfzehn Jahre alt.

7 *Es gibt ein Foto von meiner Mutter, das niemand je gesehen hat*

Im Herbst ging meine Mutter zum Studieren nach England zurück. Ihre Taschen waren voller Sand vom tiefsten Punkt auf Erden. Sie wog 104 Pfund. Manchmal erzählt sie eine Geschichte über die Zugfahrt vom Bahnhof Paddington nach Oxford, auf der sie einen fast vollständig erblindeten Fotografen traf. Er trug eine dunkle Sonnenbrille und sagte, er habe sich vor zehn Jahren bei einer Antarktis-Reise die Netzhaut verletzt. Sein Anzug war tadellos gebügelt, und er hielt seine Kamera auf dem Schoß. Er sagte, er sehe die Welt jetzt anders, und das sei nicht unbedingt schlecht. Er fragte, ob er ein Bild von ihr machen dürfe. Als er die Kamera hob und durch die Linse sah, fragte meine Mutter, was er sehe. «Dasselbe, was ich immer sehe», sagte er. «Das heißt?» – «Einen Schleier», sagte er. «Warum dann das Foto?», fragte sie. «Für den Fall, dass meine Augen wieder gesund werden», sagte er. «Damit ich dann weiß, was ich gesehen habe.» Auf dem Schoß meiner Mutter lag eine braune Papiertüte, darin ein Brot mit gehackter Leber, das meine Großmutter ihr geschmiert hatte. Sie bot es dem fast vollständig erblindeten Fotografen an. «Sind Sie nicht hungrig?», fragte er. Sie sagte, doch, aber sie habe ihrer Mutter nie gesagt, dass sie gehackte Leber hasse, und nachdem sie jahrelang nichts gesagt habe, sei es schließlich zu spät dafür gewesen. Der Zug fuhr in Oxford ein, und meine Mutter stieg aus, eine Sandspur hinter sich zurücklassend. Ich weiß, die Geschichte hat eine Moral, aber ich weiß nicht welche.

Nach fünf Minuten war ihr klar, dass sie Oxford hasste. In der ersten Semesterwoche tat sie gar nichts, hockte nur in ihrem Zimmer in einem zugigen Steingebäude, sah den Regen auf die Kühe auf der Christ Church Meadow fallen und bemitleidete sich. Sie musste ihr Teewasser auf einer Kochplatte erhitzen. Wenn sie ihren Tutor sprechen wollte, musste sie sechsundfünfzig Steinstufen hinauf und an die Tür hämmern, bis er aufwachte und sich von dem Feldbett in seinem Arbeitszimmer erhob, auf dem er unter einem Stapel Klausuren schlief. Sie schrieb meinem Vater in Israel fast jeden Tag auf teurem französischem Briefpapier, und als das alle war, nahm sie aus einem Notizbuch gerissenes Millimeterpapier. In einem dieser Briefe (die ich in einer alten Cadbury-Dose versteckt unter dem Sofa in ihrem Arbeitszimmer fand) schrieb sie: *Das Buch, das du mir geschenkt hast, liegt auf meinem Tisch, und ich lerne es jeden Tag etwas besser lesen.* Lesen lernen musste sie es, weil es auf Spanisch geschrieben war. Sie sah im Spiegel zu, wie ihr Körper wieder blass wurde. In der zweiten Semesterwoche kaufte sie sich ein gebrauchtes Fahrrad, mit dem sie herumfuhr und Zettel anpinnte, auf denen stand: SUCHE HEBRÄISCHLEHRER, weil Sprachen ihr leicht fielen und sie meinen Vater verstehen wollte. Einige bewarben sich, aber nur einer kniff nicht, als meine Mutter erklärte, sie könne nichts bezahlen, ein pickliger Junge namens Nehemia, aus Haifa stammend, im ersten Studienjahr wie sie und genauso niedergeschlagen. Er fand – so stand es jedenfalls in einem Brief an meinen Vater –, die Gesellschaft eines Mädchens sei

Grund genug, sich für nichts als ein bezahltes Bier zweimal die Woche im King's Arms zu treffen. Meine Mutter lernte auch Spanisch nach einem Buch, das *Selbst Spanisch lernen* hieß. Sie verbrachte viel Zeit in der Bodleian Library, las Hunderte von Büchern und schloss keine Freundschaften. Sie bestellte so viele Bücher, dass der Mann an der Ausleihe sich immer schon wegduckte, wenn er sie kommen sah. Am Ende des Jahres bestand sie ihre Prüfungen mit Eins, ging trotz der Einwände ihrer Eltern von der Universität ab und fuhr nach Tel Aviv, um dort mit meinem Vater zusammenzuleben.

9 *Es folgten die glücklichsten Jahre ihres Lebens*

Sie wohnten in einem sonnigen, mit Bougainvilleen bedeckten Haus in Ramat Gan. Mein Vater pflanzte im Garten einen Oliven- und einen Zitronenbaum und zog um jeden einen kleinen Graben, in dem sich Wasser sammeln konnte. Nachts hörten sie auf seinem Kurzwellenempfänger amerikanische Musik. Wenn die Fenster offen standen und der Wind aus der richtigen Richtung wehte, konnten sie das Meer riechen. Schließlich heirateten sie am Strand von Tel Aviv und machten ihre Hochzeitsreise nach Südamerika, wo sie zwei Monate verbrachten. Als sie zurückkamen, begann meine Mutter, Bücher ins Englische zu übersetzen – erst aus dem Spanischen, später auch aus dem Hebräischen. So vergingen fünf Jahre, dann bekam mein Vater ein Arbeitsangebot, das er nicht ausschlagen konnte, und ging zu einem amerikanischen Unternehmen in die Raumfahrtindustrie.

10 *Sie zogen nach New York und bekamen mich*

Während meine Mutter mit mir schwanger war, las sie drei Millionen Bücher über die verschiedensten Themen. Sie mochte Amerika nicht, aber sie hasste es auch nicht. Zweieinhalb Jahre und acht Millionen Bücher später bekam sie Bird. Danach zogen wir nach Brooklyn.

11 *Ich war sechs, als bei meinem Vater Pankreaskrebs diagnostiziert wurde*

Irgendwann in diesem Jahr fuhr ich mit meiner Mutter im Auto. Sie bat mich, ihr ihre Handtasche zu geben. «Ich habe sie nicht», sagte ich. «Vielleicht ist sie hinten», sagte sie. Aber hinten war sie auch nicht. Sie fuhr an den Rand und durchsuchte das Auto, aber die Handtasche war nirgends zu finden. Sie stützte den Kopf in die Hände und versuchte sich zu erinnern, wo sie ihre Tasche gelassen haben mochte. Ständig verlor sie Sachen. «Eines schönen Tages verliere ich noch den Kopf», sagte sie. Ich stellte mir vor, was passieren würde, wenn sie ihren Kopf verlor. Doch am Ende war es mein Vater, der alles verlor: Körpergewicht, die Haare, mehrere Organe.

12 *Er kochte, sang und lachte gern, konnte mit den Händen Feuer machen, kaputte Sachen reparieren und erklären, wie man Sachen in den Weltraum schießt, aber in neun Monaten war er tot*

13 *Mein Vater war kein berühmter russischer Schriftsteller*

Zuerst beließ meine Mutter alles genau so, wie er es hinterlassen hatte. Misha Shklovsky zufolge hält man das in Russland mit den Häusern berühmter Schriftsteller so. Aber mein Vater war kein berühmter Schriftsteller. Er war nicht einmal Russe. Dann kam ich eines Tages aus der Schule, und jedes sichtbare Zeichen von ihm war verschwunden. In den Schränken keine Kleidungsstücke mehr von ihm, seine Schuhe nicht mehr an der Tür, und draußen auf der Straße, neben einem Haufen Mülltüten, stand sein alter Sessel. Ich ging nach oben in mein Schlafzimmer und behielt ihn durchs Fenster im Auge. Der Wind ließ Blätter über den Bürgersteig an ihm vorbeiwirbeln. Ein alter Mann kam des Wegs und setzte sich. Ich ging hinaus und fischte den Pullover meines Vaters aus der Mülltonne.

14 *Am Ende der Welt*

Als mein Vater gestorben war, schickte mir Onkel Julian, der Bruder meiner Mutter, der Kunsthistoriker ist und in London lebt, ein Schweizer Armeemesser, von dem er sagte, es habe Dad gehört. Es hatte drei verschiedene Klingen, einen Korkenzieher, eine kleine Schere, eine Pinzette und einen Zahnstocher. In dem Brief, den Onkel Julian mitschickte, schrieb er, Dad habe es ihm einmal geliehen, als er zum Zelten in die Pyrenäen fuhr, und seitdem habe er es ganz vergessen, bis jetzt, und er glaube, es freue mich vielleicht, wenn ich es hätte. *Du musst vorsichtig sein, schrieb er, die Klingen sind scharf. Es soll einem helfen, in der Wildnis zu überleben. Ich kenne mich da nicht aus, weil Tante Frances und ich ins Hotel gegangen sind, nachdem uns gleich in der ersten Nacht der Regen erwischt und in eingeweichte Backpflaumen verwandelt hat. Dein Dad war ein viel gewiefterer Naturmensch als ich. Einmal, im Negev, sah ich ihn mit einem Trichter und einer Plane Wasser sammeln. Er wusste auch die Namen aller Pflanzen und ob sie essbar waren. Ich weiß, es ist kein rechter Trost, aber wenn du nach London kommst, werde ich dir die Namen aller Lokale in Nordwest-London sagen, wo es Currys gibt und ob sie essbar sind. Liebe Grüße, Onkel Julian. PS: Erzähl deiner Mutter nicht, was ich dir da schicke, wahrscheinlich wäre sie mir böse und würde sagen, du seist zu jung.* Ich untersuchte die verschiedenen Gerätschaften, indem ich jede einzeln mit dem Daumennagel herauspulte und die Klingen am Finger prüfte.

Ich beschloss, dass ich in der Wildnis zu überleben lernen wollte, wie mein Vater. Es würde gut sein, das zu können, falls Mom etwas zustieße und Bird und ich uns allein durchschlagen müssten. Ich erzählte ihr nichts von dem Messer, weil Onkel Julian gemeint hatte, es solle ein Geheimnis bleiben, und überhaupt, warum sollte meine Mutter mich allein im Wald kampieren lassen, wo sie mich doch kaum den halben Block hinuntergehen ließ?

15 *Wenn ich spielen ging, wollte meine Mutter immer genau wissen, wo ich war*

Sobald ich nach Hause kam, rief sie mich in ihr Schlafzimmer und herzte und küsste mich. Sie strich mir übers Haar und sagte: «Ich habe dich so lieb», und wenn ich niesen musste, sagte sie: «Gesundheit, du weißt doch, wie sehr ich dich liebe, nicht wahr?», und wenn ich aufstand, weil ich ein Taschentuch brauchte, sagte sie: «Lass nur, ich hole dir schon eins, ich habe dich so lieb», und wenn ich einen Stift für meine Hausaufgaben suchte, sagte sie: «Nimm meinen, für dich tue ich alles», und wenn es mich am Bein juckte, sagte sie: «Ist das die Stelle, komm, lass dich drücken», und wenn ich sagte, ich ginge nach oben in mein Zimmer, rief sie mir hinterher: «Was kann ich für dich tun, ich habe dich *so* lieb», und immer wollte ich sagen, sagte aber nie: Hab mich weniger lieb.

16 *Alles wird auf neuen Grund gestellt*

Eines Tages stand meine Mutter aus dem Bett auf, in dem sie fast ein Jahr gelegen hatte. Es schien, als sei es das erste Mal, dass wir sie nicht durch all die rund um ihr Bett versammelten Wassergläser sahen, die Bird in seiner Langeweile manchmal mit einem nassen Finger, den er über die Ränder kreisen ließ, zum Singen zu bringen versuchte. Sie machte Makkaroni mit Käse, eine der wenigen Sachen, die sie kochen kann. Wir behaupteten, es sei das Beste, was wir je gegessen hätten. Eines Nachmittags nahm sie mich beiseite. «Von jetzt an», sagte sie, «werde ich dich wie eine Erwachsene behandeln.» Ich bin erst acht, wollte ich sagen, sagte es aber nicht. Sie fing wieder an zu arbeiten. In einem mit roten Blumen bedruckten Kimono wanderte sie durchs Haus, und wohin sie auch ging, zog sie eine Spur zerknüllter

Seiten nach sich. Bevor Dad starb, hatte sie Ordnung gehalten. Aber jetzt brauchte man, wenn man sie finden wollte, nur den Seiten mit durchgestrichenen Wörtern zu folgen, und am Ende der Spur war sie dann und schaute aus dem Fenster oder in ein Glas Wasser, als sei ein Fisch darin, den nur sie sehen konnte.

17 *Karotten*

Von meinem Taschengeld kaufte ich mir ein Buch mit dem Titel *Essbare Pflanzen und Blüten in Nordamerika.* Ich erfuhr, dass Eicheln ihren bitteren Geschmack verlieren, wenn man sie in Wasser kocht, dass Wildrosen essbar sind und dass man alles meiden soll, was nach Mandeln riecht, ein dreiblättriges Wachstumsmuster oder milchigen Saft hat. Ich versuchte, im Prospect Park so viele Pflanzen wie nur möglich zu bestimmen. Weil ich wusste, es würde lange dauern, bis ich in der Lage war, jede Pflanze zu erkennen, und weil immer die Möglichkeit bestand, dass ich irgendwo anders als in Nordamerika würde überleben müssen, prägte ich mir auch den universellen Essbarkeitstest ein. Ihn zu kennen ist eine gute Sache, weil manche giftigen Pflanzen, etwa der Schierling, ähnlich aussehen können wie andere, die essbar sind, etwa wilde Karotten oder Pastinaken. Für den Test darf man erst acht Stunden lang nichts essen. Dann zerlegt man die Pflanze in ihre Bestandteile – Wurzel, Blatt, Stiel, Knospe und Blüte – und testet von jedem ein bisschen auf der Innenseite des Handgelenks. Wenn nichts passiert, drückt man es drei Minuten von innen an die Lippe, und wenn dann nichts passiert, legt man es fünfzehn Minuten auf die Zunge. Wenn immer noch nichts passiert, darf man es kauen, ohne zu schlucken, und behält es fünfzehn Minuten im Mund, und wenn dann nichts passiert, schluckt man es hinunter und wartet acht Stunden ab, und wenn dann nichts passiert, isst man ein Viertel von dem, was in eine Tasse passt, und wenn dann nichts passiert, ist es essbar.

Ich bewahrte *Essbare Pflanzen und Blüten in Nordamerika* unter meinem Bett in einem Rucksack auf, der auch das Schweizer Armeemesser meines Vaters, eine Taschenlampe, eine Plastikplane, einen Kompass, eine Schachtel Granola-Riegel, zwei Tüten Erdnuss-M&Ms, drei Büchsen Thunfisch, einen Dosenöffner, Heftpflaster, ein Erste-Hilfe-Set gegen Schlangenbisse, Unterwäsche zum Wechseln und einen U-Bahn-Plan von New York City enthielt. Eigentlich hätte ein Stück Feuerstein hineingehört, aber als ich im Eisenwarenladen eins kaufen wollte, haben sie mir keins verkauft, entweder weil ich zu jung war oder weil sie mich für eine Pyromanin hielten. Im Notfall geht das Funkenschlagen auch mit einem Jagdmesser und einem Stück Jaspis, Achat oder Jade, aber ich wusste nicht, wo ich Jaspis, Achat oder Jade herbekommen sollte. Zum Ersatz nahm ich ein paar Streichhölzer aus dem 2nd Street Café und tat sie in ein Täschchen mit Reißverschluss, zum Schutz gegen den Regen.

Zu Chanukka wünschte ich mir einen Schlafsack. Der, den meine Mutter mir besorgte, war aus Flanell, mit rosa Herzen drauf, und hätte mich bei Minustemperaturen ungefähr fünf Sekunden lang am Leben erhalten, ehe ich den Kältetod gestorben wäre. Ich fragte sie, ob wir ihn zurückbringen und gegen einen schweren Daunenschlafsack tauschen könnten. «Was denkst du, wo du damit schlafen willst, am nördlichen Polarkreis?», fragte sie. Ich dachte: Dort oder vielleicht in den peruanischen Anden, wo Dad mal gezeltet hat. Um das Thema zu wechseln, erzählte ich ihr von Schierling, wilden Karotten und Pastinaken, aber das war offenbar keine gute Idee, denn ihre Augen wurden feucht, und als ich sie fragte, was los sei, sagte sie, nichts, sie habe nur an die Karotten denken müssen, die Dad in Ramat Gan immer im Garten zog. Ich hätte sie gern gefragt, was er sonst noch gezogen habe außer dem Olivenbaum, dem Zitronenbaum und den Karotten, wollte sie aber nicht noch trauriger machen.

Ich legte mir ein Notizbuch an: *Wie man in der Wildnis überlebt.*

18 *Meine Mutter ließ ihre Liebe zu meinem Vater nie sterben*

Sie erhielt sie so lebendig wie im Sommer ihrer ersten Begegnung. Dafür hat sie das Leben eingestellt. Manchmal ernährt sie sich tagelang von Wasser und Luft. Dafür, dass sie die einzige bekannte komplexe Lebensform dieser Art ist, müsste eine Spezies nach ihr benannt werden. Onkel Julian hat mir einmal von dem Bildhauer und Maler Alberto Giacometti erzählt, der gesagt habe, manchmal müsse man, nur um einen Kopf zu malen, die ganze Gestalt aufgeben. Für ein Blatt Laub müsse man die ganze Landschaft opfern. Zuerst möge das nach Selbstbeschränkung aussehen, aber nach einer Weile werde einem bewusst, dass ein bestimmtes Gefühl in Bezug auf das Universum leichter festzuhalten sei, wenn man nur einen Quadratzentimeter nehme, anstatt den ganzen Himmel erfassen zu wollen.

Meine Mutter wählte weder das Blatt noch den Kopf. Sie hatte meinen Vater auserwählt, und für ein bestimmtes Gefühl opferte sie die ganze Welt.

19 *Die Wand aus Wörterbüchern zwischen meiner Mutter und der Welt wird jedes Jahr höher*

Manchmal lösen sich Seiten aus den Wörterbüchern und sammeln sich zu ihren Füßen, *Schallwort, Schalm, Schalmei, schalmen, Schalobst, Schalom, Schalotte, schalt,* wie die Blütenblätter einer riesengroßen Blume. Als ich klein war, glaubte ich, die Seiten auf dem Boden seien Wörter, die sie nie mehr benutzen könnte, und ich versuchte, sie dort wieder einzukleben, wo sie hingehörten, vor lauter Angst, sie würde eines Tages verstummen.

20 *Meine Mutter ist nur zweimal mit Männern ausgegangen, seit mein Vater starb*

Das erste Mal vor fünf Jahren, als ich zehn war, mit einem dicken englischen Lektor aus einem Verlag, für den sie übersetzt. Am linken kleinen Finger trug er einen Ring mit einem Familienwappen, vielleicht sein eigenes, vielleicht auch nicht. Immer wenn er von sich selber sprach, wedelte er mit dieser Hand. Bei einer Unterhaltung war herausgekommen, dass meine Mutter und er, Lyle, zur gleichen Zeit in Oxford gewesen waren.

Unter dem Eindruck dieser Fügung hatte er sie eingeladen auszugehen. Viele Männer haben meine Mutter eingeladen, aber sie sagte immer nein. Aus irgendeinem Grund willigte sie diesmal ein. Am Samstagabend erschien sie mit hochgestecktem Haar im Wohnzimmer, sie trug das rote Tuch, das mein Vater ihr in Peru gekauft hatte. «Wie sehe ich aus?» Sie sah blendend aus, aber irgendwie schien es nicht fair, das Tuch zu tragen. Es blieb keine Zeit, etwas zu sagen, weil Lyle genau in dem Moment schnaufend vor der Tür stand. Er machte es sich auf dem Sofa bequem. Ich fragte ihn, ob er etwas vom Überleben in der Wildnis verstehe, und er sagte: «Absolut.» Ich fragte, ob er wisse, was der Unterschied zwischen Schierling und wilden Karotten sei, worauf er mir einen detaillierten Bericht der finalen Momente einer Oxford-Regatta lieferte, bei der sein Boot in den letzten drei Sekunden davongezogen war und gewonnen hatte. «Heiliger Bimbam», sagte ich in einem Ton, der als sarkastisch zu verstehen war. Lyle wusste auch mit liebevollen Erinnerungen ans Stechkahnfahren auf dem Cherwell zu dienen. Meine Mutter sagte, da müsse sie passen, weil sie nie auf dem Cherwell Stechkahn gefahren sei. Ich dachte: Tja, das wundert mich nicht.

Nachdem die beiden gegangen waren, blieb ich auf und sah mir eine Fernsehsendung über Albatrosse in der Antarktis an: Sie kommen Jahre aus, ohne den Boden zu berühren, schlafen hoch oben im Himmel, trinken Meerwasser, weinen das Salz heraus und kehren Jahr für Jahr zurück, um mit demselben Partner Junge aufzuziehen. Ich muss eingeschlafen sein, denn als ich den Schlüssel meiner Mutter im Schloss hörte, war es fast ein Uhr früh. Ein paar Locken hingen ihr lose am Hals, und ihre

Wimperntusche war verschmiert, aber als ich fragte, wie es gewesen sei, sagte sie, sie kenne Orang-Utans, mit denen sie sich angeregter unterhalten könne.

Ungefähr ein Jahr später brach Bird sich das Handgelenk beim Versuch, vom Balkon unseres Nachbarn abzuheben, und der hagere Doktor mit dem krummen Rücken, der ihn in der Notaufnahme behandelte, bat meine Mutter um ein Date. Vielleicht, weil er Bird zum Lächeln brachte, obwohl seine Hand schrecklich schief vom Gelenk abstand, sagte meine Mutter zum zweiten Mal ja, seit mein Vater gestorben war. Der Doktor hieß Henry Lavender, was ich viel versprechend fand (Alma Lavender!). Als es an der Tür klingelte, flitzte Bird, splitternackt bis auf den Gips, die Treppe hinunter, legte «That's Amore» auf und flitzte wieder nach oben. Meine Mutter, ohne ihr rotes Tuch, schoss hinterher und riss den Tonarm hoch. Die Platte jaulte auf. Doch sie drehte sich geräuschlos auf dem Plattenteller, als Henry Lavender hereinkam, ein Gläschen kühlen Weißwein akzeptierte und uns von seiner Muschelsammlung mit den vielen Erinnerungsstücken erzählte, nach denen er bei seinen Reisen auf die Philippinen selbst getaucht hatte. Ich stellte mir unsere gemeinsame Zukunft vor, wie er uns zu Tauchexpeditionen mitnahm und wir vier uns unter Wasser durch unsere Masken anlächelten. Am nächsten Morgen fragte ich meine Mutter, wie es gewesen sei. Sie sagte, er sei wirklich ein sehr netter Mann. Ich sah darin ein gutes Zeichen, aber als Henry Lavender nachmittags anrief, war meine Mutter im Supermarkt und rief ihn nicht zurück. Zwei Tage später unternahm er einen neuen Versuch. Diesmal ging meine Mutter gerade im Park spazieren. Ich sagte: «Du wirst ihn nicht zurückrufen, stimmt's?», und sie sagte: «Nein.» Als Henry Lavender zum dritten Mal anrief, war sie in ein Buch mit Erzählungen vertieft, wobei sie wiederholt ausrief, dem Autor sollte postum der Nobelpreis verliehen werden. Meine Mutter verteilt ständig postume Nobelpreise. Ich schlüpfte mit dem Hörer in die Küche. «Dr. Lavender?», sagte ich. Dann erklärte ich ihm, ich sei überzeugt davon, dass meine Mutter ihn wirklich möge, und ein normaler Mensch würde sicher glücklich sein, mit ihm zu reden und sogar wieder einmal mit ihm auszugehen, aber ich würde meine Mutter schon seit elfeinhalb Jahren kennen, und sie habe noch nie etwas Normales getan.

21 *Ich glaubte, sie habe einfach noch nicht den Richtigen getroffen*

Dass sie den ganzen Tag im Schlafanzug zu Hause saß und Bücher von zumeist toten Leuten übersetzte, schien die Sache auch nicht unbedingt voranzubringen. Manchmal blieb sie stundenlang in einem Satz stecken und lief herum wie ein Hund mit einem Knochen, bis sie plötzlich schrie: «ICH HAB IHN», und an ihren Schreibtisch eilte, um dort ein Loch zu buddeln und ihn zu vergraben. Ich beschloss, die Dinge selbst in die Hand zu nehmen. Eines Tages kam ein Veterinär namens Dr. Tucci in meine Klasse, um für den sechsten Jahrgang einen Vortrag zu halten. Er hatte eine schöne Stimme und einen grünen Papagei namens Gordo, der ihm auf der Schulter hockte und verdrossen aus dem Fenster starrte. Er hatte auch einen Leguan, zwei Frettchen, eine Dosenschildkröte, Baumfrösche, eine Ente mit gebrochenem Flügel und eine Boa constrictor namens Mahatma, die sich kürzlich gehäutet hatte. Im Garten hinter seinem Haus hielt er zwei Lamas. Nach der Stunde, während alle anderen mit Mahatma zugange waren, fragte ich, ob er verheiratet sei, und als er mit verdutzter Miene nein sagte, bat ich um seine Visitenkarte. Darauf war ein Bild von einem Affen, und einige Kids verloren das Interesse an der Schlange und wollten auch Visitenkarten haben.

Am Abend fand ich einen attraktiven Schnappschuss von meiner Mutter im Speedo-Schwimmanzug als Beilage zu einer getippten Liste ihrer besten Eigenschaften, die Dr. Frank Tucci geschickt bekommen sollte. Die Liste enthielt: HOHER IQ, LESERATTE, ATTRAKTIV (SIEHE FOTO), WITZIG. Bird las sie durch und schlug nach einigem Grübeln vor, ich solle EIGENBRÖTLERISCH hinzufügen, ein Wort, das ich ihm beigebracht hatte, und dann noch STUR. Als ich sagte, ich glaubte nicht, dass dies ihre besten oder auch nur gute Eigenschaften seien, meinte Bird, wenn sie auf der Liste wären, könnte es *scheinen,* als seien es gute, und wenn Dr. Tucci sie dann treffen wolle, würde es ihn nicht stören. Das schien damals ein gutes Argument, also fügte ich EIGENBRÖTLERISCH und STUR hinzu. Dann schickte ich die Liste ab.

Eine Woche verging, und er rief nicht an. Noch einmal drei Tage, und ich fragte mich, ob ich EIGENBRÖTLERISCH und STUR vielleicht doch nicht hätte hinschreiben sollen.

Am nächsten Tag klingelte das Telefon, und ich hörte meine Mutter sagen: «Frank wer?» Es folgte ein langes Schweigen. «Wie bitte?» Wieder Schweigen.

Dann begann sie hysterisch zu lachen. Sie legte den Hörer auf und kam in mein Zimmer. «Was war denn das?», fragte ich in aller Unschuld. «Was soll was gewesen sein?», fragte sie noch unschuldiger. «Wer da eben angerufen hat», sagte ich. «Ach *das*», sagte sie. «Ich hoffe, du hast nichts dagegen, ich habe ein Doppel arrangiert, ich und der Schlangenbeschwörer und du und Herman Cooper.»

Herman Cooper war ein Albtraum aus der Achten, der bei uns um die Ecke wohnte, jedem Pimmel hinterherrief und über die dicken Eier unseres Nachbarhundes johlte.

«Eher lecke ich den Bordstein ab», sagte ich.

22 *In diesem Jahr trug ich den Pullover meines Vaters zweiundvierzig Tage lang am Stück*

Am zwölften Tag ging ich auf dem Schulflur an Sharon Newman und ihren Freundinnen vorbei. «WAS HAT SIE NUR MIT DIESEM EKLIGEN PULLOVER?», sagte sie. Geh Schierling fressen, dachte ich und beschloss, Dads Pullover den Rest meines Lebens zu tragen. Ich schaffte es fast bis zum Ende des Schuljahres. Er war aus Alpakawolle, und Mitte Mai wurde er unerträglich. Meine Mutter glaubte, es sei verspätete Trauer. Aber ich hatte nicht vor, irgendwelche Rekorde aufzustellen. Ich mochte nur, wie er sich anfühlte.

23 *Meine Mutter hat ein Foto meines Vaters an der Wand neben ihrem Schreibtisch aufgehängt*

Ein- oder zweimal ging ich an ihrer Tür vorbei und hörte sie laut mit ihm sprechen. Mag sein, dass sie sich einsam fühlt, obwohl wir um sie sind, aber manchmal bekomme ich Bauchweh, wenn ich daran denke, was aus meiner Mutter werden soll, wenn ich größer bin und fortgehe, um den Rest meines Lebens zu beginnen. Andere Male stelle ich mir vor, ich würde es überhaupt nie fertig bringen fortzugehen.

24 *Alle Freunde, die ich jemals hatte, sind verschwunden*

An meinem vierzehnten Geburtstag weckte Bird mich auf, indem er auf mein Bett sprang und «For She's a Jolly Good Fellow» sang. Er schenkte mir einen geschmolzenen Hershey's-Schokoriegel und eine rote Wollmütze, die er aus dem Fundbüro mitgebracht hatte. Ich zupfte ein lockiges blondes Haar ab und trug sie den Rest des Tages. Meine Mutter schenkte mir einen Anorak, getestet von Tenzing Norgay – dem Sherpa, der zusammen mit Edmund Hillary den Mount Everest bestiegen hat –, und eine alte lederne Pilotenkappe von der Art, wie mein Held Antoine de Saint-Exupéry sie zu tragen pflegte. Als ich sechs war, hatte mir mein Vater *Der Kleine Prinz* vorgelesen und von Saint-Ex erzählt, was für ein großer Pilot er gewesen sei und dass er sein Leben aufs Spiel gesetzt habe, um der Post den Weg an entlegene Orte zu erschließen. Am Ende wurde er von einem deutschen Jäger abgeschossen und ging mit seinem Flugzeug für alle Ewigkeit im Mittelmeer verloren.

Außer der Jacke und der Pilotenkappe schenkte meine Mutter mir noch ein Buch von jemandem namens Daniel Eldridge, der, wie sie meinte, einen Nobelpreis verdient hätte, wenn es einen für Paläontologen gäbe. «Ist er tot?», fragte ich. «Warum fragst du?» – «Nur so», sagte ich. Bird fragte, was ein Paläontologe sei, und Mom sagte, wenn er einen vollständigen, illustrierten Führer durch das Metropolitan Museum of Art nähme, ihn in hundert Schnipsel risse, sie von den Stufen des Museums aus in den Wind streute und ein paar Wochen vergehen ließe, dann zurückkäme und die Fifth Avenue und den Central Park nach jedem Schnipsel, der überdauert hätte, absuchte und sich schließlich die Arbeit machte, aus diesen Schnipseln die Geschichte der Malerei inklusive Schulen, Stilrichtungen, Genres und Namen der Maler zu rekonstruieren, dann wäre das wie Paläontologe sein. Mit dem einzigen Unterschied, dass Paläontologen Fossilien untersuchten, um den Ursprung und die Entwicklungsgeschichte des Lebens zu begreifen. Jede Vierzehnjährige sollte etwas darüber wissen, wo sie herkommt, sagte meine Mutter. Es reiche nicht, durch die Gegend zu spazieren, ohne die leiseste Ahnung, wie alles begonnen habe. Dann sagte sie sehr schnell, als wäre es nicht das Wichtigste von allem, das Buch habe Dad gehört. Bird lief hin und berührte den Umschlag.

Es hieß *Das Leben, wie wir es nicht kennen.* Auf der Rückseite war eine Abbildung von Eldridge. Er hatte dunkle Augen mit dichten Wimpern und einen Bart, und er hielt das Fossil eines gruselig aussehenden Fisches hoch. Darunter stand, er sei Professor an der Columbia.

Am selben Abend fing ich an zu lesen. Ich dachte, Dad hätte vielleicht ein paar Bemerkungen an den Rand geschrieben. Hatte er aber nicht. Das einzige Zeichen von ihm war sein Name auf dem Deckblatt. Das Buch handelte davon, wie Eldridge und ein paar andere Wissenschaftler sich in einem Unterseeboot auf den Meeresgrund herabgelassen und an den Grenzen tektonischer Platten Hydrothermalquellen entdeckt hatten, die mineralreiche, bis 330 Grad heiße Gase ausstießen. Bis dahin hatten die Wissenschaftler geglaubt, der Tiefseeboden sei eine Ödnis, wo es kaum oder gar kein Leben gebe. Aber was Eldridge und seine Kollegen in den Scheinwerfern ihres Unterseeboots sahen, waren Hunderte von Organismen, die nie zuvor ein menschliches Auge erblickt hatte – ein ganzes Ökosystem, das sie als sehr, sehr alt erkannten. Sie nannten es die dunkle Biosphäre. Es gab jede Menge Hydrothermalquellen da unten, und schon bald fanden sie heraus, dass auf dem Gestein rund um die Quellen Mikroorganismen bei Temperaturen lebten, die Blei zum Schmelzen bringen konnten. Als sie einige davon an die Oberfläche brachten, rochen sie nach faulen Eiern. Es wurde klar, dass sich diese fremden Organismen von dem Schwefelwasserstoff, den die Quellen freisetzen, ernähren und auf die gleiche Weise Schwefel ausatmen wie Pflanzen an Land den Sauerstoff. Eldridges Buch zufolge hatten sie nichts Geringeres entdeckt als ein Fenster zu den chemischen Pfaden, die vor Milliarden von Jahren zu den Anfängen der Evolution führten.

Die Idee der Evolution ist so wunderbar und traurig. Seit dem ersten Leben auf Erden gab es eine unerhörte Zahl, zwischen fünf und fünfzig Milliarden Arten, von denen nur fünf bis fünfzig Millionen heute noch am

Leben sind. Neunundneunzig Prozent aller Arten, die je auf Erden gelebt haben, sind somit ausgestorben.

25 *Mein Bruder, der Messias*

An jenem Abend, während ich las, kam Bird in mein Zimmer und kletterte zu mir ins Bett. Er war klein für seine elfeinhalb Jahre. Er drückte seine kalten Füßchen an mein Bein. «Erzähl mir was über Dad», flüsterte er. «Du hast vergessen, dir die Fußnägel zu schneiden», sagte ich. Er grub mir die Ballen in die Wade. «Bitte?», bettelte er. Ich überlegte, und weil mir nichts einfiel, was ich ihm nicht schon hundertmal erzählt hatte, dachte ich mir etwas aus. «Er kletterte gern», sagte ich. «Er war ein guter Kletterer. Einmal erklomm er eine Felswand, die war, na, an die sechzig Meter hoch. Irgendwo im Negev, glaube ich.» Bird atmete seinen heißen Atem auf meinen Hals. «Masada?», fragte er. «Kann sein», sagte ich. «Er mochte es einfach. Es war ein Hobby», sagte ich. «Tanzte er gern?», fragte Bird. Ich hatte keine Ahnung, ob er gern getanzt hatte, aber ich sagte: «Und wie. Er konnte sogar Tango. Den hat er in Buenos Aires gelernt. Er und Mom tanzten die ganze Zeit. Er rückte den Kaffeetisch an die Wand, und dann ging es durch den ganzen Raum. Er hob sie, schwang sie und sang ihr ins Ohr.» – «War ich da dabei?» – «Klar warst du dabei», sagte ich. «Er warf dich in die Luft und fing dich wieder auf.» – «Wie wollte er wissen, dass er mich nicht fallen lassen würde?» – «Er wusste es einfach.» – «Wie nannte er mich?» – «Ganz verschieden. Kumpel, kleiner Mann, Kasper.» Ich sprach aus, was mir eben in den Sinn kam. Bird schien unbeeindruckt. «Judas Makkabäus», sagte ich. «Einfach Makkabi. Mac.» – «Wie nannte er mich *meistens?*» – «Ich nehme an, Emanuel.» Ich tat so, als dächte ich nach. «Nein, warte. Manny. Meistens nannte er dich Manny.» – *«Manny»*, sagte Bird zur Probe. Er kuschelte sich dichter an mich. «Ich möchte dir ein Geheimnis erzählen», flüsterte er. «Weil du Geburtstag hast.» – «Was?» – «Erst musst du versprechen, dass du mir glaubst.» – «In Ordnung.» – «Sag: Ich verspreche es.» – «Ich verspreche es.» Er holte tief Atem. «Ich glaube, ich könnte vielleicht ein *lamed wownik* sein.» – «Ein was?» – «Einer von den *lamed wowniks»*, flüsterte er. «Den sechsunddreißig Gerechten.» – «Was für Gerechte?» – «Die, von denen die Existenz der Welt abhängt.» – «Ach *die.* Sei nicht ...» – «Du hast es versprochen», sagte Bird. Ich sagte nichts. «Es gibt immer sechsunddreißig zu einer Zeit», flüsterte er. «Niemand weiß, wer sie sind. Nur ihre Gebete erreichen Gottes Ohr. Sagt Mr. Goldstein.» – «Und du glaubst, du könntest einer von ihnen sein», sagte ich. «Was sagt Mr. Goldstein sonst noch?» – «Er sagt, wenn der Messias kommt, wird er ein *lamed wownik* sein. In jeder Generation gibt es einen Menschen, der die Fähigkeit besitzt, der Messias zu sein. Vielleicht schafft er es, vielleicht nicht. Vielleicht ist die Welt bereit für ihn, vielleicht nicht. Das ist alles.» Ich lag im Dunkeln und überlegte, was zu sagen nun angebracht wäre. Ich bekam Bauchweh.

26 *Die Situation wurde langsam kritisch*

Am nächsten Samstag steckte ich *Das Leben, wie wir es nicht kennen* in meinen Rucksack und nahm die U-Bahn zur Columbia-Universität. Ich lief eine Dreiviertelstunde auf dem Campus herum, bis ich Eldridges Büro im Gebäude für Geowissenschaften fand. Als ich ankam, sagte der Fast Food futternde Sekretär, Dr. Eldridge sei nicht da. Ich sagte, ich würde warten, und er sagte, ich solle vielleicht besser ein andermal kommen, Dr. Eldridge sei mindestens noch für ein paar Stunden weg. Ich sagte, das mache mir nichts. Er widmete sich wieder seinem Essen. Während ich wartete, las ich eine ganze Nummer der Zeitschrift *Fossil*. Dann fragte ich den Sekretär, der laut über etwas auf seinem Computer lachte, ob er glaube, dass Dr. Eldridge nun bald zurück sei. Er hörte auf zu lachen und sah mich an, als hätte ich ihm gerade den wichtigsten Moment seines Lebens verpatzt. Ich setzte mich wieder hin und las eine ganze Nummer von *Paleontologist Today*.

Ich wurde hungrig, also ging ich den Flur hinunter und holte mir ein Päckchen Devil Dogs aus einem Automaten. Dann schlief ich ein. Als ich aufwachte, war der Sekretär gegangen. Die Tür zu Dr. Eldridges Büro stand offen, das Licht brannte. Drinnen stand ein sehr alter, weißhaariger Mann neben einem Aktenschrank unter einem Poster mit den Worten: DARUM OHNE ELTERN, DURCH SPONTANE GEBURT, ENTSPRINGEN DIE ERSTEN PARTIKEL BELEBTER ERDE – *ERASMUS DARWIN*.

«Nun, um ehrlich zu sein, an diese Möglichkeit hatte ich gar nicht gedacht», sagte der alte Mann ins Telefon. «Ich zweifle, ob er sich überhaupt bewerben will. Jedenfalls glaube ich, wir haben unseren Mann schon. Ich muss mit dem Fachbereich reden, aber sagen wir, die Sache sieht gut aus.» Er sah mich an der Tür stehen und deutete mit einer Geste an, er sei gleich fertig. Ich wollte sagen:

Schon gut, ich warte auf Dr. Eldridge, aber er kehrte mir den Rücken zu und starrte aus dem Fenster. «Gut, schön zu hören. Ich muss mich beeilen. In Ordnung. Alles Gute. Bis dann.» Er wandte sich mir zu. «Tut mir furchtbar leid», sagte er. «Womit kann ich helfen?» Ich kratzte mich am Arm und bemerkte den Schmutz unter meinen Fingernägeln. «Sie sind nicht Dr. Eldridge, oder?», fragte ich. «Doch, der bin ich», sagte er. Mir wurde ganz blümerant. Seit der Entstehung des Fotos auf dem Buch mussten dreißig Jahre vergangen sein. Ich brauchte nicht lange nachzudenken, um zu wissen, dass er mir in der Sache, um derentwillen ich gekommen war, nicht helfen konnte, denn selbst wenn er als der größte aller lebenden Paläontologen einen Nobelpreis verdient hätte, hätte er auch einen als der älteste verdient.

Ich wusste nicht, was ich sagen sollte. «Ich habe Ihr Buch gelesen», brachte ich heraus, «und überlege mir, Paläontologin zu werden.» Er sagte: «Schön, und warum klingt das so enttäuscht?»

27 *Eines werde ich nie tun, wenn ich groß bin*

Mich verlieben, das College abbrechen, lernen, von Wasser und Luft zu leben, eine Spezies nach mir benannt bekommen und mein Leben ruinieren. Als ich klein war, bekam meine Mutter oft dieses gewisse Etwas in die Augen und sagte: «Eines Tages wirst du dich verlieben.» Ich wollte sagen, sagte aber nie: Nicht in tausend Jahren.

Der einzige Junge, den ich je geküsst habe, ist Misha Shklovsky. Seine Cousine hatte es ihm in Russland gezeigt, wo er lebte, bevor er nach Brooklyn zog, und er zeigte es mir. «Nicht so viel Zunge», war alles, was er sagte.

28 *Hundert Dinge können dein Leben verändern, eines ist ein Brief*

Fünf Monate vergingen, und ich hatte schon fast aufgegeben, jemanden zu finden, der meine Mutter glücklich machte. Dann geschah es: Mitte Februar letzten Jahres kam ein Brief, auf blaues Luftpostpapier getippt und in Venedig abgestempelt, durch den Verleger meiner Mutter weitergeleitet an sie. Bird sah ihn zuerst und brachte ihn Mom, um zu fragen, ob er die Marken haben könne. Wir waren alle in der Küche. Sie öffnete ihn und stand auf, während sie las. Dann las sie ihn ein zweites Mal, im Sitzen. «Das ist verblüffend», sagte sie. «Was?», fragte ich. «Jemand schreibt mir über *Die Geschichte der Liebe.* Das Buch, aus dem Dad und ich deinen Namen haben.» Sie las uns den Brief laut vor.

Liebe Ms. Singer,
soeben habe ich die Lektüre Ihrer Übersetzung der Gedichte von Nicanor Parra abgeschlossen, der, wie Sie schreiben, «am Revers einen kleinen russischen Astronauten trug und in der Tasche die Briefe einer Frau, die ihn wegen eines anderen verließ». Ihre Übersetzung liegt hier neben mir auf dem Tisch meines Zimmers in einer Pension mit Blick über den Canal Grande. Ich weiß nicht, was ich sagen soll, außer dass sie mich so berührt hat, wie man jedes Mal berührt zu werden hofft, wenn man ein Buch anfängt. Will sagen, sie hat mich irgendwie verän-

dert, in einer Weise, die ich nicht recht beschreiben kann. Aber genug. In Wahrheit schreibe ich Ihnen nicht, um mich zu bedanken, sondern möchte eine Bitte an Sie richten, die vielleicht ungewöhnlich scheinen mag. In Ihrer Einleitung erwähnen Sie einen kaum bekannten Schriftsteller, Zvi Litvinoff, der 1941 von Polen nach Chile geflohen ist und dessen einziges veröffentlichtes, auf Spanisch geschriebenes Werk *Die Geschichte der Liebe* heißt. Meine Frage ist: Könnten Sie sich vorstellen, es zu übersetzen? Es wäre nur für meinen persönlichen Gebrauch; ich habe keinerlei Absicht, es zu veröffentlichen, und falls Sie es selbst tun möchten, lägen die Rechte bei Ihnen. Ich wäre bereit, jeden Preis zu bezahlen, der Ihnen für Ihre Arbeit angemessen scheint. Mir sind solche Dinge immer peinlich. Könnten wir sagen, 100 000 Dollar? Also. Wenn Ihnen das zu wenig vorkommt, lassen Sie es mich bitte wissen.

Ich stelle mir Ihre Reaktion vor, wenn Sie diesen Brief lesen – der dann schon ein bis zwei Wochen hier gelegen und einen weiteren Monat das Chaos der italienischen Post überstanden haben wird, ehe er schließlich den Atlantik überquert hat, der Obhut des US Post Office anheim gegeben und in einen Sack verfrachtet wurde, damit der Briefträger ihn, durch Regen oder Schnee stapfend, zu Ihnen karren und in den Briefschlitz werfen konnte, wo er auf dem Boden liegen blieb, bis Sie ihn fanden. Nachdem ich mir das vorgestellt habe, bin ich auf das Schlimmste gefasst, und das wäre, Sie hielten mich für einen Irren. Aber vielleicht muss es nicht so kommen. Vielleicht verstehen Sie, wenn ich Ihnen sage, dass jemand mir vor langer Zeit beim Einschlafen ein paar Seiten aus einem Buch vorgelesen hat, das *Die Geschichte der Liebe* hieß, und dass ich diese Nacht und diese Seiten in all den Jahren nicht vergessen habe.

Ich wäre Ihnen dankbar, wenn Sie mir Ihre Antwort hierher, an die obige Adresse, schicken könnten. Sollte ich bis dahin abgereist sein, wird der Portier mir die Post nachsenden.

In gespannter Erwartung,
Ihr Jacob Marcus

Heiliger Bimbam!, dachte ich. Ich konnte unser Glück kaum fassen und erwog, Jacob Marcus selbst zurückzuschreiben, unter dem Vorwand, ihm zu erklären, dass es Saint-Exupéry gewesen war, der 1929 den südlichsten Abschnitt des Postweges nach Südamerika eingerichtet hatte, bis an die Spitze des Kontinents. Jacob Marcus schien ein Interesse an Postdingen zu haben, und außerdem hatte meine Mutter einmal darauf hingewiesen, es sei größtenteils dem mutigen Saint-Ex zu danken, dass Zvi Litvinoff, der Autor der *Geschichte der Liebe,* später die letzten Briefe seiner Familie und Freunde aus Polen bekam. Am Ende des Briefes hätte ich etwas über meine Mutter, die allein stehende Frau, hinzugefügt. Aber ich ließ das Schreiben dann doch, denn wenn sie es irgendwie spitzgekriegt hätte, hätte es verdorben, was so gut und ohne jede Einmischung begonnen hatte. Hunderttausend Dollar waren eine Menge Geld. Aber ich wusste, selbst wenn Jacob Marcus ihr ein Almosen angeboten hätte, wäre meine Mutter bereit gewesen, es zu machen.

29 *Oft las meine Mutter mir aus der* Geschichte der Liebe *vor*

«Die erste Frau mag Eva gewesen sein, aber das erste Mädchen wird immer Alma heißen», sagte sie, das spanische Buch aufgeschlagen auf dem Schoß, während ich im Bett lag. Ich war damals vier oder fünf, bevor Dad krank und das Buch in ein Regal gesteckt wurde. «Als du sie das erste Mal gesehen hast, warst du vielleicht zehn. Sie stand in der Sonne und kratzte sich am Bein. Oder schrieb mit einem Stock Buchstaben in den Matsch. Jemand zog sie an den Haaren. Oder sie zog jemanden an den Haaren. Etwas in dir fühlte sich zu ihr hingezogen, und etwas in dir widerstand – wollte mit dem Fahrrad los, einen Stein herumkicken, unkompliziert bleiben. In ein und demselben Atemzug empfandest du Manneskraft und ein Selbstmitleid, das dich klein und verletzt erscheinen ließ. Etwas in dir dachte: *Bitte sieh mich nicht an. Wenn du es nicht tust, kann ich mich noch abwenden.* Und etwas in dir dachte: *Sieh mich an.*

Wenn du dich erinnerst, wie du Alma das erste Mal gesehen hast, erinnerst du dich auch an das letzte Mal. Sie schüttelte den Kopf. Oder verschwand über ein Feld. Oder durch dein Fenster. *Komm zurück, Alma!,* riefst du. *Komm zurück!*

Aber sie kam nicht zurück.

Und obwohl du damals schon erwachsen warst, fühltest du dich verloren wie ein Kind. Und trotz deines gebrochenen Stolzes fühltest du dich so unermesslich groß, wie deine Liebe zu ihr war. Sie war fort, und es blieb nur der leere Raum, um den herum du gewachsen warst, wie ein Baum, der um einen Zaun wächst.

Lange würde er leer bleiben. Jahre vielleicht. Und wenn er sich endlich wieder füllte, würdest du wissen, dass diese neue Liebe zu einer Frau ohne Alma unmöglich gewesen wäre. Ohne sie hätte es nie einen leeren Raum gegeben oder das Bedürfnis, ihn zu füllen.

Natürlich gibt es gewisse Situationen, in denen besagter Junge einfach nicht aufhört, aus Leibeskräften nach Alma zu schreien. In Hungerstreik tritt. Fleht. Ein Buch mit seiner Liebe füllt. Weitermacht, bis sie keine andere Wahl mehr hat, als zurückzukommen. Jedes Mal, wenn sie zu gehen versucht, im Wissen, dass es sein muss, hält der Junge sie auf, indem er bettelt wie verrückt. Und so kehrt sie immer zurück – egal, wie oft sie ihn verlässt oder wie weit sie fortgeht –, taucht lautlos hinter ihm auf, hält ihm mit den Händen die Augen zu und verdirbt ihn für alle, die je nach ihr kommen könnten.»

30 *Die italienische Post braucht ewig; Dinge gehen verloren, und Leben werden für immer zerstört*

Es muss weitere Wochen gedauert haben, bis die Antwort meiner Mutter in Venedig ankam; da war Jacob Marcus offenbar schon abgereist und hatte Anweisungen zum Nachsenden seiner Post hinterlassen. Anfangs stellte ich ihn mir sehr groß und dünn vor, mit chronischem Husten und einem schrecklichen Akzent beim Aussprechen der wenigen Wörter, die er auf Italienisch sagen konnte, eine jener traurigen Gestalten, die nie irgendwo zu Hause sind. Bird malte ihn sich als John Travolta in einem Lamborghini mit einem Koffer voller Geldscheine aus. Sofern sich meine Mutter überhaupt ein Bild von ihm machte, sagte sie es nicht.

Aber sein zweiter Brief kam Ende März, sechs Wochen nach dem ersten, gestempelt in New York und per Hand auf die Rückseite einer alten Schwarzweißpostkarte mit einem Zeppelin darauf geschrieben. Meine Vorstellung von ihm entwickelte sich. Anstelle eines Hustens gab ich ihm einen Stock, an dem er ging, seit er mit Anfang zwanzig einen Autounfall gehabt hatte, und beschloss, seine Traurigkeit komme daher, dass seine Eltern ihn als Kind zu viel allein gelassen hätten, dann gestorben wären und ihm ihr ganzes Geld vermacht hätten. Auf der Rückseite der Postkarte stand:

Liebe Ms. Singer,

ich bin hocherfreut über Ihre Antwort und beglückt zu hören, dass Sie die Übersetzungsarbeit vornehmen werden. Bitte teilen Sie mir Ihre Bankverbindung mit, dann überweise ich unverzüglich die ersten 25 000 Dollar. Darf ich fragen, ob es möglich wäre, mir den Text im Zuge der Arbeit in Vierteln zu schicken? Bitte entschuldigen Sie meine Ungeduld, sie ist Zeichen meiner aufgeregten Vorfreude, endlich Litvinoffs Buch – und Ihres – zu lesen. Aber auch meiner Vorliebe, Post zu empfangen, und der Absicht, eine Erfahrung, von der ich annehme, dass sie mich tief bewegen wird, so lange wie möglich auszudehnen.

Mit freundlichem Gruß

J.M.

31 *Jeder Israelit hält die Ehre seines ganzen Volkes in den Händen*

Eine Woche später war das Geld da. Zur Feier des Tages lud meine Mutter uns ins Kino ein, ein französischer Film mit Untertiteln über zwei von zu Hause weggelaufene Mädchen. Abgesehen von uns saßen nur drei andere im Saal. Einer davon war der Platzanweiser. Bird aß schon während des Vorspanns seine Milk Duds auf und raste im Zuckerrausch die Gänge rauf und runter, bis er in der ersten Reihe einschlief.

Nicht lange danach, in der ersten Aprilwoche, kletterte er aufs Dach der Hebräischen Schule, fiel herunter und verstauchte sich das Handgelenk. Zum Trost stellte er vor unserem Haus einen Spieltisch auf und malte ein Schild, auf dem stand FRISCHES LEMON-AID 50 CENT BITTE SELBST EINSCHENKEN (VERSTAUCHTES HANDGELENK). Ob Regen oder Sonnenschein, er war draußen mit seinem Krug voller Limonade und einem Schuhkarton zum Geldsammeln. Als er die Kundschaft in unserer Straße abgeschöpft hatte, zog er ein paar Blocks weiter und stellte sich vor einem verwilderten Grundstück auf. Er verbrachte mehr und mehr Zeit dort. In flauen Stunden überließ er den Spieltisch sich selbst und streifte umher, spielte auf dem Grundstück. Jedes Mal, wenn ich vorbeikam, hatte er etwas zu dessen Verschönerung getan: den verrosteten Zaun zur Seite gezerrt, Unkraut weggehackt, einen Müllsack mit Abfall gefüllt. Bei Einbruch der Dunkelheit kam er mit zerschürften Beinen und schiefer *kippa* auf dem Kopf nach Hause. «Was'n Dreck», sagte er. Aber als ich fragte, was er dort vorhabe, zuckte er nur die Achseln. «Ein Ort gehört jedem, der ihn nutzen kann», erklärte er. «Danke, Mr. Dalai Lamed Wownik. Hat Mr. Goldstein dir das gesagt?» – «Nein.» – «Und, wozu nutzt du ihn denn großartig?», rief ich ihm nach. Statt zu antworten, ging er zum Türrahmen, reckte sich, um etwas zu berühren, küsste seine Hand und lief die Treppe hinauf. Es war eine Plastikmesusa; er hatte welche an sämtliche Türrahmen im Haus geklebt. Sogar an der Badezimmertür war eine.

Am nächsten Tag fand ich den dritten Band von *Wie man in der Wildnis überlebt* in Birds Zimmer. Er hatte Gottes Namen mit wasserfestem Marker oben auf jede Seite gekritzelt. «WAS HAST DU MIT MEINEM NOTIZBUCH GEMACHT?», schrie ich. Er schwieg. «DU HAST ES RUINIERT.» – «Nein, hab ich nicht. Ich war ganz vorsichtig ...» – «Vorsichtig? *Vorsichtig?* Wer hat dir erlaubt, es überhaupt anzufassen? Hast du noch nie das Wort PERSÖNLICH gehört? Wann hast du dich eigentlich das letzte Mal wie ein normaler Mensch benommen?» – «Was ist denn da unten los?», rief Mom vom obersten Treppenabsatz. «Nichts!», sagten wir gleichzeitig. Kurz darauf hörten wir sie in ihr Arbeitszimmer zurückgehen. Bird hielt sich den Arm vors Gesicht und bohrte in der Nase. «Verdammte Scheiße, Bird», flüsterte ich durch die Zähne. «Versuch doch wenigstens, normal zu sein. Du musst es wenigstens *versuchen.*»

32 *Zwei Monate lang ging meine Mutter kaum aus dem Haus*

Eines Nachmittags in der letzten Woche vor den Sommerferien kam ich von der Schule nach Hause und fand meine Mutter in der Küche, mit einem Päckchen in der Hand, das unter einer Adresse in Connecticut an Jacob Marcus gerichtet war. Sie hatte das erste Viertel der *Geschichte der Liebe* fertig übersetzt und wollte, dass ich es zur Post brachte. «Gern», sagte ich, indem ich es unter den Arm klemmte. Stattdessen ging ich in den Park und fummelte den Daumennagel unter die Lasche. Obenauf lag ein Brief, ein einziger Satz, geschrieben in der winzigen englischen Handschrift meiner Mutter:

Lieber Mr. Marcus,
ich hoffe, diese Kapitel enthalten alles, was Sie sich erhoffen; weniger wäre allein meine Schuld.
Ihre
Charlotte Singer

Mir wurde ganz blümerant. Fünfzehn langweilige Wörter ohne auch nur den leisesten Hinweis auf eine Romanze. Ich wusste, dass ich es abschicken sollte, dass es nicht meine Sache war, dass es nicht recht ist, sich in anderer Leute Angelegenheiten einzumischen. Aber es gibt eben vieles, das nicht recht ist.

33 *Die Geschichte der Liebe, 10. Kapitel*

Während der Glaszeit glaubte jeder, irgendetwas an ihm oder ihr sei überaus zerbrechlich. Für manche war es die Hand, für andere der Oberschenkelknochen, wieder andere glaubten, ihre Nase sei aus Glas. Die Glaszeit folgte der Steinzeit als evolutionäres Korrektiv, denn sie vermittelte den menschlichen Beziehungen einen neuen Sinn für Zerbrechlichkeit, der das Mitgefühl förderte. In der Geschichte der Liebe dauerte diese Periode verhältnismäßig kurze Zeit – ein Jahrhundert ungefähr –, bis ein Arzt namens Ignacio da Silva darauf kam, die Menschen zur Behandlung auf eine Couch zu legen und ihnen einen anregenden Klaps auf den fraglichen Körperteil zu geben, wodurch sich die Wahrheit offenbarte. Die anatomische Illusion, die so real erschienen war, verschwand allmählich und wurde – wie so vieles, was wir nicht mehr brauchen, aber nicht aufgeben können – rudimentär. Doch ab und zu, aus manchmal unverständlichen Gründen, taucht sie wieder auf, was vermuten lässt, dass die Glaszeit, genau wie die Stummzeit, nie ganz zum Abschluss gekommen ist.

Nimm beispielsweise den Mann, der dort die Straße entlanggeht. Du würdest ihn nicht unbedingt bemerken, er gehört nicht zu der Sorte, die man bemerkt; alles an seiner Kleidung und Haltung schreit danach, in der Menge nicht aufzufallen. Gewöhnlich – das würde er dir selbst bestätigen – wird er übersehen. Er trägt nichts bei sich. Zumindest scheint er nichts bei sich zu tragen, keinen Schirm, obwohl es nach Regen aussieht, keine Aktentasche, obwohl Hauptverkehrszeit ist und die Leute um ihn her nach Hause streben, vornüber gegen den Wind gebeugt, ins warme Heim am Rand der Stadt, wo die Kinder am Küchentisch über ihren Hausaufgaben sitzen, wo duftend das Abendessen wartet und vermutlich ein Hund, weil in solchen Häusern immer ein Hund ist.

Eines Abends, als der Mann noch jung war, beschloss er, zu einem Fest zu gehen. Dort traf er ein Mädchen, mit dem er seit der Grundschule in eine Klasse ging, ein

Mädchen, in das er immer ein bisschen verliebt gewesen war, obgleich er sicher annahm, dass sie von seiner Existenz nichts wusste. Sie hatte den schönsten Namen, den er je gehört hatte: Alma. Als sie ihn an der Tür stehen sah, strahlte sie und durchquerte den Raum, um mit ihm zu reden. Er konnte es nicht glauben.

Eine oder zwei Stunden vergingen. Es muss eine gute Unterhaltung gewesen sein, denn ehe er sich versah, sagte Alma, er solle die Augen schließen. Dann küsste sie ihn. Ihr Kuss war eine Frage, mit deren Beantwortung er sein ganzes Leben verbringen wollte. Er fühlte seinen Körper zittern. Er fürchtete, die Kontrolle über seine Muskeln zu verlieren. Für jeden anderen wäre das in Ordnung gewesen, aber für ihn stellte es sich als nicht so einfach dar, weil dieser Mann glaubte – und, solange er sich erinnern konnte, immer geglaubt hatte –, etwas an ihm sei aus Glas. Er stellte sich jene falsche Bewegung vor, die ihn zu Fall bringen und vor ihr zersplittern lassen würde. Widerwillig entzog er sich Alma. Er lächelte zu ihren Füßen hinunter, in der Hoffnung, sie würde verstehen. Sie redeten stundenlang.

An diesem Abend ging er frohgemut nach Hause. Er konnte nicht schlafen, so aufgeregt erwartete er den nächsten Tag. Er und Alma hatten eine Verabredung, wollten ins Kino. Am nächsten Abend holte er sie ab und schenkte ihr einen Strauß gelbe Osterglocken. Im Kino bekämpfte – und besiegte! – er die Gefahren des Sitzens. Er sah sich den ganzen Film nach vorn gebeugt an, sodass sein Gewicht auf der Unterseite der Oberschenkel ruhte und nicht auf dem Teil von ihm, der aus Glas war. Sofern Alma es bemerkte, sagte sie nichts. Er bewegte sein Knie ein wenig, und ein wenig mehr, bis es an ihrem lehnte. Er schwitzte. Als der Film vorbei war, hatte er keine Ahnung, um was es darin gegangen war. Er schlug vor, einen Spaziergang durch den Park zu machen. Diesmal war er es, der stehen blieb, Alma in die Arme nahm und sie küsste. Als seine Knie anfingen zu zittern und er sich in Glassplittern liegen sah, kämpfte er gegen den Drang an, sich zu entziehen. Er fuhr ihr mit den Fingern über ihrer dünnen Bluse das Rückgrat hinunter, und einen Augenblick vergaß er die Gefahr, in der er sich befand, dankbar für die Welt, die absichtlich scheidet, damit wir Trennendes überwinden, voller Freude darüber, uns einander anzunähern, auch wenn wir im tiefsten Inneren die Trauer über die Unüberwindlichkeit unserer Unterschiede nie vergessen können. Unversehens zitterte er heftig. Er spannte die Muskeln, damit es aufhörte. Alma spürte sein Zögern. Sie beugte sich zurück und sah ihn an, etwas wie Verletztheit in den Augen, und da hätte er beinahe, tat es aber dann doch nicht, die beiden Sätze gesagt, die er seit Jahren hatte sagen wollen: Etwas an mir ist aus Glas, und: Ich liebe dich.

Er sah Alma ein letztes Mal. Er hatte keine Ahnung, dass es das letzte Mal sein würde. Er glaubte, alles finge gerade erst an. Er verbrachte den Nachmittag damit, ihr eine Halskette zu basteln, winzige Vögel aus gefaltetem Papier, die auf einem Faden aneinander gereiht waren. Unmittelbar bevor er aus der Tür ging, schnappte er sich, einer spontanen Regung folgend, ein Gobelinkissen von der Couch seiner Mutter und stopfte es sich als Schutzmaßnahme in den Hosenboden. Kaum war das getan, fragte er sich, warum er nicht früher darauf gekommen war.

An diesem Abend – nachdem er Alma die Halskette geschenkt und sie ihr, während sie ihn küsste, behutsam um den Hals gebunden hatte, nur ein leichtes, gar nicht so schreckliches Beben empfindend, als sie nun *ihm* mit den Fingern das Rückgrat hinunterfuhr und einen Moment innehielt, ehe sie die Hand in seinen Hosenboden gleiten ließ, um sie alsbald zurückzuziehen, und ein Blick sie überkam, der zwischen Lachen und Entsetzen schwankte, ein Blick, der ihn an einen von jeher gekannten Schmerz erinnerte – sagte er ihr die Wahrheit. Jedenfalls versuchte er, die Wahrheit zu sagen, aber was herauskam, war nur die halbe Wahrheit. Später, viel später, wurde ihm bewusst, dass ihn zwei Dinge reuten, die er nicht loswerden konnte: erstens, dass er, als sie sich zurückbeugte, im Schein der Lampe gesehen hatte, wie seine selbst gebastelte Kette ihr den Hals zerkratzte, und zweitens, dass er im wichtigsten Moment seines Lebens den falschen Satz gewählt hatte.

Lange saß ich da und las die von meiner Mutter übersetzten Kapitel. Als ich mit dem zehnten fertig war, wusste ich, was ich zu tun hatte.

34 *Es gab nichts mehr zu verlieren*

Ich zerknüllte den Brief meiner Mutter und warf ihn in den Müll. Ich rannte nach Hause, in mein Schlafzimmer hinauf, um einen neuen Brief an den einzigen Mann zu entwerfen, von dem ich glaubte, er könnte meine Mutter ändern. Ich arbeitete Stunden daran. Spätabends, als sie und Bird längst schlafen gegangen waren, stand ich aus dem Bett auf, schlich auf Zehenspitzen über den Flur und holte die Schreibmaschine meiner Mutter, die sie für über fünfzehn Wörter lange Briefe noch immer gern benutzt, in mein Zimmer. Ich musste viele Male tippen, ehe mir ein fehlerfreies Exemplar gelang. Ich las ihn ein letztes Mal durch. Dann unterschrieb ich mit dem Namen meiner Mutter und ging schlafen.

VERZEIH MIR

Fast alles, was über Zvi Litvinoff bekannt ist, stammt aus der Einleitung, die seine Frau ein paar Jahre nach seinem Tod zur Neuauflage der *Geschichte der Liebe* schrieb. Der Ton ihrer Prosa, zärtlich und zurückhaltend, ist geprägt von der Hingabe derer, die ihr Leben der Kunst eines anderen gewidmet haben. Sie beginnt so: *Als ich Zvi im Herbst 1951 in Valparaiso kennen lernte, war ich gerade zwanzig geworden. Ich hatte ihn oft in den Cafés unten am Hafen gesehen, die ich mit meinen Freunden besuchte. Er trug immer einen Mantel, sogar in den wärmsten Monaten, und starrte trübsinnig ins Weite. Er war fast zwölf Jahre älter als ich, aber etwas an ihm zog mich an. Ich wusste, dass er Flüchtling war, weil ich seinen Akzent bei den seltenen Gelegenheiten gehört hatte, wenn jemand, den er kannte, auch aus dieser anderen Welt, einen Augenblick an seinem Tisch verweilte. Meine Eltern waren von Krakau nach Chile ausgewandert, als ich noch klein war, sodass er für mich etwas Vertrautes und Berührendes an sich hatte. Ich zog meinen Kaffee in die Länge, beobachtete ihn, wie er Zeitung las. Meine Freunde lachten mich aus, nannten ihn* un viéjon, *und eines Tages forderte mich ein Mädchen namens Gracia Stürmer heraus, ich solle hingehen und ihn ansprechen.*

Was Rosa tat. An diesem Tag sprach sie fast drei Stunden lang mit ihm, während der Nachmittag sich hinzog und kühle Luft vom Wasser hereinströmte. Und Litvinoff – erfreut über die Aufmerksamkeit der jungen Frau mit blassem Gesicht und schwarzem Haar, entzückt, dass sie ein paar Brocken Jiddisch verstand, plötzlich erfüllt von einer Sehnsucht, von der er nicht gewusst hatte, dass er sie seit Jahren in sich herumtrug – regte und belebte sich, indem er sie mit Geschichten unterhielt und Gedichte vortrug. Am Abend ging Rosa fröhlich und beschwingt nach Hause. Unter den großspurigen, von sich eingenommenen Kommilitonen an der Universität mit ihrem Pomadehaar und dem leeren Gerede über Philosophie sowie den paar Melodramatischen, die ihr beim Anblick ihres nackten Körpers ihre Liebe erklärt hatten, war nicht ein Einziger halb so erfahren wie Litvinoff. Am nächsten Nachmittag, nach ihren Seminaren, eilte Rosa ins Café zurück. Litvinoff war da, wartete auf sie, und wieder führten sie stundenlang angeregte Gespräche: über den Klang des Cellos, über Stummfilme und über die Erinnerungen, die sie beide mit dem Geruch von Salzwasser verbanden. So ging es vierzehn Tage weiter. Sie hatten vieles gemeinsam, dennoch hing zwischen ihnen ein dunkler und schwerwiegender Unterschied, der Rosa in ihrem Bestreben, auch nur ein Fitzelchen davon zu erhaschen, umso mehr anzog. Aber Litvinoff erzählte nur selten von seiner Vergangenheit und all dem, was er verloren hatte. Und nicht ein einziges Mal erwähnte er die Sache, an der er angefangen hatte abends an dem alten Zeichentisch in seinem möblierten Zimmer zu arbeiten, das Buch, das sein Meisterwerk werden sollte. Er sagte nur, dass er als

Teilzeitkraft an einer jüdischen Schule unterrichtete. Für Rosa war es schwer, sich den Mann, der ihr gegenübersaß – schwarz wie eine Krähe in seinem ewigen Mantel, angehaucht von der Feierlichkeit einer alten Fotografie –, inmitten einer Klasse lachender, wuselnder Kinder vorzustellen. *Erst zwei Monate später,* schreibt Rosa, *in den ersten Momenten einer Traurigkeit, die durch das offene Fenster hereinzuschlüpfen schien, ohne dass wir es bemerkten, und so die erhabene Atmosphäre, die mit einer beginnenden Liebe entsteht, zerstörte, las Litvinoff mir die ersten Seiten der* Geschichte *vor.*

Sie waren auf Jiddisch geschrieben. Später, mit Rosas Hilfe, übersetzte Litvinoff sie ins Spanische. Das handschriftliche jiddische Original ging verloren, als im Haus der Litvinoffs eine Überschwemmung stattfand, während sie in den Bergen waren. Geblieben ist nur eine einzige Seite, die Rosa von der Oberfläche des stillen Wassers rettete, das einen halben Meter hoch in Litvinoffs Arbeitszimmer stand. *Auf dem Grund erblickte ich die Goldkappe des Füllhalters, den er immer in der Tasche trug,* schreibt sie, *und musste mit dem Arm bis zur Schulter eintauchen, um sie zu erreichen.* Die Tinte war zerflossen, die Schrift teilweise unleserlich geworden. Aber der Name, den er ihr in seinem Buch gegeben hatte, der Name, der in der *Geschichte* jeder Frau gehörte, war in Litvinoffs abfallender Handschrift unten auf der Seite noch zu erkennen.

Anders als ihr Ehemann war Rosa Litvinoff keine Schriftstellerin, und doch ist ihre Einleitung von natürlicher Intelligenz gelenkt und überall, fast intuitiv, mit schattenhaften Flecken durchsetzt, Pausen, Andeutungen, Auslassungen, die insgesamt eine Art Halbdunkel erzeugen, in das die Leser ihre jeweils eigenen Vorstellungen projizieren können. Sie beschreibt das offene Fenster und wie Litvinoffs Stimme gefühlvoll bebte, als er ihr den Anfang vorlas, sagt aber nichts über das Zimmer selbst – das, wie wir annehmen können, Litvinoffs gewesen sein muss, das mit dem Zeichentisch, der früher dem Sohn seiner Vermieterin gehört hatte und in dessen Ecke die Wörter des wichtigsten aller jüdischen Gebete geschnitzt waren: *Schema jisrael adonai elohenu adonai echad,* sodass Litvinoff jedes Mal, wenn er sich hinsetzte, um auf der schrägen Fläche zu schreiben, bewusst oder unbewusst ein Gebet ausstieß –, nichts über das schmale Bett, in dem er schlief, oder die Socken, die er am Vorabend gewaschen und ausgewrungen hatte und die jetzt wie zwei erschöpfte Tierchen über einer Stuhllehne hingen, nichts über das einzige gerahmte, der sich ablösenden Tapete zugewandte Foto (das Rosa umgedreht und sich angesehen haben muss, als Litvinoff sich entschuldigte, um über den Flur auf die Toilette zu gehen) von einem Jungen und einem Mädchen, die mit steif herabhängenden Armen, zusammengepressten Händen und bloßen Knien in Positur standen, während hinter dem Fenster, im hintersten Winkel des Bildes neben dem Rahmen gerade noch zu sehen, sich langsam der Nachmittag entfernte. Und obwohl Rosa beschreibt, wie sie mit der Zeit ihre schwarze Krähe in die Ehe führte, wie ihr Vater starb und das große Haus ihrer Kindheit mit seinen süß duftenden Gärten verkauft wurde und sie zu Geld kamen, wie sie einen kleinen weißen Bungalow auf den Klippen über dem Wasser außerhalb von Valparaiso kauften und Litvinoff seine Arbeit in der Schule für eine Weile aufgeben und die meisten Nachmittage und Abende schreiben konnte, sagt sie nichts von Litvinoffs hartnäckigem Husten, der ihn oft mitten in der Nacht hinaus auf die Terrasse trieb, wo er aufs schwarze Wasser starrend stand, nichts von den langen Zeiten, die er stumm blieb, und nichts davon, wie seine Hände manchmal zitterten oder wie sie ihn vor ihren Augen alt werden sah, als verginge die Zeit für ihn schneller als für alle um ihn her.

Was Litvinoff selbst betrifft, so wissen wir nur, was auf den Seiten des einzigen Buches steht, das er geschrieben hat. Er führte kein Tagebuch und schrieb wenig Briefe. Diejenigen, die er geschrieben hat, gingen entweder verloren oder wurden vernichtet. Abgesehen von einigen Einkaufslisten und persönlichen Notizen und der einzigen Seite des jiddischen Manuskripts, die Rosa aus der Wasserflut barg, ist nur ein erhaltenes schriftliches Zeugnis bekannt, eine Ansichtskarte von 1964, adressiert an einen Neffen in London. Damals war die *Geschichte* in einer bescheidenen Auflage von zweitausend Exemplaren erschienen, und Litvinoff gab wieder Unterricht, diesmal – dank seines gestiegenen Ansehens aufgrund der noch frischen Veröffentlichung – ein Literaturseminar an der Universität. Die Ansichtskarte liegt, für jedermann zu sehen, in einem Schaukästchen auf verschlissenem blauem Samt im verstaubten Museum für Stadtgeschichte, das fast immer geschlossen ist, wenn jemand auf den Gedanken kommt, es zu besuchen. Auf der Rückseite steht schlicht und einfach:

Lieber Boris,
wie schön zu hören, dass du die Prüfungen geschafft hast. Möge deine Mutter in seligem Angedenken ruhen,

sie wäre ja so stolz. Ein richtiger Doktor! Sicher bist du jetzt fleißiger denn je, aber wenn du zu Besuch kommen willst, wir haben ja das Gästezimmer. Bleib, solange du Lust hast. Rosa ist eine gute Köchin. Du kannst faul am Meer sitzen und richtig Urlaub machen. Wie steht es mit Mädchen? Nur eine Frage. Vergiss sie nicht vor lauter Fleiß! Alles Liebe und meine Glückwünsche

Zvi

Die Vorderseite der Ansichtskarte, ein handkoloriertes Foto vom Meer, ist auf der Erläuterung an der Wand daneben abgebildet, begleitet von den Worten: *Zvi Litvinoff, Autor des Werkes* Die Geschichte der Liebe, *wurde in Polen geboren und lebte siebenunddreißig Jahre in Valparaiso, bis zu seinem Tod 1978. Diese Postkarte schrieb er an Boris Perlstein, den Sohn seiner ältesten Schwester.* In kleineren Buchstaben steht links unten in der Ecke: *Gestiftet von Rosa Litvinoff.* Was nicht dasteht, ist, dass seine Schwester Miriam im Warschauer Ghetto von einem Nazioffizier in den Kopf geschossen wurde oder dass Litvinoff außer Boris, der auf einem Kindertransport entkam und die restlichen Jahre des Krieges und seiner Kindheit in einem Waisenhaus in Surrey verbrachte, und später Boris' Kindern, die manchmal an der von Verzweiflung und Angst geprägten Liebe ihres Vaters erstickten, keine überlebenden Verwandten hatte. Es steht auch nicht da, dass die Postkarte nie abgeschickt wurde, aber jeder aufmerksame Betrachter wird erkennen, dass die Briefmarke keinen Stempel trägt.

Was *nicht* bekannt ist über Zvi Litvinoff, ist endlos. So ist beispielsweise nicht bekannt, dass er auf seiner ersten und letzten Fahrt nach New York im Herbst 1954 –

als Rosa gedrängt hatte, sie sollten dorthin fahren, um einigen Verlagslektoren sein Manuskript zu zeigen – in einem überfüllten Kaufhaus so tat, als habe er seine Frau aus den Augen verloren, dass er hinausging, die Straße überquerte und in die Sonne blinzelnd im Central Park stand. Während sie zwischen Etageren mit Strümpfen und Lederhandschuhen nach ihm suchte, spazierte er durch eine Ulmenallee. Dass er in der Zeit, bis Rosa einen Geschäftsführer gefunden hatte und über den Lautsprecher eine Durchsage gemacht wurde – *Mr. Z. Litvinoff, Ihre Frau erwartet Sie in der Damenschuhabteilung, Mr. Z. Litvinoff, bitte in die Damenschuhabteilung* –, einen See erreichte und beobachtete, wie ein Boot mit einem rudernden jungen Paar dicht an das Schilf heranfuhr, hinter dem er stand, und das Mädchen in dem Glauben, verborgen zu sein, ihre Bluse aufknöpfte, um zwei weiße Brüste zu enthüllen. Dass der Anblick dieser Brüste in Litvinoffs Gewissen brannte und er durch den Park zurückeilte ins Kaufhaus, wo er Rosa – hochroten Kopfes und mit nass geschwitztem Nackenhaar – auf zwei Polizisten einredend fand. Dass er, als Rosa die Arme um ihn schlang, ihm sagte, er habe sie halb zu Tode erschreckt, und fragte, wo um Himmels willen er gewesen sei, erklärte, er sei zur Toilette gegangen und habe sich in der Kabine eingeschlossen. Dass die Litvinoffs später, in einer Hotelbar, den einzigen Lektor trafen, der sie hatte sehen wollen, einen nervösen Mann mit einem dünnen Lachen und nikotingebeizten Fingern, der ihnen sagte, obwohl das Buch ihm sehr gefalle, könne er es nicht veröffentlichen, weil niemand es kaufen würde. Zum Zeichen seiner Wertschätzung schenkte er ihnen ein Buch, das sein Verlag gerade herausgebracht hatte. Nach einer Stunde entschuldigte er sich, sagte, er sei zum Essen eingeladen, hastete hinaus und überließ den Litvinoffs die Rechnung.

In dieser Nacht, nachdem Rosa eingeschlafen war, schloss Litvinoff sich wirklich in der Toilette ein. Er tat das fast jede Nacht, weil ihm der Gedanke peinlich war, seine Frau müsste sein Geschäft riechen. Während er auf dem Klo saß, las er die erste Seite des Buches, das der Lektor ihnen geschenkt hatte. Und er weinte.

Es ist nicht bekannt, dass Litvinoffs Lieblingsblume die Pfingstrose war. Dass sein liebstes Satzzeichen das Fragezeichen war. Dass er schreckliche Träume hatte und, wenn überhaupt, nur mit einem Glas warmer Milch einschlafen konnte. Dass er sich oft seinen eigenen Tod vorstellte. Dass er glaubte, die Frau, die ihn liebte, tue es zu Unrecht. Dass er Plattfüße hatte. Dass er am liebsten Kartoffeln aß. Dass er sich gern als Philosophen dachte. Dass er alle Dinge, auch die einfachsten, endlos hinterfragte und, wenn ihm auf der Straße jemand entgegenkam, der seinen Hut zog und «Guten Tag» sagte, oft so lange brauchte, den Sachverhalt abzuwägen, dass der andere, bis er sich zu einer Antwort durchrang, seiner Wege gegangen war und er allein dastand. All das war in Vergessenheit geraten wie so vieles über so viele, die geboren werden und sterben, ohne dass sich jemals jemand die Zeit nähme, es alles aufzuschreiben. Dass Litvinoff eine Frau hatte, die ihm so treu ergeben war, ist ehrlich gesagt der einzige Grund, warum überhaupt irgendjemand etwas von ihm weiß.

Ein paar Monate nachdem das Buch bei einem kleinen Verlag in Santiago erschienen war, bekam Litvinoff ein Päckchen zugeschickt. In dem Augenblick, als der Postbote auf die Klingel drückte, schwebte Litvinoffs Federhalter über einem leeren Blatt Papier, ihm standen Tränen in den Augen; bewegt von einer plötzlichen Erkenntnis, war er erfüllt von dem Gefühl, er sei gerade im Begriff, etwas Wesentliches zu begreifen. Aber als es klingelte, ging der Gedanke verloren, und Litvinoff, wieder wie gewohnt, schlurfte durch den dunklen Flur und öffnete die Tür, vor der im Sonnenlicht der Briefträger stand. «Guten Tag», sagte er, indem er ihm ein großes, säuberlich in einen braunen Umschlag gepacktes Päckchen überreichte, und Litvinoff brauchte den Sachverhalt nicht lange abzuwägen, um den Schluss zu ziehen, dass der Tag, der einen Moment zuvor gerade im Begriff gewesen war, wunderbar zu werden, besser als er sich erhoffen konnte, plötzlich eine andere Richtung genommen hatte, wie ein Unwetter am Horizont. Das bestätigte sich, als Litvinoff das Päckchen öffnete und die Satzvorlage der *Geschichte der Liebe* mit folgendem Begleitbrief seines Verlegers fand: *Das abgesetzte Manuskript wird von uns nicht mehr benötigt und geht hiermit an Sie zurück.* Litvinoff zuckte zusammen, nicht wissend, dass das redigierte Manuskript üblicherweise an den Autor zurückging. Er fragte sich, ob das Rosas Meinung über das Buch beeinflussen würde. Da er es nicht herausfinden wollte, verbrannte er den Brief samt dem, was ohnehin nicht mehr benötigt wurde, und verfolgte das Zischen und Sichringeln des verglühenden Papiers im offenen Kamin. Als seine Frau vom Einkaufen zurückkehrte, die Fenster aufriss, um Licht und frische Luft hereinzulassen, und fragte, warum er an einem so wunderschönen Tag Feuer gemacht habe, zuckte Litvinoff die Achseln und klagte über eine Erkältung.

Von den zweitausend gedruckten Exemplaren der Erstauflage der *Geschichte der Liebe* wurden einige gekauft und gelesen, viele wurden gekauft und nicht gelesen, einige verblichen in den Schaufenstern der Buchhandlungen, wo sie Fliegen als Landeplatz dienten, in einigen wurde mit Bleistift unterstrichen, und recht viele landeten in der Papierpresse, wo sie zusammen mit anderen ungelesenen oder ungewollten Büchern zu Brei geschreddert, ihre Sätze in den sausenden Messern der Maschine zerlegt und zerkleinert werden. Aus dem Fenster starrend, stellte Litvinoff sich die zweitausend Exemplare der *Geschichte der Liebe* als einen Schwarm von zweitausend Brieftauben vor, die mit den Flügeln schlagen, zu ihm zurückkehren und berichten konnten über die Zahl der vergossenen Tränen, der Lacher, der laut vorgelesenen Stellen, wie oft der Buchdeckel nach kaum einer Seite Lesen brutal zugeschlagen worden war, wie viele überhaupt nie aufgeschlagen wurden.

Er konnte es nicht wissen, aber unter den Exemplaren der Erstausgabe der *Geschichte der Liebe* (nach Litvinoffs Tod flackerte das Interesse wieder auf, und das Buch wurde mit Rosas Einleitung kurzfristig nachgedruckt) war mindestens eines dazu bestimmt, ein Leben zu verändern – mehr als ein Leben. Dieses besondere Buch lag, Feuchtigkeit aufsaugend, länger als der Rest in einem Lagerhaus am Stadtrand von Santiago. Von dort wurde es schließlich an einen Buchladen in Buenos Aires geschickt. Der nachlässige Besitzer beachtete es kaum, und so schmachtete es einige Jahre im Regal und setzte quer über den Umschlag ein Muster aus Stockflecken an. Es war ein schmaler Band und sein Platz auf dem Regal nicht unbedingt der beste: Zur Linken von der übergewichtigen Biographie einer unbedeutenden Schauspielerin bedrängt, zur Rechten vom einstigen Bestseller eines inzwischen vergessenen Autors, war sein Rücken auch für den gründlichsten Stöberer kaum zu sehen. Als der Laden den Besitzer wechselte, fiel es einer Ausmistung zum Opfer und wurde abtransportiert in ein weiteres Lagerhaus, stickig, schmuddelig, von Weberknechten wimmelnd, wo es im Dunkeln und Feuchten blieb, bis es endlich in ein kleines Antiquariat kam, nicht weit entfernt von der Wohnung des Schriftstellers Jorge Luis Borges.

Die Besitzerin ließ sich Zeit mit dem Auspacken der Bücher, die sie billig und en gros vom Lagerhaus erworben hatte. Eines Morgens, als sie in den Kisten wühlte, entdeckte sie das stockfleckige Exemplar der *Geschichte der Liebe.* Sie hatte noch nie davon gehört, aber der Titel stach ihr ins Auge. Sie legte es beiseite, und in einer ruhigen Stunde, als im Laden nichts los war, las sie das erste Kapitel mit der Überschrift «Das Stummzeitalter»:

Die erste Sprache der Menschen waren Gesten. Diese Sprache, die ihnen aus den Händen floss, hatte nichts Primitives an sich, nichts von dem, was wir heute sagen, konnte mit dem endlosen Aufgebot an Bewegungen, die mit den feinen Knochen der Finger und Handgelenke möglich waren, nicht gesagt werden. Die komplexen und subtilen Gesten verlangten ein zartes Gespür für Bewegungen, das seither vollständig verloren gegangen ist.

Während der Stummzeit kommunizierten die Menschen mehr, nicht weniger. Um das bloße Überleben zu gewährleisten, durften die Hände fast nie still halten, und so geschah es nur im Schlaf (und manchmal nicht einmal dann), dass die Leute nicht dieses oder jenes sagten. Es wurde nicht zwischen sprachlichen Gesten und lebensnotwendigen Handgriffen unterschieden. Die Arbeit, sagen wir, ein Haus zu bauen oder eine Mahlzeit zuzubereiten, war ebenso gut ein Ausdruck wie der, das Zeichen für *Ich liebe dich* oder *Ich meine es ernst* zu machen. Wenn eine Hand schützend vors Gesicht gehalten wurde, weil jemand über ein lautes Geräusch erschrak, wurde etwas gesagt, und wenn Finger aufhoben, was jemand hatte fallen lassen, wurde etwas gesagt, und sogar wenn die Hände ruhten, sagte das etwas. Natürlich gab es Missverständnisse. Es konnte sein, dass ein Finger gehoben worden war, um an einer Nase zu kratzen, und wenn jemand zufällig genau dann Augenkontakt zu seinem Liebhaber aufnahm, mochte der es versehentlich für die keineswegs unähnliche Geste für *Jetzt merke ich, dass es ein Fehler war, dich zu lieben* halten. Solche Irrtümer gingen ans Herz. Trotzdem, weil die Menschen wussten, wie leicht sie passieren konnten, weil sie nicht mit der Illusion herumliefen, sie verstünden vollkommen, was andere sagten, waren sie es gewohnt, einander zu unterbrechen und zu fragen, ob sie richtig verstanden hätten. Manchmal waren Missverständnisse sogar erwünscht, da sie Gelegenheit gaben zu sagen: *Verzeih mir, ich habe mich nur an der Nase gekratzt. Natürlich weiß ich, dass es immer richtig war, dich zu lieben.* Wegen der Häufigkeit dieser Irrtümer nahm die Geste für das Um-Verzeihung-Bitten eine denkbar schlichte Form an. Das einfache Öffnen der Hand bedeutete: *Verzeih mir.*

Abgesehen von einer Ausnahme gibt es für diese erste Sprache kaum einen Beleg. Die Ausnahme, auf der alles Wissen darüber beruht, besteht in einer Sammlung von neunundsiebzig versteinerten Gesten, Abdrücken menschlicher Hände, die sich, mitten im Satz erstarrt, in einem kleinen Museum in Buenos Aires befinden. Eine macht die Geste für *Manchmal, wenn der Regen,* eine andere für *Nach all den Jahren,* noch eine andere für *War es ein Fehler, dich zu lieben?* Sie wurden 1903 von dem argentinischen Arzt Antonio Alberto de Biedma in Marokko entdeckt. Auf einer Wanderung durch den Hohen Atlas fand er eine Höhle, wo die neunundsiebzig Gesten im Schiefer abgebildet waren. Er studierte sie über Jahre, ohne sie auch nur annähernd zu verstehen, bis er eines Tages, schon vom Fieber der Ruhr befallen, an der er sterben sollte, plötzlich in der Lage war, die feinen Bewegungen der im Stein gefangenen Fäuste und Finger zu entziffern. Bald darauf wurde er nach Fes in ein Krankenhaus gebracht, und während er im Sterben lag, bewegten sich seine Hände wie Vögel und vollführten tausend Gesten, die all die Jahre geruht hatten.

Wenn dir auf großen Versammlungen, Festen oder inmitten von Leuten, mit denen du dich nicht vertraut fühlst, die Hände manchmal ungelenk an den Enden der Arme herabhängen – wenn du nicht weißt, wohin damit, und dich die Traurigkeit überwältigt, die mit der Erkenntnis der Fremdheit des eigenen Körpers kommt –, so, weil deine Hände sich an eine Zeit erinnern, da die Kluft zwischen Körper und Geist, Hirn und Herz, dem, was innen, und dem, was außen ist, sehr viel *kleiner* war. Nicht, dass wir die Sprache der Gesten vollständig vergessen hätten. Die Gewohnheit, beim Sprechen die

Hände zu bewegen, ist uns geblieben. Klatschen, mit dem Finger zeigen, Daumen hoch: lauter Artefakte alter Gesten. Händchenhalten beispielsweise ist eine Art Erinnerung daran, wie es sich anfühlt, gemeinsam nichts zu sagen. Und nachts, wenn es zum Sehen zu dunkel ist, finden wir es nötig, uns einander durch Gesten auf unseren Körpern verständlich zu machen.

Die Besitzerin des Antiquariats stellte das Radio leiser. Sie blätterte zur hinteren Umschlagklappe, um mehr über den Autor zu erfahren, aber da stand nur, dass Zvi Litvinoff in Polen geboren und 1941 nach Chile ausgewandert sei, wo er heute noch lebe. Es gab kein Foto. Noch am selben Tag, immer wenn sie keine Kundschaft zu bedienen hatte, las sie das Buch zu Ende. Bevor sie abends den Laden schloss, stellte sie es ins Schaufenster, etwas wehmütig, sich von ihm trennen zu müssen.

Am nächsten Morgen fielen die ersten Strahlen der aufgehenden Sonne quer über den Titel des Buches. Die erste von vielen Fliegen landete auf dem Schutzumschlag. Die angeschimmelten Seiten begannen in der Wärme zu trocknen, während die blaugraue Perserkatze, die das Regiment im Laden führte, an ihm vorbeistrich und Anspruch auf einen sonnigen Platz erhob. Ein paar Stunden später streifte es der flüchtige Blick des ersten von vielen Passanten im Vorbeigehen.

Die Ladenbesitzerin versuchte nicht, es irgendeinem ihrer Kunden aufzudrängen. Sie wusste, in den falschen Händen konnte so ein Buch leicht abgetan oder, schlimmer noch, nicht gelesen werden. Sie ließ es vielmehr an Ort und Stelle liegen, in der Hoffnung, der richtige Leser würde es entdecken.

Und genau das geschah. Eines Nachmittags sah ein hoch gewachsener junger Mann das Buch im Schaufenster. Er kam in den Laden, nahm es zur Hand, las ein paar Seiten und brachte es an die Registrierkasse. Als er mit der Inhaberin sprach, konnte sie seinen Akzent nicht zuordnen. Sie fragte, woher er sei, neugierig, was für ein Mensch das Buch mitnehmen würde. Israel, sagte er und erklärte, er habe soeben seinen Militärdienst abgeleistet und reise ein paar Monate durch Südamerika. Die Besitzerin wollte das Buch in eine Tüte tun, aber der junge Mann sagte, er brauche keine, und steckte es in seinen Rucksack. Die Türglocken bimmelten noch, als sie ihn unter dem Nachhall seiner schlappenden Sandalen auf der heißen, hellen Straße verschwinden sah.

An diesem Abend schlug der junge Mann, hemdlos in seinem gemieteten Zimmer, unter einem träge die heiße Luft vor sich herschiebenden Deckenventilator das Buch auf und zeichnete es in einem Schriftzug, den er jahrelang geübt hatte, mit seinem Namen: *David Singer.*

Erfüllt von Rastlosigkeit und Sehnsucht, begann er zu lesen.

EINE EWIGE FREUDE

Ich weiß nicht, was ich erwartete, aber ich erwartete etwas. Jedes Mal, wenn ich an den Briefkasten ging, zitterten mir die Finger. Ich ging montags hin. Nichts. Dienstags und mittwochs. Auch donnerstags war nichts da. Zweieinhalb Wochen nachdem ich mein Buch zur Post gebracht hatte, klingelte das Telefon. Ich war sicher, es war mein Sohn. Ich hatte im Sessel gedöst, auf meiner Schulter war Sabber. Ich sprang auf und ging dran. *HALLO?* Aber: Es war nur die Lehrerin vom Zeichenkurs, die sagte, sie suche Leute für ein Projekt in einer Galerie, und sie habe an mich gedacht wegen meiner, in Anführungszeichen, unwiderstehlichen Präsenz. Natürlich fühlte ich mich geschmeichelt. Zu jeder anderen Zeit wäre das Grund genug gewesen, mir Spare Ribs zu genehmigen. Und doch. *Was für ein Projekt?*, fragte ich. Sie sagte, ich müsse nur in der Mitte des Raumes nackt auf einem Metallstuhl sitzen und schließlich, wenn mir danach sei, und das wolle sie doch hoffen, meinen Körper in einen Bottich koscheres Kuhblut tunken und mich auf großflächig ausgelegten weißen Papierblättern wälzen.

Ich mag ein Narr sein, aber ich bin nicht wahnsinnig. Auch für mich gibt es Grenzen, also dankte ich ihr freundlich für das Angebot, sagte jedoch, ich müsse leider ablehnen, weil ich diesen Tag bereits fest dazu verplant hätte, auf meinem Daumen zu sitzen und mich im Einklang mit der Rotation der Erde um die Sonne zu drehen. Sie war enttäuscht. Aber sie schien zu verstehen. Sie sagte, wenn ich vorbeischauen und die Zeichnungen sehen wolle, die der Kurs von mir angefertigt habe, könne ich zu der Ausstellung kommen, die sie nächsten Monat machen würden. Ich notierte das Datum und legte auf.

Ich war den ganzen Tag in der Wohnung gewesen. Es wurde bald dunkel, also entschloss ich mich zu einem Spaziergang. Ich bin ein alter Mann. Aber ich komme noch herum. Ich lief los, vorbei an Zafi's Luncheonette, am Original-Mr.-Man-Friseursalon und an Kossar's Bialys, wo ich mir samstagabends manchmal einen heißen Bagel hole. Früher machten sie dort keine Bagels. Warum auch? Wer sich Bialys nennt, macht eben Bialys. Und doch.

Ich lief weiter. Ging in den Drugstore und stieß eine Auslage mit KY-Jelly um. Aber: Ich war nicht mit dem Herzen bei der Sache. Am Einkaufszentrum hing ein großes Spruchband: DUDU FISHER AM SONNTAGABEND. KAUFEN SIE IHR TICKET JETZT. Warum nicht?, dachte ich. Mir selbst liegt ja nichts an dem Zeug, aber Bruno liebt Dudu Fisher. Ich ging hinein und kaufte zwei Karten.

Mir schwebte kein Ziel vor. Es wurde dämmrig, aber ich blieb hartnäckig. Als ich ein Starbucks sah, ging ich hinein und kaufte mir einen Kaffee, weil ich Lust auf einen Kaffee hatte, nicht weil ich auffallen wollte. Normalerweise hätte ich ein großes Trara gemacht: *Geben Sie mir einen Grande Vente, ich meine einen Tall*

Grande, nein, bitte einen Chai Super Vente Grande, oder nehme ich doch besser einen Short Frappe?, und dann, um das noch zu unterstreichen, wäre mir beim Milcheingießen ein kleines Malheur passiert. Diesmal nicht. Ich nahm mir Milch wie ein normaler, welterfahrener Mensch und setzte mich auf einen bequemen Stuhl gegenüber von einem zeitunglesenden Mann. Ich legte die Hände um den Kaffee. Die Wärme tat gut. Am Tisch nebenan war ein Mädchen mit blauem Haar, das über ein Notizbuch gebeugt auf einem Kugelschreiber kaute, und am Tisch daneben saß ein kleiner Junge im Fußballdress mit seiner Mutter, die gerade zu ihm sagte: *Der Plural von Elf ist Elfen.* Eine Welle des Glücks durchströmte mich. Ich fühlte mich im siebten Himmel, ein Teil des Ganzen hier zu sein. Eine Tasse Kaffee zu trinken wie ein normaler Mensch. Am liebsten hätte ich es herausgeschrien: *Der Plural von Elf ist Elfen! Was für eine Sprache! Was für eine Welt!*

Bei den Toiletten gab es ein Münztelefon. Ich kramte einen Quarter aus der Tasche und wählte Brunos Nummer. Es klingelte neunmal. Das Mädchen mit dem blauen Haar ging auf dem Weg zum Klo an mir vorbei. Ich lächelte sie an. Unglaublich! Sie lächelte zurück. Beim zehnten Klingeln nahm er ab.

Bruno?

Ja?

Ist es nicht gut, zu leben?

Nein danke, ich kaufe nichts.

Ich will dir nichts verkaufen! Hier ist Leo. Hör zu. Ich saß eben hier im Starbucks, bei einem Kaffee, und plötzlich hat es mich gepackt.

Wer hat dich gepackt?

Ach, hör doch zu! Es hat mich gepackt, wie schön es ist, zu leben. Verstehst du, was ich sage? Ich sage, das Leben ist eine schöne Sache, Bruno. Eine schöne Sache und eine ewige Freude.

Es folgte eine Pause.

Klar, Leo, wie du meinst. Das Leben ist wundervoll.

Und eine ewige Freude, sagte ich.

In Ordnung, sagte Bruno. *Und eine Freude.*

Ich wartete.

Eine ewige Freude.

Ich wollte gerade auflegen, als Bruno sagte: *Leo?*

Ja?

Was hast du gemeint, das menschliche *Leben?*

Ich saß eine halbe Stunde an meinem Kaffee, zögerte den letzten Schluck hinaus. Das Mädchen klappte sein Notizbuch zu und stand auf. Der Mann war fast mit seiner Zeitung durch. Ich las die Schlagzeilen. Ich war ein kleiner Teil von etwas Größerem als ich. Ja, das *menschliche Leben.* Das! Menschliche! Leben! Der Mann blätterte um, und mir blieb das Herz stehen.

Es war ein Foto von Isaac. Ich hatte es noch nie gesehen. Ich sammele alle Zeitungsausschnitte von ihm; gäbe es einen Fanclub, wäre ich Präsident. Seit zwanzig Jahren habe ich eine Zeitschrift abonniert, in der er gelegentlich veröffentlicht. Ich glaubte jedes Foto von ihm zu kennen. Ich habe sie alle tausendmal genauestens betrachtet. Und doch. Dieses war mir neu. Er stand vor einem Fenster. Das Kinn gesenkt, den Kopf leicht zur Seite geneigt. Wie eben noch in Gedanken. Aber seine Augen blickten nach oben, als hätte jemand unmittelbar vor dem Klicken des Auslösers seinen Namen gerufen. Ich wollte ihm etwas zurufen. Es war nur eine Zeitung, aber ich wollte aus voller Kehle schreien: *Isaac! Hier bin ich! Hörst du mich, mein kleiner Isaac.* Ich wollte, dass er mich ansah wie denjenigen, der ihn gerade aus seinen Gedanken gerissen hatte. Aber: Er konnte nicht. Weil die Schlagzeile lautete: ROMANCIER ISAAC MORITZ MIT 60 GESTORBEN.

Der viel beachtete Schriftsteller Isaac Moritz, Autor von sechs Romanen, darunter Das Heilmittel, *das mit dem National Book Award ausgezeichnet wurde, starb Dienstagnacht an der Hodgkin'schen Krankheit. Er war 60 Jahre alt.*

Moritz' Romane zeichnen sich durch Humor und Mitgefühl aus, vor allem aber durch die Suche nach Hoffnung inmitten tiefster Verzweiflung. Von Anfang an fand er begeisterte Anhänger, darunter Philip Roth, einer der Juroren des National Book Award, der Moritz 1972 für seinen ersten Roman verliehen wurde. «Im Mittelpunkt von Das Heilmittel *steht ein lebendiges menschliches Herz: glühend, leidenschaftlich, flehend», schrieb Roth in einer Pressemitteilung zur Bekanntgabe des Preisträgers. Ein anderer Verehrer, Leon Wieseltier, der sich heute Morgen telefonisch aus der Redaktion der* New Republic *in Washington, D. C., zu Wort gemeldet hat, nannte Moritz «einen der bedeutendsten, weit unterschätzten Schriftsteller des späten zwanzigsten Jahrhunderts. Ihn als jüdischen oder gar experimentellen Schriftsteller zu bezeichnen», fügte er hinzu, «geht vollkommen an dem vorbei, was er an Menschlichkeit vermittelt, die sich jeder Kategorisierung entzieht.»*

Isaac Moritz wurde 1940 als Sohn von Einwanderern in Brooklyn geboren. Schon früh begann er, ein ruhiges und ernsthaftes Kind, Notizbücher mit detaillierten Schil-

derungen von Szenen aus seinem Leben zu füllen. Einer dieser Einträge – die Beobachtung, wie ein Hund von einer Horde Kinder geprügelt wird, geschrieben im Alter von zwölf Jahren – inspirierte später die berühmteste Szene in Das Heilmittel, *wo der Protagonist Jacob aus der Wohnung einer Frau kommt, mit der er soeben zum ersten Mal geschlafen hat, und, bei eisiger Kälte im Schatten einer Straßenlaterne stehend, beobachtet, wie ein Hund von zwei Männern brutal zu Tode getreten wird. In diesem Moment, überwältigt von der zärtlichen Brutalität der physischen Existenz – dem «unauflöslichen Widerspruch, mit Selbstbesinnung gestrafte Tiere und mit tierischer Triebhaftigkeit gestrafte moralische Wesen zu sein», verfällt Jacob in eine Klage, die sich ekstatisch, aus einem Guss, ununterbrochen über fünf Seiten erstreckt. Ein unvergleichliches Stück zeitgenössischer Literatur, «glühend und quälend» wie kaum ein anderes, schrieb das* Time Magazine.

Das Heilmittel *brachte Moritz nicht nur eine Flut von Lobeshymnen und den National Book Award ein, sondern machte seinen Namen zu einem Begriff. Im ersten Jahr erreichte es eine Auflage von 200000 verkauften Exemplaren und war ein* New-York-Times-*Bestseller.*

Das Folgewerk wurde mit Spannung erwartet, aber als fünf Jahre später endlich der Erzählband Glashäuser *erschien, stieß er auf gemischte Reaktionen. Während manche Kritiker darin einen kühnen, innovativen, gänzlich neuen Ansatz sahen, hielten andere, wie Morton Levy, der in* Commentary *eine vernichtende Kritik schrieb, die Sammlung für misslungen. «Der Autor», so Levy wörtlich, «dessen Debütroman von eschatologischen Spekulationen getragen war, verfällt hier in eine reine Betrachtung des*

Obszönen.» In einem abgehackten, manchmal surrealen Stil geschrieben, reicht das Spektrum der Erzählungen in Glashäuser *vom Engel bis zum Müllmann.*

Isaac Moritz ließ es sich nicht nehmen, in seinem dritten Buch, Sing, *eine nochmals neue Stimme zu erfinden, eine gestraffte Sprache, «stramm wie eine Trommel», hieß es in der* New York Times. *Obwohl er die Suche nach neuen Ausdrucksmöglichkeiten auch in seinen beiden jüngsten Romanen fortsetzte, ziehen sich die Themen, denen er sich widmete, wie ein roter Faden durch sein Werk. Seine Kunst beruhte auf einem leidenschaftlichen Humanismus und dem unbeirrten Forschen nach dem Verhältnis des Menschen zu seinem Gott.*

Isaac Moritz hinterlässt einen Bruder, Bernard Moritz.

Benommen saß ich da. Ich dachte an meinen kleinen Sohn, sein fünf Jahre altes Gesicht. Auch an die Zeit, als ich ihn von der anderen Straßenseite aus die Schnürsenkel zubinden sah. Schließlich kam ein Starbucks-Angestellter mit einem Ring in der Augenbraue auf mich zu. *Wir schließen,* sagte er. Ich sah mich um. Tatsächlich. Alle waren weg. Ein Mädchen mit lackierten Fingernägeln zog einen Besen über den Fußboden. Ich stand auf. Oder ich versuchte aufzustehen, aber meine Knie knickten unter mir ein. Der Starbucks-Angestellte sah mich an, als wäre ich ein Kakerlak im Brownie-Teig. Der Pappbecher in meiner Hand war zu einer feuchten Breimasse zerquetscht. Ich gab sie ihm und setzte mich in Bewegung. Dann fiel mir die Zeitung ein. Der Angestellte hatte sie schon in die Mülltonne geworfen, die er über den Boden rollte. Ich fischte sie heraus, beschmiert, wie sie war, mit Danish-Resten, während er zusah. Weil ich kein Bettler bin, gab ich ihm die Karten für Dudu Fisher.

Ich weiß nicht, wie ich nach Hause gekommen bin. Bruno muss mich beim Türaufschließen gehört haben, denn eine Minute später kam er runter und klopfte. Ich antwortete nicht. Ich saß im Dunkeln auf dem Stuhl am Fenster. Er klopfte weiter. Schließlich hörte ich ihn raufgehen. Eine Stunde verging oder mehr, dann hörte ich ihn wieder auf der Treppe. Er schob ein Stück Papier unter der Tür durch. DAS LEBEN IST WUNDEVOLL stand darauf. Ich schob es nach draußen zurück. Er schob es wieder rein. Ich schob es raus, er schob es rein. Raus, rein, raus, rein. Ich starrte es an. DAS LEBEN IST WUNDEVOLL. Ich dachte: Vielleicht ist es das. Vielleicht ist dies das Wort für das Leben. Ich hörte Bruno hinter der Tür atmen. Ich suchte einen Stift. Kritzelte: UND EIN EWIGER WITZ. Ich schob es unter der Tür zurück. Pause, während er las. Dann zog er befriedigt ab nach oben.

Schon möglich, dass ich weinte. Was macht das für einen Unterschied?

Kurz vor dem Morgengrauen schlief ich ein. Ich träumte, ich stünde auf einem Bahnsteig. Der Zug fuhr ein, und mein Vater stieg aus. Er trug einen Kamelhaarmantel. Ich rannte zu ihm. Er erkannte mich nicht. Ich sagte ihm, wer ich war. Er schüttelte verneinend den Kopf. Er sagte: *Ich habe nur Töchter.* Ich träumte, meine Zähne bröckelten ab und dass meine Decken mich erstickten. Ich träumte von meinen Brüdern, überall war Blut. Ich würde gern sagen: Ich träumte, das Mädchen, das ich liebte, und ich seien zusammen alt geworden. Oder: Ich träumte von einer gelben Tür und einem weiten Feld. Ich würde gern sagen: Ich träumte, ich sei gestorben und mein Buch sei zwischen meinen Sachen gefunden worden, und in den Jahren nach dem Ende meines Lebens wurde ich berühmt. Und doch.

Ich nahm die Zeitung und schnitt das Foto meines Isaacs aus. Es war zerknittert, aber ich strich es glatt. Ich steckte es in meine Geldbörse, in den Klarsichtteil, der für Fotos da ist. Ich machte ein paarmal den Klettverschluss auf und zu, um mir sein Gesicht anzusehen. Dann bemerkte ich, dass unten, wo ich geschnitten hatte, stand: *Die Trauerfeier findet* – den Rest konnte ich nicht lesen. Ich musste das Foto herausnehmen und die beiden Teile wieder zusammenfügen. *Die Trauerfeier findet Samstag, den 7. Oktober, um 10 Uhr in der Alten Synagoge statt.*

Es war Freitag. Ich wusste, ich sollte nicht drin bleiben, also zwang ich mich rauszugehen. Die Luft fühlte sich anders an in meinen Lungen. Die Welt sah nicht mehr aus wie sonst. Man wandelt und verwandelt sich. Man wird ein Hund, ein Vogel, eine stur nach links geneigte Pflanze. Erst jetzt, da mein Sohn fort war, wurde mir bewusst, wie sehr ich für ihn gelebt hatte. Wenn ich morgens aufwachte, so, weil es ihn gab, und wenn ich Essen bestellte, so, weil es ihn gab, und wenn ich mein Buch schrieb, so, weil es ihn gab, es zu lesen.

Ich nahm den Bus stadtaufwärts. Ich sagte mir, mit dem zerknitterten *schmatta,* den ich einen Anzug nenne, könne ich nicht zur Beerdigung meines eigenen Sohnes gehen. Ich wollte ihm nicht peinlich sein. Ja mehr noch, ich wollte ihn stolz machen. An der Madison Avenue stieg ich aus und ging los, immer an den Schaufenstern entlang. Das Taschentuch lag kalt und nass in meiner

Hand. Ich wusste nicht, in welches Geschäft ich sollte. Schließlich nahm ich das erstbeste, das nett aussah. Ich befingerte das Material eines Jacketts. Ein riesiger *schwartzer* in einem glänzenden beigefarbenen Anzug und Cowboystiefeln näherte sich. Ich dachte, er würde mich rauswerfen. *Ich fühle nur den Stoff an,* sagte ich. *Wollen Sie den nicht mal anprobieren?,* fragte er. Ich fühlte mich geschmeichelt. Er fragte nach meiner Größe. Ich kannte sie nicht. Aber er schien zu verstehen. Er warf einen Blick auf mich, begleitete mich zu einer Umkleidekabine und hängte den Anzug an den Haken. Ich legte meine Kleidung ab. Es gab drei Spiegel. Ich war dem Anblick von Körperteilen ausgesetzt, die ich seit Jahren nicht gesehen hatte. Trotz meines Kummers gönnte ich mir einen Moment, sie zu inspizieren. Dann zog ich den Anzug an. Die Hose war steif und eng, die Jacke reichte mir praktisch bis zu den Knien. Ich sah aus wie ein Clown. Mit einem Lächeln zog der *schwartzer* den Vorhang auf. Er stellte mich gerade hin, knöpfte mich zu und drehte mich herum. Wir sahen beide in den Spiegel. *Passt wie angegossen,* verkündete er. *Wenn Sie möchten,* sagte er, im Rücken etwas Stoff zusammenraffend, *könnten wir hier eine Kleinigkeit abnehmen. Aber nötig haben Sie das nicht. Sieht aus wie für Sie geschaffen.* Ich dachte: Was verstehe ich schon von der Mode? Ich fragte nach dem Preis. Er fasste mir hinten in die Hose und fummelte an meinen *tuchas* herum. *Dieser hier macht ... tausend,* verkündete er. Ich sah ihn an. *Tausend was?,* sagte ich. Er lachte höflich. Wir standen vor den drei Spiegeln. Ich faltete und faltete mein nasses Taschentuch zusammen. Mit einem letzten Rest Haltung zog ich mir die zwischen den Backen eingeklemmte

Unterhose hoch. Dafür sollte es ein Wort geben. Die einsaitige Harfe.

Draußen auf der Straße ging ich weiter. Ich wusste, auf den Anzug kam es nicht an. Aber: Ich musste etwas tun. Um Halt zu finden.

An der Lexington war ein Laden, der Passfotos anbot. Manchmal mache ich welche. Ich bewahre sie in einem kleinen Album auf. Die meisten sind von mir selbst, außer einem, das von Isaac ist, mit fünf Jahren, und einem anderen von meinem Cousin, dem Schlosser. Er war Amateurfotograf, und eines Tages zeigte er mir, wie man eine Lochkamera baut. Das war im Frühjahr 1947. Ich saß hinten in seinem winzigen Laden und sah zu, wie er Fotopapier in dem Kasten befestigte. Er sagte, ich solle still halten, und leuchtete mir mit einer Lampe ins Gesicht. Dann entfernte er den Deckel von dem Loch. Ich saß so still, dass ich kaum noch atmete. Als das Foto fertig war, gingen wir in die Dunkelkammer und tunkten es ins Entwicklerbad. Wir warteten. Nichts. Wo ich hätte sein sollen, war nur verkratztes Grau. Mein Cousin bestand darauf, es noch einmal zu machen, also machten wir es noch einmal und noch einmal. Nichts. Dreimal versuchte er, mit der Lochkamera ein Bild von mir aufzunehmen, und dreimal erschien ich nicht. Mein Cousin war ratlos. Er verfluchte den Mann, der ihm das Papier verkauft hatte, weil er glaubte, er habe ihm schlechte Qualität angedreht. Aber ich wusste, das war nicht der Fall. Ich wusste, wie andere ein Bein oder einen Arm verloren hatten, hatte ich verloren, was immer es sein mag, das Menschen unauslöschlich macht. Ich bat meinen Cousin, sich auf den Stuhl zu setzen. Er widerstrebte, aber schließlich willigte er ein. Ich machte ein Foto von ihm, und während wir das Papier im Entwicklerbad beobachteten, erschien sein Gesicht. Er lachte. Und ich lachte auch. Ich war derjenige, der das Bild aufgenommen hatte, und wenn es seine Existenz bewies, bewies es auch meine eigene. Ich durfte es behalten. Wann immer ich es aus der Geldbörse nahm und ihn ansah, wusste ich, dass ich in Wirklichkeit mich selbst ansah. Ich kaufte ein Album und klebte es auf die zweite Seite. Auf die erste tat ich das Foto meines Sohnes. Ein paar Wochen danach kam ich an einem Drugstore mit Fotoautomat vorbei. Ich ging hinein. Von da an ging ich jedes Mal, wenn ich etwas Geld übrig hatte, zu dem Automaten. Am Anfang war es immer das Gleiche. Aber: Ich gab nicht auf. Dann, eines Tages, bewegte ich mich versehentlich, als der Auslöser klickte. Ein Schatten tauchte auf. Das nächste Mal sah ich den Umriss meines Gesichts, und einige Wochen später mein ganzes Gesicht. Es war das Gegenteil von Verschwinden.

Als ich jetzt die Tür des Fotoladens aufmachte, bimmelte eine Glocke. Zehn Minuten später stand ich auf dem Bürgersteig, vier identische Fotos von mir selbst in der zusammengepressten Hand. Ich sah sie mir an. Man konnte mich alles Mögliche nennen. Aber: schön nicht. Ich steckte eins in meine Geldbörse, zu dem Zeitungsbild von Isaac. Den Rest warf ich in den Müll.

Ich blickte auf. Gegenüber war Bloomingdale's. Ein- oder zweimal im Leben war ich dort gewesen, mir einen Spritzer Duft von den schönen Fräuleins an den Parfümständen zu holen. Was soll ich sagen, das hier ist ein freies Land. Ich fuhr mit der Rolltreppe rauf und runter, bis ich die Herrenanzüge im Untergeschoss fand. Diesmal sah ich zuerst nach den Preisen. Am Ständer hing ein dunkelblauer Anzug im Sonderangebot, herabgesetzt auf zweihundert Dollar. Es sah so aus, als könnte er passen. Ich nahm ihn mit in die Umkleide und probierte ihn an. Die Hose war zu lang, aber das stand zu erwarten. Das Gleiche mit den Ärmeln. Ich trat aus der Kabine. Ein Schneider mit einem Maßband um den Hals winkte mich aufs Podest. Ich ging darauf zu, und jeder Schritt erinnerte mich an damals, als meine Mutter mich zum Schneider geschickt hatte, die neuen Hemden meines Vaters abzuholen. Ich war neun, vielleicht zehn. In dem düsteren Raum standen die Büsten zusammengedrängt in der Ecke, als warteten sie auf einen Zug. Grodzenski, der Schneider, war über die Maschine gebeugt, der Fuß ließ das Trittbrett wippen. Ich beobachtete ihn, fasziniert. Jeden Tag verwandelten sich unter seinen Händen, mit den Büsten als einzigen Zeugen, graue Stoffballen in Kragen, Stulpen, Rüschen und Taschen. *Willst du mal?*, fragte er. Ich setzte mich auf seinen Platz. Er zeigte mir, wie man die Maschine zum Leben erweckte. Ich sah die Nadel auf und ab hüpfen, eine wundersame Spur blauer Stiche hinter sich lassend. Während ich das Trittbrett wippen ließ, brachte Grodzenski die in braunes Papier gepackten Hemden meines Vaters zum Vorschein. Er winkte mich hinter den Ladentisch und brachte noch ein anderes Päckchen aus dem gleichen braunen Papier zum Vorschein. Behutsam nahm er eine Illustrierte heraus. Sie war ein paar Jahre alt. Aber: in tadellosem Zustand. Er fasste sie mit spitzen Fingern an. Innen waren schwarzsilberne Fotos von Frauen mit zarter weißer Haut, wie von innen beleuchtet. Sie führten Kleider vor, wie ich sie noch nie gesehen hatte: Kleider ganz aus Perlen, aus

Federn und Fransen, Kleider, die Beine, Arme, die Rundung einer Brust enthüllten. Ein einziges Wort schlüpfte Grodzenski von den Lippen: *Paris.* Schweigend blätterte er die Seiten um, und schweigend betrachtete ich sie. Unser Atem schlug sich darauf nieder. Vielleicht zeigte mir Grodzenski in seinem stillen Stolz den Grund, warum er bei der Arbeit immer irgendetwas summte. Schließlich klappte er die Illustrierte zu und schob sie ins Papier zurück. Er ging wieder an die Arbeit. Hätte mir damals jemand erzählt, Eva habe den Apfel nur gegessen, damit die Grodzenskis dieser Welt existieren konnten, ich hätte es geglaubt.

Grodzenskis armseliger Abklatsch schwirrte mit Kreide und Stecknadeln um mich herum. Ich fragte, ob es möglich wäre, dass ich vielleicht wartete, bis er mit dem Säumen fertig sei. Er sah mich an, als hätte ich zwei Köpfe. *Was glauben Sie, was für Berge da noch auf mich warten, und Sie wollen Ihren gleich?* Er schüttelte den Kopf. *Zwei Wochen Minimum.*

Er ist für eine Beerdigung, sagte ich. *Mein Sohn.* Ich suchte nach Halt. Langte nach meinem Taschentuch. Dann fiel mir ein, es war in meiner Hose, die zerknittert auf dem Boden der Umkleide lag. Ich stieg vom Podest und eilte in meine Kabine zurück. Ich wusste, ich hatte mich lächerlich gemacht in diesem Clownsanzug. Ein Mann sollte sich einen Anzug fürs Leben kaufen, nicht für den Tod. War es nicht das, was Grodzenskis Geist mir sagte? Ich konnte Isaac nicht peinlich sein, und ich konnte ihn nicht stolz machen. Weil er nicht mehr existierte.

Und doch.

Am Abend kam ich mit dem gesäumten Anzug in einer Kleidertüte nach Hause. Ich setzte mich an den

Küchentisch und machte einen einzigen Riss in den Kragen. Am liebsten hätte ich das ganze Ding zerfetzt. Aber ich hielt mich zurück. Fischl, der *zaddik,* der ein Idiot gewesen sein mochte, hatte einmal gesagt: *Ein einziger Riss ist schwerer zu ertragen als hundert Risse.*

Ich nahm ein Bad. Keine Katzenwäsche mit dem Schwamm, sondern richtig, in der Wanne, dass der dunkle Rand darin noch einen Schatten dunkler wurde. Ich zog den neuen Anzug an und holte den Wodka vom Regal. Ich trank einen Schluck und wischte mir mit dem Handrücken über den Mund, die Geste wiederholend, die mein Vater und sein Vater und seines Vaters Vater hundertmal gemacht hatten, die Augen halb geschlossen, während das Brennen des Alkohols das Brennen des Schmerzes tilgte. Und dann, als die Flasche leer war, fing ich an zu tanzen. Erst langsam. Aber schneller werdend. Ich stapfte mit dem Fuß und schwang die Beine hoch, dass die Knöchel knackten. Ich stampfte mit den Füßen, bückte mich und schleuderte die Beine hoch in jenem Tanz, den mein Vater und sein Vater getanzt hatten. Ich tanzte und tanzte, lachend und singend, während mir die Tränen von den Wangen liefen, bis meine Füße wund waren und Blut unter den Zehennägeln, tanzte so, wie ich nur irgend tanzen konnte: ums Leben, gegen Stühle krachend, kreiselnd bis zum Umfallen, damit ich aufstehen und weitertanzen konnte, bis der Morgen graute und mich ausgestreckt am Boden fand, dem Tod so nahe, dass ich ihm in den Rachen spucken und flüstern konnte: *L'chaim.*

Ich erwachte vom Geräusch sich plusternder Tauben auf dem Fenstersims. Ein Ärmel des Anzugs war zerrissen, mir dröhnte der Kopf, auf der Wange getrocknetes Blut. Aber: Ich bin nicht aus Glas.

Ich dachte: Bruno. Warum war er nicht gekommen? Aber wenn, hätte ich womöglich gar nicht auf sein Klopfen reagiert. Dennoch. Zweifelsohne hatte er mich gehört, es sei denn, er hätte seinen Walkman aufgehabt. Aber selbst dann. Eine Lampe war heruntergefallen, ich hatte alle Stühle umgeworfen. Ich wollte eben hochgehen und an seine Tür klopfen, als ich auf die Uhr sah. Schon Viertel nach zehn. Ich denke immer, die Welt sei nicht bereit für mich, aber in Wirklichkeit war ich vielleicht nie bereit für die Welt. Ich war immer zu spät dran im Leben. Ich rannte zur Bushaltestelle. Oder vielmehr, ich humpelte, zog Hosenbeine hoch, legte ein kurzes Hüpf-Hoppel-Halt-und-Keuch ein, zog Hosenbeine hoch, ging, schlurfte, ging, schlurfte und so weiter. Ich erwischte den Bus stadtaufwärts. Wir blieben im Verkehr stecken. *Geht das Ding nicht etwas schneller?*, sagte ich laut. Die Frau neben mir stand auf und setzte sich woandershin. Möglich, dass ich ihr auf den Schenkel geschlagen hatte in meinem Überschwang, ich weiß es nicht. Ein Mann in orangefarbener Jacke und Schlangenmusterhose stand auf und begann ein Lied zu singen. Alle wandten das Gesicht zum Fenster und sahen nach draußen, bis sie merkten, dass er kein Geld wollte. Er sang einfach nur.

Als ich endlich in der *schul* ankam, war der Gottesdienst vorbei, aber es standen noch massenhaft Leute herum. Ein Mann mit gelber Fliege und weißem Jackett, das, was von seinem Haar noch übrig war, quer über den Schädel gesprayt, sagte: *Natürlich wussten wir es, aber als es dann geschah, war keiner von uns darauf gefasst,* worauf eine Frau, die neben ihm stand, erwiderte: *Wer kann das schon sein?* Ich stand allein neben einer großen

Topfpflanze. Meine Handflächen waren feucht, mir wurde schwindlig. Vielleicht war es ein Fehler gewesen zu kommen.

Ich wollte fragen, wo er begraben lag; das hatte nicht in der Zeitung gestanden. Plötzlich überkam mich großes Bedauern darüber, dass ich meine eigene Grabstelle so voreilig gekauft hatte. Hätte ich Bescheid gewusst, könnte ich ihm Gesellschaft leisten. Morgen. Oder am Tag darauf. Ich hatte gefürchtet, den Hunden zum Fraß zu fallen. Ich war bei Mrs. Freids steingefasstem Grab auf dem Pinelawn-Friedhof gewesen, und es schien ein schöner Platz zu sein. Ein Mr. Simchik führte mich herum und gab mir eine Broschüre. Ich hatte mir etwas vorgestellt unter einem Baum, einer Trauerweide etwa, und vielleicht eine kleine Bank. Aber: Als er mir die Preise sagte, sank mir der Mut. Er zeigte mir, was für mich in Frage kam, ein paar Stellen, die entweder zu dicht an der Straße lagen oder da, wo das Gras dünn wurde. *Gar nichts mit einem Baum?*, fragte ich. Simchik schüttelte den Kopf. *Ein Busch?* Er leckte sich den Finger und ging raschelnd die Papiere durch. Er druckste herum, aber schließlich knickte er ein. *Da könnten wir etwas haben,* sagte er, *das wäre zwar mehr, als Sie ausgeben wollten, aber Sie können in Raten bezahlen.* Es war am äußersten Ende, am Rand des jüdischen Teils. Nicht genau unter einem Baum, aber in der Nähe, nahe genug, dass im Herbst ein paar Blätter auf mich herunterfallen konnten. Ich überlegte. Simchik sagte, ich solle mir Zeit lassen, und ging ins Büro zurück. Ich stand im Sonnenlicht. Dann legte ich mich ins Gras und wälzte mich auf den Rücken. Der Boden war hart und kalt unter meinem Regenmantel. Oben sah ich die

Wolken ziehen. Möglich, dass ich eingeschlafen bin. Als Nächstes merkte ich, dass Simchik über mir stand. *Nu, nimmscht's?*

Aus den Augenwinkeln sah ich Bernard, den Halbbruder meines Sohnes. Ein Riesentrampel, ganz der Vater, Gott hab ihn selig. Ja, sogar ihn. Sein Name war Mordecai. Sie nannte ihn Morty. Morty! Seit drei Jahren ist er unter der Erde. Ich betrachte es als kleinen Sieg, dass er zuerst ins Gras gebissen hat. Und doch. Wenn ich daran denke, zünde ich eine Jahrzeitkerze für ihn an. Wenn nicht ich, wer dann?

Die Mutter meines Sohnes, das Mädchen, in das ich mich verliebte, als ich zehn war, ist vor fünf Jahren gestorben. Ich rechne damit, bald bei ihr zu sein, wenigstens insoweit. Morgen. Oder am Tag darauf. Davon bin ich überzeugt. Ich dachte, es würde seltsam sein, in einer Welt ohne sie zu leben. Und doch. Ich hatte mich längst daran gewöhnt, mich mit der Erinnerung an sie zu begnügen. Erst ganz am Ende habe ich sie wiedergesehen. Jeden Tag stahl ich mich in ihr Zimmer im Krankenhaus und saß bei ihr. Da war eine Schwester, ein junges Mädchen, und ich erzählte ihr – nicht die Wahrheit. Aber: eine Geschichte, die der Wahrheit nahe kam. Diese Schwester ließ mich nach den Besuchszeiten kommen, wenn keine Aussicht mehr bestand, dass ich irgendjemandem in die Arme lief. Sie hing an einer Herz-Lungen-Maschine, mit Schläuchen in der Nase und einem Fuß in der anderen Welt. Immer wenn ich wegsah, war ich halbwegs darauf gefasst, dass sie beim nächsten Hinsehen von mir gegangen sein würde. Sie war winzig und hutzlig und taub wie ein Türknauf. Es gab so viel, was ich hätte sagen sollen. Und doch. Ich erzählte ihr Witze. Ich war fast so komisch wie Jackie Mason. Manchmal glaubte ich, den Anflug eines Lächelns zu sehen. Ich versuchte, die Dinge leicht zu machen. Ich sagte: *Würdest du glauben, dass dieses Ding hier, wo sich dein Arm beugt, das ist, was man einen Ellbogen nennt.* Ich sagte: *Zwei Rabbis trennten sich in einem gelben Wald.* Ich sagte: *Moshe geht zum Arzt. Doktor, sagt er,* und so weiter und so fort. Viele Dinge sagte ich nicht. Beispiel: *Ich habe so lange gewartet.* Anderes Beispiel: *Und, warst du glücklich? Mit diesem Nebbich diesem Depp diesem holzkopferten Schlemihl, den du einen Ehemann nennst?* In Wahrheit hatte ich das Warten schon lange aufgegeben. Der Moment war vorbei, die Tür zwischen dem Leben, das wir hätten führen können, und dem Leben, das wir führten, war uns vor der Nase zugeschlagen. Besser gesagt, *mir.* Die Grammatik meines Lebens: Als Faustregel gilt, wo immer ein Plural auftaucht, setz ihn in den Singular. Sollte mir je ein königliches *Wir* entschlüpfen, erlöse mich mit einem kurzen Schlag auf den Kopf von meinen Qualen.

Fühlen Sie sich nicht wohl? Sie sehen etwas blass aus.

Es war der Mann, den ich vorher schon gesehen hatte, der mit der gelben Fliege. Alle kommen an, wenn dir die Hose um die Knöchel hängt, nie einen Augenblick vorher, als du vielleicht noch in angemessener Verfassung warst, sie zu empfangen. Ich suchte Halt an der Topfpflanze.

Alles in Ordnung, sagte ich.

Und wie waren Sie mit ihm bekannt?, fragte er mit abschätzendem Blick.

Wir waren – ich zwängte mein Knie zwischen Topf und Wand, in der Hoffnung, auf diese Weise mein Gleichgewicht zu finden – *verwandt.*

Familie! Tut mir furchtbar leid, Entschuldigung. Ich dachte, ich kenne die ganze mischpoche! Er sprach es *Mischpooke* aus.

Natürlich, hätte ich mir denken sollen. Er musterte mich noch einmal von oben bis unten, indem er sich mit der Hand prüfend übers Haar strich, ob es auch richtig saß. *Ich habe Sie für einen seiner Fans gehalten,* sagte er mit einer Geste zu der lichter werdenden Menge. *Und von welcher Seite?*

Ich hielt mich am dicksten Teil der Pflanze fest. Versuchte, die Fliege des Mannes zu fixieren, während der Raum um mich schwankte.

Beiden, sagte ich.

Beiden?, wiederholte er ungläubig und sah dabei nach unten, auf die Wurzeln, die um ihren Standort in der Erde kämpften.

Ich bin – fing ich an. Aber mit einem plötzlichen Ruck löste sich die Pflanze. Ich taumelte vorwärts, doch weil das eingekeilte Bein nicht mitkonnte, musste das andere allein springen und ließ dem Topfrand keine andere Möglichkeit, als sich in meinen Unterleib zu rammen, und meiner Hand keine andere Wahl, als dem Mann mit der gelben Fliege den Klumpen Dreck, der an den Wurzeln hing, mitten ins Gesicht zu klatschen.

Entschuldigung, sagte ich, während mir ein stechender Schmerz durch den Unterleib fuhr und wie ein Stromschlag in meine *kischkeß*. Ich versuchte mich aufzurichten. Meine selige Mutter hat immer gesagt: *Halte dich gerade.* Dem Mann lief der Dreck aus den Nasenlöchern. Um letzte Hand anzulegen, zückte ich mein verrotztes Taschentuch und drückte es ihm unter die Nase. Er patschte meine Hand weg und zog sein eigenes heraus, frisch gewaschen und mit sauberem Kniff zu einem Rechteck gebügelt. Er schüttelte es auf. Eine weiße Fahne. Einen peinlichen Moment hatte er mit Abwischen zu tun und ich mit der Pflege meiner unteren Regionen.

Doch ehe ich michs versah, stand ich dem Halbbruder meines Sohnes gegenüber, den Ärmel zwischen den Zähnen des Pitbulls mit der Fliege. *Schau, was ich hier aufgelesen habe,* bellte er. Bernard zog die Augenbrauen hoch. *Er meint, er gehört zur Mischpooke.*

Bernard lächelte höflich, indem er erst den Riss in meinem Kragen, dann den Schlitz in meinem Ärmel musterte. *Ich bitte um Verzeihung,* sagte er, *aber ich kann mich nicht an Sie erinnern. Sind wir uns schon mal begegnet?*

Der Pitbull geiferte sichtlich. Eine feine Staubschicht Erde setzte sich in den Falten seines Hemdes ab. Ich warf einen kurzen Blick auf das Schild, das den Ausgang anzeigte. Vielleicht hätte ich es mit Flucht versucht, wären meine Geschlechtsteile nicht so schwer in Mitleidenschaft gezogen gewesen. Mich überkam Übelkeit. Und doch. Manchmal braucht man einen Geistesblitz, und siehe da, schon blitzt der Geist.

Redst Jiddisch?, flüsterte ich heiser.

Wie bitte?

Ich packte Bernard am Ärmel. Der Köter hatte mich am Ärmel und ich Bernard. Ich ging mit dem Gesicht ganz nahe an seins heran. Seine Augen waren blutunterlaufen. Er mochte ein Trampel sein, aber er war ein guter Kerl. Trotzdem, ich hatte keine Wahl.

Ich hob die Stimme. *REDST JIDDISCH?* Ich schmeckte den abgestandenen Alkohol in meinem Atem. Ich packte ihn am Kragen. Als er zurückzuckte, sprangen die Venen an seinem Hals hervor. *FARSTEYST?*

Tut mir leid. Bernard schüttelte den Kopf. *Ich verstehe nicht.*

Gut, fuhr ich auf Jiddisch fort, *weil dieser Dummbax hier,* sagte ich, auf den Mann mit der Fliege deutend, *dieser* putz *hier, der sich einschleimt bis in meine tuchas, seine Ladung schon bekommen hätte, wenn ich könnte, wie ich wollte. Würden Sie ihn freundlichst bitten, seine Pfoten von mir zu nehmen, ehe ich gezwungen bin, ihm die nächste Pflanze in die Schnüss zu hauen, und diesmal werde ich mir nicht die Mühe machen, sie vorher auszutopfen.*

Robert? Bernard rang um Verständnis. Er schien zu begreifen, dass ich von dem Mann sprach, der mit den Zähnen an meinem Ellbogen hing. *Robert war Isaacs Lektor. Haben Sie Isaac gekannt?*

Der Pitbull packte fester zu. Ich machte den Mund auf. Und doch.

Tut mir leid, sagte Bernard. *Ich wünschte, ich spräche Jiddisch, schade. Aber ich danke Ihnen, dass Sie gekommen sind. Es war beeindruckend, zu sehen, wie viele Menschen hergekommen sind. Isaac hätte sich gefreut.* Er nahm meine Hand zwischen seine beiden und schüttelte sie. Er wandte sich zum Gehen.

Slonim, sagte ich. Das war nicht geplant. Und doch.

Bernard drehte sich wieder um.

Wie bitte?

Ich sagte es noch einmal.

Ich komme aus Slonim, sagte ich.

Slonim?, wiederholte er.

Ich nickte.

Plötzlich sah er aus wie ein Kind, dessen Mutter sich beim Abholen verspätet hat und das erst jetzt, wo sie da ist, in Tränen ausbricht.

Sie hat uns immer davon erzählt.

Wer ist sie?, fragte der Pitbull.

Meine Mutter. Er kommt aus derselben Stadt wie meine Mutter, sagte Bernard. *Ich habe so viele Geschichten gehört.*

Ich wollte seinen Arm tätscheln, aber er bewegte sich, um sich etwas aus dem Auge zu wischen, mit dem Ergebnis, dass ich seine Männerbrust zu tätscheln bekam. Weil ich nicht wusste, was ich tun sollte, kniff ich hinein.

Der Fluss, richtig? Wo sie schwimmen ging, sagte Bernard.

Das Wasser war eisig. Wir zogen unsere Kleider aus und stürzten uns, Zeter und Mordio schreiend, im Hechtsprung von der Brücke. Unsere Herzen standen still. Unsere Körper wurden zu Stein. Einen Augenblick glaubten wir zu ertrinken. Wenn wir nach Luft japsend die Böschung wieder hinaufkletterten, waren unsere Beine schwer, Schmerz schoss durch die Knöchel. Deine Mutter war dünn, mit kleinen blassen Brüsten. In der Sonne trocknend, schlief ich ein und erwachte durch den Schock eiskalten Wassers auf dem Rücken. Und ihr Gelächter.

Kannten Sie das Schuhgeschäft ihres Vaters?, fragte Bernard.

Jeden Morgen holte ich sie dort ab, und wir gingen zusammen zur Schule. Außer in der Zeit, als wir Streit hatten und drei Wochen nicht miteinander sprachen, gab es kaum einen Tag, an dem wir nicht zusammen gingen. In der Kälte gefror ihr nasses Haar zu Eiszapfen.

Ich bin so voll von all den Geschichten, die sie uns immer erzählt hat. Das Feld, auf dem sie spielte.

Tja, sagte ich, seine Hand tätschelnd. *Das Feld.*

Eine Viertelstunde später saß ich eingequetscht zwischen dem Pitbull und einer jungen Frau hinten in einer Stretchlimousine; man möchte meinen, ich machte es mir zur Gewohnheit. Wir fuhren zu Bernards Haus, wo sich Verwandte und Freunde im kleinen Kreis versammeln wollten. Ich wäre lieber zum Haus meines Sohnes gefahren, um inmitten seiner Sachen zu trauern, aber ich musste mich mit dem seines Halbbruders begnügen. Auf dem Sitz mir gegenüber in der Limousine saßen noch zwei andere. Als einer in meine Richtung nickte und lächelte, nickte und lächelte ich zurück. *Ein Verwandter von Isaac?*, fragte der eine. *Scheint so,* erwiderte der Pitbull, nach einer Haarlocke tastend, die im Luftzug des Fensters wedelte, das die Frau soeben heruntergelassen hatte.

Es dauerte fast eine Stunde bis zu Bernards Haus. Irgendwo auf Long Island. Wunderschöne Bäume. So schöne Bäume hatte ich noch nie gesehen. Draußen in der Einfahrt hatte einer von Bernards Neffen seine Hosenbeine bis zu den Knien aufgeschlitzt und rannte in der Sonne hin und her, um zu sehen, wie sich der Wind in ihnen fing. Drinnen im Haus standen Menschen um einen mit Essen voll geladenen Tisch und redeten über Isaac. Ich wusste, da gehörte ich nicht hin. Ich kam mir vor wie ein Narr und ein Hochstapler. Ich stand am Fenster, machte mich unsichtbar. Ich hatte nicht gedacht, dass es so schmerzlich sein würde.

Und doch. Fremde Leute über den Sohn, den ich mir nur hatte vorstellen können, reden zu hören, als wäre er ihnen vertraut wie ein Verwandter, ging fast über das Maß des Erträglichen hinaus. Also stahl ich mich davon. Ich wanderte durch die Zimmer des Hauses von Isaacs Halbbruder. Ich dachte: Über diesen Teppich ist Isaac gegangen. Ich kam in ein Gästezimmer. Ich dachte: Hin und wieder hat er in diesem Bett geschlafen. In genau diesem Bett! Mit dem Kopf auf diesen Kissen. Ich legte mich hin. Ich war müde, ich konnte nicht anders. Das Kissen senkte sich unter meiner Wange. Und während er hier lag, dachte ich, sah er aus genau diesem Fenster auf genau diesen Baum.

Du bist so ein Träumer, sagt Bruno, und vielleicht bin ich das. Vielleicht träumte ich auch dies, und gleich würde es an der Tür klingeln, ich würde die Augen aufschlagen, und Bruno stünde da, um nach einer Rolle Klopapier zu fragen.

Ich muss eingeschlafen sein, denn als Nächstes stand Bernard über mir.

Entschuldigung! Ich hatte nicht mitbekommen, dass hier jemand ist. Ist Ihnen schlecht?

Ich sprang auf. Wenn das Wort *springen* für meine Bewegungsabläufe überhaupt taugt, war dies der Moment. Und genau da sah ich es. Es stand auf einem Regal, direkt hinter seiner Schulter. In einem silbernen Bilderrahmen. *Klar zu sehen,* würde ich sagen, wenn ich den Ausdruck je verstanden hätte. Was könnte unklarer sein als sehen?

Bernard wandte sich um.

Oh, das, sagte er und nahm es vom Regal. *Schauen wir mal. Das ist meine Mutter, als sie noch ein Kind war.*

Meine Mutter, sehen Sie? Haben Sie sie so gekannt, wie sie auf dem Bild aussieht?

«Stellen wir uns unter einen Baum», sagte sie. «Warum?» – «Weil es schöner ist.» – «Vielleicht solltest du auf einem Stuhl sitzen, und ich stehe hinter dir, wie es immer ist bei Mann und Frau.» – «Das ist blöd.» – «Warum soll es blöd sein?» – «Weil wir nicht verheiratet sind.» – «Sollen wir Händchen halten?» – «Bloß nicht.» – «Aber warum?» – «Darum, weil es dann alle wüssten.» – «Was wüssten sie?» – «Das mit uns.» – «Und was, wenn sie es wüssten?» – «Es ist besser, wenn es ein Geheimnis bleibt.» – «Warum?» – «Dann kann niemand es uns wegnehmen.»

Isaac hat es bei ihren Sachen gefunden, nachdem sie gestorben war, sagte Bernard. *Ein hübsches Foto, nicht wahr? Keine Ahnung, wer der Junge ist. Sie hatte nicht viel von drüben. Ein paar Fotos von ihren Eltern und Schwestern, das ist alles. Natürlich konnte sie sich nicht vorstellen, sie nie wieder zu sehen, also hat sie nicht viel mitgebracht. Aber das hier hatte ich noch nie gesehen, bis Isaac es bei ihr zu Hause in einer Schublade fand. Es steckte in einem Umschlag, zusammen mit ein paar Briefen. Alle auf Jiddisch. Isaac glaubte, sie seien von einer alten Liebe aus Slonim. Aber ich bezweifle das. Sie hat nie jemanden erwähnt. Sicher verstehen Sie kein Wort von dem, was ich da sage, oder?*

«Hätte ich eine Kamera», sagte ich, «würde ich jeden Tag ein Bild von dir machen. Dann könnte ich mich erinnern, wie du an jedem einzelnen Tag in deinem Leben ausgesehen hast.» – «Ich sehe immer gleich aus.» – «Nein, tust du nicht. Du veränderst dich die ganze Zeit. Jeden Tag ein ganz klein wenig. Könnte ich, würde ich Buch darüber führen.» – «Wenn du so schlau bist, wie habe ich mich heute wohl verändert?» – «Zum einen bist du um den Bruchteil eines Millimeters größer geworden. Dein Haar ist um den Bruchteil eines Millimeters länger. Und deine Brüste sind um den Bruchteil eines –» – «Sind sie nicht!» – «Doch, sind sie.» – «Eben NICHT.» – «Eben wohl.» – «Was sonst, du altes Ferkel?» – «Du bist etwas glücklicher und auch etwas trauriger geworden.» – «Was heißt, das hebt sich gegenseitig auf, und ich bin genau gleich geblieben.» – «Ganz und gar nicht. Die Tatsache, dass du heute etwas glücklicher geworden bist, ändert nichts an der Tatsache, dass du auch etwas trauriger geworden bist. Jeden Tag wirst du beides etwas mehr, was bedeutet, dass du genau jetzt, in diesem Augenblick, so glücklich und so traurig bist wie noch nie in deinem Leben.» – «Wie willst du das wissen?» – «Denk mal nach. Bist du je glücklicher gewesen als jetzt, da du hier im Gras liegst?» – «Ich glaube nicht. Nein.» – «Und bist du je trauriger gewesen?» – «Nein.» – «Das ist nicht bei jedem so, weißt du. Manche Menschen, wie deine Schwester, werden jeden Tag nur glücklicher und glücklicher. Und manche Menschen, wie Beyla Asch, werden nur immer trauriger und trauriger. Und manche Menschen, wie du, werden beides.» – «Was ist mit dir? Bist du jetzt so glücklich und so traurig, wie du es noch nie gewesen bist?» – «Natürlich bin ich das.» – «Warum?» – «Weil nichts mich so glücklich macht und nichts so traurig wie du.»

Meine Tränen fielen auf den Bilderrahmen. Zum Glück war das Glas da.

Bernard und ich standen zusammen und betrachteten das Foto. *Am liebsten bliebe ich hier, um in Erinnerungen zu schwelgen,* sagte er, *aber ich muss wirklich gehen. Die ganzen Leute drüben,* gestikulierte er.

Lassen Sie mich wissen, wenn Sie etwas brauchen. Ich nickte. Er zog die Tür hinter sich zu, und dann, Gott sei mir gnädig, nahm ich das Foto und steckte es mir in die Hose. Die Treppe runter, und draußen war ich. In der Einfahrt klopfte ich ans Fenster einer Limousine. Der Fahrer riss sich aus dem Schlaf.

Ich wäre jetzt so weit, nach Hause zu fahren, sagte ich.

Zu meiner Überraschung stieg er aus, machte die Tür auf und half mir einsteigen.

Als ich in die Wohnung kam, glaubte ich, die Einbrecher seien da gewesen. Möbel waren umgekippt, der Boden mit weißem Puder bestäubt. Ich packte den Baseballschläger, den ich im Schirmständer stehen habe, und folgte der Fußspur in die Küche. Jede freie Fläche stand voller Töpfe, Pfannen und schmutziger Schüsseln. Es sah so aus, als hätte sich, wer auch immer eingebrochen war, um mich zu bestehlen, Zeit für eine Mahlzeit genommen. Ich stand da, mit dem Foto in der Hose. Hinter mir tat es einen Schlag, ich drehte mich und holte blindlings aus. Aber es war nur ein Topf von der Anrichte gerutscht und über den Boden gerollt. Auf dem Küchentisch, neben meiner Schreibmaschine, stand ein großer Kuchen, in der Mitte eingesunken. Aber er stand. Er war mit gelbem Zuckerguss glasiert, und obendrauf, mittendrüber stand in schludrigen rosa Buchstaben: SCHAU WER KUCHEN GEBACKEN HAT. Auf der anderen Seite der Schreibmaschine lag eine Notiz: HABE DEN GANZEN TAG GEWARTET.

Ich konnte nicht umhin zu lächeln. Ich legte den Baseballschläger weg, stellte die Möbel auf, die ich, wie ich mich nun erinnerte, in der Nacht zuvor umgeworfen hatte, zog den Bilderrahmen heraus, hauchte auf das Glas, rieb es mit meinem Hemd ab und stellte ihn auf meinen Nachttisch. Ich ging die Treppe zu Brunos Stockwerk hinauf. Ich wollte eben klopfen, als ich den Zettel an der Tür sah: BITTE NICHT STÖREN. GESCHENK UNTER DEINEM KOPFKISSEN.

Es war lange her, dass jemand mich beschenkt hatte. Ein Glücksgefühl stupste mein Herz. Dass ich jeden Morgen aufwache und die Hände an einer Tasse heißen Tees wärmen kann. Dass ich die Tauben fliegen sehe. Dass Bruno mich am Ende meines Lebens nicht vergessen hat.

Also zurück, die Treppe hinunter. Um das Vergnügen, von dem ich wusste, es stand mir bevor, ein wenig hinauszuzögern, holte ich noch die Post aus dem Kasten. Dann schloss ich die Wohnungstür wieder auf. Bruno hatte es fertig gebracht, den Fußboden der gesamten Wohnung mit einer feinen Schicht Mehlstaub zu überziehen. Vielleicht hatte ein Wind reingeblasen, wer weiß. Im Schlafzimmer sah ich, dass er sich auf den Boden gelegt und einen Engel ins Mehl gemacht hatte. Ich ging darum herum, wollte nicht zerstören, was so liebevoll gerichtet war. Ich hob mein Kopfkissen.

Es war ein großer brauner Umschlag. Außen drauf stand mein Name, in einer Handschrift, die ich nicht erkannte. Ich machte ihn auf. Innen war ein Stoß gedruckter Seiten. Ich begann zu lesen. Die Wörter kamen mir vertraut vor. Einen Augenblick konnte ich sie nicht zuordnen. Dann wurde mir bewusst, es waren meine eigenen.

DAS ZELT MEINES VATERS

1 *Mein Vater schrieb nicht gern Briefe*

Die alte Cadbury-Dose voller Briefe meiner Mutter enthält nicht seine Antworten. Ich habe überall danach gesucht, sie aber nie gefunden. Er hat mir auch keinen Brief hinterlassen, den ich hätte öffnen können, als ich älter wurde. Ich weiß das, weil ich meine Mutter gefragt habe, und sie hat nein gesagt. Sie sagte, er habe nicht zu dieser Sorte Mann gehört. Als ich sie fragte, zu welcher Sorte Mann er denn gehört habe, dachte sie eine Minute nach. Ihre Stirn legte sich in Falten. Sie dachte noch ein wenig nach. Dann sagte sie, er habe zu der Sorte Mann gehört, die Autoritäten in Frage stellt. «Und», sagte sie, «er stand ständig unter Dampf.» Das hatte sie früher schon immer gesagt. So habe ich ihn aber gar nicht in Erinnerung. Ich erinnere ihn immerzu in Sesseln sitzend oder in Betten liegend. Außer als ich noch sehr klein war und er Zug gefahren war. Ich glaubte nämlich, unter Dampf stehen bedeute einen Zug fahren. Damals stellte ich ihn mir auf dem Sitz einer kohlschwarzen Dampflok vor, eine Schlange glänzender Personenwagen hinter sich herziehend. Eines Tages lachte mein Vater und korrigierte mich. Mit einem Schnipper war alles klar. Es war einer dieser unvergesslichen Momente, die man als Kind erlebt, wenn man entdeckt, dass die Welt einen die ganze Zeit betrogen hat.

2 *Er schenkte mir einen Kugelschreiber, der ohne Schwerkraft schrieb*

«Er funktioniert ohne Schwerkraft», sagte mein Vater, während ich ihn in der Samtschachtel mit dem NASA-Aufdruck inspizierte. Es war mein siebter Geburtstag. Mein Vater lag in einem Krankenhausbett und trug einen Hut, weil er keine Haare mehr hatte. Glänzendes Einwickelpapier lag zerknüllt auf seiner Decke. Er hielt meine Hand und erzählte mir eine Geschichte, wie er, als er sechs war, einem Jungen, der seinen Bruder schikanierte, einen Stein an den Kopf geworfen hatte und sie beide danach nie wieder von irgendjemandem behelligt worden waren. «Man muss sich behaupten», sagte er mir. «Aber es ist schlecht, Steine zu werfen», sagte ich. «Ich weiß», sagte er. «Du bist schlauer als ich. Du wirst etwas Besseres finden als Steine.» Als die Schwester kam, ging ich ans Fenster und sah hinaus. Die 59th Street Bridge leuchtete in der Dunkelheit. Ich zählte die vorbeiziehenden Schiffe auf dem Fluss. Als mir langweilig wurde, sah ich nach dem alten Mann, dessen Bett auf der anderen Seite des Vorhangs stand. Er schlief meistens, und wenn er wach war, zitterten seine Hände. Ich zeigte ihm den Kugelschreiber. Erklärte ihm, dass er ohne Schwerkraft funktionierte, aber er verstand es nicht. Ich versuchte es noch einmal zu erklären, aber er war immer noch verwirrt. Schließlich sagte ich: «Er ist dafür da, wenn ich im Weltraum bin.» Er nickte und schloss die Augen.

3 *Der Mann, der sich der Schwerkraft nicht entziehen konnte*

Dann starb mein Vater, und ich legte den Kugelschreiber in eine Schublade. Jahre vergingen, ich wurde elf und bekam eine russische Brieffreundin. Es lief über unsere Hebräische Schule, über die Ortsgruppe von Hadassah. Zuerst sollten wir uns mit russischen Juden schreiben, die gerade nach Israel ausgewandert waren, aber als das nicht klappte, bekamen wir richtige russische Juden zugeteilt. Zum Laubhüttenfest schickten wir der Austauschklasse einen *etrog* mit unseren ersten Briefen. Meine Partnerin hieß Tatiana. Sie lebte in Sankt Petersburg, nahe dem Marsfeld. Ich erzählte gern, sie lebe im Weltraum. Tatianas Englisch war nicht besonders, und oft verstand ich ihre Briefe nicht. Aber ich erwartete sie begierig. *Vater ist Mathematiker,* schrieb sie. *Mein Vater konnte in der Wildnis überleben,* schrieb ich zurück. Auf jeden ihrer Briefe schrieb ich zwei. *Habt ihr einen Hund? Wie viele Leute benutzen euer Bad? Besitzt ihr etwas, was dem Zar gehörte?* Eines Tages kam ein Brief. Sie wollte wissen, ob ich schon einmal bei Sears Roebuck gewesen war. Und am Ende stand ein PS: *Junge aus meiner Klasse hat nach New York gezogen. Vielleicht du möchtest ihm schreiben, weil er jemand kennt.* Das war das Letzte, was ich je von ihr gehört habe.

4 *Ich machte andere Lebensformen ausfindig*

«Wo ist Brighton Beach?», fragte ich. «In England», sagte meine Mutter, die in den Küchenschränken etwas suchte, was sie verlegt hatte. «Ich meine das in New York.» – «Bei Coney Island, glaube ich.» – «Wie weit ist Coney Island?» – «Eine halbe Stunde ungefähr.» – «Mit dem Auto oder zu Fuß?» – «Du kannst die U-Bahn nehmen.» – «Wie viele Haltestellen?» – «Weiß ich nicht. Was interessiert dich so an Brighton Beach?» – «Ich habe einen Freund dort. Er heißt Misha und ist Russe», sagte ich voller Bewunderung. «Nur Russe?», fragte meine Mutter aus dem Inneren des Schranks unter der Spüle. «Was meinst du mit *nur* Russe?» Sie stand auf und drehte sich zu mir um. «Nichts», sagte sie und sah mich mit einem Ausdruck an, den sie manchmal annimmt, wenn ihr gerade etwas unerhört Faszinierendes eingefallen ist. «Es ist nur, dass du beispielsweise ein viertel Russin, ein viertel Ungarin, ein viertel Polin und ein viertel Deutsche bist.» Sie zog eine Schublade auf, machte sie wieder zu. «Aber eigentlich», sagte sie, «könntest du sagen, dass du drei viertel Polin und ein viertel Ungarin bist, weil Bubbes Eltern aus Polen kamen, bevor sie nach Nürnberg gezogen sind, und die Heimatstadt von Oma Sasha ursprünglich in Belarus oder Weißrussland lag, bevor sie zu Polen gehörte.» Sie öffnete einen anderen Schrank, voll gestopft mit Plastiktüten, und begann darin zu wühlen. Ich wandte mich zum Gehen. «Aber wenn ich so darüber nachdenke», sagte sie, «könntest du, glaube ich, auch sagen, du seiest drei viertel Polin und ein viertel Tschechin, weil die Stadt, aus der *zeyde* kam, vor 1918 ungarisch und danach tschechisch war, obwohl die Ungarn sich weiterhin als

Ungarn betrachteten und während des Zweiten Weltkriegs für kurze Zeit auch wieder Ungarn wurden. Und natürlich kannst du immer sagen, dass du halb Polin, ein viertel Ungarin und ein viertel Engländerin bist, weil Opa Simon mit neun Jahren aus Polen weggegangen und nach England umgesiedelt ist.» Sie riss ein Blatt Papier von dem Block neben dem Telefon und begann energisch zu schreiben. Eine Minute verging, während sie die Seite voll kritzelte. «Sieh mal!», sagte sie und schob das Papier rüber, damit ich es sehen konnte. «Du kannst tatsächlich *sechzehn verschiedene* Tortendiagramme machen, jedes davon stimmt!» Ich blickte auf das Papier. Da stand:

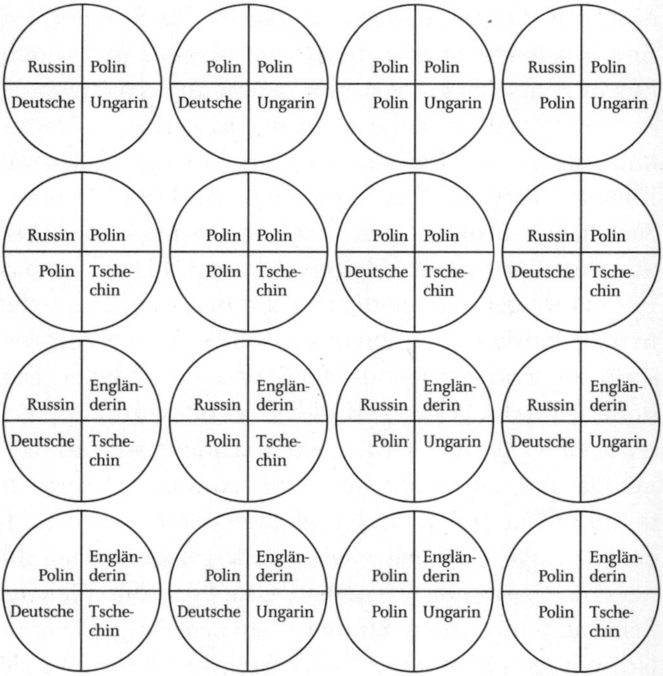

Und dann kannst du dich immer noch an halb Engländerin und halb Israelin halten, weil –» – «ICH BIN AMERIKANERIN!», schrie ich. Meine Mutter blinzelte. «Wie du meinst», sagte sie und setzte den Wasserkessel auf. Aus der Ecke des Zimmers, wo er sich die Bilder einer Zeitschrift ansah, brummte Bird: «Nein, bist du nicht. Du bist Jüdin.»

5 *Einmal benutzte ich den Kugelschreiber, um Dad zu schreiben*

Zu meiner Bat-Mizwa waren wir in Jerusalem. Meine Mutter wollte sie an der Klagemauer feiern, damit die Eltern meines Vaters, *bubbe* und *zeyde,* dabei sein konnten. Als Zeyde 1938 nach Palästina gekommen war, hatte er gesagt, er werde es nie wieder verlassen, und er hat es nie getan. Wer immer ihn sehen wollte, musste zu ihm nach Kiryat Wolfson kommen, in das Hochhaus mit Ausblick auf die Knesset. Die Wohnung war voller dunkler alter Möbel und dunkler alter Fotos, die sie aus Europa mitgebracht hatten. Nachmittags ließen sie die Metalljalousien herunter, um das alles vor dem grellen Licht zu schützen, denn nichts, was sie besaßen, war dafür gemacht, bei diesem Wetter zu überleben.

Meine Mutter suchte wochenlang nach billigen Flügen und fand schließlich drei 700-Dollar-Tickets auf der El Al. Für uns war das immer noch eine Menge Geld, aber sie sagte, wenigstens sei es gut angelegt. Am Tag vor der Bat-Mizwa fuhr Mom mit uns ans Tote Meer. *Bubbe* kam auch mit, einen Strohhut auf dem Kopf, der mit einem Band unter dem Kinn festgehalten wurde. Als sie aus der Umkleidekabine trat, wirkte sie faszinierend in ihrem Badeanzug, die Haut schrumplig, runzlig und von blauen Venen durchzogen. Wir sahen, wie ihr in den heißen Schwefelquellen die Röte ins Gesicht schoss, Schweißperlen sich auf ihrer Oberlippe bildeten. Als sie herauskam, lief ihr das Wasser in Strömen vom Leib. Wir folgten ihr nach unten ans Ufer. Bird stand im Schlick, die Beine über Kreuz. «Wenn du Pipi musst, geh ins Wasser», sagte Bubbe mit lauter Stimme. Eine Gruppe schwergewichtiger russischer Frauen, in mineralhaltigen schwarzen Lehm gehüllt, drehte sich nach uns um. Falls *bubbe* es bemerkte, scherte sie sich nicht darum. Wir trieben auf dem Rücken, während sie unter der breiten Krempe hervorspähte und über uns wachte. Meine Augen waren zu, aber ich spürte ihren Schatten über mir. «Nu, hast' denn keine Oberweite? Was hast' denn verbrochen?» Ich fühlte mein Gesicht heiß anlaufen und tat so, als hätte ich nichts gehört. «Und Jungs? Hast' Freunde?», fragte sie. Bird spitzte die Ohren. «Nein», murmelte ich. «Was?» – «Nein.» – «Warum?» – «Ich bin zwölf.» – «Ja nuu. In dein' Alter hab' ich drei geha't, wenn nicht vier. Du bist jung, du bist hübsch, *kejn ajnore.*» Ich paddelte an Land, um etwas Abstand zu ihrem imposant dräuenden Busen zu gewinnen. Ihre Stimme verfolgte mich. «Aber ewig bleibt das nicht so!» Ich versuchte aufzustehen und rutschte im Lehm aus. Ich suchte das flache Wasser nach meiner Mutter ab, bis ich sie entdeckte. Sie trieb weit draußen, hinter dem letzten Badenden, und ließ sich noch weiter hinaustreiben.

Am nächsten Morgen stand ich, immer noch nach Schwefel stinkend, an der Klagemauer. Die Ritzen zwischen den massiven Steinen steckten voller zusammengeknüllter Zettel. Der Rabbi sagte mir, wenn ich wollte, könnte ich Gott einen schreiben und ihn auch in die Ritzen stecken. Aber ich glaubte nicht an Gott, also schrieb ich an meinen Vater: *Lieber Dad, ich schreibe mit dem Kugelschreiber, den du mir geschenkt hast. Gestern hat Bird mich gefragt, ob du den Heimlich-Griff konntest, und ich habe ja gesagt. Ich habe auch gesagt, du konntest ein Luftkissenfahrzeug fliegen. Im Keller habe ich dein Zelt gefunden. Ich glaube, Mom hat es übersehen, als sie alles rausgeschmissen hat, was dir gehörte. Es riecht etwas vermodert, aber undicht ist es nicht. Manchmal schlage ich es im Garten hinten auf, lege mich hinein und denke daran, dass du auch darin gelegen hast. Ich schreibe das, aber ich weiß, dass du es nicht lesen kannst. Alles Liebe, Alma.* Bubbe schrieb auch einen Zettel. Als ich versuchte, meinen in die Mauer zu stecken, fiel ihrer heraus. Sie war mit Beten beschäftigt, also hob ich ihn auf und faltete ihn auseinander. Da stand: *Baruch Haschem, mögen ich und mein Mann den morgigen Tag erleben; dass mein' Alma in Gesundheit und Schönheit gedeiht, und wär es denn ein Verbrechen, wenn sie zwei schöne Brüste hätt?*

6 *Wenn ich einen russischen Akzent hätte, wäre alles anders*

Als ich wieder nach New York kam, war Mishas erster Brief da. *Liebe Alma,* fing er an. *Tausend Grüße! Ich bin sehr glücklich über deinen Empfang.* Er war fast dreizehn, fünf Monate älter als ich. Sein Englisch war besser als Tatianas, weil er die Texte fast aller Beatles-Songs auswendig konnte. Er sang sie selbst und begleitete sich dabei auf dem Akkordeon, das er von seinem Großvater bekommen hatte, von dem, der eingezogen war, nachdem die Großmutter gestorben und ihre Seele, wie Misha sagt, in Gestalt einer Gänseschar in den Sommergarten von Sankt Petersburg herabgestiegen war. Ganze zwei Wochen blieb sie dort und schnatterte im Regen, und als sie verschwand, war die Wiese voll geschissen. Ein paar Wochen später kam der Großvater zu Misha nach Hause, einen abgestoßenen Koffer mit achtzehn Bänden der *Geschichte der Juden* hinter sich herschleifend. Er zog in das schon überfüllte Zimmer, das Misha mit seiner älteren Schwester Svetlana bewohnte, packte das Akkordeon aus und begann, sein Lebenswerk zu produzieren. Zuerst schrieb er nur Variationen russischer Volkslieder, mischte sie mit jiddischen Phrasierungen. Später ging er zu dunkleren und wilderen Versionen über, und am Ende hörte er ganz auf, Sachen zu spielen, die man kannte, und während er seine langen Noten hielt, kamen ihm die Tränen, und so begriffsstutzig Misha und Svetya sein mochten, es brauchte ihnen niemand zu sagen, dass er endlich der Komponist geworden war, der er immer hatte sein wollen. Auf der Gasse hinter dem Haus hatte er ein verbeultes Auto stehen. Nach allem, was Misha erzählt, fuhr er wie ein Blinder, ließ das Auto sich fast völlig allein seinen Weg ertasten und gegen Sachen stoßen und drehte nur in lebensbedrohlichen Situationen mit den Fingerspitzen am Lenkrad. Wenn ihr Großvater sie von der Schule abholte, hielten sich Misha und Svetlana die Ohren zu und versuchten wegzuschauen. Wenn er dann den Motor aufheulen ließ und nicht mehr zu ignorieren war, eilten sie gesenkten Kopfes zum Auto und krochen auf den Rücksitz. Sie schmiegten sich aneinander, während er am Steuer saß und zu einem Band mitsang, das von der Punkband ihres Cousins Lev, Pussy Ass Mother Fucker, stammte. Aber er verstand die Worte immer falsch. Wenn Misha und seine Schwester ihn darauf hinwiesen, tat er überrascht und drehte die Lautstärke auf, um besser zu hören, aber beim nächsten Mal sang er wieder falsch. Als er starb, vermachte er Svetya die achtzehnbändige *Geschichte der Juden* und Misha das Akkordeon. Um die gleiche Zeit lud Levs Schwester, die blauen Lidschatten trug, Misha auf ihr Zimmer ein, legte «Let it Be» auf und brachte ihm das Küssen bei.

7 *Der Junge mit dem Akkordeon*

Misha und ich schrieben einundzwanzig Briefe hin und her. Das war in meinem zwölften Lebensjahr, zwei Jahre bevor Jacob Marcus meiner Mutter schrieb und sie um die Übersetzung der *Geschichte der Liebe* bat. Mishas Briefe waren voller Ausrufezeichen und Fragen wie: *Was bedeutet, am Arsch zu sein?*, und meine voller Fragen über das Leben in Russland. Dann lud er mich zu seiner Bar-Mizwa-Feier ein.

Meine Mutter flocht mir das Haar, lieh mir ihren roten Schal und fuhr mich zu der Mietskaserne in Brighton Beach. Ich drückte auf den Klingelknopf und wartete, bis Misha herunterkam. Meine Mutter winkte aus dem Auto. Mich fröstelte in der Kälte. Ein aufgeschossener Junge mit dunklem Flaum auf der Oberlippe kam heraus. «Alma?», fragte er. Ich nickte. «Willkommen, meine Freundin!», sagte er. Ich winkte meiner Mutter und folgte ihm hinein. Im Hausflur roch es nach Sauerkohl. Die Wohnung oben war gesteckt voll mit Menschen, die aßen und sich lautstark auf Russisch unterhielten. In einer Ecke des Esszimmers stand eine Band, und die Leute versuchten zu tanzen, obwohl sie keinen Platz hatten. Misha war beschäftigt, mit jedem ein Wort zu reden und Umschläge in die Tasche zu stopfen, und so verbrachte ich die meiste Zeit der Party mit einem Teller riesiger Garnelen in der Ecke auf der Couch sitzend. Dabei esse ich keine Garnelen, aber es war das Einzige, was ich erkannte. Wenn mich jemand ansprach, musste ich erklären, dass ich kein Russisch kann. Ein alter Mann bot mir einen Wodka an. In dem Moment stürmte Misha aus der Küche, das an einen Verstärker angeschlossene Akkordeon umgeschnallt, und fing an zu singen. «You say it's your birthday!», rief er. Die Menge blickte ängstlich. «Well it's my birthday, too!», schrie er, und quietschend erwachte das Akkordeon zum Leben. Es ging über in «Sgt. Pepper's Lonely Hearts Club Band», dann in «Here Comes the Sun» und schließlich, nach fünf oder sechs Liedern, legten die Beatles mit «Hava Nagila» los, und die Menge tobte, alle sangen mit und versuchten zu tanzen. Als die Musik endlich aufhörte, kam Misha zu mir, das Gesicht gerötet und verschwitzt. Er nahm mich bei der Hand, und ich folgte ihm aus der Wohnung, den Flur entlang, fünf Treppen hinauf, durch eine Tür und aufs Dach hinaus. Man sah das Meer in der Ferne, die Lichter von Coney Island, und dahinter eine stillgelegte Achterbahn. Mir klapperten die Zähne, da zog Misha seine Jacke aus und legte sie mir um die Schultern. Sie war warm und roch nach Schweiß.

8 БЛЯДЬ

Ich erzählte Misha alles. Wie mein Vater gestorben war und von der Einsamkeit meiner Mutter, von Birds unerschütterlichem Glauben an Gott. Ich erzählte ihm von den drei Bänden *Wie man in der Wildnis überlebt,* von dem englischen Lektor und seiner Regatta, von Henry Lavender und den philippinischen Muscheln, und von Tucci, dem Veterinär. Ich erzählte ihm von Dr. Eldridge und dem *Leben, wie wir es nicht kennen,* und später – zwei Jahre nachdem wir angefangen hatten, uns zu schreiben, sieben Jahre nachdem mein Vater gestorben war, und 3,9 Milliarden Jahre nach dem ersten Leben auf Erden –, als der erste Brief von Jacob Marcus aus Venedig kam, erzählte ich ihm von der *Geschichte der Liebe.* Meistens schrieben wir einander, oder wir redeten am Telefon, aber manchmal, an den Wochenenden, sahen wir uns. Ich fuhr lieber nach Brighton Beach, weil Mrs. Shklovsky uns da Tee mit Süßkirschen in Porzellangeschirr brachte, und Mr. Shklovsky, der immer große dunkle Schweißflecken unter den Achseln hatte, mir russisch fluchen beibrachte. Manchmal liehen wir Filme aus, vor allem Spionagegeschichten oder Krimis – unsere Lieblingsfilme waren *Das Fenster zum Hof, Der Fremde im Zug* und *Der unsichtbare Dritte,* die wir schon zehnmal gesehen hatten. Als ich Jacob Marcus unter dem Namen meiner Mutter schrieb, war es Misha, dem ich davon erzählte und dem ich am Telefon die letzte Fassung vorlas. «Wie findest du das?», fragte ich. «Ich finde, du bist am Arsch –» – «Vergiss es», sagte ich.

Eine Woche verging, nachdem ich meinen Brief abgeschickt hatte, oder den meiner Mutter oder wie auch immer. Noch eine Woche verging, und ich fragte mich, ob Jacob Marcus außer Landes sei, womöglich in Kairo, oder vielleicht in Tokio. Eine weitere Woche verging, und ich dachte, wer weiß, ob er nicht irgendwie der Wahrheit auf die Spur gekommen ist. Vier Tage vergingen, und ich versuchte, dem Gesicht meiner Mutter Anzeichen von Ärger abzulesen. Es war schon Ende Juli. Ein Tag verging, und ich dachte, vielleicht sollte ich Jacob Marcus schreiben und mich entschuldigen. Am nächsten Tag kam sein Brief.

Der Name meiner Mutter, Charlotte Singer, stand mit Füllfederhalter vorne draufgeschrieben. Als das Telefon klingelte, steckte ich den Umschlag unter den Bund meiner Shorts. «Hallo?», sagte ich ungeduldig. «Ist der *Moshiach* zu Hause?», fragte die Stimme am anderen Ende. *«Wer?»* – «Der *Moshiach»*, sagte der Junge, und ich hörte erstickte Gelächter im Hintergrund. Es klang ein wenig nach Louis, der schräg gegenüber wohnte und Birds Freund gewesen war, bis er andere Freunde gefunden hatte, die er lieber mochte, und nicht mehr mit Bird sprach. «Lass ihn in Frieden», sagte ich, legte auf und wünschte, mir wäre etwas Besseres eingefallen.

Während ich die Straße zum Park hinunterrannte, hielt ich mir die Seite, damit der Umschlag nicht herausrutschte. Es war heiß draußen, und ich schwitzte schon. An der Long Meadow riss ich den Brief neben einem Abfalleimer auf. Die erste Seite handelte davon, wie gut Jacob Marcus die Kapitel fand, die meine Mutter ihm geschickt hatte. Ich überflog den Inhalt, bis ich auf der zweiten Seite auf den Satz stieß: *Und nun zu Ihrem Brief, den ich noch gar nicht erwähnt habe.* So ging es weiter:

Ihre Neugier schmeichelt mir. Ich wünschte, ich könnte interessantere Antworten auf all Ihre Fragen geben. Ich muss gestehen, dass ich dieser Tage viel Zeit damit verbringe, einfach hier zu sitzen und aus dem Fester zu schauen. Ich bin immer gern gereist. Aber der Ausflug nach Venedig war anstrengender als gedacht, und ich weiß nicht, ob ich es noch einmal wagen werde. Aus Gründen, die nicht in meiner Hand liegen, ist mein Leben auf die einfachsten Dinge beschränkt. Vor mir auf dem Tisch beispielsweise liegt ein Stein. Ein dunkelgraues Stück Granit, von einer Ader Weiß halbiert. Ich habe fast den ganzen Morgen damit zugebracht, ihn zu finden. Davor sind viele Steine ausgeschieden. Ich hatte keine bestimmte Vorstellung im Hinterkopf. Ich glaubte, ich würde ihn erkennen, wenn ich ihn fände. Im Lauf der Suche habe ich einige Ansprüche entwickelt. Er sollte bequem in der Hand liegen, glatt sein, vorzugsweise grau usw. Das also war mein Morgen. In den vergangenen Stunden habe ich mich nur davon ausgeruht.

Das war nicht immer so. Lange ist mir ein Tag wertlos erschienen, wenn ich nicht eine gewisse Menge Arbeit erledigt hatte. Ob ich das Hinken des Gärtners, das Eis auf dem See, die langen, feierlichen Ausflüge des Nachbarkindes, das offenbar keine Freunde hat, wahrnahm oder nicht – solche Dinge waren unwichtig. Aber das hat sich geändert.

Sie fragen, ob ich verheiratet sei. Ich war es einmal, aber das ist lange her, und wir waren so klug oder so dumm, keine Kinder zu bekommen. Wir haben uns kennen gelernt, als wir jung waren, bevor wir genug über Enttäuschungen wussten, und als wir es taten, sah jeder sie im anderen. Man könnte wohl sagen, dass auch ich einen kleinen russischen Astronauten am Revers trage. Jetzt lebe ich allein, was mich nicht stört. Vielleicht ein kleines bisschen. Aber es müsste schon eine ungewöhnliche Frau sein, die mir jetzt noch Gesellschaft leisten wollte, wo ich kaum bis zum Ende der Einfahrt und wieder zurück laufen kann, um die Post aus dem Briefkasten zu holen. Immerhin tue ich das noch. Zweimal die Woche kommt ein Freund vorbei und bringt mir Lebensmittel, und meine Nachbarin schaut jeden Tag unter dem Vorwand herein, sie wolle nur nach den Erdbeeren sehen, die sie in meinem Garten gepflanzt hat. Dabei mag ich keine Erdbeeren.

Aber ich übertreibe, es klingt schlimmer, als es ist. Ich kenne Sie noch nicht einmal, und schon heische ich nach Mitgefühl.

Sie fragen auch, was ich tue. Ich lese. Heute Morgen habe ich *Die Straße der Krokodile* zu Ende gelesen, zum dritten Mal. Ich finde es einfach überwältigend.

Außerdem sehe ich mir Filme an. Mein Bruder hat mir einen DVD-Player besorgt. Sie glauben gar nicht, wie viele Filme ich in den letzten Monaten gesehen habe. Das ist meine Hauptbeschäftigung. Filme sehen und lesen. Manchmal gebe ich sogar vor zu schreiben, aber darauf fällt niemand herein. Oh, und ich gehe zum Briefkasten.

Genug. Ihr Buch hat mir sehr gefallen. Bitte schicken Sie mehr.

JM

Und nach jedem Lesen hatte ich das Gefühl, etwas weniger über Jacob Marcus zu wissen. Er sagte, er habe den Morgen damit verbracht, einen Stein zu suchen, aber er sagte nichts weiter darüber, warum ihm *Die Geschichte der Liebe* so wichtig war. Natürlich war mir nicht entgangen, dass er geschrieben hatte: *Ich kenne Sie noch nicht einmal.* Noch nicht! Das hieß, er rechnete damit, uns besser kennen zu lernen, oder zumindest unsere Mutter, da er von Bird und mir ja nichts wusste. (Noch nicht!) Aber warum konnte er kaum bis zum Briefkasten und zurück laufen? Und warum musste es eine ungewöhnliche Frau sein, die ihm Gesellschaft leisten würde? Und warum trug er einen russischen Astronauten am Revers?

Ich beschloss, eine Liste von Hinweisen aufzustellen. Ich ging nach Hause, machte meine Zimmertür zu und holte den dritten Band von *Wie man in der Wildnis überlebt* heraus. Ich schlug eine neue Seite auf. Für den Fall, dass jemand auf die Idee kommen sollte, in meinem Zimmer herumzuschnüffeln, wollte ich alles verschlüsseln. Ich dachte an Saint-Ex. Obendrüber schrieb ich *Wie man überlebt, wenn der Fallschirm sich nicht öffnet.* Und dann weiter:

1. *Einen Stein suchen*
2. *An einem See wohnen*
3. *Einen hinkenden Gärtner haben*
4. Die Straße der Krokodile *lesen*
5. *Eine ungewöhnliche Frau brauchen*
6. *Mit Müh und Not zum Briefkasten laufen*

Das waren alle Hinweise, die ich in seinem Brief ausfindig machen konnte, also schlich ich mich ins Arbeitszimmer meiner Mutter, während sie unten war, und nahm die anderen Briefe aus ihrer Schublade. Ich las auch sie auf Hinweise durch. Dabei fiel mir der Anfang seines ersten Briefes ein, das Zitat aus der Einleitung meiner Mutter zu Nicanor Parra, der einen kleinen russischen Astronauten am Revers trug und in der Tasche die Briefe einer Frau, die ihn wegen eines anderen verlassen hatte. Wenn Jacob Marcus schrieb, auch er trage einen russischen Astronauten am Revers, sollte das bedeuten, seine Frau habe ihn wegen eines anderen verlassen? Weil ich mir nicht sicher war, nahm ich dies nicht als Hinweis auf. Aber ich schrieb:

7. Eine Reise nach Venedig machen
8. Vor langer Zeit beim Einschlafen aus der Geschichte der Liebe *vorgelesen bekommen haben*
9. Es nie vergessen

Ich sah mir die Hinweise an. Keiner half weiter.

11 *Wie es mir geht*

Ich kam zu dem Schluss, dass mir nur eine Möglichkeit zum Suchen blieb, wenn ich wirklich herausfinden wollte, wer Jacob Marcus war und warum ihm so viel daran lag, das Buch übersetzt zu bekommen: *Die Geschichte der Liebe* selbst.

Ich schlich mich nach oben, ins Arbeitszimmer meiner Mutter, um zu sehen, ob ich mir an ihrem Computer einen Ausdruck der Kapitel machen konnte, die sie schon übersetzt hatte. Das Problem war nur, sie saß davor. «Hallo», sagte sie. «Hallo», sagte ich in möglichst beiläufigem Ton. «Wie geht's?», fragte sie. «Dankegutundselber?», antwortete ich, weil es das war, was ich sagen sollte, das hatte sie mir beigebracht, genau wie anständig mit Messer und Gabel zu essen, eine Teetasse zwischen zwei Fingern zu balancieren und die beste Art, mir ohne allgemeines Aufsehen Reste zwischen den Zähnen herauszupulen, in der weisen Voraussicht, dass ich vielleicht einmal von der Queen zum Tee geladen werden könnte. Als ich anmerkte, keiner von denen, die ich kannte, esse anständig mit Messer und Gabel, machte sie ein unglückliches Gesicht und sagte, sie versuche nur, eine gute Mutter zu sein, und wenn sie es mir nicht beibrächte, wer dann? Ich wünschte trotzdem, sie hätte es gelassen, weil Höflichsein manchmal schlimmer ist als Unhöflichsein, wie damals, als Greg Feldman in der Schule auf dem Flur an mir vorbeiging und sagte: «Hey, Alma, was geht ab?», und ich sagte: «Dankegutundselber?», und er stehen blieb, mich ansah, als sei ich gerade vom Mars gefallen, und sagte: «Warum kannst du nie einfach sagen: *Nicht viel?*»

12 *Nicht viel*

Draußen wurde es dunkel, und meine Mutter sagte, es sei nichts zu essen im Haus und ob wir etwas bestellen sollten, vielleicht thailändisch oder westindisch, oder doch lieber kambodschanisch? «Können wir nicht selbst kochen?», fragte ich. «Makkaroni mit Käse?», fragte sie zurück. «Mrs. Shklovsky macht ein sehr gutes Orangenhuhn», sagte ich. Meine Mutter sah mich zweifelnd an. «Chili?», sagte ich. Während sie im Supermarkt war, ging ich nach oben in ihr Arbeitszimmer und druckte Kapitel eins bis fünfzehn der *Geschichte der Liebe* aus, so weit, wie sie gekommen war. Ich nahm die Seiten mit nach unten und versteckte sie in meinem Überlebensrucksack unter dem Bett. Ein paar Minuten später kam sie mit einem Pfund Putenhack, einem Kopf Brokkoli, drei Äpfeln, einem Glas Pickles und einer aus Spanien importierten Schachtel Marzipan nach Hause.

13 *Die ewige Enttäuschung über das Leben, wie es ist*

Nach einem Abendessen mit in der Mikrowelle erhitzten Hähnchen-Nuggets aus Fleischersatz ging ich früh zu Bett, kroch unter die Decke und las mit der Taschenlampe, was meine Mutter von der *Geschichte der Liebe* übersetzt hatte. Da war das Kapitel über die Menschen, die mit den Händen redeten, dann das Kapitel über den Mann, der glaubte, er sei aus Glas, und ein Kapitel, das ich noch nicht gelesen hatte, mit dem Titel «Die Geburt des Gefühls». *Gefühle hat es nicht von Anbeginn der Zeit gegeben,* fing es an.

Genau wie es einen ersten Augenblick gegeben hat, in dem jemand zwei Stöcke aneinander rieb, um einen Funken zu erzeugen, gab es ein erstes Mal, dass Freude empfunden wurde, und ein erstes Mal der Traurigkeit. Eine Zeit lang wurden laufend neue Gefühle erfunden. Das Verlangen wurde früh geboren, ebenso das Bedauern. Als zum ersten Mal Sturheit empfunden wurde, löste das eine Kettenreaktion aus, indem es einerseits den Groll und andererseits die Entfremdung und die Einsamkeit erzeugte. Es mag eine gewisse Bewegung der Hüften entgegen dem Uhrzeigersinn gewesen sein, die der Verzückung zur Geburt verholfen hat, und ein Blitzstrahl, der die erste Ehrfurcht einflößte. Aber vielleicht war es auch der Körper eines Mädchens namens Alma. Wider alle Logik ist das Gefühl des Erstaunens nicht unmittelbar entstanden. Es kam erst, nachdem die Menschen genug Zeit gehabt hatten, sich an die Dinge zu gewöhnen, wie sie waren. Und als genug Zeit vergangen war und jemand das erste Erstaunen empfand, verspürte irgendwo anders jemand den ersten Stich Sehnsucht nach dem Vergangenen.

Es kam auch manchmal vor, dass Menschen Dinge fühlten, die ungenannt blieben, weil es kein Wort für sie gab. Die älteste Regung der Welt mag die Rührung gewesen sein; aber sie zu beschreiben – sie nur zu benennen – muss so schwierig gewesen sein, wie etwas Unsichtbares zu fangen.

(Vielleicht war das älteste Gefühl der Welt aber auch schlicht und einfach die Verwirrung.)

Nachdem die Menschen angefangen hatten zu fühlen, wuchs ihr Verlangen danach. Sie wollten mehr empfinden, tiefer, egal, wie sehr es manchmal wehtat. Die Menschen wurden süchtig nach Gefühlen. Sie mühten sich, neue zu entdecken. Es ist möglich, dass so die Kunst entstand. Neue Arten von Freude wurden entwickelt, einhergehend mit neuen Arten von Traurigkeit: die ewige Enttäuschung über das Leben, wie es ist; die Erleichterung über unerwarteten Aufschub; die Angst vor dem Sterben.

Selbst heute existieren noch nicht alle Möglichkeiten, Gefühle zu empfinden. Es gibt immer noch welche, die jenseits unserer Fähigkeiten und unserer Vorstellung liegen. Hin und wieder, wenn ein noch nie geschriebenes Musikstück, ein noch nie gemaltes Bild oder sonst etwas unmöglich Vorauszusagendes, Ergründ- oder Beschreibbares in Erscheinung tritt, zieht ein neues Gefühl in die Welt ein. Und dann wogt das Herz zum millionsten Mal in der Geschichte des Gefühls und lässt es auf sich wirken.

Alle Kapitel waren so ähnlich, und aus keinem erfuhr ich wirklich etwas darüber, warum das Buch für Jacob Marcus so wichtig war. Stattdessen verfiel ich ins Grübeln über meinen Vater. Wie viel musste ihm *Die Geschichte der Liebe* bedeutet haben, wenn er sie meiner Mutter nur zwei Wochen nach ihrer ersten Begegnung geschenkt hatte, obwohl er wusste, dass sie damals noch kein Spanisch sprach? Warum? Weil er anfing, sie zu lieben, natürlich.

Dann fiel mir etwas anderes ein. Was, wenn mein Vater in das Exemplar, das er ihr schenkte, etwas hineingeschrieben hatte? Mir war noch nie in den Sinn gekommen nachzusehen.

Ich stand aus dem Bett auf und ging nach oben. In Moms Arbeitszimmer war niemand, und das Buch lag neben dem Computer. Ich nahm es und schlug die Titelseite auf. Da stand in einer Handschrift, die ich nicht erkannte: *Für Charlotte, meine Alma. Dies ist das Buch, das ich dir geschrieben hätte, wenn ich schreiben könnte. In Liebe, David.*

Ich ging wieder ins Bett und dachte lange über meinen Vater und diese zwanzig Wörter nach.

Und dann begann ich über *sie* nachzudenken. Alma. Wer war das? Meine Mutter pflegte zu sagen, sie sei jedes Mädchen und jede Frau, die jemals von jemandem geliebt wurde. Aber je mehr ich darüber nachdachte, umso mehr glaubte ich, auch sie müsse jemand gewesen sein. Wie hätte Litvinoff so viel über die Liebe schreiben können, ohne selbst verliebt gewesen zu sein? In eine bestimmte Person. Und diese Person musste den Namen –

Ich fügte den neun Hinweisen, die ich aufgeschrieben hatte, einen weiteren hinzu:

10. Alma

14 *Die Geburt des Gefühls*

Ich sauste hinunter in die Küche, aber sie war leer. Vor dem Fenster, mitten in unserem zugewachsenen, mit Unkraut überwucherten rückwärtigen Garten, stand meine Mutter. Ich stieß die Fliegendrahttür auf. «Alma», sagte ich außer Atem. «Hmm?», machte meine Mutter. Sie hielt eine Gartenschaufel in der Hand. Ich hatte keine Zeit, mich bei dem Gedanken aufzuhalten, warum sie eine Gartenschaufel hielt, denn schließlich war es mein Vater, der den Garten gepflegt hatte, nicht sie, und außerdem war es spät, schon halb zehn Uhr abends. «Wie heißt sie mit Nachnamen?», fragte ich. «Wovon redest du?», sagte meine Mutter. «Alma», sagte ich ungeduldig. «Das Mädchen in dem Buch. Wie heißt sie?» Meine Mutter wischte sich über die Stirn, auf der eine Spur Dreck zurückblieb. «Also jetzt, wo du es sagst ... In einem Kapitel kommt tatsächlich ein Nachname vor.

Aber seltsam, während alle anderen in dem Buch spanische Namen tragen, heißt sie ...» Sie runzelte die Stirn. «Wie?», fragte ich aufgeregt. «Wie heißt sie?» – «Mereminski», sagte meine Mutter. «Mereminski», wiederholte ich. Sie nickte. «M-E-R-E-M-I-N-S-K-I. Mereminski. Polnisch. Einer der wenigen Hinweise, die etwas über Litvinoffs Herkunft verraten.» Ich rannte wieder nach oben, kletterte ins Bett, knipste die Taschenlampe an und öffnete den dritten Band von *Wie man in der Wildnis überlebt.* Neben *Alma* schrieb ich Mereminski.

Am nächsten Tag begann ich sie zu suchen.

DER ÄRGER MIT DEM DENKEN

Wenn Litvinoff im Lauf der Jahre immer mehr hustete – ein trockener Husten, der seinen ganzen Körper schüttelte, dass er sich krümmte, und ihn zwang, sich beim Abendessen vom Tisch zu entschuldigen, Anrufe nicht entgegenzunehmen und gelegentliche Einladungen zu öffentlichen Reden abzulehnen –, so nicht so sehr, weil er krank gewesen wäre, sondern weil da etwas war, was er sagen wollte. Je mehr Zeit verging, umso mehr wünschte er, es zu sagen, und umso unmöglicher zu sagen wurde es. Manchmal erwachte er in Panik aus seinen Träumen. *Rosa!,* rief er dann. Aber noch ehe die Worte aus seinem Munde waren, spürte er ihre Hand auf seiner Brust, und beim Klang ihrer Stimme – *Was ist, Liebling? Was ist denn nur?* – verlor er den Mut, überwältigt von der Furcht vor den Konsequenzen. Und so sagte er, statt zu sagen, was er sagen wollte: *Es ist nichts. Nur ein schlechter Traum,* und wartete, bis sie wieder eingeschlafen war, bevor er die Bettdecke wegschob und auf den Balkon hinausging.

Als er jung gewesen war, hatte Litvinoff einen Freund gehabt. Es war nicht sein bester, aber ein guter Freund gewesen. Das letzte Mal hatte er diesen Freund an dem Tag gesehen, als er Polen verließ. Der Freund stand an einer Straßenecke. Ihre Wege hatten sich schon getrennt, aber beide wandten sich zurück, um dem anderen hinterherzusehen. Lange standen sie so da. Der Freund hielt seine in der Faust zusammengeraffte Mütze gegen die Brust gepresst. Er hob die Hand, winkte Litvinoff zum Gruß und lächelte. Dann zog er die Mütze über die Augen, drehte sich um und verschwand mit leeren Händen in der Menge. Inzwischen verging kein Tag, an dem Litvinoff nicht an diesen Moment oder an diesen Freund dachte.

Manchmal, wenn er nachts nicht schlafen konnte, ging Litvinoff ins Arbeitszimmer und holte sein Exemplar der *Geschichte der Liebe* heraus. Das vierzehnte Kapitel, «Die Fadenzeit», hatte er so oft gelesen, dass sich das Buch mittlerweile von selbst an dieser Stelle aufschlug:

So viele Wörter gehen verloren. Sie schlüpfen aus dem Mund, verlieren den Mut und streifen ziellos umher, bis sie wie trockene Blätter in den Rinnstein gekehrt werden. An Regentagen hört man ihren Nachklang vorbeirauschen: *IchwareinschönesMädchenBittegehnichtichglaubemeinKörperistauchausGlasIchhabeniejemandengeliebtichfindemichkomischVerzeihmir ...*

Es gab eine Zeit, da es nicht ungewöhnlich war, Wörter an einem Stück Faden zu führen, wenn zu befürchten stand, dass sie sonst stecken bleiben würden, ehe sie ihr Ziel erreichten. Schüchterne Menschen hatten stets ein kleines Bündel Fäden in der Tasche, aber diejenigen, die als Großmäuler galten, waren nicht weniger darauf angewiesen, da sie, die gewöhnlich von allen überhört wurden, oft nicht mehr weiterwussten, wenn sie sich bei jemandem Gehör verschaffen wollten. Die physische

Distanz zwischen zwei Menschen, die einen Faden benutzten, war oft gering; und manchmal wurde der Faden, je geringer die Distanz, umso dringender gebraucht.

Erst viel später kam die Gewohnheit auf, an beiden Enden des Fadens Büchsen zu befestigen. Manche sagen, diese Gewohnheit sei dem unwiderstehlichen Drang verwandt, uns Muscheln an die Ohren zu pressen, um das letzte Echo des ersten Ausdrucks der Welt zu hören. Andere sagen, sie stamme von einem Mann, der das Ende eines Fadens hielt, den ein nach Amerika fahrendes Mädchen über dem Ozean abgerollt habe.

Als die Welt größer wurde und es nicht mehr genug Faden gab, um die Dinge, die Menschen sagen wollten, vor dem Verschwinden in den Weiten des Raumes zu bewahren, wurde das Telefon erfunden.

Manchmal ist kein Faden lang genug, dass gesagt werden kann, was gesagt werden muss. In solchen Fällen kann der Faden, in welcher Form auch immer, nicht mehr tun, als das Schweigen der Person zu lenken.

Litvinoff hustete. Das gedruckte Buch in seinen Händen war die Kopie einer Kopie einer Kopie einer Kopie des Originals, das nicht mehr existierte, außer in seinem Kopf. Nicht im Sinne des idealen Buches, das ein Schriftsteller sich vorstellt, bevor er sich zum Schreiben hinsetzt. Das Original in Litvinoffs Kopf war die Erinnerung an das handschriftliche Manuskript in seiner Muttersprache, das er an jenem Tag in Händen gehalten hatte, als er seinem Freund zum letzten Mal adieu sagte. Sie wussten nicht, dass es das letzte Mal sein würde. Aber im Innersten hatte sich jeder das gefragt.

Damals war Litvinoff Journalist gewesen. Er hatte bei einer Tageszeitung gearbeitet und Nachrufe geschrieben. Abends, nach der Arbeit, ging er gelegentlich in ein Café, in dem Künstler und Philosophen verkehrten. Weil Litvinoff dort kaum jemanden kannte, bestellte er meist etwas zu trinken, tat so, als lese er längst gelesene Zeitungen, und lauschte den Gesprächen um ihn her:

– Der Gedanke einer Zeit außerhalb unserer Erfahrung ist unerträglich!
– Bleib mir weg mit Marx.
– Der Roman ist tot!
– Ehe wir zustimmen, müssen wir sorgfältig prüfen ...
– Befreiung ist nur ein Mittel, Freiheit zu erlangen; sie ist kein Synonym!
– Malewitsch? Mein Rotz ist interessanter als dieser Arsch.
– Und das, mein Freund, ist der Ärger mit dem Denken!

Manchmal, wenn Litvinoff mit jemandes Argumenten nicht einverstanden war, lieferte er im Kopf eine glänzende Replik.

Eines Abends hörte er eine Stimme hinter sich: «Muss ein guter Artikel sein – du liest ihn schon seit einer halben Stunde.» Litvinoff fuhr zusammen, und als er aufblickte, lächelte ihn von oben das vertraute Gesicht seines alten Kindheitsfreundes an. Sie umarmten einander und ließen die leichten Veränderungen, die die Zeit im Aussehen des anderen hinterlassen hatte, auf sich wirken. Litvinoff hatte immer eine gewisse Geistesverwandtschaft mit diesem Freund empfunden und wollte unbedingt wissen, was er in den letzten Jahren gemacht habe. «Gearbeitet, wie jeder andere», sagte der Freund und zog sich einen Stuhl heran. «Und deine Schriftstellerei?», fragte Litvinoff. Sein Freund zuckte die Achseln. «Nachts ist es ruhig. Da stört mich niemand. Nur die Katze des Vermieters kommt und setzt sich mir auf den Schoß. Meist schlafe ich am Tisch ein und wache auf, wenn sie beim ersten Tageslicht nach draußen schleicht.» Und dann lachten sie beide, ohne einen Grund.

Von da an trafen sie sich jeden Abend im Café. Mit wachsendem Grauen diskutierten sie die Truppenbewegungen der Nazis und was über das Vorgehen gegen die Juden gemunkelt wurde, bis sie zu deprimiert waren, darüber zu sprechen. «Aber vielleicht zu etwas Erfreulicherem», sagte der Freund dann schließlich, und Litvinoff wechselte glücklich das Thema, begierig, eine seiner philosophischen Theorien an seinem alten Freund zu erproben, ihm einen neuen Plan für schnelles Geld mit Damenstrümpfen auf dem Schwarzmarkt zu unterbreiten oder das hübsche Mädchen, das bei ihm gegenüber wohnte, zu beschreiben. Umgekehrt zeigte der Freund Litvinoff gelegentlich ein Stück von dem, woran er gerade arbeitete. Kleine Sachen, einen Absatz hier und dort. Aber Litvinoff war immer bewegt. Schon bei der ersten Seite, die er las, erkannte er, dass sein Freund seit ihrer gemeinsamen Schulzeit ein wirklicher Schriftsteller geworden war.

Ein paar Monate später, als bekannt wurde, dass Isaak Babel von der Moskauer Geheimpolizei ermordet worden war, fiel es Litvinoff zu, den Nachruf zu schreiben. Es war eine wichtige Aufgabe, und er arbeitete hart daran, bemüht, den richtigen Ton für den tragischen Tod eines großen Schriftstellers zu treffen. Er kam nicht vor

Mitternacht aus dem Büro, aber als er durch die kalte Nacht nach Hause ging, lächelte er in sich hinein, überzeugt, dass der Nachruf einer seiner besten war. Nur allzu oft war der Stoff, mit dem er arbeiten musste, dünn und dürftig und er darauf angewiesen, aus ein paar Superlativen, Klischees und falschen Lobeshymnen etwas zusammenzuschustern, das dem Leben gerecht wurde und den Tod als einen Verlust erscheinen ließ. Aber diesmal nicht. Diesmal hatte er sich zu dem Stoff erheben, darum ringen müssen, Worte für einen Mann zu finden, der ein Meister des Wortes gewesen war und seine ganze Existenz dem Widerstand gegen das Klischee gewidmet hatte, in der Hoffnung, die Welt mit einer neuen Art des Denkens und des Schreibens, ja sogar einer neuen Art des Fühlens zu beglücken. Und dessen Lohn für alle Mühen der Tod durch ein Erschießungskommando gewesen war.

Am nächsten Tag stand der Nachruf in der Zeitung. Der Chefredakteur rief ihn in sein Büro und gratulierte ihm zu seiner Leistung. Auch einige Kollegen machten ihm Komplimente. Und als er seinen Freund an diesem Abend im Café traf, war auch er des Lobes voll. Glücklich und stolz bestellte Litvinoff eine Runde Wodka.

Ein paar Wochen danach erschien sein Freund nicht wie gewohnt im Café. Litvinoff wartete anderthalb Stunden, dann gab er auf und ging nach Hause. Am nächsten Abend wartete er wieder, und wieder kam sein Freund nicht. Besorgt machte Litvinoff sich auf den Weg zu dem Haus, wo sein Freund in Pension lebte. Er war noch nie dort gewesen, aber er kannte die Adresse. Als er ankam, war er überrascht, wie verludert und heruntergekommen das Haus war, überrascht über die schmierigen Wände im Eingang und den muffigen Geruch. Er klopfte an die erstbeste Tür. Eine Frau machte auf. Litvinoff fragte nach seinem Freund. «O ja, klar», sagte sie, «der große Schriftsteller.» Sie zeigte mit dem Daumen aufwärts. «Ganz oben rechts.»

Litvinoff klopfte fünf Minuten, bis er von innen endlich die schweren Schritte seines Freundes hörte. Als die Tür aufging, stand sein Freund im Schlafanzug da, blass und abgezehrt. «Was ist los?», fragte Litvinoff. Sein Freund zuckte die Achseln und hustete. «Pass auf, sonst steckst du dich noch an», sagte er und schleppte sich ins Bett zurück. Litvinoff stand verlegen in dem beengten Zimmer, wusste nicht, wie er helfen sollte. Schließlich meldete sich eine Stimme aus den Kissen: «Eine Tasse Tee wäre nett.» Er eilte in die Ecke, wo eine improvisierte Kochstelle eingerichtet war, und klapperte auf der Suche nach dem Kessel herum («Auf dem Ofen», rief sein Freund schwach). Während das Wasser heiß wurde, öffnete er das Fenster, um etwas frische Luft hereinzulassen, und spülte die schmutzigen Teller. Als er die dampfende Tasse Tee ans Bett brachte, sah er, dass sein Freund vor Fieber zitterte, also machte er das Fenster wieder zu und ging nach unten, um von der Vermieterin eine zusätzliche Decke zu holen. Dann schlief sein Freund ein. Da Litvinoff nicht wusste, was er tun sollte, setzte er sich auf den einzigen Stuhl im Raum und wartete. Nach einer Viertelstunde miaute eine Katze an der Tür. Litvinoff ließ sie herein, aber als sie sah, dass ihr Mitternachtsgefährte unpässlich war, stolzierte sie wieder hinaus.

Vor dem Stuhl stand ein Holztisch. Die Platte war mit verstreuten Seiten bedeckt. Eine fiel Litvinoff ins Auge, und indem er sich mit einem flüchtigen Blick vergewisserte, ob sein Freund auch fest schlief, nahm er sie in die Hand. Oben stand: DER TOD DES ISAAK BABEL.

Erst nachdem sie ihm das Verbrechen des Schweigens vorgeworfen hatten, entdeckte Babel, wie viele Arten des Schweigens es gab. Wenn er Musik hörte, lauschte er nicht mehr den Tönen, sondern der Stille zwischen ihnen. Wenn er ein Buch las, gab er sich ganz den Kommata und Semikola hin, dem Raum hinter dem Punkt, vor dem Großbuchstaben am Anfang des nächsten Satzes. Er entdeckte die Stellen in einem Raum, an denen sich das Schweigen sammelte: den Faltenwurf der Vorhänge, die tiefen Schalen des Familiensilbers. Er lernte, die Bedeutung gewisser Arten des Schweigens zu entziffern, wie bei der Lösung eines schwierigen Falles ohne den geringsten Hinweis, allein durch Intuition. Und niemand konnte ihm vorwerfen, in seinem erwählten Beruf nicht produktiv zu sein. Täglich brachte er ganze Epen des Schweigens hervor. Am Anfang war es ihm schwer gefallen. Man stelle sich die Belastung vor, wenn das Kind einen fragt, ob Gott existiert, wenn die Frau, die man liebt, wissen will, ob man ihre Liebe erwidert. Zuerst sehnte sich Babel danach, wenigstens zwei Wörter zu gebrauchen: ja und nein. Aber er wusste, wenn er auch nur ein einziges Wort ausstieß, würde es den zarten Fluss des Schweigens zerstören.

Selbst nachdem sie ihn verhaftet und seine Manuskripte verbrannt hatten, die aus lauter leeren Seiten bestanden, weigerte er sich zu sprechen. Nicht einmal ein Stöhnen, wenn sie ihm einen Schlag auf den Kopf, einen

Fußtritt in den Unterleib versetzten. Erst im allerletzten Augenblick, als er dem Erschießungskommando gegenüberstand, ahnte der Schriftsteller Babel plötzlich, dass er sich geirrt haben könnte. Als die Gewehre auf seine Brust gerichtet waren, fragte er sich, ob das, was er für den Reichtum des Schweigens gehalten hatte, nicht eigentlich die Armut war, nie gehört zu werden. Er hatte geglaubt, die Möglichkeiten des menschlichen Schweigens seien endlos. Aber als die Kugeln sich aus den Gewehren lösten, wurde sein Körper von der Wahrheit durchsiebt. Und etwas in ihm lachte bitter, denn wie konnte er nur vergessen haben, was er doch immer gewusst hatte: An Gottes Schweigen kommt kein Mensch heran.

Litvinoff ließ die Seite fallen. Er war wütend. Wie konnte sein Freund, der nach Lust und Laune schreiben mochte, über was er wollte, das einzige Thema stehlen, über das er, Litvinoff, etwas geschrieben hatte, auf das er stolz war? Er fühlte sich verhöhnt und erniedrigt. Er wollte seinen Freund aus dem Bett zerren und zur Rede stellen. Aber nach einer Weile beruhigte er sich und las es noch einmal, und dabei erkannte er die Wahrheit. Sein Freund hatte nichts gestohlen, was ihm gehörte. Wie hätte er das auch gekonnt? Der Tod eines Menschen gehört niemand anderem als dem Gestorbenen selbst.

Traurigkeit überkam ihn. All diese Jahre hatte Litvinoff sich eingebildet, er sei seinem Freund so ähnlich. Er war stolz auf das gewesen, was er für ihre Verwandtschaft gehalten hatte. Aber in Wahrheit war er dem Mann, der zwei Meter entfernt im Bett gegen ein Fieber kämpfte, nicht ähnlicher als der eben hinausgeschlichenen Katze: Sie gehörten verschiedenen Arten an. Es lag auf der Hand, dachte Litvinoff. Man brauchte sich nur anzusehen, wie sie beide ein und dasselbe Thema behandelt hatten. Wo er eine Seite voller Wörter sah, sah sein Freund ein Feld voller Unsicherheiten, dunkler Löcher und Möglichkeiten zwischen den Wörtern. Wo sein Freund gesprenkeltes Licht, die Glückseligkeit des Fliegens, das Traurige an der Schwerkraft sah, sah er die solide Gestalt eines gemeinen Spatzen. Litvinoffs Leben war durch die Freude an der Bedeutung des Realen definiert, das seines Freundes durch die Ablehnung der Realität mit ihren Heerscharen platter Fakten. Als Litvinoff im dunklen Fenster sein Spiegelbild erblickte, hatte er den Eindruck, ihm sei etwas abgestreift worden, und eine Wahrheit enthüllte sich ihm: Er war ein Durchschnittsmensch. Einer, der die Dinge nehmen wollte, wie sie waren, und dem darum das Potenzial fehlte, in irgendeiner Weise originell zu sein. Und obwohl er darin in jeder Weise Unrecht hatte, ließ er sich nach dieser Nacht durch nichts mehr eines Besseren belehren.

Unter DER TOD DES ISAAK BABEL lag eine andere Seite. Während ihm Tränen des Selbstmitleids in den Nebenhöhlen brannten, las Litvinoff weiter.

FRANZ KAFKA IST TOT

Er starb auf einem Baum, von dem er nicht herunterwollte. «Komm runter!», riefen sie ihm zu. «Komm runter! Komm runter!» Stille erfüllte die Nacht, und die Nacht erfüllte die Stille, während sie darauf warteten, dass Kafka sprach. «Ich kann nicht», sagte er schließlich in einem Anflug von Wehmut. «Warum?», riefen sie. Sterne rieselten über den schwarzen Himmel. «Weil ihr dann nichts mehr von mir wollt.» Die Menschen flüsterten untereinander und nickten. Sie legten die Arme umeinander und strichen ihren Kindern übers Haar. Sie zogen ihren Hut vor dem kleinen, kränklichen Mann mit den Ohren eines seltsamen Tieres, der in seinem schwarzen Samtanzug auf dem dunklen Baum saß. Dann drehten sie sich um und machten sich auf, unter dem Blätterdach nach Hause zu gehen. Kinder wurden von ihren Vätern auf den Schultern getragen, schläfrig, nachdem sie mitgenommen worden waren, den Mann zu sehen, der seine Bücher auf Rinde schrieb, die er von dem Baum abriss, von dem er nicht herunterwollte. In seiner feinen, schönen, unleserlichen Handschrift. Und sie bewunderten diese Bücher, bewunderten seinen Willen und sein Durchhaltevermögen. Denn schließlich: Wer wünscht sich nicht, aus seiner Einsamkeit ein Schauspiel zu machen? Eine nach der anderen brachen die Familien auf, mit einem gute Nacht und einem Händedruck, plötzlich dankbar für die Gesellschaft von Nachbarn. Türen zu warmen Häusern schlossen sich. In den Fenstern wurden Kerzen angezündet. Weit entfernt, auf seinem Ast in den Bäumen, lauschte Kafka alledem: dem Rascheln von Kleidern, die auf den Boden fielen, wispernden Lippen, die über nackte Schultern fuhren, dem Knarren von Betten unter dem Gewicht der Zärtlichkeit. All das fing sich in den feinen, spitzen Muscheln seiner Ohren und rollte wie Flipperkugeln durch die große Halle seines Geistes.

In dieser Nacht kam ein frostiger Wind auf. Als die Kinder erwachten, liefen sie ans Fenster und fanden die Welt mit Eis bedeckt. Ein Kind, das kleinste, kreischte vor Entzücken, und sein Schrei zerriss die Stille und sprengte das Eis einer riesigen Eiche. Die Welt glitzerte.

Sie fanden ihn erfroren auf der Erde, wie einen Vogel. Es heißt, als sie ihre Ohren an die Muschel seiner Ohren legten, hätten sie sich selbst gehört.

Unter dieser Seite war eine andere, mit dem Titel TOLSTOIS TOD, und darunter eine für Ossip Mandelstam, der am bitteren Ende des Jahres 1938 in einem Durchgangslager nahe Wladiwostok gestorben war, und unter dieser sechs bis acht weitere. Nur die letzte Seite unterschied sich. Hier stand: DER TOD DES LEOPOLD GURSKY. Litvinoff fühlte einen eisigen Hauch in seinem Herzen. Er warf einen Blick auf seinen Freund, der schwer atmete. Dann begann er zu lesen. Als er fertig war, schüttelte er den Kopf und las es noch einmal. Und danach nochmals. Er las es wieder und wieder, mit den Lippen die Wörter formend, als seien sie keine Ankündigung des Todes, sondern ein Gebet fürs Leben. Als könne er, indem er sie nur aussprach, seinen Freund vor dem Todesengel bewahren, allein durch die Kraft seines Atems die Flügel noch einen Moment in der Schwebe halten, und noch einen Moment – bis der Todesengel aufgab und seinen Freund in Frieden ließ. Die ganze Nacht wachte Litvinoff bei seinem Freund, die ganze Nacht bewegte er die Lippen. Und zum ersten Mal, solange er sich erinnern konnte, fühlte er sich nicht nutzlos.

Im Morgengrauen sah er mit Erleichterung, dass wieder Farbe ins Gesicht seines Freundes gekommen war. Er schlief den erholsamen Schlaf der Genesung. Als die Sonne so hoch gestiegen war, dass sie acht Uhr anzeigte, stand Litvinoff auf. Er hatte steife Beine. Innerlich fühlte er sich wie ausgeschabt. Aber er war von Glück erfüllt. Er faltete das Blatt, auf dem DER TOD DES

LEOPOLD GURSKY stand, in zwei Hälften. Und da ist noch etwas, was niemand von Zvi Litvinoff weiß: Sein Leben lang trug er sie in seiner Brusttasche, jene Seite, die er die ganze Nacht lang daran gehindert hatte, Wirklichkeit zu werden, um ein klein wenig Zeit zu gewinnen – für seinen Freund, für das Leben.

BIS DIE SCHREIBHAND WEHTUT

Die Seiten, die ich vor so langer Zeit geschrieben hatte, glitten mir aus den Händen und verstreuten sich am Boden. Ich dachte: Wer? Und wie? Und: Nach all diesen – was? Jahren.

Ich fiel in meine Erinnerungen zurück. Die Nacht verging umnebelt. Morgens stand ich noch immer unter Schock. Es wurde Mittag, ehe ich wieder etwas machen konnte. Ich kniete mich ins Mehl. Sammelte die Seiten auf. Seite zehn ritzte mir den Finger. Seite zweiundzwanzig: Nierenstiche. Bei Seite vier stockte mir das Herz.

Ein bitterer Witz kam mir in den Sinn. *Mir fehlten die Worte.* Und doch. Ich grapschte nach den Seiten vor Angst, mein Verstand könnte mir ein Schnippchen schlagen, der nächste Blick nach unten, und sie wären leer.

Ich ging in die Küche. Der Kuchen sackte auf dem Tisch zusammen. Meine Damen und Herren. Wir haben uns heute versammelt, um die Geheimnisse des Lebens zu feiern. Was? Nein, Steine werfen ist nicht erlaubt. Nur Blumen. Oder Geld.

Ich fegte die Eierschalen und etwas verrieselten Zucker vom Stuhl und setzte mich an den Tisch. Draußen gurrte meine treue Taube und schlug mit den Flügeln an die Scheibe. Vielleicht hätte ich ihr einen Namen geben sollen. Warum nicht, wo ich mich doch damit geplagt habe, so viele Dinge zu benennen, die weniger real waren als sie. Ich versuchte, mir einen Namen auszudenken, den ich gern gerufen hätte. Ich blickte mich um. Mein Auge blieb auf der Speisekarte des Chinesen haften. Er hat sie seit Jahren nicht geändert. MR. TONG'S BERÜHMTE KÜCHE – KANTONESISCH, SZETSCHUAN UND HUMAN. Ich klopfte ans Fenster. Die Taube flatterte davon. *Adieu, Mr. Tong.*

Ich verbrachte fast den ganzen Nachmittag mit Lesen. Erinnerungen stürmten auf mich ein. Es schwamm mir vor den Augen, ich hatte Mühe, scharf zu sehen. Ich dachte: Ich sehe Gespenster. Ich schob den Stuhl zurück und stand auf. Ich dachte: *Masl tow!,* dein Verstand, Gursky, jetzt hast du ihn endgültig verloren. Ich goss die Pflanze. *Um zu verlieren, muss man gehabt haben.* Wie? Auch das noch, ein Korinthenkacker neuerdings? *Gehabt, nicht gehabt.* Hör dich an! Du hast dir doch das Verlieren zum Beruf gemacht. Ein Meisterverlierer bist du. Und doch. Wo ist der Beweis, dass du sie je gehabt hast? Und wo der, dass du sie je kriegen konntest?

Ich füllte das Becken mit Spülwasser und begann, die schmutzigen Töpfe abzuwaschen. Und mit allem, was ich wegräumte, mit jedem Topf, jeder Pfanne, jedem Löffel, räumte ich einen unerträglichen Gedanken weg, bis sich Küche und Kopf in synchroner Ordnung befanden. Und doch.

Shlomo Wasserman war Ignacio da Silva geworden. Die Figur, die ich Duddelsach genannt hatte, hieß jetzt Rodriguez. Feingold war De Biedma. Das alte Slonim wurde Buenos Aires, und eine Stadt, von der ich noch nie gehört hatte, stand für Minsk. Es war beinahe komisch. Aber: Ich lachte nicht.

Ich untersuchte die Handschrift auf dem Umschlag. Kein Begleitschreiben. Ich schwöre: Ich habe fünf- oder sechsmal nachgeschaut. Kein Absender. Ich hätte Bruno gefragt, wenn ich angenommen hätte, er könnte mir etwas dazu sagen. Wenn Päckchen kommen, lässt der Hausmeister sie gewöhnlich auf dem Tisch im Eingang liegen. Sicher hatte Bruno es gesehen und mitgenommen. Es ist immer ein Ereignis, wenn für einen von uns etwas kommt, was nicht in den Briefkasten passt. Ich glaube, das letzte Mal war über zwei Jahre her. Bruno hatte ein mit Verzierungen beschlagenes Hundehalsband bestellt. Vielleicht sollte ich dazu sagen, dass er kürzlich einen Hund mit nach Hause gebracht hatte. Ein kleines Hündchen, warm und kuschelig, etwas zum Liebhaben. Er nannte es Bibi. *Komm, Bibi, komm!,* hörte ich ihn rufen. Aber: Bibi kam nicht. Dann, eines Tages, ging er mit ihr zum Hundeauslaufplatz. *Vamos, chico!,* rief jemand seinen Hund, und schon rannte Bibi zu dem Puertoricaner hinüber. *Komm, Bibi, komm!,* schrie Bruno, aber vergeblich. Er änderte die Taktik. *Vamos, Bibi!,* brüllte er aus Leibeskräften. Und siehe da, Bibi kam angerannt. Sie bellte die ganze Nacht und schiss ihm die Wohnung voll, aber er liebte sie.

Wieder ging er mit ihr zum Auslauf. Bibi tollte, schiss und schnüffelte, und Bruno betrachtete sie stolz. Das Tor öffnete sich einem Irish Setter. Bibi warf einen Blick. Und ehe Bruno wusste, was geschah, schoss sie durchs offene Tor und verschwand die Straße hinunter. Er versuchte, sie zu fangen. *Lauf!,* sagte er sich. Die Erinnerung ans Rennen durchzuckte seine Glieder, aber der Körper machte nicht mit. Schon bei den ersten Schritten verhaspelte er sich und stolperte über seine eigenen Beine. *Vamos, Bibi!,* schrie er. Und doch. Niemand kam. In seiner Stunde der Not – zusammengebrochen am Straßenrand, während Bibi ihn als das verriet, was sie nun einmal war: ein Tier – saß ich daheim und hackte auf meine Schreibmaschine ein. Am Boden zerstört kam er nach Hause. Abends gingen wir zum Auslauf zurück, um auf sie zu warten. *Sie kommt bestimmt wieder,* sagte ich. Aber: Sie kam nicht. Das ist zwei Jahre her, und er geht immer noch hin und wartet.

Ich versuchte, den Dingen einen Sinn zu geben. Wenn ich so darüber nachdenke, habe ich das immer versucht. Es könnte meine Grabschrift sein. LEO GURSKY: ER VERSUCHTE, SINN ZU STIFTEN.

Die Nacht brach herein, und ich tappte noch immer im Dunkeln. Ich hatte den ganzen Tag nichts gegessen. Mr. Tong fiel mir ein. Der Chinese, nicht die Taube. Ich rief ihn an. Zwanzig Minuten später war ich allein mit meinen Frühlingsrollen. Ich stellte das Radio an. Sie baten um Spenden. Zum Dank bekam man eine Klobürste mit der Aufschrift WNYC.

Es gibt Dinge, die ich schwer beschreiben kann. Trotzdem plage ich mich weiter damit ab, wie ein störrischer Esel. Einmal kam Bruno herunter und sah mich am Küchentisch vor der Schreibmaschine sitzen. *Wieder das Ding?* Der verrutschte Kopfhörer hing wie ein halbierter Heiligenschein über seinem Schädel. Ich knetete meine Knöchel über dem Dampf der Teetasse. *Ein wahrer Vladimir Horowitz,* bemerkte er auf dem Weg zum Kühlschrank. Er beugte sich vor und kramte nach was auch immer. Ich zog ein neues Blatt in die Maschine ein. Er drehte sich um, während die Kühlschranktür noch offen stand, einen Milchbart auf der Oberlippe. *Spielen Sie nur weiter, Maestro,* sagte er, setzte sich den Kopfhörer auf die Ohren, machte im Vorbeigehen das Licht über dem Tisch an und schlurfte zur Tür. Die Strippe pendelte vor meinen Augen hin und her, während ich der Stimme Molly Blooms lauschte, die ihm in die Ohren dröhnte: *ES GEHT DOCH NICHTS ÜBER SO EINEN KUSS LANG UND HEISS GEHT EINEM RUNTER BIS IN DIE SEELE JA LÄHMT EINEN FAST.* Bruno hört jetzt nur noch sie und verschleißt dabei das ganze Band.

Wieder und wieder las ich in den Seiten des Buches, das ich als junger Mann geschrieben hatte. Es war so lange her. Ich war naiv gewesen. Ein verliebter Zwanzigjähriger. Geschwollenes Herz und ein ebensolcher Kopf. Ich glaubte, ich könnte alles tun! So seltsam das nun, da ich alles getan und hinter mir habe, erscheinen mag.

Ich dachte: Wie hat es überlebt? Soviel ich wusste, war das einzige Exemplar einer Überschwemmung zum Opfer gefallen. Ich meine, wenn man die Auszüge nicht mitzählt, die ich dem Mädchen, das ich liebte, in Briefen zukommen ließ, als sie nach Amerika gefahren war. Ich konnte nicht widerstehen, ihr meine besten Seiten zu schicken. Aber: Es war nur ein kleiner Teil. Und hier, in meinen Händen, lag fast das ganze Buch! Irgendwie auf Englisch! Mit spanischen Namen! Nicht zu fassen.

Ich saß *schiwe,* trauerte um meinen Isaac, und während ich so dasaß, versuchte ich zu begreifen. Allein in meiner Wohnung, die Seiten auf meinem Schoß. Aus der Nacht wurde Tag, Nacht und wieder Tag. Bald schlief ich, und bald wachte ich. Aber: Ich kam der Erschließung des Geheimnisses nicht näher. Und das mir, dem Schlosser. Ich bekam jede Tür in der ganzen Stadt auf. Nur mir selbst konnte ich gar nichts erschließen.

Ich entschied, eine Liste aller meiner noch lebenden Bekannten zu machen, damit ich keinen vergaß. Ich beschäftigte mich mit der Suche nach Stift und Papier. Dann setzte ich mich hin, strich das Papier glatt und senkte die Feder. Aber: Leere in meinem Gehirn.

Stattdessen schrieb ich: *Fragen an den Absender.* Dies unterstrich ich zweimal. Ich fuhr fort:

1. Wer bist du?
2. Wo hast du dies gefunden?
3. Wie hat es überlebt?
4. Warum ist es auf Englisch?
5. Wer hat es sonst gelesen?
~~*6. Fanden sie es gut?*~~
7. Ist die Zahl der Leser größer oder kleiner als –

Ich hielt inne und überlegte. Gab es eine Zahl, die mich nicht enttäuschen würde?

Ich sah aus dem Fenster. Auf der anderen Straßenseite bog sich ein Baum im Wind. Es war Nachmittag, die Kinder lärmten. Ich höre ihre Lieder gern. *Dies ist ein Spiel. Zum Konzentrieren,* singen die Mädchen und klatschen. *Zweimal ist aus. Und Zögern ist Verlieren. Auf los geht's los.* Ich sitze auf glühenden Kohlen. *Tiere!,* schreien sie. Tiere! Ich denke nach. *Pferd!,* sagt die eine. *Affe!,* die andere. Und es geht hin und her. *Kuh!,* ruft die Erste. *Tiger!,* schreit die Zweite, weil jedes Zögern den Rhythmus zerstört und das Spiel beendet. *Pony! Känguru! Maus! Löwe! Giraffe!* Ein Mädchen druckst herum. JAK! schreie ich.

Ich senkte den Blick auf das Blatt mit meinen Fragen. Was musste geschehen, fragte ich mich, damit ein Buch, das ich vor sechzig Jahren geschrieben hatte, jetzt in meinen Briefkasten gelangte, und das in einer anderen Sprache?

Plötzlich durchfuhr mich ein Gedanke. Er kam mir auf Jiddisch, ich tue mein Bestes, ihn hier wiederzugeben, etwa so: KÖNNTE ICH BERÜHMT SEIN, OHNE ES ZU WISSEN? Mir wurde schwindlig. Ich kippte ein Glas kaltes Wasser und nahm ein Aspirin. Sei kein Narr, sagte ich mir. Und doch.

Ich schnappte mir meinen Mantel. Die ersten Regentropfen prasselten ans Fenster, also zog ich die Galoschen an. Bruno nennt sie Überschuhe. Soll er. Draußen ein heulender Wind. Ich kämpfte mich durch die Straßen, in verbissenem Streit mit meinem Regenschirm. Dreimal schnappte er über. Ich hielt mich an ihm fest. Einmal schleuderte er mich an eine Hauswand. Zweimal hob ich ab.

Den peitschenden Regen im Gesicht, gelangte ich zur Bücherei. Das Wasser troff mir von der Nase. Mein Regenschirm, das Mistvieh, war zerfetzt, also entsorgte ich ihn im Ständer. Ich ging zum Tisch der Bibliothekarin. Hoppel-Halt-und-Keuch, Hosenbeine hoch, Schritt, Schlurf, Schritt, Schlurf und so fort. Ihr Stuhl war leer. Ich rannte, in Anführungszeichen, durch den Lesesaal. Schließlich fand ich jemanden. Die Frau sortierte Bücher ein. Ich konnte mich kaum bremsen.

Ich möchte alles, was Sie von dem Schriftsteller Leo Gursky haben!, rief ich.

Sie drehte sich um und sah mich an. So auch alle anderen.

Verzeihung?

Alles, was Sie von dem Schriftsteller Leo Gursky haben!, wiederholte ich.

Ich bin hier eben noch beschäftigt. Da müssen Sie sich einen Augenblick gedulden.

Ich geduldete mich einen Augenblick.

Leo Gursky, sagte ich. *G-U-R.*

Sie schob ihren Wagen weiter. *Ich weiß, wie sich das schreibt.*

Ich folgte ihr zum Computer. Sie tippte meinen Namen ein. Mein Herz raste. Ich mag alt sein. Aber: Mein Herz kriegt immer noch einen hoch.

Da ist ein Buch über Stierkampf von einem Leonard Gursky, sagte sie.

Nicht der, sagte ich. *Was ist mit Leopold?*

Leopold, Leopold, sagte sie. *Da haben wir's.*

Ich hielt mich am nächstbesten stabilen Gegenstand fest. Trommelwirbel bitte:

Die unglaublichen, phantastischen Abenteuer des zahnlosen Wundermädchens Frankie, sagte sie grinsend. Ich kämpfte gegen das Bedürfnis an, ihr eins mit den Galoschen überzuziehen. Schon war sie auf dem Weg zur Kinderbuchabteilung. Ich hielt sie nicht auf. Stattdessen starb ich kleine Tode. Sie wies mir mit dem Buch einen Platz zu. *Viel Spaß,* sagte sie.

Bruno hat einmal gesagt, wenn ich mir eine braune Taube kaufte, würde sie sich auf halbem Weg in eine weiße verwandeln, im Bus nach Hause in einen Papagei, und sobald ich in meiner Wohnung den Käfig aufmachte, käme ein Phönix heraus. *Das bist du,* sagte er und wischte ein paar imaginäre Krümel vom Tisch. Ein paar Minuten vergingen. *Nein, das bin ich nicht,* sagte ich. Er sah achselzuckend aus dem Fenster. *Wer hat schon je von einem Phönix gehört?,* sagte ich. *Ein Pfau vielleicht. Aber ein Phönix, das glaube ich nicht.* Sein Gesicht war abgewandt, und doch meinte ich zu sehen, dass sich sein Mund zu einem Lächeln verzog.

Aber jetzt konnte ich nichts tun, um aus dem Nichts, das die Bibliothekarin gefunden hatte, etwas zu machen.

In den Tagen nach meinem Herzinfarkt, bevor ich wieder zu schreiben begann, konnte ich nur noch ans Sterben denken. Ich war wieder einmal davongekommen, und erst als die Gefahr vorüber war, erlaubte ich meinen Gedanken, sich bis zum unvermeidlichen Ende zu entspinnen. Ich stellte mir die ganzen Möglichkeiten vor abzutreten. Gehirnschlag. Infarkt. Thrombose. Lungenentzündung. Grand-Mal-Anfall mit Verschluss der Vena cava. Ich sah mich mit Schaum vor dem Mund zuckend am Boden liegen. Nachts wachte ich auf und griff mir an die Kehle. Und doch. Egal, wie oft ich mir das mögliche Versagen meiner eigenen Organe vorstellte, die Schlussfolgerung fand ich unvorstellbar: dass es *mir* passieren könnte. Ich zwang mich, mir meine letzten Momente auszumalen. Den vorletzten Atemzug. Einen letzten Seufzer. Und doch. Es kam immer einer nach.

Ich erinnere mich, wie mir zum ersten Mal bewusst wurde, was Sterben ist. Da war ich neun. Mein Onkel, der Bruder meines Vaters, er ruhe in Frieden, war im Schlaf gestorben. Es gab keine Erklärung dafür. Ein Hüne, der wie ein Scheunendrescher aß und bei klirrender Kälte hinausging, um mit bloßen Händen Eisblöcke zu brechen. Einfach tot, hinüber. Er hatte mich Leopo genannt. Das sprach er so aus: *Lei-o-po.* Hinter dem Rücken meiner Tante steckte er mir und meinen

Cousins Zuckerstangen zu. Er konnte Stalin imitieren, dass man vor Lachen platzte.

Meine Tante fand ihn morgens, da war er schon steif. Drei Männer wurden gebraucht, um ihn zur *chewra kaddischa* zu tragen. Mein Bruder und ich schlichen uns hin, um den mächtigen Berg zu sehen. Im Tod erschien uns der Körper noch eindrucksvoller als im Leben – der buschige Wald auf seinen Handrücken, die platten gelblichen Nägel, die dicke Hornhaut unter seinen Fußsohlen. Er wirkte so menschlich. Und doch. Auch grauenhaft unmenschlich. Einmal kam ich, um meinem Vater ein Glas Tee zu bringen. Er saß bei dem Leichnam, der nicht eine Minute allein gelassen werden durfte. *Ich muss aufs Klo,* sagte er mir. *Warte hier, bis ich zurück bin.* Ehe ich einwenden konnte, ich hätte doch noch nicht einmal meine Bar-Mizwa hinter mir, rannte er hinaus, um sich zu erleichtern. Die nächsten Minuten schlichen wie Stunden dahin. Mein Onkel lag aufgebahrt auf einer Steinplatte von der Farbe rohen, mit weißen Adern durchzogenen Fleisches. Einmal glaubte ich, seine Brust sich leicht heben zu sehen, und hätte fast losgeschrien. Aber: Ich fürchtete mich nicht nur vor ihm. Ich fürchtete um mich selbst. In diesem kalten Raum spürte ich meinen eigenen Tod. In der Ecke war ein Waschbecken mit rissigen Kacheln. All die abgeschnittenen Nägel, Haare und der den Toten abgewaschene Dreck waren dieses Abflussrohr hinuntergegangen. Der Hahn leckte, und mit jedem Tropfen Wasser fühlte ich mein Leben schwinden. Eines Tages wäre es endgültig dahin. Die Freude zu leben überkam mich mit solcher Macht, dass ich hätte schreien mögen. Ich war nie ein frommes Kind gewesen. Aber: Plötzlich empfand ich das Bedürfnis,

Gott zu bitten, er möge mich so lange wie möglich verschonen. Als mein Vater wiederkam, fand er seinen Sohn kniend am Boden, die Augen fest geschlossen und die Knöchel weiß gepresst.

Von da an plagte mich die Angst, ich oder meine Eltern könnten sterben. Um meine Mutter bangte ich am meisten. Sie war die Kraft, um die unsere Welt sich drehte. Anders als mein Vater, der in den Wolken lebte, wurde meine Mutter von der rohen Gewalt der Vernunft durchs Universum getrieben. Sie richtete all unsere Streitigkeiten. Ein missbilligendes Wort von ihr, und schon standen wir in der Ecke, wo wir weinten und uns unser bevorstehendes Martyrium ausmalten. Und doch. Ein einziger Kuss konnte uns ins Königreich zurückholen. Ohne sie wäre unser Leben im Chaos versunken.

Die Angst vor dem Tod verfolgte mich ein ganzes Jahr. Ich weinte, wann immer jemand ein Glas fallen ließ oder einen Teller zerbrach. Aber auch als das vorbei war, blieb mir eine unauslöschliche Traurigkeit erhalten. Nicht, dass sie durch etwas neu Hinzugetretenes verursacht worden wäre. Schlimmer: Ich war mir einer Sache bewusst geworden, die mich schon die ganze Zeit unbemerkt begleitet hatte. Dieses neue Bewusstsein schleppte ich mit mir herum wie einen an den Fuß gebundenen Stein. Wohin ich auch ging, es folgte mir. Im Kopf dachte ich mir traurige Liedchen aus. Elogen an das fallende Laub. Ich stellte mir meinen Tod in hundert verschiedenen Versionen vor, aber das Begräbnis verlief immer gleich: Irgendwo in meiner Phantasie wurde ein roter Teppich ausgerollt. Denn nach jedem heimlichen Tod, den ich starb, entdeckte man meine Größe.

So hätte es weitergehen können.

Eines Morgens, nachdem ich beim Frühstück getrödelt hatte und dann stehen geblieben war, um Mrs. Stanislawskis riesige Unterwäsche, die zum Trocknen auf der Leine hing, näher zu betrachten, kam ich verspätet zur Schule. Die Glocke hatte schon geläutet, aber ein Mädchen aus meiner Klasse kniete auf dem staubigen Schulhof. Das Haar hing ihr zu einem Zopf geflochten über den Rücken. Sie hielt etwas zwischen den hohlen Händen. Ich fragte, was es sei. *Ich habe eine Motte gefangen,* sagte sie, ohne mich anzusehen. *Was willst du denn mit einer Motte?,* fragte ich. *Was ist das für eine Frage?,* sagte sie. Ich überdachte meine Frage. *Also gut, wenn es ein Schmetterling wäre, wäre das eine Sache,* sagte ich. *Nein, wäre es nicht,* sagte sie. *Das wäre eine andere Sache. – Du solltest sie fliegen lassen,* sagte ich. *Es ist eine sehr seltene Motte,* sagte sie. *Woher weißt du das?,* fragte ich. *Ich habe so ein Gefühl,* sagte sie. Ich wies darauf hin, dass die Glocke schon geläutet hatte. *Dann geh doch rein,* sagte sie. *Niemand hält dich davon ab. – Erst wenn du sie fliegen lässt. – Dann kannst du vielleicht ewig warten.*

Sie öffnete den Spalt zwischen ihren Daumen und sah hinein. *Lass mich sehen,* sagte ich. Sie sagte nichts. *Darf ich bitte auch mal sehen?* Sie sah mich an. Ihre Augen waren grün und stechend. *Na gut. Aber sei vorsichtig.* Sie hob ihre geschlossenen Hände vor mein Gesicht und machte die Daumen einen Zentimeter auseinander. Ich roch die Seife auf ihrer Haut. Alles, was ich sehen konnte, war der Schimmer eines braunen Flügels, also zog ich an ihren Daumen, um besseren Einblick zu gewinnen. Und doch. Sie muss geglaubt haben, ich wolle die Motte befreien, denn plötzlich klatschte sie die Hände zusammen.

Entsetzt sahen wir uns an. Als sie die Hände wieder aufmachte, zappelte die Motte schwach. Ein Flügel war ab. Sie hielt die Luft an. *Ich war's nicht,* sagte ich. Sie hielt die Motte in der geöffneten Hand. Als ich ihr in die Augen blickte, sah ich Tränen darin. Ein Gefühl, von dem ich noch nicht wusste, dass es Begehren war, verschnürte mir den Magen. *Tut mir leid,* flüsterte ich. Ich empfand das Bedürfnis, sie zu umarmen, die Motte und den abgebrochenen Flügel wegzuküssen. Sie sagte nichts. Wie gebannt starrten wir uns an.

Es war, als teilten wir ein sündiges Geheimnis. Ich hatte sie täglich in der Schule gesehen und noch nie etwas Besonderes für sie empfunden. Höchstens, dass ich sie rechthaberisch fand. Sie konnte auch nett sein. Aber: Sie war ein schlechter Verlierer. Mehr als einmal hatte sie nicht mehr mit mir gesprochen, weil es mir ausnahmsweise gelungen war, irgendeine blöde Frage des Lehrers schneller zu beantworten als sie. *Der König von England heißt George!* rief ich, und dann musste ich mich den Rest des Tages gegen ihr eisiges Schweigen verteidigen.

Aber jetzt kam sie mir anders vor. Ihre magischen Kräfte wurden mir bewusst. Wie sie Licht und Schwerkraft an den Platz zu ziehen schien, an dem sie stand. Ich bemerkte, was mir vorher nie aufgefallen war. Wie sie die Fußspitzen leicht nach innen drehte. Den Dreck an ihren bloßen Knien. Wie ordentlich ihr Mantel auf ihren schmalen Schultern saß. Als hätten meine Augen Lupenwirkung, sah ich sie von nahem. Den schwarzen Schönheitsfleck, wie ein Tintenklecks über ihrer Lippe. Die rosig durchscheinende Muschel ihres Ohrs. Den hellen Flaum auf ihren Wangen. Millimeter um Millimeter enthüllte sie sich mir. Halbwegs hoffte ich, in einem weiteren Augenblick die Zellen ihrer Haut wie unter einem Mikroskop betrachten zu können, und mir schoss ein Gedanke durch den Kopf, etwas in Richtung der alten Sorge, ich hätte zu viel von meinem Vater geerbt. Aber die verging schnell, denn zugleich mit ihrem Körper wurde mir mein eigener bewusst. Das Gefühl verschlug mir fast den Atem. Ein Kribbeln breitete sich wie Feuer in mir aus. Das Ganze muss in weniger als dreißig Sekunden passiert sein. Und doch. Danach war ich in das Geheimnis eingeweiht, das am Anfang des Endes der Kindheit steht. Es dauerte Jahre, bis ich all die Freude und den Schmerz, die in weniger als einer halben Minute in mich eingezogen waren, verausgabt hatte.

Ohne noch ein Wort zu sagen, ließ sie die kaputte Motte fallen und rannte hinein. Die schwere Eisentür fiel mit einem dumpfen Knall hinter ihr ins Schloss.

Alma.

Es ist lange her, dass ich diesen Namen aussprach.

Ich beschloss, ihre Liebe zu gewinnen, um jeden Preis. Aber: Ich wusste genug, um nicht sogleich anzugreifen. In den folgenden Wochen beobachtete ich sie auf Schritt und Tritt. Geduld war immer eine meiner Tugenden gewesen. Einmal hielt ich mich vier volle Stunden unter dem Anbau hinter dem Haus des Rabbis versteckt, um herauszufinden, ob der berühmte *zaddik,* der aus Baranowitz zu Besuch gekommen war, wirklich scheißen musste wie jeder andere. Die Antwort war ja. In meiner Begeisterung für die gewöhnlichen Geheimnisse des Lebens schoss ich mit einem Bestätigungsschrei unter dem Anbau hervor. Dafür bekam ich fünf Schläge auf die Finger und musste auf Maiskolben knien, bis meine Knie blutig waren. Aber: Es hatte sich gelohnt.

Ich fühlte mich wie ein Spion, der in eine fremde Welt eindringt: das Reich des weiblichen Geschlechts. Unter dem Vorwand, Beweismittel zu sammeln, stahl ich Mrs. Stanislawskis enorme Unterhose von der Wäscheleine. Allein im Anbau, beschnüffelte ich sie nach Herzenslust. Ich vergrub mein Gesicht in der Mulde. Zog sie mir über den Kopf. Hielt sie hoch und schwenkte sie, bis sie sich in dem Lüftchen blähte wie die Flagge einer neuen Nation. Als meine Mutter die Tür aufmachte, war ich gerade bei der Anprobe. Ich hätte dreimal hineingepasst.

Mit einem tödlichen Blick – und der beschämenden Strafe, an Stanislawskis Tür klopfen und ihr die Unterhose zurückbringen zu müssen – setzte meine Mutter dem allgemeinen Teil meiner Forschungen ein Ende. Und doch. Ich fuhr im Besonderen fort. Und ich kundschaftete gründlich. Fand heraus, dass Alma das jüngste von vier Kindern war und der Liebling ihres Vaters. Brachte in Erfahrung, dass sie am 21. Februar Geburtstag hatte (also fünf Monate und achtundzwanzig Tage älter war als ich), dass sie die in Sirup eingelegten Sauerkirschen, die über die Grenze aus Russland eingeschmuggelt wurden, über alles liebte, dass sie einmal heimlich ein halbes Glas davon vernascht hatte und ihre Mutter, als sie es bemerkte, ihr auch die andere Hälfte zu essen gab, weil sie glaubte, ihr würde so schlecht davon, dass ihr das Kirschenessen auf immer verginge. Aber das tat es nicht. Sie aß das ganze Ding leer und prahlte obendrein vor einem Mädchen aus unserer Klasse, sie hätte noch mehr davon essen können. Ich wusste auch, dass sie nach dem Willen ihres Vaters Klavier spielen lernen sollte, aber Geige spielen wollte, und dass dieser Streit in der Schwebe blieb, weil beide Seiten auf ihrem Standpunkt beharrten, bis Alma einen leeren Geigenkasten in die Hand bekam (den sie, wie sie behauptete, ausrangiert am Straßenrand gefunden hatte) und anfing, ihn vor den Augen ihres Vaters herumzutragen, manchmal sogar zum Schein den Geigenbogen führend, bis der stete Tropfen schließlich den Stein höhlte, der Vater nachgab und Vorkehrungen traf, damit einer ihrer Brüder, der in Wilna aufs Gymnasium ging, von dort eine Geige mitbringen konnte, und dass die neue Geige in einem glänzenden schwarzen, mit lila Samt ausgeschlagenen Lederkasten ankam und jede Weise, die Alma auf ihr spielen lernte, und mochte sie noch so traurig sein, den unverkennbaren Klang eines Triumphliedes besaß. Das wusste ich, weil ich sie spielen hörte, während ich draußen vor ihrem Fenster stand und mit der gleichen Inbrunst, mit der ich auf des großen *zaddiks* Schiss gewartet hatte, darauf wartete, dass sich mir das Geheimnis ihres Herzens offenbarte.

Aber: Es geschah nicht. Eines Tages kam sie um die Hausecke marschiert und baute sich vor mir auf. *Ich habe dich in den letzten Wochen jeden Tag hier draußen gesehen, und jeder weiß, dass du mich in der Schule den ganzen Tag anstarrst. Wenn du mir also etwas sagen willst, warum sagst du es mir nicht einfach ins Gesicht, statt herumzuschleichen wie ein Unhold?* Ich erwog meine Möglichkeiten. Entweder konnte ich wegrennen und nie wieder in die Schule gehen, vielleicht sogar außer Landes, mich als blinder Passagier nach Australien einschiffen. Oder alles riskieren und ihr ein Geständnis machen. Die Antwort lag auf der Hand: Ich ging nach Australien. Ich öffnete den Mund, um ihr für immer adieu zu sagen. Und doch. Was ich dann sagte, war: *Ich wollte fragen, ob du mich heiraten willst.*

Sie verzog keine Miene. Aber: Ihre Augen hatten denselben Glanz, den sie annahmen, wenn sie ihre Geige aus dem Kasten holte. Ein langer Augenblick verging. Wir starrten uns Aug in Auge an. *Ich werde mal drüber nachdenken,* sagte sie schließlich und marschierte um die Ecke zurück. Ich hörte die Tür knallen. Einen Augenblick später: die Anfangstöne von Dvoráks *Als die Mutter mich noch lehrte singen.* Und obwohl sie nicht ja gesagt hatte, wusste ich von da an, dass ich eine Chance hatte.

Das, um es kurz zu sagen, war das Ende meiner Beschäftigung mit dem Tod. Nicht, dass ich aufhörte, ihn zu fürchten. Ich hörte nur auf, an ihn zu denken. Wenn mir außer den Gedanken an Alma irgendein Rest Zeit geblieben wäre, hätte ich mir vielleicht Sorgen um den Tod gemacht. Aber die Wahrheit ist, dass ich lernte, eine Mauer gegen diese Art Gedanken zu errichten. Jedes Detail, das ich über die Welt erfuhr, war ein Stein in dieser Mauer, bis ich eines Tages begriff, dass ich mich selbst von einem Ort ausgeschlossen hatte, an den ich nicht mehr zurückkonnte. Und doch. Die Mauer schützte mich auch vor der schmerzlichen Klarheit der Kindheit. Selbst während der Jahre, die ich mich im Wald versteckte, in Bäumen, Löchern und Kellern, mit dem Atem des Todes im Nacken, dachte ich nicht über die Wahrheit nach: dass ich sterben musste. Erst nach meinem Herzinfarkt, als die Steine der Mauer, die mich von der Kindheit trennten, schließlich zu bröckeln begannen, kehrte die Angst vor dem Tod zurück. Und war genauso furchtbar wie immer.

Mit gebeugtem Rücken saß ich über den *Unglaublichen, phantastischen Abenteuern des zahnlosen Wunder-*

mädchens Frankie von einem Leopold Gursky, der nicht ich war. Ich klappte den Buchdeckel nicht auf. Ich lauschte dem Regen, der durch die Dachrinnen floss.

Ich verließ die Bücherei. Als ich die Straße überquerte, schlug mir brutale Einsamkeit entgegen. Ich fühlte mich trostlos und leer. Allein gelassen, unbemerkt, vergessen stand ich auf dem Bürgersteig, ein Nichts, ein Staubsammler. Menschen eilten an mir vorbei. Und jeder, der vorüberging, war glücklicher als ich. Ich spürte den alten Neid. Hätte alles gegeben, um einer von ihnen zu sein.

Ich kannte einmal eine Frau. Sie hatte sich ausgeschlossen, und ich half ihr. Sie hatte eine meiner Karten gesehen, die ich überall wie Brosamen verstreute. Sie rief an, und ich kam so schnell ich konnte. Es war Thanksgiving, und niemand brauchte auszusprechen, dass keiner von uns wusste, wohin er mit sich sollte. Das Schloss sprang auf, sobald ich Hand anlegte. Sie mag geglaubt haben, das sei das Zeichen für eine andere Begabung. Drinnen ein in der Luft hängender Geruch von gebratenen Zwiebeln, ein Poster von Matisse, oder vielleicht Monet. Nein! Modigliani. Ich erinnere mich, weil eine nackte Frau darauf war, und um ihr zu schmeicheln, sagte ich: *Sind Sie das?* Es war lange her, dass ich mit einer Frau zusammen gewesen war. Ich roch das Schmierfett an meinen Händen und den Achselschweiß. Sie lud mich ein und kochte uns ein Essen. Ich entschuldigte mich, um mir das Haar zu kämmen und mich behelfsmäßig im Bad zu waschen. Als ich wieder herauskam, stand sie in ihrer Unterwäsche im Dunkeln. Auf der Straßenseite gegenüber war ein Neonschild und warf einen blauen Schatten auf ihre Beine. Ich wollte ihr sagen, es sei in Ordnung, wenn sie mir nicht ins Gesicht sehen wolle.

Ein paar Monate später rief sie wieder an. Sie bat mich, ihr einen Nachschlüssel zu machen. Ich freute mich für sie. Darüber, dass sie nicht mehr allein sein würde. Ich kann nicht sagen, dass ich mir deshalb leid getan hätte. Aber ich wollte ihr sagen: *Es wäre einfacher für Sie, Sie würden ihn, den Mann, für den der Schlüssel ist, bitten, sich im Eisenwarenladen einen machen zu lassen.* Und doch. Ich fertigte zwei Nachschlüssel an. Einen gab ich ihr, und einen behielt ich. Lange Zeit trug ich ihn in der Tasche, nur um so tun zu können als ob.

Eines Tages ging mir auf, dass ich mir überall Einlass verschaffen konnte. Daran hatte ich noch nie gedacht. Ich war ein Immigrant; es dauerte lange, bis die Furcht überwunden war, sie würden mich zurückschicken. Ich lebte in der Angst, einen Fehler zu machen. Einmal verpasste ich sechs Züge, weil ich nicht herausbekam, wie man nach einem Fahrschein fragt. Ein anderer wäre vielleicht einfach eingestiegen. Aber nicht ein Jude aus Polen, der deportiert zu werden fürchtet, wenn er auch nur vergisst, die Klospülung zu ziehen. Ich hielt den Kopf gesenkt. Ich schloss auf und zu, das war alles. Wo ich herkam, wäre ich ein Dieb gewesen, wenn ich Schlösser geknackt hätte, aber hier, in Amerika, war es mein Beruf.

Mit der Zeit wurde ich gelassener. Hier und dort setzte ich meiner Arbeit ein i-Tüpfelchen auf. Eine halbe Drehung am Ende, die überflüssig war, aber eine gewisse Eleganz besaß. Ich hörte auf, nervös zu sein, und wurde gerissen. Jedes Schloss, das ich einbaute, prägte ich mit meinen Initialen. Eine winzige Signatur über dem Schlüsselloch. Es machte nichts, dass niemand es je merken würde. Genug, dass ich es wusste. Ich blieb all den markierten Schlössern mit einem Stadtplan auf der Spur, den ich so oft auf- und zugefaltet hatte, dass manche Straßen in den Kniffen verschwunden waren.

Eines Abends ging ich ins Kino. Vor dem Hauptfilm lief ein Streifen über Houdini. Das war ein Mann, der sich in unterirdischer Versenkung aus einer Zwangsjacke befreien konnte. Sie steckten ihn in eine mit Ketten verschlossene Kiste, warfen sie ins Wasser, und schon tauchte er wieder auf. Es wurde gezeigt, wie er trainierte und dabei die Zeit stoppte. Er übte so lange, bis er es binnen Sekunden fertig brachte. Von da an machte meine Arbeit mich noch stolzer. Ich nahm die schwierigsten Schlösser mit nach Hause und zählte die Sekunden. Dann halbierte ich die Zeit und übte, bis ich es geschafft hatte. Ich machte weiter, bis meine Finger taub waren.

Ich lag im Bett und träumte von immer schwierigeren Aufgaben, als es mir dämmerte: Wenn ich das Schloss einer fremden Wohnung knacken konnte, warum dann nicht auch das von Kossar's Bialys? Oder das der Stadtbücherei? Oder das von Woolworth? Und rein theoretisch, warum nicht das der ... Carnegie Hall?

Die Gedanken jagten mir durch den Kopf, und mein Körper wurde kribblig vor Erregung. Ich würde nur ein einziges Mal reingehen und dann wieder hinaus, mehr nicht. Vielleicht noch eine kleine Signatur.

Ich plante wochenlang. Erkundete das Gebäude. Ließ kein Detail unbeachtet. Es reicht wohl zu sagen: Ich tat's. In den frühen Morgenstunden durch die Bühnentür an der 56th Street. Ich brauchte 103 Sekunden. Zu Hause schaffte ich das gleiche Schloss in 48. Aber draußen war es kalt, und meine Finger waren klamm.

Der große Arthur Rubinstein sollte an diesem Abend spielen. Der Flügel stand allein auf der Bühne, ein schwarz polierter Steinway. Ich trat hinter den Vorhängen hervor. Nur die endlosen Sitzreihen waren im Schein der Exit-Leuchtzeichen zu erkennen. Ich setzte mich auf den Hocker und trat mit der Fußspitze ein Pedal. Ich wagte nicht, die Finger auf die Tasten zu legen.

Als ich aufblickte, stand sie da. Klar und deutlich, ein fünfzehnjähriges Mädchen, das Haar zu einem Zopf geflochten, keine zwei Meter von mir entfernt. Sie hob ihre Geige, jene, die ihr Bruder ihr aus Wilna mitgebracht hatte, und senkte das Kinn. Ich versuchte, ihren Namen zu sagen. Aber: Er blieb mir im Hals stecken. Im Übrigen wusste ich, dass sie mich nicht hören konnte. Sie setzte den Bogen an. Ich hörte die ersten Töne des Dvorák. Ihre Augen waren geschlossen. Die Musik floss ihr aus den Fingern. Sie spielte sie fehlerfrei, wie nie in ihrem Leben.

Als der letzte Ton verklang, war sie schon fort. Mein Klatschen hallte im leeren Saal wider. Ich stellte es ein, und die Stille brauste mir in den Ohren. Ich warf einen letzten Blick auf den leeren Raum. Dann eilte ich den gleichen Weg hinaus, den ich gekommen war.

Ich tat es nie wieder. Ich hatte es mir selbst bewiesen, und das war genug. Gelegentlich komme ich am Eingang eines gewissen Privatclubs – ich will keine Namen nennen – vorbei, und dann denke ich mir, Schalom, Scheißkerle, hier ist ein Jude, den ihr nicht ausschließen könnt. Aber nach besagter Nacht habe ich mein Glück nie mehr versucht. Wenn ich im Gefängnis landete, fänden sie die Wahrheit heraus: Ich bin kein Houdini. Und doch. In meiner Einsamkeit tröstet es mich zu denken, dass mir die Türen der Welt, wenn sie auch geschlossen sind, nie ganz verschlossen bleiben.

Dies war der Trost, den ich mir dafür suchte, dass ich im strömenden Regen draußen vor der Bücherei stand, während Fremde vorbeieilten. War nicht schließlich das der wahre Grund, warum mein Cousin mich das Geschäft gelehrt hatte? Er wusste, ich konnte nicht ewig unsichtbar bleiben. *Zeig mir einen Juden, der überlebt,* hatte er einmal gesagt, als ich zusah, wie ein Schloss unter seinen Händen nachgab, *und ich zeige dir einen Zauberer.*

Ich stand auf der Straße und ließ mir den Regen in den Nacken tropfen. Ich kniff die Augen zusammen. Tür um Tür um Tür um Tür um Tür um Tür sprang auf.

Nach der Bücherei, nach diesem Nichts von einem zahnlosen Wundermädchen Frankie, ging ich nach Hause. Ich zog meinen Mantel aus und hängte ihn zum Trocknen an den Haken. Setzte den Wasserkessel auf. Hinter mir räusperte sich jemand. Mich hätte fast der Schlag getroffen. Aber es war nur Bruno, der im Dunkeln saß. *Was machst du da, willst du, dass ich einen Anfall bekomme?,* japste ich, während ich das Licht anmachte. Die Seiten des Buches, das ich geschrieben hatte, als ich ein Junge war, lagen verstreut am Boden. *O nein,* sagte ich. *Das ist doch nicht dein –*

Er gab mir keine Chance.

Nicht schlecht, sagte er. *Nicht, wie ich sie beschrieben hätte. Aber was soll ich sagen, das ist deine Sache.*

Schau, sagte ich.

Du musst mir nichts erklären, sagte er. *Es ist ein gutes Buch. Ich mag den Stil. Abgesehen von den Kinkerlitzchen, die du gestohlen hast – sehr einfallsreich. Und rein literarisch gesprochen –*

Ich brauchte einen Moment. Dann wurde mir der Unterschied bewusst. Er sprach Jiddisch mit mir.

– rein literarisch gesprochen, was kann man daran nicht mögen? Egal, ich habe mich immer gefragt, an was du arbeitest. Jetzt weiß ich es endlich, nach all den Jahren.

Und ich habe mich gefragt, was du wohl schreiben magst, sagte ich in Erinnerung an früher, ein Lebensalter zurück, als wir beide zwanzig waren und Schriftsteller werden wollten.

Er zuckte die Achseln, wie nur Bruno es kann. *Das Gleiche wie du.*

Das Gleiche?

Natürlich das Gleiche.

Ein Buch über sie?

Ein Buch über sie, sagte Bruno. Er schaute weg, aus dem Fenster. Dann sah ich, dass er das Foto auf dem Schoß hielt, das von ihr und mir vor dem Baum, von dem sie nicht wusste, dass ich unsere Initialen hineingeritzt hatte. A + L. Kaum zu sehen. Aber: Sie sind da.

Er sagte: *Sie war gut im Geheimhalten.*

Da fiel es mir wieder ein. Jener Tag vor sechzig Jahren, als ich in Tränen aufgelöst aus ihrem Haus gekommen war und ihn hatte warten sehen, mit einem Notizbuch in der Hand an einen Baum gelehnt, um zu ihr zu gehen, nachdem ich weg war. Noch ein paar Monate zuvor waren wir engste Freunde gewesen. Mit ein paar anderen Jungen hatten wir halbe Nächte durchgemacht, geraucht und über Bücher geredet. Und doch. Als ich ihn an jenem Nachmittag da stehen sah, waren wir keine Freunde mehr. Wir sprachen nicht einmal mehr miteinander. Ich ging einfach an ihm vorbei, als wäre er nicht da.

Nur eine Frage, sagte Bruno jetzt, sechzig Jahre nachher. *Was ich immer wissen wollte.*

Was?

Er hustete. Dann blickte er zu mir auf. *Hat sie dir gesagt, du könntest besser schreiben als ich?*

Nein, log ich. Und dann sagte ich ihm die Wahrheit. *Das brauchte mir niemand zu sagen.*

Es folgte ein langes Schweigen.

Seltsam. Ich habe immer gedacht – Er unterbrach sich.

Was?, sagte ich.

Ich dachte, wir kämpften um etwas mehr als um ihre Liebe, sagte er.

Jetzt war ich es, der aus dem Fenster schaute.

Was ist mehr als ihre Liebe?, fragte ich.

Schweigen.

Ich habe gelogen, sagte Bruno. *Ich habe noch eine Frage.*

Welche?

Warum stehst du Narr immer noch hier herum?

Was meinst du damit?

Dein Buch, sagte er.

Was ist damit?

Geh, hol's dir wieder.

Ich kniete mich hin und begann die Seiten aufzulesen.

Nicht dieses!

Welches sonst?

Ai-jai-jai!, sagte Bruno und schlug sich an die Stirn. *Muss ich dir denn alles sagen?*

Ein leises Lächeln trat auf meine Lippen.

Dreihunderteins, sagte Bruno. Er zuckte die Achseln und schaute weg, aber ich glaubte, ihn lächeln zu sehen. *Das ist keine Kleinigkeit.*

FLUT

1 *Wie man ohne Streichhölzer Feuer macht*

Ich suchte im Internet nach Alma Mereminski. Ich dachte, es könnte ja sein, dass jemand über sie geschrieben hatte oder ich irgendetwas über ihr Leben fand. Ich tippte ihren Namen ein und ging auf Suchen. Aber es kam nichts, außer einer Liste von Immigranten, die 1891 in New York City angekommen waren (Mendel Mereminski), und einer Liste von Holocaust-Opfern, die in Yad Vashem erstellt worden war (Adam Mereminski, Fanny Mereminski, Nacham, Zellig, Hershel, Bluma, Ida, aber zu meiner Erleichterung, weil ich sie nicht verlieren wollte, bevor ich überhaupt begonnen hatte, sie zu suchen, keine Alma).

2 *Mein Bruder rettet mir ständig das Leben*

Onkel Julian kam eine Weile zu uns. Er wollte so lange in New York bleiben, bis er die letzten Forschungen zu einem Buch über den Maler und Bildhauer Alberto Giacometti, an dem er seit fünf Jahren schrieb, abgeschlossen hatte. Tante Frances musste in London bleiben und auf den Hund aufpassen. Onkel Julian schlief in Birds Bett, Bird in meinem und ich auf dem Fußboden in meinem hundertprozentigen Daunenschlafsack, obwohl ein richtiger Naturmensch keinen gebraucht hätte, weil er im Notfall einfach ein paar Vögel töten und sich ihre Federn zum Warmhalten unter die Kleidung stopfen konnte.

Nachts hörte ich meinen Bruder manchmal im Schlaf reden. Halbe Sätze, nichts, was zu verstehen war. Bis auf einmal, als er so laut sprach, dass ich glaubte, er sei wach. «Tritt da nicht hin», sagte er. «Was?», fragte ich, indem ich mich aufsetzte. «Es ist zu tief», murmelte er und drehte sich mit dem Gesicht zur Wand.

3 *Aber warum*

An einem Samstag gingen Bird und ich mit Onkel Julian ins Museum of Modern Art. Bird bestand darauf, seinen Eintritt selbst aus seiner Limonadenkasse zu bezahlen. Wir liefen herum, während Onkel Julian sich oben mit einem Kurator unterhielt. Bird fragte einen Aufpasser, wie viele Wasserspender es im Gebäude gebe. (Fünf.) Er machte unheimliche Videospielgeräusche, bis ich ihm sagte, er solle still sein. Dann zählte er die Leute mit sichtbaren Tätowierungen. (Acht.) Wir standen vor einem Gemälde mit einem Haufen auf dem Boden zusammengesunkener Menschen. «Warum liegen sie so da?», fragte er. «Jemand hat sie umgebracht», sagte ich, obwohl ich gar nicht genau wusste, warum sie da lagen und ob es überhaupt Menschen waren. Ich ging quer durch den Saal, um mir ein anderes Gemälde anzusehen.

Bird kam hinterher. «Aber warum hat jemand sie umgebracht?» – «Weil er Geld brauchte und in ein Haus eingebrochen ist», sagte ich und betrat die abwärts führende Rolltreppe.

In der U-Bahn nach Hause tippte Bird mir auf die Schulter. «Aber warum brauchte er Geld?»

4 *Stochern im Nebel*

«Warum glaubst du, diese Alma in *Geschichte der Liebe* ist wirkliche Person?», fragte Misha. Wir saßen auf der Bank hinter seiner Mietskaserne, die Füße im Sand vergraben, und aßen Mrs. Shklovskys Sandwiches mit Roastbeef und Meerrettich. «Eine», sagte ich. – «Eine was?» – «Eine wirkliche Person.» – «Schon gut», sagte Misha. «Beantworte die Frage.» – «Natürlich ist sie wirklich.» – «Aber woher weißt du?» – «Weil es nur eine Erklärung dafür gibt, warum Litvinoff, als er das Buch schrieb, ihr keinen spanischen Namen gegeben hat wie allen anderen.» – «Warum?» – «Er konnte nicht.» – «Warum nicht?» – «Begreifst du nicht?», sagte ich. «Er konnte jede Einzelheit verändern, aber nicht sie.» – «Aber *warum?*» – Seine Begriffsstutzigkeit war deprimierend. «Weil er in sie *verliebt* war!», sagte ich. «Weil sie für ihn das einzig Wirkliche war.» Misha kaute auf einem Stück Roastbeef herum. «Ich glaube, du siehst zu viele Filme», sagte er. Aber ich wusste, dass ich Recht hatte. Wenn man die *Geschichte* las, brauchte man kein Genie zu sein, um das zu erraten.

5 *Die Dinge, die ich sagen will, bleiben mir im Mund stecken*

Wir gingen über die hölzerne Promenade nach Coney Island. Es war brüllend heiß, und ein Rinnsal Schweiß tropfte Misha von den Schläfen. Im Vorbeigehen grüßte er eine Gruppe Karten spielender alter Leute. Ein hutzliges Männchen in einer winzigen Badehose winkte zurück. «Sie glauben, du bist meine Freundin», verkündete Misha. Genau in dem Moment stolperte ich über meinen großen Zeh. Ich spürte, wie mir die Glut ins Gesicht schoss, und dachte, ich sei der ungeschickteste Mensch der Welt. «Bin ich aber nicht», sagte ich, obwohl ich das gar nicht sagen wollte. Ich schaute weg, tat so, als interessiere ich mich für einen Jungen, der einen aufblasbaren Hai ans Wasser zog. «*Ich* weiß», sagte Misha. «Aber sie wissen nicht.» Er war fünfzehn geworden, fast zehn Zentimeter gewachsen und fing an, den dunklen Flaum über der Lippe zu rasieren. Als wir ins Wasser gingen, beobachtete ich, wie sein Körper in die Wellen tauchte, und das machte mir ein Gefühl im Magen, das kein Bauchweh war, sondern etwas anderes.

«Ich wette hundert Dollar, dass sie im Telefonverzeichnis steht», sagte ich. Ich glaubte keine Spur daran, aber mir fiel nichts Besseres ein, um das Thema zu wechseln.

6 *Jemanden suchen, den es höchstwahrscheinlich gar nicht gibt*

«Ich möchte die Nummer von Alma Mereminski», sagte ich. «M-E-R-E-M-I-N-S-K-I.» – «Welcher Bezirk?», fragte die Frau. «Ich weiß nicht», sagte ich. Es gab eine Pause, und ich hörte Schlüssel klimpern. Misha sah einem Mädchen in türkisfarbenem Bikini nach, das auf Rollerblades vorbeifuhr. Die Frau am Telefon sagte etwas. «Wie bitte?», sagte ich. «Ich sagte, ich habe eine A. Mereminski, 147th in der Bronx», sagte sie. «Die Nummer wird angesagt.»

Ich kritzelte sie auf meine Hand. Misha kam rüber. «Und?» – «Hast du einen Quarter?», fragte ich. Es war töricht, aber nun war ich schon einmal so weit gegangen. Er zog die Augenbrauen hoch und langte in die Tasche seiner Shorts. Ich wählte die Nummer aus meiner Handfläche. Ein Mann nahm ab. «Ist Alma zu sprechen?», fragte ich. «Wer?», sagte er. «Ich suche Alma Mereminski.» – «Hier gibt es keine Alma», erklärte er. «Sie müssen sich verwählt haben. Hier ist Artie», sagte er und legte auf.

Wir liefen zurück zu Mishas Wohnung. Ich ging ins Bad, das nach dem Parfüm seiner Schwester roch und in dem dicht gedrängt die angegraute Unterwäsche seines Vaters zum Trocknen auf der Leine hing. Als ich herauskam, fand ich Misha hemdlos in seinem Zimmer, ein russisches Buch lesend. Während er duschte, wartete ich auf seinem Bett und blätterte in den kyrillischen Seiten. Ich hörte das Wasser plätschern und das Lied, das er sang, verstand aber nicht die Worte. Als ich auf seinem Kissen lag, roch es nach ihm.

7 *Wenn das so weitergeht*

Als Misha klein war, fuhr seine Familie jeden Sommer auf die Datscha, und dann holte er mit seinem

Vater die Netze vom Dachboden, und sie versuchten, die schwärmenden Schmetterlinge zu fangen, von denen die Luft erfüllt war. Das alte Haus war voller Porzellan von seiner Großmutter, das aus China stammte, und eingerahmten Schmetterlingen, die drei Generationen von Shklovskys in Kindertagen gefangen hatten. Mit der Zeit fielen die Schuppen ab, und wenn man barfuß durchs Haus rannte, klirrte das Geschirr, und Flügelstaub setzte sich unter die Fußsohlen.

Vor ein paar Monaten, am Abend vor Mishas fünfzehntem Geburtstag, hatte ich beschlossen, ihm eine Karte mit einem Schmetterling darauf zu basteln. Ich ging online, um ein Bild von einem russischen Schmetterling zu suchen, fand aber stattdessen einen Artikel, in dem berichtet wurde, dass die meisten Schmetterlingsarten in den letzten zwanzig Jahren stark zurückgegangen waren und ihre Aussterberate ungefähr zehntausendmal höher lag, als sie liegen sollte. Außerdem stand da, dass im Durchschnitt jeden Tag vierundsiebzig Insekten-, Pflanzen- oder Tierarten aussterben. Aufgrund dieser und anderer erschreckender Statistiken, hieß es weiter, seien die Wissenschaftler überzeugt, dass wir uns mitten im sechsten Massenaussterben der Erdgeschichte befinden. Fast ein Viertel aller Säugetiere der Welt sei innerhalb der nächsten dreißig Jahre vom Aussterben bedroht. Ein Achtel aller Vogelarten werde es schon bald nicht mehr geben. Neunzig Prozent der größten Fischarten seien in den letzten fünfzig Jahren verschwunden.

Ich gab Massenaussterben in die Suchmaschine ein.

Das letzte Massenaussterben ereignete sich vor rund 65 Millionen Jahren, vermutlich ausgelöst durch einen Asteroideneinschlag in unseren Planeten, bei dem alle

Dinosaurier und etwa die Hälfte der Meerestiere ausgelöscht wurden. Davor kam das Massenaussterben am Ende der Trias (ebenfalls durch Asteroideneinschlag und vermutlich Vulkanismus), dem bis zu fünfundneunzig Prozent aller Arten zum Opfer fielen, und noch davor das im späten Devon. Das gegenwärtige Massenaussterben ist offenbar das schnellste in der ganzen 4,5 Milliarden Jahre alten Erdgeschichte und beruht, im Gegensatz zu den anderen, nicht auf Naturereignissen, sondern auf menschlicher Ignoranz. Wenn das so weitergeht, wird die Hälfte aller Arten in hundert Jahren vom Erdboden verschwunden sein.

Deshalb machte ich keinen Schmetterling auf Mishas Karte.

8 *Zwischeneiszeitlich*

Im selben Februar, in dem meine Mutter den Brief mit der Bitte um Übersetzung der *Geschichte der Liebe* bekam, fielen fast 60 Zentimeter Schnee, und Misha und ich bauten im Park eine Schneehöhle. Wir arbeiteten stundenlang, bis uns die Finger abstarben, aber wir gruben weiter. Als die Höhle fertig war, krochen wir hinein. Blaues Licht drang durch den Eingang. Wir saßen Schulter an Schulter. «Vielleicht ich nehme dich eines Tages mit nach Russland», sagte Misha. «Wir könnten im Ural zelten», sagte ich. «Oder einfach in der kasachischen Steppe.» Beim Sprechen atmeten wir kleine Wolken aus. «Zeige dir Zimmer, wo ich mit meinem Großvater gewohnt habe», sagte Misha, «und wie man auf der Newa Schlittschuh läuft.» – «Ich könnte Russisch lernen.»

Misha nickte. «Ich zeige dir. Erstes Wort: *Dai.*» – «*Dai.*» – «Zweites Wort: *Ruku.*» – «Was bedeutet das?» – «Sag es erst.» – «*Ruku.*» – «*Dai ruku.*» – «Dai ruku. Was bedeutet das?» Misha nahm meine Hand und hielt sie fest.

9 *Wenn sie wirklich ist*

«Was bringt dich auf Idee, dass Alma nach New York gekommen ist?», fragte Misha. Wir hatten die zehnte Runde Zehner raus gespielt, und jetzt lagen wir am Boden seines Zimmers und sahen an die Decke. Ich hatte Sand im Badeanzug und zwischen den Zehen. Mishas Haar war noch nass, und ich roch sein Deo.

«Im vierzehnten Kapitel schreibt Litvinoff von einem Faden, den ein nach Amerika fahrendes Mädchen über den Ozean spannte. Du weißt ja, er war aus Polen, und meine Mom hat gesagt, er sei geflohen, bevor die Deutschen kamen. Die Nazis haben in seinem Dorf so gut wie alle umgebracht. Wenn er also nicht geflohen wäre, hätte es keine *Geschichte der Liebe* gegeben. Und wenn Alma aus demselben Dorf kam, worauf ich hundert Dollar wetten würde –»

«Du schuldest mir schon hundert.»

«Die Sache ist die: In den Teilen, die ich gelesen habe, gibt es Geschichten über Alma, als sie noch sehr jung war, ungefähr zehn. Wenn sie also wirklich ist, was ich glaube, muss Litvinoff sie als Kind gekannt haben. Woraus zu schließen ist, dass sie wahrscheinlich aus demselben Dorf waren. Und Yad Vashem hat keine Alma Mereminski aus Polen auf der Liste, die im Holocaust gestorben wäre.»

«Wer ist Yad Vashem?»

«Das Holocaust-Museum in Israel.»

«Na gut, aber vielleicht sie ist gar keine Jüdin. Und selbst wenn – selbst wenn sie ist wirklich, und Polin, und Jüdin, UND nach Amerika gefahren –, wie willst du wissen, ob sie nicht in andere Stadt gegangen ist? Vielleicht nach Ann Arbor.» – «Ann *Arbor?*» – «Ich habe Cousin dort», sagte Misha. «Aber egal, ich dachte, du suchst Jacob Marcus, nicht diese Alma.»

«Tue ich auch», sagte ich. Ich fühlte seinen Handrücken meinen Oberschenkel streifen. Ich wusste nicht, wie ich sagen sollte, dass ich jetzt, nachdem ich mich eigentlich auf die Suche nach jemandem gemacht hatte, der meine Mutter wieder glücklich machen könnte, auch etwas anderes erfahren wollte. Über die Frau, nach der ich benannt war. Und über mich selbst.

«Vielleicht hat es ja etwas mit Alma zu tun, dass Jacob Marcus das Buch übersetzt haben will», sagte ich, nicht weil ich es glaubte, sondern weil mir nichts Besseres einfiel. «Vielleicht hat er sie gekannt. Vielleicht versucht er sie zu finden.»

Ich war froh, dass Misha nicht fragte, warum Litvinoff, wenn er so in Alma verliebt gewesen war, ihr nicht nach Amerika gefolgt war; warum er sich für Chile entschieden und jemanden namens Rosa geheiratet hatte. Der einzige Grund, den ich mir vorstellen konnte, war, dass ihm keine Wahl geblieben war.

Hinter der Wand schrie Mishas Mutter seinen Vater an. Misha stützte sich auf den Ellbogen und sah zu mir herab. Ich dachte an die Zeit im letzten Sommer, als ich dreizehn gewesen war und wir auf dem Dach gestanden hatten, der Teer weich unter unseren Füßen, jeder mit der Zunge im Mund des anderen, während er mir eine Lektion im russisch Küssen à la Shklovsky erteilte. Jetzt kannten wir uns schon zwei Jahre, die Seite meiner Wade berührte sein Schienbein, und sein Bauch drückte gegen meine Rippen. Er sagte: «Ich glaube nicht, dass es Ende der Welt wäre, meine Freundin zu sein.» Ich öffnete den Mund, aber es kam nichts heraus. Sieben Sprachen waren mir in die Wiege gelegt worden; wie schön wäre es gewesen, wenn ich nur eine einzige hätte sprechen können. Aber ich konnte nicht, also beugte er sich herunter und küsste mich.

10 *Dann*

war seine Zunge in meinem Mund. Ich wusste nicht, ob ich seine mit meiner berühren sollte oder ob ich meine besser an der Seite ließ, damit seine sich ungestört von meiner bewegen konnte. Ehe ich mich entschließen konnte, nahm er seine Zunge wieder heraus und schloss den Mund, und ich ließ meinen aus Versehen offen, was ein Fehler zu sein schien. Ich dachte, das wäre wohl das Ende, aber da machte er den Mund wieder auf, und ich begriff nicht, was er wollte, und so leckte er am Ende meine Lippen. Darauf öffnete ich sie und streckte meine Zunge heraus, aber zu spät, weil er seine schon wieder im Mund hatte. Dann kriegten wir es annähernd hin, den Mund gleichzeitig aufzumachen, als wollten wir beide etwas sagen, und ich legte meine Hand um seinen Hals, wie Eva Marie Saint es in der Zugszene von *Der unsichtbare Dritte* bei Cary Grant macht. Wir wälzten uns ein wenig herum, und es war, als rubbele sein Unterleib an meinem, aber nur eine Sekunde lang, weil dann meine Schulter aus Versehen gegen sein Akkordeon gequetscht wurde. Rund um meinen Mund war alles voller Speichel, das Atmen schwierig. Draußen vor dem Fenster flog ein Flugzeug in Richtung JFK vorbei. Sein Vater fing an, seine Mutter zu beschimpfen. «Worüber streiten sie?», fragte ich. Misha zog den Kopf zurück. Ein Gedanke durchfuhr sein Gesicht in einer Sprache, die ich nicht verstand. Ich fragte mich, ob sich zwischen uns etwas verändern würde. *«Merde»*, sagte er. «Was bedeutet das?», fragte ich, und er sagte: «Das ist Französisch.» Er wickelte mir eine Haarsträhne ums Ohr und fing wieder an, mich zu küssen. «Misha?», flüsterte ich. «Schh», sagte er, ließ seine Hand unter mein Hemd gleiten und umfasste meine Taille. «Nicht», sagte ich und setzte mich auf. Und dann sagte ich: «Ich mag jemand anderen.» Kaum hatte ich es ausgesprochen, bereute ich es schon. Als klar war, dass es nichts mehr zu sagen gab, zog ich meine Turnschuhe an, die voller Sand waren. «Wahrscheinlich wundert sich meine Mutter schon, wo ich bleibe», sagte ich, was nicht stimmte, wie wir beide wussten. Als ich aufstand, hörte man Sand rieseln.

11 *Eine Woche verging, und Misha und ich sprachen nicht miteinander*

In Erinnerung an alte Zeiten las ich wieder einmal *Essbare Pflanzen und Blüten in Nordamerika.* Ich stieg aufs Dach unseres Hauses, um zu sehen, ob ich irgendwelche Sternbilder erkennen konnte, aber da waren zu viele Lichter, und so ging ich wieder hinunter in den Garten und übte, Dads Zelt im Dunkeln aufzubauen, was ich in drei Minuten und vierundfünfzig Sekunden schaffte, fast eine Minute schneller als mein eigener Rekord. Als ich fertig war, legte ich mich hinein und versuchte, mich an alles zu erinnern, was mit Dad zu tun hatte, an so vieles wie nur möglich.

12 *Erinnerungen, die mein Vater mir vermittelt hat*

– *echad* Der Geschmack von rohem Zuckerrohr

– *schtajim* Die ungeteerten Straßen in Tel Aviv, als Israel noch ein junges Land war, und dahinter die Felder voller wild wachsender Alpenveilchen

– *schalosch* Der Stein, den er einem Jungen, der seinen älteren Bruder schikaniert hatte, an den Kopf warf und der ihm Respekt bei den anderen verschaffte

– *arba* Mit seinem Vater im *moschaw* Hühner kaufen und beobachten, wie die Beine zucken, wenn der Hals schon abgeschnitten ist

– *hamesch* Das Rauschen des Kartenspiels, das von seiner Mutter und ihren Freundinnen gemischt wurde, wenn sie samstagabends nach dem Sabbat Canasta spielten

– *schesch* Seine Reise zu den Iguaçu-Fällen, die er unter großen Mühen und Entbehrungen allein unternahm

– *schewa* Sein erster Eindruck von dem Mädchen, das seine Frau und meine Mutter werden sollte: in gelben Shorts, ein Buch lesend auf der Wiese des Kibbuz Yavne

– *schmone* Das Zirpen der Zikaden in der Nacht, aber auch die Stille
– *tescha* Der Duft von Jasmin, Hibiskus und Orangenblüten
– *eser* Die Blässe der Haut meiner Mutter

13 *Zwei Wochen vergingen, Misha und ich hatten immer noch nicht miteinander gesprochen, Onkel Julian war nicht abgereist, und es war fast Ende August*

Die Geschichte der Liebe hat neununddreißig Kapitel, und meine Mutter hatte weitere elf übersetzt, seit sie Jacob Marcus die ersten zehn geschickt hatte, sodass sie insgesamt auf einundzwanzig kam. Das bedeutete, sie war über die Hälfte hinaus und würde ihm bald wieder ein Päckchen schicken. Ich schloss mich im Bad ein, dem einzigen Ort, wo ich allein sein konnte, und versuchte, einen zweiten Brief an Jacob Marcus zu entwerfen, aber alles, was ich schrieb, klang falsch, banal oder verlogen. Was es auch war.

Ich saß auf dem Klo, den Notizblock auf den Knien. Neben meinem Knöchel war der Abfallkorb und in dem Korb ein zerknülltes Stück Papier. Ich nahm es heraus. *Hund, Frances?*, stand da. *Hund? Deine Worte sind schweres Geschütz. Aber ich nehme an, so sind sie auch gemeint. Nein, ich bin nicht in Flo «verliebt», wie du sagst. Wir sind alte Kollegen, und zufällig ist sie jemand, der sich für Dinge interessiert, für die ich mich auch interessiere. KUNST, Fran, erinnere dich, Kunst, die dir doch, seien wir ehrlich, keinen feuchten Dreck mehr wert ist, oder? Es scheint dir solchen Spaß zu machen, mich zu kritisieren, dass du gar nicht merkst, wie sehr du dich verändert hast, kaum noch wiederzuerkennen als das Mädchen, das ich einmal* – Hier riss der Brief ab. Ich knüllte ihn sorgfältig wieder zusammen und legte ihn in den Abfallkorb zurück. Ich kniff die Augen zusammen. Ich dachte, Onkel Julian würde seine Forschungen zu Alberto Giacometti wohl nicht so bald zu Ende bringen.

14 *Dann hatte ich eine Idee*

Irgendwo müssen alle Todesfälle registriert sein. Die Geburten und die Todesfälle – irgendwo in der Stadt muss es einen Ort geben, eine Behörde oder ein Büro, das ihnen auf der Spur bleibt. Es muss Akten geben. Akten über Akten über Menschen, die in New York geboren und gestorben sind. Manchmal, wenn man bei untergehender Sonne über den Brooklyn-Queens-Expressway fährt, hat man einen Blick auf die Tausende von Grabsteinen, hinter denen die Skyline in Lichtern aufgeht und der Himmel orange glüht, und man bekommt das seltsame Gefühl, dass die Elektrizität der ganzen Stadt von denen erzeugt wird, die dort begraben sind.

Und so dachte ich: Vielleicht gibt es eine Urkunde.

15 *Am nächsten Tag war Sonntag*

Draußen regnete es, also saß ich herum, las *Die Straße der Krokodile,* die ich in der Bücherei ausgeliehen hatte, und fragte mich, ob Misha wohl anrufen würde. Ich wusste, dass ich auf irgendeiner Spur war, als ich in der Einleitung las, der Autor stamme aus einem Dorf in Polen. Ich dachte: Entweder hat Jacob Marcus wirklich einen Narren an polnischen Schriftstellern gefressen, oder er will mir einen Hinweis geben. Das heißt meiner Mutter.

Das Buch war nicht dick, und nachmittags hatte ich es durchgelesen. Um fünf kam Bird triefend nach Hause. «Es fängt an», sagte er, berührte die Mesusa an der Küchentür und küsste seine Fingerspitzen. «Was fängt an?», fragte ich. «Der Regen.» – «Morgen soll er wieder aufhören», sagte ich. Er goss sich ein Glas Orangensaft ein, schüttete es hinunter und ging durch die Tür zurück, insgesamt vier Mesusot küssend, bevor er in sein Zimmer gelangte.

Onkel Julian kam von seinem Tag im Museum nach Hause. «Hast du Birds Klubhaus gesehen?», fragte er, nahm eine Banane von der Anrichte und schälte sie über dem Mülleimer. «Ganz schön beeindruckend, findest du nicht?»

Aber am Montag hörte der Regen nicht auf, und Misha rief auch nicht an, also zog ich meinen Regenmantel über, suchte mir einen Schirm und machte mich auf den Weg zum Stadtarchiv, wo dem Internet zufolge die Geburts- und Todesfälle registriert wurden.

16 *31 Chambers Street, Zimmer 103*

«Mereminski», sagte ich zu dem Mann mit der runden schwarzen Brille hinter dem Tisch. «M - E - R - E - M - I - N - S - K - I.» – «M - E - R», sagte der Mann, indem er die Buchstaben aufschrieb. «E - M - I - N - S - K - I», sagte ich. «I-S-K-Y», sagte der Mann. «Nein», sagte ich. «M-E-R –» –«M-E-R», sagte er. «E-M-I-N», sagte ich, und er sagte, «E-Y-N.» – «Nein!», sagte ich, «E-*M*-I-N.» Er starrte mich verständnislos an. Also sagte ich: «Soll ich es vielleicht aufschreiben?»

Er sah sich den Namen an. Dann fragte er, ob Alma M-E-R-E-M-I-N-S-K-I meine Großmutter oder Urgroßmutter sei. «Ja», sagte ich, weil ich glaubte, das könne den Vorgang beschleunigen. «Was?», sagte er. «Ur», sagte ich. Er sah mich an und kaute ein Stück Nagelhaut, dann ging er nach hinten und kam mit einem Kasten Mikrofilmen wieder. Als ich die erste Rolle einlegte, blieb der Film hängen. Ich versuchte, den Mann darauf aufmerksam zu machen, indem ich winkte und auf das verhedderte Band deutete. Er kam, seufzte und zog es durch. Nach der dritten Rolle hatte ich den Dreh heraus. Ich checkte alle fünfzehn. In diesem Kasten gab es keine Alma Mereminski, also brachte er einen anderen, und danach noch einen. Ich musste aufs Klo und zog mir auf dem Weg ein Päckchen Twinkies und eine Cola aus dem Automaten. Der Mann kam heraus und holte sich einen Riegel Snickers. Konversationshalber sagte ich: «Kennen Sie sich mit dem Überleben in der Wildnis aus?» Sein Gesicht zuckte, er schob sich die Brille hoch. «Was meinst du damit?» – «Wissen Sie zum Beispiel, dass fast die ganze arktische Vegetation essbar ist? Bis auf manche Pilze natürlich.» Er hob die Augenbrauen, und so sagte ich: «Und wussten Sie schon, dass man verhungern kann, wenn man nur Kaninchenfleisch isst? Es ist nachgewiesen, dass Leute, die versucht haben, damit zu überleben, an zu viel Kaninchenfleisch gestorben sind. Wenn man von irgendeiner mageren Fleischsorte wie Kaninchen zu viel isst, wird man, wissen Sie – egal, es kann tödlich sein.» Der Mann warf den Rest seines Snickers weg.

Wieder drinnen, brachte er einen vierten Kasten. Zwei Stunden später saß ich mit brennenden Augen immer noch da. «Kann es sein, dass sie nach 1948 gestorben ist?», fragte der Mann sichtlich verstört. Ich sagte ihm, das sei schon möglich. «Ja, warum hast du das nicht gleich gesagt! In diesem Fall wäre ihr Totenschein nicht hier.» – «Und wo wäre er?» – «In der Gesundheitsbehörde, Abteilung Zivilstandsregister», sagte er, «125 Worth Street, Zimmer 133. Da haben sie alle Todesfälle nach 48.» Großartig, dachte ich.

17 *Der schlimmste Fehler, den meine Mutter je gemacht hat*

Als ich nach Hause kam, lag meine Mutter zusammengerollt auf der Couch und las ein Buch. «Was liest du da?», fragte ich. «Cervantes», sagte sie. «Cervantes?», fragte ich. «Den berühmtesten spanischen Schriftsteller», sagte sie und blätterte um. Ich rollte die Augen. Manchmal frage ich mich, warum sie nicht einfach einen berühmten Schriftsteller geheiratet hat statt einen in die Wildnis verliebten Ingenieur. Dann wäre nichts von alledem jemals passiert. Eben jetzt, in diesem Augenblick, säße sie wahrscheinlich mit ihrem berühmten Schriftstellergatten am gedeckten Tisch, redete mit ihm über die Pros und Contras anderer berühmter Schriftsteller und träfe gemeinsam mit ihm die schwierige Entscheidung, wer den postumen Nobelpreis am ehesten verdient hätte.

An diesem Abend wählte ich Mishas Nummer, legte aber beim ersten Klingeln auf.

18 *Dann war Dienstag*

Es regnete immer noch. Auf dem Weg zur U-Bahn kam ich an dem verwilderten Grundstück vorbei, wo Bird den Haufen Gerümpel, der mittlerweile auf zwei Meter Höhe angewachsen war, mit einer Plane bedeckt und an den Seiten mit Mülltüten und alten Seilen umwickelt hatte. Eine Stange ragte aus der Masse, als warte sie auf eine Flagge.

Der Limonadentisch war auch noch da, ebenso das Schild, auf dem stand FRISCHES LEMON-AID 50 CENT BITTE SELBST EINSCHENKEN (VERSTAUCHTES HANDGELENK), aber mit einem neuen Zusatz: ALLE GEWINNE FLIESSEN WOHLTÄTIGEN ZWECKEN ZU. Doch der Tisch war leer und von Bird keine Spur.

In der U-Bahn, irgendwo zwischen Carroll und Bergen, beschloss ich, Misha anzurufen und so zu tun, als sei nichts gewesen. Beim Aussteigen fand ich ein funktionierendes Münztelefon und wählte seine Nummer. Mir klopfte das Herz, als es zu klingeln begann. Seine Mutter hob ab. «Tag, Mrs. Shklovsky», sagte ich so beiläufig wie möglich. «Ist Misha da?» Ich hörte sie rufen. Die Zeit erschien mir endlos, bis er den Hörer nahm. «Hallo», sagte ich. – «Hallo.» – «Wie geht's?» – «Gut.» – «Was machst du gerade?» – «Lesen.» – «Was?» – «Comics.» – «Rate, wo ich bin.» – «Wo?» – «Vor der Gesundheits- und Sozialbehörde.» – «Warum?» – «Ich will herausfinden, ob es Dokumente über Alma Mereminski gibt.» – «Immer noch auf der Suche», sagte Misha. «O ja», sagte ich. Eine peinliche Stille trat ein. Ich sagte: «Eigentlich wollte ich fragen, ob du Lust hast, heute Abend *Topas* auszuleihen.» – «Ich kann nicht.» – «Warum?» – «Hab was vor.» – «Was denn?» – «Ich geh ins Kino.» – «Mit wem?» – «'nem Mädchen, das ich kenne.» Mir drehte sich der Magen um. «Was für ein Mädchen?» Ich dachte: Bitte, lass es nicht wahr sein – «Luba», sagte er. «Vielleicht erinnerst du dich, du hast sie mal gesehen.» Natürlich erinnerte ich mich. Wie soll man eine Blondine vergessen, die einen Meter neunzig ist und behauptet, sie stamme von Katharina der Großen ab?

Es schien ein schlechter Tag zu werden.

«M-E-R-E-M-I-N-S-K-I», sagte ich zu der Frau hinter dem Schreibtisch in Zimmer 133. Ich dachte: Wie kann er nur ein Mädchen mögen, das nicht einmal dann imstande wäre, den universellen Essbarkeitstest zu machen, wenn es um ihr Leben ginge? «M-E-R-E», sagte die Frau, also sagte ich «M-I-N-S –» und dachte: Wahrscheinlich hat sie noch nie von *Das Fenster zum Hof* gehört. «M-Y-M-S», sagte die Frau. «Nein», sagte ich. «M-I-N-S.» – «M-I-N-S», sagte die Frau. «K-I», sagte ich. Und sie sagte: «K-I.»

Eine Stunde verging, und wir fanden keinen Totenschein auf den Namen Alma Mereminski. Eine weitere halbe Stunde, und immer noch nichts. Einsamkeit verwandelte sich in Niedergeschlagenheit. Nach zwei Stunden sagte die Frau, sie sei sich hundertprozentig sicher, dass es keine Alma Mereminski gebe, die nach 1948 im Stadtgebiet von New York gestorben sei.

An diesem Abend lieh ich mir noch einmal *Der unsichtbare Dritte* aus und sah ihn mir zum elften Mal an. Dann ging ich schlafen.

19 *Einsame Menschen sind immer mitten in der Nacht auf*

Als ich die Augen aufschlug, stand Onkel Julian über mir. «Wie alt bist du?», fragte er. «Vierzehn. Nächsten Monat werde ich fünfzehn.» – «Nächsten Monat fünfzehn», sagte er, als wälze er ein Matheproblem im Kopf. «Was willst du werden, wenn du groß bist?» Er trug noch seinen klitschnassen Regenmantel. Ein Tropfen Wasser fiel mir ins Auge. «Ich weiß nicht.» – «Na, komm schon, irgendwas wird es doch geben.» Ich setzte mich in meinem Schlafsack auf, rieb mir das Auge und sah auf meine Digitaluhr. Sie hat einen Knopf, den man drücken kann, damit die Ziffern leuchten. Außerdem hat sie einen eingebauten Kompass. «Es ist drei Uhr vierundzwanzig früh», sagte ich. Bird ratzte in meinem Bett. «Ich weiß. Ich kam nur eben drauf. Sag's, und ich verspreche dir, dass ich dich wieder schlafen lasse. Was willst du werden?» Ich dachte, jemand, der bei Temperaturen unter null überleben, sich Essen suchen, eine Schneehöhle bauen und mit nichts ein Feuer machen kann. «Ich weiß nicht. Vielleicht Malerin», sagte ich, um ihn glücklich zu machen, damit er mich wieder schlafen ließ. «Komisch», sagte er. «Genau das habe ich gehofft, dass du es sagen würdest.»

20 *Wach im Dunkeln*

Ich dachte an Misha und Luba, an meinen Vater und meine Mutter und daran, warum Zvi Litvinoff nach Chile ausgewandert war und Rosa geheiratet hatte statt Alma, die er wirklich geliebt hatte.

Über den Flur hörte ich Onkel Julian im Schlaf husten.

Dann dachte ich: Augenblick mal.

21 *Sie muss geheiratet haben!*

Das war's! Darum hatte ich keinen Totenschein auf den Namen Alma Mereminski gefunden. Warum war ich nicht früher darauf gekommen?

22 *Normal sein*

Ich langte unter mein Bett und zog die Taschenlampe aus meinem Überlebensrucksack, außerdem den dritten Band von *Wie man in der Wildnis überlebt.* Als ich die Taschenlampe anmachte, fiel mir etwas ins Auge. Es steckte zwischen Bettrahmen und Wand, fast am Boden. Ich rutschte unters Bett und leuchtete mit der Taschenlampe, um besser zu sehen. Es war ein schwarz-weißes Aufsatzheft. Vorne drauf stand יהוה. Und daneben: PERSÖNLICH. Misha hat mir einmal gesagt, auf Russisch gebe es kein Wort für das Persönliche. Ich schlug es auf.

9. April
יהוה
Jetzt bin ich drei Tage hintereinander ein normaler Mensch gewesen. Was bedeutet, ich bin nicht auf irgendwas draufgeklettert, habe G'ttes Namen auf nichts draufgeschrieben, was nicht mir gehört, und habe auf keine ganz

normale Frage einen Spruch aus der Tora *gesagt. Es bedeutet auch, ich habe nichts getan, was ein NEIN auf die Frage folgen lässt: WÜRDE EIN NORMALER MENSCH DAS TUN? Bislang war es gar nicht so schlimm.*

10. April

יהוה

Dies ist der vierte Tag in Folge, an dem ich mich normal benommen habe. In Sport hat Josh K. mich an die Wand gedrückt und gefragt, ob ich mich für einen dicken fetten Obermaxe halte, und ich habe ihm gesagt, ich halte mich nicht für einen dicken fetten Obermaxe. Weil ich keinen ganzen normalen Tag verderben wollte, habe ich ihm nicht gesagt, dass ich kein Obermaxe, aber vielleicht der moschiach *bin. Auch mein Handgelenk wird besser. Wenn ihr wissen wollt, wie ich es mir verstaucht habe, dann war das so, dass ich aufs Dach geklettert bin, weil ich zu früh bei der Hebräischen Schule ankam und die Tür abgeschlossen war und an der Seite des Gebäudes eine Leiter hing. Die Leiter war rostig, aber sonst war es gar nicht so schlimm. Mitten auf dem Dach war eine große Wasserpfütze, und ich wollte sehen, was passiert, wenn ich meinen Flummi darin springen lasse und ihn zu fangen versuche. Das war lustig! Ich habe es ungefähr fünfzehnmal gemacht, bis ich ihn verlor, weil er über den Rand gesprungen ist. Dann legte ich mich auf den Rücken und sah in den Himmel. Ich habe drei Flugzeuge gezählt. Als mir langweilig wurde, wollte ich wieder nach unten. Das war schlimmer als nach oben, weil ich rückwärts runtermusste. Auf halbem Weg kam ich an den Fenstern eines Klassenraums vorbei. Ich sah Mrs. Zucker vorne stehen, und darum wusste ich, dass es die Viertklässler waren. (Wenn ihr es wissen wollt, ich bin dieses Jahr in der Fünften.) Ich konnte nicht hören, was Mrs. Zucker sagte, und darum versuchte ich es ihr von den Lippen abzulesen. Ich musste mich sehr weit von der Leiter wegbeugen, um richtig zu sehen. Ich presste mein Gesicht direkt ans Fenster, und plötzlich drehten sich alle zu mir um, also habe ich gewinkt, und dabei habe ich das Gleichgewicht verloren. Ich fiel, und Rabbi Wizner sagte, es ist ein Wunder, dass ich mir nichts gebrochen habe, aber tief in mir wusste ich, dass ich die ganze Zeit in Sicherheit war und dass G'tt mir nichts passieren lassen würde, weil ich fast ganz sicher ein* lamed wownik *bin.*

11. April

יהוה

Heute war mein fünfter Tag Normalsein. Alma sagt, wenn ich normal wäre, würde mir das mein Leben erleichtern, ganz zu schweigen von allen anderen. Ich habe den Star-Verband von meinem Handgelenk abgemacht, und jetzt tut es nur noch ein bisschen weh. Wahrscheinlich hat es viel mehr wehgetan, als ich es mit sechs gebrochen hatte, aber daran erinnere ich mich nicht.

Ich übersprang bis:

27. Juni

יהוה

Bis jetzt hat mir der Lemon-Aid Verkauf 295,50 Dollar eingebracht. Das sind 591 Becher! Mein bester Kunde ist Mr. Goldstein, der immer 10 Becher auf einmal kauft, weil er so schrecklichen Durst hat. Und Onkel Julian, der mir einmal 20 Dollar Trinkgeld gegeben hat. Noch 384,50 Dollar, dann geht's los.

28. Juni
יהוה

Heute hätte ich fast was nicht Normales getan. Ich kam an einem Haus in der 4th Street vorbei, und da war ein Holzbrett, das am Gerüst lehnte, und es war niemand in der Nähe, und ich wollte es eigentlich mitnehmen. Es wäre kein richtiges Stehlen gewesen, weil die besondere Sache, die ich baue, den Menschen helfen wird und weil G'tt will, dass ich sie baue. Aber ich wusste auch, wenn ich sie stehle und es herauskommt, bekomme ich Ärger, und Alma muss mich abholen und wird wütend sein. Aber ich wette, sie ist nicht mehr wütend, wenn es anfängt zu regnen und ich ihr am Ende erzähle, was für eine Sache ich da angefangen habe zu bauen. Ich habe schon jede Menge Zeug dafür gesammelt, meistens Sachen, die irgendwer auf den Müll geworfen hat. Was ich noch viel brauche, weil es schwimmt, aber schwer finden kann, ist Styropor. Bis jetzt habe ich nicht viel davon. Manchmal fürchte ich, dass es anfangen wird zu regnen, bevor ich mit dem Bauen fertig bin.

Wenn Alma wüsste, was geschehen wird, wäre sie, glaube ich, auch nicht so böse, dass ich יהוה *in ihr Notizbuch geschrieben habe. Ich habe alle drei Bände von* Wie man in der Wildnis überlebt *gelesen, und sie sind sehr gut, mit lauter interessanten und nützlichen Fakten. In einem Teil steht alles, was man bei einer Atombombe tun muss. Obwohl ich nicht glaube, dass es eine Atombombe geben wird, habe ich es für alle Fälle sehr sorgfältig gelesen. Dann habe ich beschlossen, falls es eine Atombombe gibt, bevor ich nach Israel gelange, und überall*

Asche wie Schnee fällt, werde ich Engel machen. Ich werde durch jedermanns Haus laufen, weil niemand mehr da ist. Ich könnte dann nicht mehr zur Schule gehen, aber das wäre nicht so schlimm, weil wir sowieso nie etwas so Wichtiges lernen wie was nach dem Tod passiert. Aber egal, ich mache nur Spaß, weil es doch keine Atombombe geben wird. Was es geben wird, ist eine große Flut.

23 *Draußen goss es immer noch*

HIER SIND WIR ZUSAMMEN

Am letzten Morgen in Polen, nachdem sein Freund sich die Kappe über die Augen gezogen hatte und um die Ecke verschwunden war, ging Litvinoff in sein Zimmer zurück. Es war schon leer, das Mobiliar verkauft oder verschenkt. Seine Koffer standen an der Tür. Er zog das Päckchen in dem braunen Papierumschlag heraus, das er unter dem Mantel gehalten hatte. Es war zugeklebt, und vorne drauf stand in der vertrauten Handschrift seines Freundes: *Zum Aufbewahren für Leopold Gursky, bis du ihn wiedersiehst.* Litvinoff steckte es in die Seitentasche seines Koffers. Er ging ans Fenster und sah zum letzten Mal auf den kleinen Ausschnitt Himmel hinaus. Kirchenglocken läuteten in der Ferne, wie sie hunderte Male geläutet hatten, wenn er arbeitete oder schrieb, so oft, dass sie ihm wie Bestandteile seiner eigenen Gedankengänge vorkamen. Er ließ die Finger über die Wand gleiten, die überall dort mit kleinen Löchern gespickt war, wo er die aus der Zeitung ausgeschnittenen Bilder und Artikel anzuheften pflegte. Er hielt inne, um sich im Spiegel zu betrachten, damit er sich später genau erinnern konnte, wie er an diesem Tag ausgesehen hatte. Er spürte einen Kloß im Hals. Zum x-ten Mal tastete er in seiner Tasche nach dem

Pass und den Fahrkarten. Dann sah er auf die Uhr, seufzte, nahm die Koffer und ging zur Tür hinaus.

Wenn Litvinoff vorerst nicht so viel an seinen Freund dachte, so weil er zu viele andere Dinge im Kopf hatte. Dank der Beziehungen seines Vaters, dem jemand, der jemanden kannte, einen Gefallen schuldig war, hatte er ein Visum für Spanien bekommen. Von Spanien wollte er nach Lissabon und von Lissabon mit einem Schiff nach Chile, wo der Cousin seines Vaters lebte. Einmal an Bord des Schiffes, beanspruchten andere Dinge sein Augenmerk: Anfälle von Seekrankheit, seine Angst vor dunklem Wasser, Betrachtungen über den Horizont, Spekulationen über das Leben auf dem Meeresgrund, aufloderndes Heimweh, die Sichtung eines Wals, die Sichtung einer hübschen französischen Brünetten.

Als das Schiff schließlich im Hafen von Valparaíso ankam und Litvinoff schwankend an Land ging («Seemannsgang», sagte er sich auch Jahre später noch, als das Schwanken manchmal grundlos wiederkehrte), gab es andere Dinge, die ihn beschäftigten. Während der ersten Monate in Chile nahm er jede Arbeit an, die er finden konnte; zuerst in einer Wurstfabrik, wo er am dritten Tag entlassen wurde, weil er in die falsche Straßenbahn gestiegen und fünfzehn Minuten zu spät gekommen war, und danach in einem Lebensmittelladen. Einmal, auf dem Weg zu einem Werkmeister, von dem Litvinoff gehört hatte, er stelle Leute ein, verlief er sich und fand sich vor den Büros der örtlichen Tageszeitung wieder. Die Fenster standen offen, und drinnen hörte er Schreibmaschinen klappern. Schmerzliche Sehnsucht überkam ihn. Er dachte an seine Kollegen in der Redaktion, und das erinnerte ihn an seinen Schreibtisch mit den Holznarben, die er betastete, damit sie ihm denken halfen, und das erinnerte ihn an seine Schreibmaschine mit dem widerspenstigen S, das immer stecken blieb, sodass es Sätze wie *sssein Tod reißt ein Loch insss Leben derer, die er untersssstützte* in seinen Manuskripten gab, und das erinnerte ihn an den Gestank der billigen Zigarren seines Chefs, und das an seine Beförderung vom Lokalreporter zum Nachrufeschreiber, und das an Isaak Babel, und das war die letzte Reminiszenz, die er sich erlaubte, ehe er dem Strom seiner Sehnsucht Einhalt gebot und die Straße hinunter davoneilte.

Am Ende fand er Arbeit in einer Apotheke – sein Vater war Apotheker gewesen, und mit der Zeit hatte Litvinoff genug mitbekommen, um dem alten deutschen Juden zu helfen, der in einem ruhigen Viertel der Stadt ein ordentliches Geschäft führte. Erst jetzt, als er sich ein eigenes Zimmer leisten konnte, war er endlich in der Lage, seine Koffer auszupacken. In der Seitentasche des einen fand er das braune Päckchen mit der Handschrift seines Freundes vorne drauf. Eine Welle von Traurigkeit ergoss sich in seinen Schädel. Grundlos erinnerte er sich plötzlich an ein zum Trocknen aufgehängtes weißes Hemd, das er in Minsk auf der Wäscheleine im Hinterhof vergessen hatte.

Er versuchte sich zu erinnern, wie sein Gesicht an jenem letzten Tag im Spiegel ausgesehen hatte. Aber er konnte es nicht. Mit geschlossenen Augen wollte er die Erinnerung herbeizwingen. Aber alles, was ihm in den Sinn kam, war der Ausdruck auf dem Gesicht seines Freundes, als dieser an der Straßenecke stand. Seufzend steckte Litvinoff den Umschlag wieder in den leeren

Koffer, zog den Reißverschluss zu und schob ihn auf die Ablage im Schrank.

Alles, was ihm nach Kost und Logis an Geld übrig blieb, sparte er, um seine jüngere Schwester Miriam herüberzuholen. In Alter und Aussehen einander die nächsten unter den Geschwistern, waren sie als Kinder oft für Zwillinge gehalten worden, obwohl Miriam hellhäutiger war als er und eine Hornbrille trug. Sie hatte in Warschau Jura studiert, bis ihr die Teilnahme an den Vorlesungen verboten worden war.

Das Einzige, was Litvinoff sich selbst genehmigte, war ein Kurzwellenradio. Jeden Abend drehte er den Knopf zwischen den Fingern und durchstreifte die Skala des südamerikanischen Kontinents, bis er den neuen Sender *The Voice of America fand.* Er sprach nur wenig Englisch, aber es reichte. Mit Entsetzen lauschte er den Nachrichten über den Vormarsch der Nazis. Hitler brach seinen Pakt mit der Sowjetunion und überrannte ganz Polen. Ein Schrecken jagte den anderen.

Die wenigen Briefe von Freunden oder Verwandten wurden immer spärlicher, und es war schwierig zu erfahren, was wirklich geschah. Dem vorletzten Brief seiner Schwester – in dem sie ihm erzählte, dass sie sich in einen Kommilitonen verliebt und geheiratet hatte – lag ins Blatt gefaltet ein Foto von ihr und Zvi aus ihrer Kindheit bei. Auf die Rückseite hatte sie geschrieben: *Hier sind wir zusammen.*

Morgens, wenn Litvinoff sich seinen Kaffee machte, hörte er streunenden Hunden zu, die auf der Gasse kämpften. Dann wartete er, früh in der Sonne bratend, auf die Straßenbahn. Er nahm sein Mittagessen hinten in der Apotheke zwischen Pillen und Pudern, Kirschsirup und Haarbändern ein, und abends, wenn er die Böden gewischt und all die Gläser so lange poliert hatte, bis er das Gesicht seiner Schwester sich darin spiegeln sah, ging er nach Hause. Er machte kaum Bekanntschaften. Er war nicht mehr im Geschäft mit Bekanntschaften. Wenn er nicht arbeiten musste, hörte er Radio. Er hörte zu, bis er erschöpft war und auf seinem Stuhl einschlief, und sogar dann hörte er noch weiter, in Träumen, die sich um die Stimme des Nachrichtensprechers entspannen. Es gab andere Flüchtlinge in seiner Umgebung, die das Gleiche an Ängsten und Hilflosigkeit durchlebten, aber Litvinoff fand darin keinen Trost, weil es auf der Welt zwei Sorten Menschen gibt: solche, die gern in Gesellschaft traurig sind, und solche, die lieber allein traurig sind. Litvinoff war lieber allein. Wenn er zum Essen eingeladen wurde, sagte er mit einer Entschuldigung ab. Einmal, als seine Vermieterin ihn sonntags zum Tee bat, erzählte er ihr, er müsse etwas fertig schreiben. «Sie schreiben?», fragte sie überrascht. «Was schreiben Sie?» Was Litvinoff betraf, war eine Lüge so gut wie die andere, und so sagte er, ohne groß nachzudenken: «Gedichte.»

Ein Gerücht kam auf, dass er Dichter sei. Und Litvinoff, insgeheim geschmeichelt, tat nichts, um es zu unterdrücken. Er kaufte sich sogar einen Hut im Stil Alberto Santos-Dumonts, von dem die Brasilianer behaupten, er habe den ersten erfolgreichen Flug aller Zeiten absolviert, und dessen vom Befächern des Flugzeugmotors verbogener Panamahut, so hatte Litvinoff gehört, unter Literaten noch immer beliebt war.

Die Zeit verging. Der alte deutsche Jude starb im Schlaf, die Apotheke wurde geschlossen und Litvinoff, teils unter dem Eindruck der Gerüchte über sein literarisches Talent, als Lehrer in einer jüdischen Tagesschule angestellt. Der Krieg ging zu Ende. Nach und nach erfuhr Litvinoff, was mit seiner Schwester Miriam, seinen Eltern und vier anderen Geschwistern geschehen war (das Schicksal seines ältesten Bruders André konnte er sich nur nach Vermutungen zusammenreimen). Er lernte, mit der Wahrheit zu leben. Nicht, sie zu akzeptieren, aber mit ihr zu leben. Es war, als lebte er mit einem Elefanten. Sein Zimmer war klein, und jeden Morgen musste er sich, wenn er nur aufs Klo wollte, an der Wahrheit vorbeiquetschen. Um eine Unterhose aus dem Schrank zu holen, musste er unter der Wahrheit hindurchkriechen, immer betend, dass sie nicht diesen Moment wählen würde, sich ihm aufs Gesicht zu setzen. Nachts, wenn er die Augen schloss, fühlte er ihre drohende Masse über sich.

Er nahm ab. Alles an ihm schien zu schrumpfen, außer seinen Ohren und der Nase, die herunterhingen, länger wurden und ihm einen melancholischen Ausdruck verliehen. In dem Jahr, als er zweiunddreißig wurde, fiel ihm das Haar büschelweise aus. Er tauschte den verbogenen Panamahut gegen die Gewohnheit, überall einen schweren Mantel zu tragen, in dessen Innentasche sich ein abgegriffenes, zerknittertes Papier befand, das er jahrelang mit sich herumgetragen hatte und das an den Falten schon brüchig geworden war. In der Schule piksten sich die Kinder hinter seinem Rücken mit den Fingern in den Oberarm, zum Impfen, wenn er sie zufällig berührt hatte.

In diesem Zustand wurde Rosa in den Strandcafés erstmals auf Litvinoff aufmerksam. Er kam nachmittags unter dem Vorwand, einen Roman oder eine Literaturzeitschrift zu lesen (anfangs, um seinem Ruf gerecht zu werden, später aus wachsendem Interesse). Aber in Wirklichkeit wollte er nur etwas Zeit gewinnen, bevor er wieder nach Hause musste, wo die Wahrheit auf ihn wartete. Im Café erlaubte er sich, ein wenig zu vergessen. Er sinnierte über die Wellen, beobachtete die Studenten oder lauschte ihren Diskussionen, den gleichen Argumenten, die er selbst im Munde geführt hatte, als er vor hundert (d.h. zwölf) Jahren Student gewesen war. Er kannte sogar manche Namen. Einschließlich Rosas. Wie auch nicht? Sie wurde ja ständig gerufen.

An dem Nachmittag, als sie sich seinem Tisch näherte und, statt vorbeizugehen, um irgendeinen jungen Mann zu begrüßen, mit unvermittelter Anmut stehen blieb und fragte, ob sie sich zu ihm setzen dürfe, dachte Litvinoff, das sei ein Scherz. Ihr Haar war schwarz und glänzend und hatte einen kurzen Schnitt, der knapp unter das Kinn reichte und ihre kräftige Nase betonte. Sie trug ein grünes Kleid (später sollte Rosa behaupten, es sei rot gewesen, rot mit schwarzen Tupfen, aber Litvinoff wollte die Erinnerung an ein ärmelloses smaragdgrünes Chiffonkleid nicht aufgeben). Erst nachdem sie eine halbe Stunde bei ihm gesessen hatte und ihre Freunde, die das Interesse verloren, zu ihren Gesprächen zurückgekehrt waren, wurde Litvinoff bewusst, dass ihre Geste ernst gemeint gewesen war. Eine beklemmende Gesprächspause trat ein. Rosa lächelte.

«Ich habe mich noch nicht einmal vorgestellt», sagte sie.

«Du bist Rosa», sagte Litvinoff.

Am folgenden Nachmittag tauchte Rosa wie versprochen zu einem zweiten Treffen auf. Als sie auf die Uhr sah und merkte, wie spät es geworden war, verabredeten sie ein drittes, und danach verstand es sich von selbst, dass es ein viertes geben würde. Als sie sich das fünfte Mal trafen, schlug Litvinoff, mitgerissen von Rosas jugendlicher Spontaneität – halbwegs im Eifer des Gefechts einer hitzigen Diskussion über die Frage, wer der größere Dichter sei, Neruda oder Darío –, zu seiner eigenen Überraschung vor, gemeinsam in ein Konzert zu gehen. Als Rosa prompt darauf einging, dämmerte ihm, dass dieses hübsche Mädchen, o Wunder aller Wunder, wohl im Begriff sein könnte, *Gefühle* für ihn zu entwickeln. Ihm war, als hätte jemand in seiner Brust einen Gong angeschlagen. Sein ganzer Körper hallte von der Nachricht wider.

Wenige Tage nach dem Konzertbesuch trafen sie sich im Park und machten ein Picknick. Dem folgte eine Fahrradtour am nächsten Sonntag. Bei der siebten Verabredung sahen sie sich einen Film an. Als er vorbei war, brachte Litvinoff Rosa nach Hause. Sie standen noch zusammen und diskutierten über Grace Kellys Schauspielkunst versus ihre unglaubliche Schönheit, da beugte Rosa sich urplötzlich vor und küsste ihn. Zumindest versuchte sie, ihn zu küssen, aber der darauf nicht vorbereitete Litvinoff zuckte zurück und ließ sie, gefährlich kippelnd, mit ausgestrecktem Hals in der Luft hängen. Die ganze Nacht hatte er das Auf und Ab der Entfernung zwischen ihren verschiedenen Körperteilen mit wachsendem Vergnügen überwacht. Aber die schwankenden Ausschläge waren so geringfügig gewesen, dass ihn dieser plötzliche Ansturm von Rosas Nase fast zum Weinen brachte. Als ihm sein Fehler bewusst wurde, streckte er den Hals blindlings in den Abgrund vor. Aber da hatte sich Rosa, aus Schaden klug geworden, bereits auf sicheres Gebiet zurückgezogen. Litvinoff hing in der Schwebe. Lange genug, dass ihm ein Hauch von Rosas Duft die Nase kitzelte, dann trat er schleunigst den Rückzug an. Oder er begann, schleunigst den Rückzug anzutreten, als Rosa, die kein Risiko mehr eingehen wollte, mit gespitzten Lippen auf das umkämpfte Terrain vorstieß, einen Moment die ihr anhaftende Nase vergessend, die ihr aber bereits den Bruchteil einer Sekunde später wieder einfiel, als sie in dem Augenblick mit Litvinoffs zusammenstieß, da seine Lippen auf ihre trafen, sodass sie mit dem ersten Kuss Blutsverwandte wurden.

Während der Busfahrt nach Hause war Litvinoff ganz schwindlig. Er warf jedem ein Lächeln zu, der in seine Richtung sah. Pfeifend ging er seine Straße hinunter. Aber als er den Schlüssel ins Loch steckte, drang Kälte in sein Herz. Er stand im dunklen Zimmer, ohne die Lampe anzumachen. *Um Gottes willen,* dachte er. *Wo hast du deinen Kopf gelassen? Was auf der Welt könntest du einem solchen Mädchen bieten, sei kein Narr, du hast dich selbst zerfallen lassen, die Stücke sind verloren, und jetzt hast du nichts mehr zu vergeben, und ewig kannst du es nicht verbergen, früher oder später wird sie die Wahrheit herausfinden: Du bist eine leere menschliche Hülse, sie braucht nur dranzuklopfen, um zu merken, wie leer du bist.*

Lange stand er da, den Kopf am Fenster, und dachte über alles nach. Dann zog er sich aus. Sich durch die Dunkelheit tastend, wusch er seine Unterwäsche und hängte sie zum Trocknen auf den Heizkörper. Er drehte die Skala am Radio, das leuchtete und zum Leben erwachte, aber eine Minute später stellte er es wieder ab, und ein Tango verstummte in Stille. Er saß nackt auf dem Stuhl. Eine Fliege landete auf seinem welken Penis. Er murmelte ein paar Worte. Und weil das Murmeln sich gut anfühlte, murmelte er noch ein paar. Es waren Worte, die er auswendig wusste, weil er sie seit jener Nacht vor all den vielen Jahren, als er über seinen Freund gewacht und gebetet hatte, er möge nicht sterben, auf einem gefalteten Stück Papier in seiner Brusttasche bei sich getragen hatte. Er hatte sie so oft ausgesprochen, sogar ohne das Wissen darum, sie auszusprechen, dass er manchmal ganz vergaß, dass es nicht seine Worte waren.

In dieser Nacht ging Litvinoff an den Wandschrank und holte seinen Koffer herunter. Eine Hand in die Seitentasche schiebend, tastete er nach einem dicken Papierumschlag. Er zog ihn heraus, setzte sich wieder auf den Stuhl und legte den Umschlag auf seinen Schoß. Obwohl er ihn nie geöffnet hatte, wusste er natürlich, was darin war. Zum Schutz gegen die Helligkeit schloss er die Augen, langte nach oben und machte das Licht an.

Zum Aufbewahren für Leopold Gursky, bis du ihn wiedersiehst.

Später schien dieser Satz, wie tief er ihn auch im Müll unter Orangenschalen und Kaffeefiltern zu begraben versuchte, immer wieder an die Oberfläche zu kommen. Und so fischte Litvinoff den leeren Umschlag, dessen Inhalt jetzt in Sicherheit auf seinem Tisch lag, eines Morgens wieder heraus. Dann zündete er, Tränen unterdrückend, ein Streichholz an und sah zu, wie die Handschrift seines Freundes verbrannte.

LACHEND STERBEN

Was steht da?

Wir standen unter den Sternen in der Grand Central, jedenfalls muss ich das annehmen, weil ich mir eher die Beine um die Ohren hätte schlingen können, als den Kopf in den Nacken zu legen, um freie Sicht nach oben zu haben.

Was steht da?, wiederholte Bruno und stieß mir den Ellbogen in die Rippen, während ich das Kinn eine weitere Raste zur Abfahrtstafel hochrucken ließ. Meine Oberlippe löste sich von der unteren, um die Last der Kinnlade loszuwerden. *Los, beeil dich,* sagte Bruno. *Immer sachte mit den jungen Pferden,* sagte ich, nur dass es mit offenem Mund als *Inner achte nitte hunge Herde* herauskam. Ich konnte soeben die Zahlen erkennen. *9 Uhr 45,* sagte ich, oder vielmehr *neun Uhr hünunhierzig. – Wie spät ist es jetzt?,* fragte Bruno. Ich bemühte meinen Blick wieder nach unten, auf die Armbanduhr. *9 Uhr 43,* sagte ich.

Wir fingen an zu rennen. Nicht zu rennen, aber uns so zu bewegen, wie es zwei Menschen mit verschlissenen Kugelgelenken tun, wenn sie einen Zug erreichen wollen. Ich lag in Führung, Bruno war mir hart auf den Fersen. Dann drängte er sich vorbei – er hatte eine Art, sich mit den Armen anzukurbeln, die jeder Beschreibung spottet –, und ich ließ es ein wenig lockerer angehen, während er, in Anführungszeichen, in den Wind schoss. Ich war ganz auf seinen Nacken konzentriert, als er ohne Vorwarnung aus meinem Blickfeld abtauchte. Ich sah nach hinten. Er lag lang hingestreckt auf dem Boden, einen Schuh an, den anderen aus. *Lauf!,* rief er mir zu. Ich taumelte, wusste nicht, was ich tun sollte. *Lauf!,* rief er wieder, und so lief ich, und ehe ich michs versah, hatte er irgendwo abgekürzt und lag wieder vor mir, den Schuh in der Hand und kurbelnd, was das Zeug hielt.

An Gleis 22 bitte einsteigen.

Bruno nahm die Treppe zum Bahnsteig hinunter. Ich hinterher. Alles sprach dafür, dass wir es schaffen würden. Und doch. Als er den Zug erreichte, kam er in jähem Gesinnungswandel schleudernd zum Stehen. Ich, so in Fahrt, dass ich nicht halten konnte, stürmte an ihm vorbei in den Wagen. Hinter mir schlossen sich die Türen. Er lächelte durch die Scheibe. Ich trommelte mit der Faust ans Fenster. *Zum Teufel mit dir, Bruno.* Er winkte. Er wusste, dass ich allein nicht gefahren wäre. Und doch. Er wusste, dass ich fahren musste. Allein. Der Zug fuhr an. Brunos Lippen bewegten sich. Ich versuchte davon abzulesen. *Viel,* sagten sie. Seine Lippen machten eine Pause. Viel was?, wollte ich rufen. Sag mir, viel was? Und sie sagten: *Glück.* Der Zug fuhr aus dem Bahnhof in die Dunkelheit.

Fünf Tage nachdem der braune Umschlag mit den Seiten des vor einem halben Jahrhundert von mir geschriebenen Buches angekommen war, befand ich mich auf dem Weg, mir mein ein halbes Jahrhundert später geschriebenes Buch zurückzuholen. Oder anders: Eine Woche nachdem mein Sohn gestorben war, befand ich mich auf dem Weg zu seinem Haus. So oder so war ich allein.

Ich fand einen Fensterplatz und versuchte, zu Atem zu kommen. Wir rauschten durch den Tunnel. Ich lehnte den Kopf an die Scheibe. Jemand hatte «schöne Titten» ins Glas geritzt. Unwillkürlich fragte man sich: Wessen? Der Zug tauchte in graues Licht und Regen auf. Es war das erste Mal in meinem Leben, dass ich schwarzfuhr.

In Yonkers stieg ein Mann zu und setzte sich neben mich. Er zog ein Taschenbuch heraus. Mir knurrte der Magen. Ich hatte noch nichts zu mir genommen außer dem Kaffee, den ich morgens mit Bruno bei Dunkin' Donuts getrunken hatte. Es war früh. Wir waren die ersten Gäste. *Geben Sie mir einmal Marmelade und einmal Puderzucker,* sagte Bruno. *Geben Sie ihm einmal Marmelade und einmal Puderzucker,* sagte ich, *und für mich einen kleinen Kaffee.* Der Mann unter der Papiermütze zögerte. *Medium kommt er Sie billiger.* Gott schütze dich, Amerika. *In Ordnung,* sagte ich. *Machen Sie ihn medium.* Der Mann ging weg und kam mit dem Kaffee wieder. *Geben Sie mir einen Bavarian Kreme und einen glasierten,* sagte Bruno. Ich warf ihm einen Blick zu. *Was?,* sagte er achselzuckend. *Geben Sie ihm einen Bavarian Kreme –,* sagte ich. *Und einen Vanille,* sagte Bruno. Ich drehte mich wütend nach ihm um. *Mea culpa,* sagte er. *Vanille. Geh, setz dich,* sagte ich. Er stand da. *SETZ DICH,* sagte ich. *Geben Sie mir einen Cruller,* sagte er. Der Bavarian Kreme war in vier Bissen alle. Er leckte sich die Finger und hielt den Cruller gegen das Licht. *Das ist ein Donut, kein Diamant,* sagte ich. *Er ist trocken,* sagte Bruno. *Iss ihn trotzdem,* sagte ich. *Tauschen Sie ihn gegen einen Apfel-Zimt,* sagte er.

Der Zug ließ die Stadt hinter sich. Zu beiden Seiten zogen grüne Felder vorbei. Es hatte seit Tagen geregnet und regnete noch immer.

Oft hatte ich mir vorgestellt, wo Isaac jetzt lebte. Ich suchte es auf der Karte. Einmal rief ich sogar die Auskunft an. *Wie muss ich fahren, wenn ich von Manhattan aus zu meinem Sohn will?,* fragte ich. Ich hatte mir alles ausgemalt, bis ins letzte Detail. Glückliche Zeiten! Ich würde ein Geschenk mitbringen. Ein Glas Marmelade vielleicht. Nur keine Förmlichkeiten. Zu spät für solche Mätzchen. Vielleicht würden wir uns auf der Wiese einen Ball zuwerfen. Ich kann nicht fangen. Ehrlich gesagt, kann ich auch nicht werfen. Und doch. Wir würden über Baseball reden. Ich verfolge das Spiel seit Isaacs Kindertagen. Wenn er für die Dodgers fieberte, fieberte ich mit. Ich hielt mich so gut wie möglich über die Musik auf dem Laufenden. Die Beatles, die Rolling Stones, Bob Dylan – «Lay, Lady, Lay», man braucht kein Fachmann zu sein, um das zu verstehen. Jeden Abend kam ich von der Arbeit nach Hause und bestellte bei Mr. Tong. Dann nahm ich eine Platte aus der Hülle, legte die Nadel auf und lauschte.

Jedes Mal, wenn Isaac umzog, suchte ich auf der Karte den Weg zwischen meinem und seinem Wohnort heraus. Beim ersten Mal war er elf. Ich stand immer gegenüber seiner Schule in Brooklyn an der Straße und wartete, nur um einen Blick auf ihn zu erhaschen und vielleicht, wenn ich Glück hatte, seine Stimme zu hören. Eines Tages wartete ich wie gewöhnlich, aber er kam nicht heraus. Ich dachte, er habe sich wohl etwas eingebrockt und müsse nachsitzen. Es wurde dunkel, die Lichter wurden ausgeknipst, und er war immer noch nicht da. Am nächsten Tag ging ich wieder hin und wartete, und wieder kam er nicht. In dieser Nacht stellte ich mir das Schlimmste vor. Ich konnte nicht schlafen vor lauter Schrecklichkeiten, von denen ich mir ausmalte, sie könnten meinem Kind passiert sein. Obwohl ich mir geschworen hatte, nie und nimmer würde ich es tun, stand ich am nächsten Tag früh auf und ging dorthin, wo er wohnte. Nicht hin. Ich blieb auf der anderen Straßenseite stehen. Ich hielt Ausschau nach ihm oder nach Alma, ja sogar nach diesem *schlemihl,* ihrem Ehemann. Und doch. Niemand erschien. Schließlich hielt ich einen Jungen an, der aus dem Haus kam. *Kennst du die Moritz?* Er starrte mich an. *Ja. Und wenn schon?,* sagte er. *Wohnen sie noch hier?,* fragte ich. *Was geht Sie das an?,* sagte er und wollte, einen Gummiball springen lassend, die Straße hinunter. Ich packte ihn am Kragen. Ein ängstlicher Blick stand in seinen Augen. *Sie sind nach Long Island gezogen,* platzte er heraus und rannte weg.

Eine Woche später kam ein Brief von Alma. Sie hatte meine Adresse, weil ich ihr einmal im Jahr, zu ihrem Geburtstag, eine Karte schicke. *Herzlichen Glückwunsch,* schreibe ich, *von Leo.* Ich riss den Brief auf. *Ich weiß, dass du ihn beobachtest. Frag mich nicht woher, aber ich weiß es. Ich warte immer noch auf den Tag, an dem er nach der Wahrheit fragen wird. Manchmal, wenn ich ihm in die Augen sehe, sehe ich dich. Und ich glaube, du bist der Einzige, der seine Fragen beantworten könnte. Ich höre deine Stimme, als stündest du neben mir.*

Ich las den Brief wer weiß wie oft. Aber darum geht es nicht. Entscheidend war, dass sie links oben in die Ecke des Umschlags den Absender geschrieben hatte: *121 Atlantic Avenue, Long Beach, NY.*

Ich holte meine Karte heraus und prägte mir den Weg ein. Oft phantasierte ich von Katastrophen, Überschwemmungen, Erdbeben, einer Welt im Chaos, von allem, was mir einen Grund geben würde, hinzufahren und ihn unter meinem Mantel zu bergen. Als ich die Hoffnung auf mildernde Umstände aufgegeben hatte, begann ich davon zu träumen, dass der Zufall uns zusammenbrächte. Ich rechnete mir alle Möglichkeiten aus, wie sich unsere Lebenswege unerwartet kreuzen könnten – indem ich etwa in einem Zugabteil plötzlich neben ihm saß oder im Wartezimmer einer Arztpraxis. Aber am Ende wusste ich, dass es an mir lag. Als erst Alma starb und zwei Jahre später Mordecai, stand mir nichts mehr im Weg. Und doch.

Zwei Stunden später lief der Zug in den Bahnhof ein. Ich fragte den Menschen am Fahrkartenschalter, wie ich ein Taxi bekäme. Lange war ich nicht mehr aus der Stadt hinausgekommen. Ich stand da und staunte, wie grün alles war.

Wir fuhren eine ganze Weile. Bogen von der Hauptstraße in eine kleinere, dann in eine noch kleinere Straße ab. Schließlich ging es über einen holprigen Waldweg irgendwo im Nirgendwo. Schwer vorstellbar, dass ein Sohn von mir an einem solchen Ort gelebt hatte. Angenommen, er hätte plötzlich Lust auf eine Pizza gehabt, wo wäre er hingegangen? Angenommen, es hätte ihn gejuckt, allein in einem dunklen Kinosaal zu sitzen oder am Union Square ein paar Jugendliche beim Küssen zu beobachten?

Ein weißes Haus kam in Sicht. Ein leichter Wind jagte die Wolken. Zwischen den Ästen sah ich einen See. So oft hatte ich mir sein Haus vorgestellt. Aber nie mit einem See. Ein schmerzliches Versäumnis.

Sie können mich hier rauslassen, sagte ich, bevor wir die Lichtung erreichten. Ich rechnete halbwegs damit, dass jemand zu Hause wäre. Meines Wissens hatte Isaac allein gelebt. Aber man weiß ja nie. Das Taxi hielt. Ich bezahlte und stieg aus, und es fuhr den Weg im Rückwärtsgang zurück. Ich dachte mir eine Geschichte von einer Autopanne aus, dass ich ein Telefon bräuchte, holte tief Luft und schlug meinen Kragen gegen den Regen hoch.

Ich klopfte. Dann sah ich die Klingel, also klingelte ich. Ich wusste, dass er tot war, aber etwas in mir hoffte noch immer. Ich stellte mir sein Gesicht vor, wenn er die Tür aufmachte. Was hätte ich ihm zu sagen, meinem einzigen Kind? Verzeih mir, deine Mutter hat mich nicht so geliebt, wie ich geliebt werden wollte; und vielleicht habe auch ich sie nicht so geliebt, wie sie es gebraucht hätte? Und doch. Keine Antwort. Ich wartete nur, um sicherzugehen. Als niemand kam, lief ich außen herum nach hinten. Auf der Wiese stand ein Baum, der mich an jenen erinnerte, in den ich einst unsere Initialen geritzt hatte, A + L, und sie hat es nicht erfahren, genau wie ich fünf Jahre lang nicht erfahren hatte, dass die Summe unseres Zusammenseins ein Kind ergeben hatte.

Das Gras war glitschig vor Matsch. Ein Stück entfernt sah ich ein Ruderboot an einem Steg vertäut. Ich blickte hinaus über das Wasser. Muss ein guter Schwimmer gewesen sein, ganz nach dem Vater geschlagen, dachte ich stolz. Mein eigener Vater, der große Hochachtung vor der Natur besaß, hatte uns kurz nach der Geburt in den Fluss geworfen, ehe, wie er meinte, unsere Verbindung zu den Amphibien ganz abgerissen wäre. Meine Schwester Hanna hielt ihr Lispeln für eine Folge dieser traumatischen Erinnerung. Ich denke mir gern, ich hätte es anders gemacht. Ich hätte ihm gesagt: *Es war einmal vor langer Zeit, da warst du ein Fisch. – Ein Fisch?,* hätte er gefragt. *Genau, wie ich dir sage, ein Fisch. – Woher weißt du das? – Weil ich auch ein Fisch gewesen bin. – Du auch? – Sicher. Vor langer Zeit. – Wie lange? – Lange. Egal, als du ein Fisch warst, konntest du schwimmen. – Konnte ich? – Sicher. Du warst ein großartiger Schwimmer. Ein Spitzenschwimmer warst du. Du liebtest das Wasser. – Warum? – Was meinst du mit warum? – Warum ich das Wasser liebte? – Weil es dein Leben war!* Und während wir so redeten, hätte ich ihn, einen Finger nach dem anderen, allmählich losgelassen, bis er, ohne es zu merken, allein geschwommen wäre.

Und dann dachte ich: Vielleicht bedeutet es das, Vater zu sein – sein Kind zu lehren, ohne einen zu leben. Wenn ja, war niemand je ein besserer Vater als ich.

Es gab eine Hintertür, die nur ein Schloss hatte, ein einfaches Stiftschloss im Gegensatz zu dem Doppelschloss vorn. Ich klopfte ein letztes Mal, und als keine Antwort kam, machte ich mich an die Arbeit. Ich brauchte eine Minute, bis ich es aufbekam. Ich drehte den Knauf und drückte. Reglos stand ich in der Türöffnung. *Hallo?,* rief ich. Schweigen. Ein Schauer lief mir den Rücken herunter. Ich trat ein und machte die Tür hinter mir zu. Es roch nach Holzfeuer.

Dies ist Isaacs Haus, sagte ich mir. Ich zog meinen Regenmantel aus und hängte ihn an einen Haken, neben einen anderen. Er war aus braunem Tweed, mit braunem Seidenfutter. Ich nahm einen Ärmel und hielt ihn mir an die Wange. Ich dachte: Dies ist sein Mantel. Ich hielt ihn mir unter die Nase und atmete ein. Ein Hauch von Eau de Cologne. Ich nahm ihn herunter und probierte ihn an. Die Ärmel waren zu lang. Aber: egal. Ich krempelte sie hoch. Ich zog meine matschverschmierten Schuhe aus. Da stand ein Paar Laufschuhe mit hochgebogener Spitze. Ich schlüpfte hinein wie ein alter Mr.-Rogers-Fan. Sie waren mindestens Größe 44, wenn nicht 45. Mein Vater hatte kleine Füße, und bei der Hochzeit meiner Schwester mit einem Jungen aus dem Nachbardorf hatte er das ganze Wochenende damit zugebracht, bedauernd auf die großen Füße seines neuen Schwiegersohns zu starren. Ich kann mir nur vorstellen, wie schockiert er gewesen wäre, wenn er die seines Enkels gesehen hätte.

So also betrat ich meines Sohnes Haus: in seinen Mantel gehüllt, seine Schuhe an den Füßen. Ich war ihm so nahe wie nie zuvor. Und ebenso fern.

Ich klapperte den schmalen Flur entlang, der zur Küche führte. Stand mitten im Raum und wartete auf die Polizeisirenen, die nicht kamen.

In der Spüle lag ein schmutziger Teller. Ein umgedrehtes Glas, das zum Trocknen stehen geblieben war, ein hart gewordener Teebeutel auf einer Untertasse. Auf dem Küchentisch etwas verstreutes Salz. Eine Postkarte klebte am Fenster. Ich nahm sie ab und drehte sie um. *Lieber Isaac,* stand da, *ich schicke dies aus Spanien, wo ich einen Monat verbracht habe. Ich möchte dir nur sagen, dass ich dein Buch nicht gelesen habe und nicht lesen werde.*

Hinter mir tat es einen Schlag. Ich griff mir an die Brust. Ich glaubte, ich würde mich umdrehen und Isaacs Geist sehen. Aber es war nur die Tür, der Wind hatte sie aufgeweht. Mit zitternden Händen tat ich die Postkarte wieder dorthin, woher ich sie genommen hatte, stand in der Stille und hörte mein Herz pochen.

Die Dielen knackten unter meinem Gewicht. Überall waren Bücher. Stifte und eine blaue Glasvase, ein Aschenbecher aus dem Dolder Grand Hotel in Zürich, der verrostete Pfeil einer Wetterfahne, eine kleine Sanduhr aus Messing, Sanddollars auf dem Fensterbrett, ein Fernglas, eine leere Weinflasche, die als Kerzenständer diente, mit Wachsnasen am Hals. Ich berührte dies und jenes. Am Ende sind es nur die irdischen Besitztümer, die von einem bleiben. Vielleicht konnte ich deshalb nie etwas wegwerfen. Vielleicht habe ich deshalb die ganze Welt um mich versammelt: in der Hoffnung, die Summe meiner Habseligkeiten würde bei meinem Tod auf ein größeres Leben deuten als das, das ich gelebt habe.

Mir wurde schwindlig, und ich suchte Halt am Kamin. Dann ging ich in Isaacs Küche zurück. Appetit hatte ich keinen, aber ich öffnete trotzdem den Kühlschrank, weil der Doktor mir gesagt hatte, ich solle nicht mit leerem Magen herumlaufen, wegen meines Blutdrucks oder so. Ein starker Geruch schlug mir in die Nase. Ein Hühnchenrest, der schlecht geworden war. Ich schmiss ihn raus, wie auch ein paar braune Pfirsiche und etwas verschimmelten Käse. Dann wusch ich den schmutzigen Teller. Ich weiß nicht, wie ich das Gefühl beschreiben soll, das ich bei diesen beiläufigen Handgriffen im Haus meines Sohnes hatte. Ich führte sie mit Liebe aus. Das Glas stellte ich wieder in den Schrank. Den Teebeutel warf ich weg, die Untertasse spülte ich ab. Wahrscheinlich gab es Leute – den Mann mit der gelben Fliege oder einen künftigen Biographen –, die alles so unberührt haben wollten, wie Isaac es hinterlassen hatte. Vielleicht würden sie sogar eines Tages ein Museum aus seinem Leben machen, gesponsert von denselben Leuten, die das Glas aufbewahrten, aus dem Kafka sein letztes Schlückchen nahm, den Teller, von dem Mandelstam seine letzten Krümel aß. Isaac war ein großer Schriftsteller, der Schriftsteller, der ich nie hätte sein können. Und doch. Er war auch mein Sohn.

Ich ging nach oben. Mit jeder Tür, jedem Schrank, jeder Schublade, die ich öffnete, erfuhr ich etwas Neues über Isaac, und mit jeder neuen Sache, die ich erfuhr, wurde seine Abwesenheit wirklicher, und je wirklicher, umso unmöglicher war sie zu glauben. Ich öffnete sein Medizinschränkchen und fand darin zwei Flaschen Talkumpuder. Ich weiß gar nicht genau, was Talkumpuder eigentlich ist oder wozu man ihn benutzt, aber allein dieses handgreifliche Objekt aus seinem Leben bewegte mich mehr als jede Kleinigkeit, die ich mir je vorgestellt hatte. Ich öffnete seinen Kleiderschrank und schob das Gesicht zwischen seine Hemden. Er mochte die Farbe Blau. Ich nahm ein Paar braune Wingtips heraus. Die Absätze waren komplett abgelaufen. Ich steckte meine Nase hinein und schnüffelte. Ich fand seine Uhr auf dem Nachttischchen und legte sie an. Dort, wo sich das von ihm benutzte Loch befand, war das Lederarmband brüchig. Sein Handgelenk war kräftiger gewesen als meines. Wann war er größer geworden als ich? Was hatte ich, was hatte er in genau dem Augenblick getan, als er über mich hinausgewachsen war?

Das Bett war ordentlich gemacht. War er darin gestorben? Oder hatte er es geahnt und war aufgestanden, um seine Kindheit noch einmal zu grüßen und dann doch niedergeschmettert zu werden? Was war das Letzte, was er angesehen hatte? War es die Uhr an meinem

Handgelenk gewesen, die um 12:38 stehen geblieben war? Der See draußen vor dem Fenster? Jemandes Gesicht? Und hat er Schmerz empfunden?

Nur ein einziges Mal ist jemand in meinen Armen gestorben. Ich arbeitete als Hausmeister in einem Krankenhaus, das war im Winter 40/41. Es war nur eine kurze Zeit. Am Ende habe ich die Arbeit verloren. Aber eines Abends, in meiner letzten Woche, als ich den Boden wischte, hörte ich jemanden würgen. Es kam aus dem Zimmer einer Frau, die eine Blutkrankheit hatte. Ich rannte hin. Ihr Körper wand sich in Krämpfen. Ich nahm sie in die Arme. Ich glaube, ich kann sagen, dass für uns beide außer Frage stand, was geschehen würde. Sie hatte ein Kind. Das wusste ich, weil ich es einmal mit seinem Vater bei einem Besuch gesehen hatte. Ein kleiner Junge in polierten Stiefeln und einem Mantel mit goldenen Knöpfen. Er hatte dagesessen, die ganze Zeit mit einem Auto gespielt und seine Mutter nur beachtet, wenn sie mit ihm sprach. Vielleicht war er ihr böse, weil sie ihn so lange mit seinem Vater allein ließ. Als ich ihr ins Gesicht sah, dachte ich an ihn, den Jungen, der aufwachsen würde, ohne zu wissen, wie er sich das verzeihen sollte. Ich empfand eine Art Erleichterung und Stolz, ja sogar Überlegenheit, dass ich die Aufgabe erfüllte, die er nicht erfüllen konnte. Und dann, weniger als ein Jahr danach, war ich der Sohn, dessen Mutter ohne ihn starb.

Hinter mir ein Geräusch. Ein Knarren. Diesmal drehte ich mich nicht um. Ich kniff die Augen zu. *Isaac,* flüsterte ich. Der Klang meiner eigenen Stimme erschreckte mich, aber ich fuhr fort. *Ich will dir sagen* – hier unterbrach ich mich. Was will ich dir sagen? Die Wahrheit? Was ist die Wahrheit? Dass ich deine Mutter mit meinem Leben verwechselt habe? *Nein. Isaac,* sagte ich. *Die Wahrheit ist das, was ich erfunden habe, damit ich leben konnte.*

Jetzt drehte ich mich um und sah mich im Spiegel an Isaacs Wand. Ein Narr im Narrenkleid. Ich war gekommen, um mein Buch zurückzuholen, aber jetzt kam es nicht mehr darauf an, ob ich es fand oder nicht. Ich dachte: Soll es verloren sein wie der Rest. Es machte nichts, nicht mehr.

Und doch.

In der Ecke des Spiegels sah ich, reflektiert von der anderen Seite des Flurs, seine Schreibmaschine. Niemand brauchte mir zu sagen, dass es das gleiche Modell war wie meine. In einem Zeitungsinterview hatte ich gelesen, dass er seit fast fünfundzwanzig Jahren auf einer altmodischen Olympia schrieb. Ein paar Monate später sah ich eine herabgesetzt in einem Secondhandladen. Der Mann sagte, sie sei in Ordnung, also kaufte ich sie. Am Anfang machte es mir einfach Spaß, sie anzusehen, zu wissen, dass mein Sohn auch so eine ansah. Tagaus, tagein stand sie da und lächelte mich an, als wären die Tasten Zähne. Dann hatte ich den Herzinfarkt, und sie lächelte noch immer, also zog ich eines Tages ein Blatt ein und schrieb einen Satz.

Ich ging über den Flur. Dachte: Was, wenn ich mein Buch dort fände, auf seinem Schreibtisch? Plötzlich ging mir auf, wie seltsam das alles war. Ich in seinem Mantel, mein Buch auf seinem Tisch. Er mit meinen Augen, ich in seinen Schuhen.

Ich wollte nichts als den Beweis, dass er es gelesen hatte.

Ich setzte mich auf seinen Stuhl vor seine Schreibmaschine. Es war kalt im Haus. Ich zog seinen Mantel enger. Ich glaubte, Gelächter zu hören, sagte mir aber, es sei nur das kleine Boot, das im Wind quietsche. Ich glaubte, Schritte auf dem Dach zu hören, sagte mir aber, es sei nur ein nach Futter suchendes Tier. Ich wiegte mich ein wenig, wie mein Vater sich wiegte, wenn er betete. Einmal hat er mir gesagt: *Wenn ein Jude betet, stellt er Gott eine Frage, die kein Ende hat.*

Dunkelheit senkte sich. Regen fiel herab.

Ich habe nie gefragt: Welche Frage?

Und jetzt ist es zu spät. Weil ich dich verloren habe, *Tate.* Eines Tages, im Frühjahr 1938, als es regnete und der Himmel irgendwann aufriss, habe ich dich verloren. Du warst fortgegangen, um Beweisstücke für eine Theorie über Niederschlag, Instinkt und Schmetterlinge zu sammeln, die du ausgebrütet hast. Und dann bliebst du fort. Wir fanden dich unter einem Baum liegend, das Gesicht mit Schlamm bespritzt. Wir wussten, nun warst du frei, erlöst von enttäuschenden Ergebnissen. Und wir begruben dich auf dem Friedhof, wo dein Vater und sein Vater begraben lagen, im Schatten einer Kastanie. Drei Jahre später habe ich *Mame* verloren. Als ich sie das letzte Mal sah, trug sie ihre gelbe Schürze. Sie stopfte Sachen in einen Koffer, das Haus war ein Trümmerfeld. Sie sagte, ich solle in den Wald gehen. Sie hatte mir Essen eingepackt und sagte, ich solle meinen Mantel anziehen, obwohl es Juli war. «Geh», sagte sie. Ich war zu alt, um zu gehorchen, aber ich gehorchte wie ein Kind. Sie sagte mir, sie käme nach, am Tag darauf. Wir verabredeten eine Stelle im Wald, die wir beide kannten. Den riesigen Walnussbaum, den du so mochtest, *Tate,* weil er, wie du sagtest, menschliche Eigenschaften besaß. Ich machte mir nicht die Mühe, adieu zu sagen. Ich wollte glauben, was einfacher war. Ich wartete. Aber: Sie kam nicht. Seitdem habe ich mit der Schuld gelebt, zu spät verstanden zu haben, dass sie glaubte, sie würde mir zur Last fallen. Ich verlor Fritzi. Er studierte in Wilna, *Tate;* jemand, der jemanden kannte, hat mir erzählt, er sei zuletzt auf einem Transport gesehen worden. Ich verlor Sari und Hanna an die Hunde. Ich verlor Herschel an den Regen. Ich verlor Josef an einen Sprung in der Zeit. Ich verlor den Klang des Lachens. Ich verlor ein Paar Schuhe; ich hatte sie zum Schlafen ausgezogen, die Schuhe, die Herschel mir geschenkt hatte, und als ich aufwachte, waren sie weg; ich ging tagelang barfuß, dann wurde ich schwach und stahl die eines anderen. Ich verlor die einzige Frau, die ich je lieben wollte. Ich verlor Jahre. Ich verlor Bücher. Ich verlor das Haus, in dem ich geboren bin. Und ich verlor Isaac. Wer kann also sagen, ob ich nicht irgendwo unterwegs, ohne es zu merken, auch den Verstand verloren habe?

Mein Buch war nirgends zu finden. Außer mir selbst: keine Spur von mir.

WENN NICHT, DANN NICHT

1 *Wie ich nackt aussehe*

Als ich in meinem Schlafsack aufwachte, hatte der Regen aufgehört, und mein Bett war leer, die Laken abgezogen. Ich sah auf die Uhr. Es war 10:03. Und es war der 30. August, was bedeutete, mir blieben noch zehn Tage, bis die Schule wieder anfing, ein Monat, bis ich fünfzehn wurde, und nur drei Jahre, bis ich von zu Hause weg aufs College sollte, um mein Leben zu beginnen, was zum gegenwärtigen Zeitpunkt nicht sehr wahrscheinlich schien. Aus diesem und anderen Gründen tat mir der Bauch weh. Ich spähte über den Flur in Birds Zimmer. Onkel Julian schlief, die Lesebrille auf der Nase, den zweiten Band der *Vernichtung der europäischen Juden* aufgeschlagen auf der Brust. Bird hatte den Set im Schuber von einer Cousine meiner Mutter geschenkt bekommen, die in Paris lebt und Interesse an ihm fand, nachdem wir sie zum Tee in ihrem Hotel getroffen hatten. Sie erzählte uns, ihr Mann habe im Widerstand gekämpft, worauf Bird seinen Versuch, aus Zuckerwürfeln ein Haus zu bauen, mit der Frage unterbrach: «Wem hat er widerstanden?»

Im Badezimmer zog ich T-Shirt und Unterwäsche aus, stellte mich auf die Klobrille und betrachtete mich im Spiegel. Ich versuchte, mir fünf Attribute einfallen zu lassen, die beschreiben sollten, wie ich aussah, und eines war *dürr* und ein anderes *Meine Ohren stehen ab.* Ich dachte über einen Nasenring nach. Als ich die Arme über den Kopf hob, wurde meine Brust hohl.

2 *Meine Mutter sieht durch mich hindurch*

Unten saß meine Mutter in ihrem ewigen Kimono und las im Sonnenlicht die Zeitung. «Hat jemand für mich angerufen?», fragte ich. «Danke, gut, und selber?», sagte sie. «Aber ich habe nicht gesagt, wie geht es dir», sagte ich. «Ich weiß.» – «Im Familienkreis sollte man nicht immer höflich sein müssen.» – «Warum nicht?» – «Es wäre besser, jeder sagte einfach, was er meint.» – «Du meinst, dir ist es gleichgültig, wie es mir geht?» Ich starrte sie wütend an. «Dankegutundselber?», sagte ich. «Danke, gut», sagte meine Mutter. «Hat jemand angerufen?» – «Zum Beispiel?» – «Irgendjemand.» – «Ist was zwischen dir und Misha?» – «Nein», sagte ich, öffnete den Kühlschrank und untersuchte ein Stück welken Sellerie. Ich steckte einen englischen Muffin in den Toaster, während meine Mutter die Zeitung umblätterte und die Schlagzeilen überflog. Ich fragte mich, ob sie eigentlich merken würde, wenn ich den Muffin verkohlen ließ.

«*Die Geschichte der Liebe* fängt an, als Alma zehn ist, stimmt's?», sagte ich. Meine Mutter blickte auf und nickte. «Und wie alt ist sie am Ende?» – «Schwer zu sagen. Es gibt so viele Almas in dem Buch.» – «Wie alt ist die älteste?» – «Nicht sehr. Vielleicht zwanzig.» – «Dann hört das Buch auf, als Alma erst zwanzig ist?» – «Irgendwie schon. Aber irgendwie ist das auch ziemlich kompliziert. In manchen Kapiteln wird sie nicht einmal erwähnt. Und der ganze Sinn für Zeit und Geschichte ist sehr diffus in diesem Buch.» – «Aber in keinem Kapitel gibt es eine Alma, die älter ist als zwanzig?» – «Nein», sagte sie. «Ich glaube nicht.»

Ich machte mir im Geist eine Notiz, wenn Alma Mereminski eine wirkliche Person war, müsste Litvinoff sich höchstwahrscheinlich in sie verliebt haben, als sie beide zehn waren, und zwanzig müsste dann das Alter sein, in dem sie nach Amerika abreiste und er sie offenbar zum letzten Mal gesehen hat. Warum sonst hätte das Buch enden sollen, als sie noch so jung war?

Ich aß den englischen Muffin mit Erdnussbutter im Stehen vor dem Toaster. «Alma?», sagte meine Mutter. «Was?» – «Komm, gib mir ein Küsschen», sagte sie, und ich tat es, obwohl mir gar nicht danach war. «Wie bist du nur so groß geworden?» Ich zuckte die Achseln und hoffte, sie würde nicht weiterreden. «Ich gehe in die Bücherei», sagte ich, was eine Lüge war, aber daran, wie sie mich ansah, merkte ich, dass sie nicht richtig gehört hatte, weil das, was sie sah, gar nicht ich war.

3 *Alle Lügen, die ich je erzählt habe, werden irgendwann auf mich zurückfallen*

Auf der Straße ging ich an Herman Cooper vorbei, der vor seinem Haus auf der Treppe saß. Er war den ganzen Sommer in Maine gewesen, wo er sich gebräunt und seinen Führerschein gemacht hatte. Er fragte mich, ob ich nicht gelegentlich mal eine Runde mit ihm drehen wolle. Ich hätte ihn an die Gerüchte erinnern können, die er über mich verbreitet hatte, einmal als ich sechs war, von wegen adoptiert und Puertoricanerin, oder als ich zehn war, von wegen bei ihm im Keller meinen Rock hochheben und ihm alles zeigen. Stattdessen sagte ich, mir werde schlecht vom Autofahren.

Ich ging noch einmal zur 31 Chambers Street, diesmal um herauszufinden, ob es nicht eine Heiratsurkunde von Alma Mereminski gab. Derselbe Mann mit der schwarzen Brille saß hinter dem Tisch in Zimmer 103. «Hallo», sagte ich. Er blickte auf. «Oh, Fräulein Kaninchenfleisch. Wie geht's?» – «Dankegutundselber?», sagte ich. «Ganz anständig, denke ich.» Er blätterte die Seite einer Zeitschrift um und fügte hinzu: «Etwas müde, weißt du, und ich fürchte, es könnte eine Erkältung werden, und heute Morgen, als ich aufwachte, musste meine Katze brechen, was nicht so schlimm gewesen wäre, aber sie hat es ausgerechnet auf meinen Schuh gemacht.» – «Oh», sagte ich. «Und obendrein habe ich eben erfahren, dass sie mir meinen Kabelempfang abstellen wollen, weil ich aus Versehen etwas spät mit dem Bezahlen dran war, was bedeutet, dass ich alle meine Shows verpassen werde, und dann ist auch noch die Pflanze, die meine Mutter mir zu Weihnachten geschenkt hat, ein bisschen braun geworden, und wenn sie stirbt, kriege ich das ewig aufs Butterbrot geschmiert.» Ich wartete für den Fall, dass noch mehr aus ihm herauskäme, aber das tat es nicht, und so sagte ich: «Vielleicht hat sie geheiratet.» – «Wer?» – «Alma Mereminski.» Er klappte die Zeitschrift zu und sah mich an. «Du weißt nicht, ob deine eigene Urgroßmutter verheiratet war?» Ich wog meine Möglichkeiten ab. «Sie war nicht wirklich meine Urgroßmutter», sagte ich. «Ich dachte, du hättest gesagt –» – «Eigentlich waren wir nicht einmal verwandt.» Er schien verwirrt und etwas aufgebracht. «Tut mir leid. Das ist eine lange Geschichte», sagte ich, und etwas in mir hoffte, er würde mich fragen, warum ich sie suchte, damit ich ihm die Wahrheit erzählen konnte: dass ich mir nicht sicher sei, dass ich damit angefangen hätte, jemanden zu suchen, der meine Mutter wieder glücklich machen würde, jedoch, obwohl ich noch nicht aufgegeben hätte, ihn zu finden, mittendrin auf etwas anderes gestoßen sei, was mit der ursprünglichen Suche wohl zusammenhinge, aber auch anders sei, weil es mit mir selbst zu tun habe. Aber er seufzte nur und sagte: «Hätte sie dann vor 1937 geheiratet?» – «Ich bin mir nicht sicher.» Er seufzte, schob seine Brille den Nasenrücken hoch und sagte, in Zimmer 103 hätten sie nur Unterlagen über Eheschließungen bis 1937.

Wir sahen trotzdem nach, fanden aber keine Alma Mereminski. «Am besten, du gehst zum Ordnungsamt», sagte er niedergeschlagen, «da haben sie alle späteren Verzeichnisse.» – «Wo ist das?» – «1 Centre Street, Zimmer 252», sagte er. Ich hatte noch nie von der Centre Street gehört, und so fragte ich nach dem Weg. Da es nicht so weit war, beschloss ich, zu Fuß zu gehen, und unterwegs stellte ich mir in der ganzen Stadt Zimmer vor, die Archive beherbergten, von denen noch nie jemand gehört hatte, wie das der letzten Wörter, der Flunkereien und der falschen Abkömmlinge Katharinas der Großen.

4 *Die zertretene Glühbirne*

Der Mann hinter dem Tisch im Ordnungsamt war alt. «Nuu, was kann ich für dich tun?», fragte er, als ich an der Reihe war. «Ich möchte herausfinden, ob eine Frau mit dem Mädchennamen Alma Mereminski geheiratet und einen anderen Namen angenommen hat», sagte ich. Er nickte und schrieb etwas auf. «M-E-R», begann ich, und er sagte: «E-M-I-N-S-K-I. Oder mit Y?» – «I», sagte ich. «Dacht ich's mir», sagte er. «Wann hätt sie geheiratet?» – «Weiß ich nicht. Irgendwann nach 1937. Wenn sie noch lebt, ist sie wahrscheinlich um die achtzig.» – «Erste Ehe?» – «Ich glaube schon.» Er kritzelte eine Notiz auf seinen Block. «Eine Ahnung von dem Mann dazu?» Ich schüttelte den Kopf. Er leckte sich den Finger, blätterte um und schrieb wieder etwas auf. «Die Eheschließung – wär die nur auf dem Standesamt gewesen oder mit Priester, oder denkst, dass es ein Rabbi war?» – «Wahrscheinlich ein Rabbi», sagte ich. «Dacht ich's mir», sagte er.

Er zog eine Schublade auf und nahm eine Rolle Life Savers heraus. «Pfefferminz?» Ich schüttelte den Kopf. *«Nimm»,* sagte er, also nahm ich eins. Er warf eins ein und lutschte. «Kam wohl aus Polen, oder?» – «Woher wissen Sie das?» – «Kein Problem», sagte er, «bei so einem Namen.» Er rollte das Pfefferminz mit der Zunge von einer Seite auf die andere. «Ist sie vielleicht neununddreißig, vierzig hergekommen, vor dem Krieg? Sie wär dann» – er leckte sich den Finger und blätterte eine Seite zurück, holte einen Taschenrechner heraus und tippte mit dem Radiergummi seines Bleistifts Ziffern ein – «neunzehn, zwanzig wär sie dann gewesen. Allerhöchstens einundzwanzig, würd ich schätzen.»

Er schrieb die Zahlen auf den Block. Er zischte tzzz durch die Zähne und schüttelte den Kopf. «Muss einsam gewesen sein, das arme Ding.» Mit fragendem Blick sah er zu mir auf. Seine Augen waren blass und wässrig. «Ich glaube wohl», sagte ich. «Sicher war sie das!», sagte er. «Wen kennt sie schon? Niemand! Nur vielleicht einen Cousin, der nichts von ihr wissen will. Er lebt jetzt in Amerika, der große *macher,* was kann er sie gebrauchen, dieses Flüchtlingskind? Sein Junge spricht akzentfrei Englisch, irgendwann wird er ein reicher Anwalt sein, und das Letzte, was er gebrauchen kann, ist diese polnische *mischpoche,* die ausgemergelt wie der Tod bei ihm an die Tür klopft.» Es schien nicht angebracht, etwas zu sagen, also sagte ich nichts. «Vielleicht hat sie Glück, einmal, zweimal lädt er sie zum *schabbes* ein, und da schimpft seine Frau, schließlich haben sie für sich selbst nicht was zu essen, sie muss den Schlachter bitten, ihr das Hühnchen nochmal auf Kredit zu geben. Das ist das letzte Mal, sagt sie ihrem Mann, biete einem Schwein deinen Stuhl an, schon will es auf den Tisch!, ganz zu schweigen von ihrer Familie drüben in Polen, alle von den Mördern umgebracht, bis auf den letzten Mann, mögen sie in Frieden ruhen, von meinem Mund in Gottes Ohren.»

Ich wusste nicht, was ich sagen sollte, aber er schien zu warten, also sagte ich: «Es muss schrecklich gewesen sein.» – «Das kann ich dir sagen», sagte er, dann machte er wieder tzzz zwischen den Zähnen und sagte: «Das arme Ding. Da war ein Goldfarb, Arthur Goldfarb, wegen dem kam neulich irgendwer vorbei, die Großnichte, glaube ich. Ein Doktor war er, sie hatte ein Foto, stattlicher Bursche, aber nicht die richtige Partie, schon nach einem Jahr geschieden, hat sich herausgestellt. Hätt exakt gepasst für deine Alma.» Er knirschte mit dem Pfefferminz und wischte sich mit einem Taschentuch die Nase. «Meine Frau sagt, es ist keine Kunst, Tote zu verkuppeln, aber ich sage, wenn du immer nur Essig trinkst, weißt du gar nicht, dass es auch was Süßeres gibt.» Er stand von seinem Stuhl auf. «Bitte warte hier.»

Als er wiederkam, war er außer Atem. Er hievte sich wieder auf den Hocker. «Wie Gold suchen, so schwierig war's, diese Alma zu finden.» – «Haben Sie?» – «Was?» – «Sie gefunden?» – «Sicher hab ich sie gefunden, was wär ich denn für ein Angestellter, wenn ich nicht ein hübsches Mädchen fänd? Alma Mereminski, da haben wir sie. Eheschließung 1942 in Brooklyn mit Mordecai Moritz, vollzogen von einem Rabbi Greenberg. Auch die Namen der Eltern sind dabei.» – «Und das ist sie wirklich?» – «Wer sonst? Alma Mereminski, hier steht es schwarz auf weiß, geboren in Polen. Er ist in Brooklyn geboren, aber die Eltern kamen aus Odessa. Hier steht, sein Vater besaß eine Kleiderfabrik, dann hat sie's doch nicht so schlecht gehabt. Ehrlich gesagt, ich bin erleichtert. Könnte eine schöne Hochzeit gewesen sein. In diesen Zeiten, da hat der *chasn* wohl mit dem Fuß eine Glühbirne zertreten, weil ein richtiges Glas, das konnte sich niemand leisten.»

5 *In der Arktis gibt es keine Münzfernsprecher*

Ich fand ein Münzgerät und rief zu Hause an. Onkel Julian nahm ab. «Hat jemand für mich angerufen?», fragte ich. «Ich glaube nicht. Tut mir leid, dass ich dich letzte Nacht geweckt habe, Al.» – «Ist schon gut.» – «Hat mich sehr gefreut, unser kleiner Schwatz.» – «O ja», sagte ich und hoffte nur, er würde nicht wieder mit meiner Zukunft als Malerin anfangen. «Was meinst du, sollen wir nicht heute Abend essen gehen? Oder hast du etwas anderes vor?» – «Habe ich nicht», sagte ich.

Ich legte auf und rief die Auskunft an. «Welcher Bezirk?» – «Brooklyn.» – «Welcher Eintrag?» – «Moritz. Der Vorname ist Alma.» – «Geschäftlich oder privat?» – «Privat.» – «Ich habe nichts unter diesem Namen.» – «Und Mordecai Moritz?» – «Nein.» – «Also dann, was ist mit Manhattan?» – «Da habe ich einen Mordecai Moritz an der 52nd.» – «Wirklich?», sagte ich. Ich konnte es nicht glauben. «Bleiben Sie dran, die Nummer wird angesagt.» – «Warten Sie!», sagte ich. «Ich brauche die Adresse.» – «Vierundfünfzig East 52nd», sagte die Frau. Ich schrieb es in meine Handfläche und nahm die nächste Subway stadtaufwärts.

6 *Ich klopfe, und sie macht auf*

Sie ist alt, mit langem weißem Haar, das von einem Hornkamm nach hinten gehalten wird. Sonnenlicht durchflutet ihre Wohnung, und sie hat einen Papagei, der sprechen kann. Ich erzähle ihr, wie mein Vater, David Singer, *Die Geschichte der Liebe* im Schaufenster eines Buchladens in Buenos Aires entdeckte, als er, zweiundzwanzig Jahre alt, allein mit einer topographischen Karte, einem Kompass, einem Schweizer Armeemesser und einem spanisch-hebräischen Wörterbuch auf Reisen war. Ich erzähle ihr auch von meiner Mutter und ihrer Wand aus Wörterbüchern, und von Emanuel Chaim, im Namen seiner Freiheit Bird genannt, und wie er den Versuch zu fliegen mit einer bleibenden Narbe am Kopf überlebte. Sie zeigt mir ein Bild von sich, als sie in meinem Alter war. Der sprechende Papagei kreischt «Alma!», und beide drehen wir uns um.

7 *Die berühmten Schriftsteller machen mich krank*

Tagträumend verpasste ich meine Haltestelle und musste zehn Blocks zurücklaufen, und mit jedem Block wurde ich nervöser und meiner Sache weniger sicher. Was, wenn Alma – die wirkliche, lebendige Alma – tatsächlich die Tür aufmachte? Was sollte ich zu jemandem sagen, der den Seiten eines Buches entstiegen war? Und was, wenn sie nie von der *Geschichte der Liebe* gehört hatte? Und was, wenn ja, sie es aber vergessen wollte? Ich war so damit beschäftigt gewesen, sie zu finden, dass ich gar nicht auf die Idee gekommen war, sie könnte sich vielleicht nicht finden lassen wollen.

Aber zum Nachdenken blieb keine Zeit mehr, weil ich bereits am Ende der 52nd Street vor dem Gebäude stand. «Kann ich helfen?», fragte der Portier. «Ich heiße Alma Singer. Ich möchte zu Mrs. Alma Moritz. Ist sie zu Hause?», fragte ich. «Mrs. Moritz?», sagte er. Er machte ein seltsames Gesicht, als er ihren Namen sagte. «Oj», sagte er. «Nein.» Er sah aus, als habe er Mitleid mit mir, und dann hatte ich Mitleid mit mir selbst, weil er als Nächstes sagte, Alma sei nicht mehr am Leben. Sie war vor fünf Jahren gestorben. So fand ich heraus, dass alle, nach denen ich benannt war, tot waren. Alma Mereminski, mein Vater David Singer und meine Großtante Dora, die im Warschauer Ghetto starb und von der ich meinen hebräischen Namen, Deborah, hatte. Warum werden Menschen immer nach Toten benannt? Wenn sie schon nach etwas benannt werden müssen, warum können es dann nicht Dinge sein, die mehr Bestand haben, wie der Himmel oder das Meer, von mir aus auch Ideen, die nie wirklich sterben, nicht einmal schlechte?

Der Portier hatte geredet, aber jetzt unterbrach er sich. «Alles in Ordnung?», fragte er. «Dankegut», sagte ich, obwohl ich mich nicht so fühlte. «Willst du dich hinsetzen oder irgendwas?» Ich schüttelte den Kopf. Ich weiß nicht warum, aber ich dachte an die Zeit, als Dad mit mir in den Zoo zu den Pinguinen gegangen war und mich in der fischig und feucht riechenden Kälte auf seine Schultern gesetzt hatte, damit ich meine Nase an die Scheibe pressen und zusehen konnte, wie sie gefüttert wurden, und wie er mir beibrachte, das Wort *Antarktis* auszusprechen. Dann fragte ich mich, ob das je wirklich passiert war.

Da es nichts mehr zu sagen gab, sagte ich: «Haben Sie schon einmal von einem Buch gehört, das *Die Geschichte der Liebe heißt?*» Der Portier zuckte die Achseln und schüttelte den Kopf. «Wenn du über Bücher reden willst, solltest du mit dem Sohn reden.» – «Almas Sohn?» – «Sicher. Isaac. Ab und zu kommt er immer noch her.» – «Isaac?» – «Isaac Moritz. Der berühmte Schriftsteller. Wusstest du nicht, dass er ihr Sohn war? Glaub mir, er benutzt die Wohnung immer noch, wenn er in der Stadt ist. Willst du eine Nachricht dalassen?», fragte er. «Nein danke», sagte ich, weil ich nie noch etwas von einem Isaac Moritz gehört hatte.

8 *Onkel Julian*

An diesem Abend bestellte Onkel Julian sich ein Bier und mir eine Mango-Lassi und sagte: «Ich weiß, manchmal ist es schwer mit Mum.» – «Sie vermisst Dad», sagte ich, was ungefähr das Gleiche war wie zu betonen, dass ein Wolkenkratzer hoch ist. Onkel Julian nickte. «Ich weiß, du hast deinen Opa nicht gekannt. In vielen Dingen war er ganz wunderbar. Aber er war auch ein schwieriger Mensch. Beherrschend wäre ein nettes Wort dafür. Er hatte sehr strenge Regeln, wie deine Mum und ich leben sollten.» Der Grund, warum ich meinen Opa kaum kannte, war der, dass er ein paar Jahre nach meiner Geburt bei einem Erholungsaufenthalt in einem Hotel in Bournemouth an Altersschwäche gestorben war. «Charlotte hat das meiste abgekriegt, weil sie die Älteste und ein Mädchen war. Ich glaube, darum hat sie es immer abgelehnt, dir und Bird zu sagen, was oder wie ihr etwas tun solltet.» – «Außer beim guten Benehmen», betonte ich. «Nein, sie beschränkt sich doch nicht aufs Benehmen, oder? Ich meine, was ich sagen wollte, ist, dass sie vielleicht manchmal etwas entrückt scheint. Sie hat ihre eigenen Sachen, mit denen sie fertig werden muss. Die eine ist, dass sie deinen Dad vermisst. Sich gegen ihren eigenen Vater aufzulehnen ist eine andere. Aber du weißt, wie sehr sie dich liebt, Al, nicht wahr?» Ich nickte. Onkel Julian lächelte immer etwas schief, weil sich ein Mundwinkel weiter nach oben verzog als der andere, als weigere sich etwas in ihm, mit dem Rest zusammenzuarbeiten. «Also dann», sagte er und hob sein Glas. «Auf dass du bald fünfzehn wirst und ich dieses verdammte Buch fertig kriege.»

Wir stießen an. Dann erzählte er mir die Geschichte, wie er sich in Alberto Giacometti verliebt hatte, als er fünfundzwanzig war. «Und wie hast du dich in Tante Frances verliebt?», fragte ich. «Oh», sagte Onkel Julian und wischte sich die Stirn, die feucht und glänzend war. Er bekam eine kleine Glatze, die ihm aber gut stand. «Willst du das wirklich wissen?» – «Ja.» – «Sie trug lange blaue Strümpfe.» – «Wie meinst du das?» – «Ich sah sie im Zoo vor dem Schimpansenkäfig, und sie trug leuchtend blaue Strümpfe. Und ich dachte: Das ist das Mädchen, das ich heiraten werde.» – «Wegen ihrer Strümpfe?» – «Ja. Das Licht schien wunderschön auf sie. Und sie war vollständig von einem Schimpansen gebannt. Aber hätte sie nicht die Strümpfe getragen, glaube ich nicht, dass ich je zu ihr hingegangen wäre.» – «Denkst du manchmal darüber nach, was passiert wäre, wenn sie die Strümpfe an diesem Tag nicht angezogen hätte?» – «Die ganze Zeit», sagte Onkel Julian. «Vielleicht wäre ich dann ein viel glücklicherer Mensch geworden.» Ich schob das Tikka Masala auf meinem Teller herum. «Aber wahrscheinlich nicht.» – «Und was, wenn du es doch geworden wärest?», fragte ich. Onkel Julian seufzte. «Fange ich einmal an, darüber nachzudenken, ist es schwierig, mir überhaupt irgendetwas – Glück oder sonst was – ohne sie vorzustellen. Ich habe so lange mit Frances zusammengelebt, dass ich mir nicht mehr vorstellen kann, wie das Leben mit einem anderen Menschen aussehen oder wie es sich anfühlen würde.» – «Einem wie Flo?», sagte ich. Onkel Julian blieb der Bissen im Hals stecken. «Wie kommst du auf Flo?» – «Ich habe deinen angefangenen Brief im Abfallkorb gefunden.» Sein Gesicht lief rot an. Ich blickte nach oben, auf die

Landkarte von Indien an der Wand. Jede Vierzehnjährige sollte wissen, wo sich der geographische Standort von Kalkutta befindet. Es reicht nicht, durch die Gegend zu spazieren ohne die leiseste Ahnung, wo Kalkutta liegt. «Verstehe», sagte Onkel Julian. «Also gut, Flo ist eine Kollegin von mir am Courtauld Institute. Und sie ist eine gute Freundin, worauf Frances immer etwas eifersüchtig war. Es gibt gewisse Dinge – wie soll ich das ausdrücken, Al? Na schön. Ich will dir ein Beispiel geben. Darf ich dir ein Beispiel geben?» – «Von mir aus.» – «Es gibt ein Selbstporträt von Rembrandt. Es hängt in Kenwood House, ganz in der Nähe von dort, wo wir wohnen. Als du klein warst, haben wir dich einmal mitgenommen. Erinnerst du dich?» – «Nein.» – «Macht nichts. Es geht darum, dass es eines meiner Lieblingsgemälde ist. Ich sehe es mir ziemlich oft an. Ich mache einen Spaziergang, gehe durch die Heide, und dann lande ich dort. Es ist eines der letzten Selbstporträts, die er gemacht hat. Er malte es irgendwann zwischen 1665 und seinem Tod vier Jahre später, bankrott und allein. Ganze Flächen der Leinwand sind leer. Die Pinselstriche haben eine gehetzte Intensität – man sieht, wo er mit dem Pinselstiel in der nassen Farbe gekratzt hat. Es ist, als habe er gewusst, dass ihm nicht mehr viel Zeit blieb. Trotzdem ist da eine gewisse Heiterkeit in seinem Gesicht, ein Ausdruck von etwas, das sein eigenes Ende überlebt hat.» Ich rutschte tiefer ins Polster der Sitzbank und schlenkerte mit dem Fuß, wobei ich Onkel Julian versehentlich ans Bein trat. «Was hat das mit Tante Frances und Flo zu tun?», fragte ich. Einen Augenblick wirkte er verloren. «Ich weiß wirklich nicht», sagte er, wischte sich erneut die Stirn und verlangte die Rechnung. Schweigend saßen wir da. Onkel Julians Mund zuckte. Er nahm einen Zwanziger aus der Geldbörse, faltete ihn in ein kleines Rechteck und dieses in ein noch kleineres Rechteck. Dann sagte er sehr schnell: «Fran war das Gemälde scheißegal», und führte sein leeres Bierglas an die Lippen.

«Wenn du es wissen willst, ich finde nicht, dass du ein Hund bist», sagte ich. Onkel Julian lächelte. «Darf ich dich etwas fragen?», sagte ich, während der Ober das Wechselgeld holte. «Natürlich.» – «Haben Mom und Dad je gestritten?» – «Das will ich doch annehmen. Bestimmt, manchmal. Nicht mehr als alle anderen.» – «Glaubst du, Dad hätte gewollt, dass Mom sich wieder verliebt?» Onkel Julian schenkte mir ein schiefes Lächeln. «Das tue ich», sagte er. «Ich glaube, das hätte er sehr gern gewollt.»

9 *Merde*

Als wir nach Hause kamen, war meine Mutter hinter dem Haus im Garten. Durchs Fenster sah ich sie in einem dreckigen Overall am Boden knien und im letzten Tageslicht Blumen pflanzen. Ich stieß die Fliegendrahttür auf. Das alte Laub war weggekehrt, alles, was jahrelang ins Kraut geschossen war, gejätet, und vier schwarze Müllsäcke standen neben der eisernen Gartenbank, auf der nie jemand saß. «Was machst du da?», rief ich. «Chrysanthemen und Astern pflanzen», sagte sie. – «Wieso das?» – «Ich war gerade in Stimmung.» – «Wieso in Stimmung?» – «Heute Nachmittag habe ich wieder ein paar Kapitel abgeschickt, und da dachte ich mir, ich mach etwas Entspannendes.» – «*Was?*» – «Ich sagte, ich habe wieder ein paar Kapitel an Jacob Marcus abgeschickt, und da wollte ich ein bisschen entspannen», wiederholte sie. Ich konnte es nicht glauben. «Du hast die Kapitel selber abgeschickt? Sonst gibst du mir doch immer alles, damit ich es zur Post bringe!» – «Tut mir leid. Ich wusste nicht, dass dir das so viel bedeutet. Aber du warst sowieso den ganzen Tag weg. Und ich wollte es aus dem Haus haben. Da habe ich es eben selbst gemacht.» SELBST GEMACHT?, wollte ich schreien. Meine Mutter, ihre eigene Spezies, setzte eine Blume in ein Loch und fing an, es mit Erde zu füllen. Sie wandte sich um und sah mich über die Schulter an. «Dad liebte es, im Garten zu arbeiten», sagte sie, als hätte ich ihn nicht gekannt.

10 *Erinnerungen, die meine Mutter mir vermittelt hat*

i Wegen der Schule im Stockdunkeln aufstehen
ii Nahe ihrem Elternhaus in Stamford Hill in den Trümmern ausgebombter Häuser spielen
iii Der Geruch alter Bücher, die ihr Vater aus Polen mitgebracht hatte
iv Das Gefühl der großen Hand ihres Vaters auf ihrer Hand, wenn er freitagabends den Segen sprach
v Die türkische Gulet, auf der sie von Marseille nach Haifa fuhr; ihre Seekrankheit
vi Die große Stille und die leeren Felder Israels, aber auch das Summen der Insekten während ihrer ersten Nacht im Kibbuz Yavne, das der Stille und der Leere Tiefe und Räumlichkeit verlieh

vii Die Zeit, als mein Vater mit ihr ans Tote Meer fuhr
viii Sand in den Taschen ihrer Kleider fühlen
ix Der blinde Fotograf
x Mein Vater beim Autofahren mit einer Hand am Lenkrad
xi Regen
xii Mein Vater
xiii Tausende von Seiten

11 *Wie man das Herz wieder zum Schlagen bringt*

Kapitel 1 bis 28 der *Geschichte der Liebe* lagen aufgestapelt neben dem Computer meiner Mutter. Ich durchsuchte den Papierkorb, aber es waren keine Entwürfe der Briefe, die sie Marcus geschickt hatte, zu finden. Das Einzige war ein zerknülltes Blatt, auf dem stand: *Zurück in Paris, kamen Alberto Zweifel.*

12 *Ich gab auf*

Das war das Ende meiner Suche nach jemandem, der meine Mutter wieder glücklich machen würde. Ich verstand endlich, dass ich tun oder finden konnte, was oder wen ich wollte, ich, er, niemand von uns würde je in der Lage sein, ihre Erinnerungen an Dad zu bezwingen, Erinnerungen, die sie besänftigten, so traurig sie auch waren, weil sie sich eine Welt daraus gebaut hatte, in der sie, wenn auch sonst niemand, überleben konnte.

In dieser Nacht konnte ich nicht schlafen. Die Atemgeräusche sagten mir, dass auch Bird wach war. Ich wollte ihn fragen, was mit dem selbst gebauten Ding auf dem verwahrlosten Grundstück sei und woher er wusste, dass er ein *lamed wownik* war, und ihm sagen, es tue mir leid, dass ich ihn wegen der Kritzelei in meinem Notizbuch beschimpft hatte. Ich wollte sagen, dass ich Angst hatte, um ihn und um mich, und wollte ihm die Wahrheit über all die Lügen sagen, die ich ihm all diese Jahre erzählt hatte. Ich flüsterte seinen Namen. «Jaa?», flüsterte er zurück. Ich lag im Dunkeln und der Stille, die nichts waren gegen das Dunkel und die Stille, in denen mein Vater als kleiner Junge in einem Haus an einer ungeteerten Straße in Tel Aviv gelegen, oder das Dunkel und die Stille, die meine Mutter in ihrer ersten Nacht im Kibbuz Yavne empfunden hatte, die aber auch etwas von diesem Dunkel und dieser Stille enthielten. Ich versuchte zu überlegen, was ich sagen wollte. «Ich bin nicht wach», sagte ich schließlich. «Ich auch nicht», sagte Bird.

Später, als Bird endlich eingeschlafen war, machte ich meine Taschenlampe an und las noch ein wenig in der *Geschichte der Liebe.* Ich dachte darüber nach, wie ich, wenn ich aufmerksam genug las, etwas Wahres über meinen Vater und über die Dinge herausfinden könnte, die er mir hätte sagen wollen, wenn er nicht gestorben wäre.

Am nächsten Morgen wachte ich früh auf. Ich hörte Bird über mir herumkramen. Als ich die Augen aufschlug, wickelte er die Laken zu einem Knäuel, und der Hosenboden seines Schlafanzugs war nass.

13 *Dann wurde es September*

Und der Sommer war vorbei, Misha und ich sprachen offiziell nicht miteinander, von Jacob Marcus kamen keine Briefe mehr, und Onkel Julian kündigte seine Rückkehr nach London an, um die Dinge mit Tante Frances zu klären. Am Abend bevor er zum Flughafen fuhr und mein zehntes Schuljahr begann, klopfte er an meine Tür. «Weißt du, was ich dir über Frances und den Rembrandt gesagt habe», sagte er, als ich ihm aufmachte. «Können wir so tun, als hätte ich das nie gesagt?» – «Was willst du gesagt haben?», sagte ich. Er lächelte, indem er die Zahnlücke zwischen seinen Schneidezähnen zeigte, die wir beide von meiner Großmutter geerbt hatten. «Danke», sagte er. «Und hier, ich habe etwas für dich.» Er gab mir einen großen Umschlag. «Was ist das?» – «Mach's auf.» Drinnen war der Katalog einer Kunstschule in der Stadt. «Nur weiter, lies.» Ich schlug den Deckel auf, und ein Stück Papier flatterte auf den Boden. Onkel Julian bückte sich und hob es auf. «Hier», sagte er und wischte sich die Stirn. Es war ein Anmeldeformular. Darauf stand mein Name und der Titel eines Kurses, «Zeichnen nach Modell». «Eine Karte ist auch dabei», sagte er. Ich fasste in den Umschlag. Es war eine Postkarte mit dem Selbstporträt von Rembrandt. Auf der Rückseite stand: *Liebe Al, Wittgenstein hat einmal geschrieben, wenn die Augen etwas Schönes sähen, wollten die Hände es zeichnen. Ich wünschte, ich könnte dich zeichnen. Herzlichen Glückwunsch zu deinem Baldigen. Alles Liebe, dein Onkel Julian.*

DIE LETZTE SEITE

Am Anfang ging es leicht. Litvinoff tat so, als vertreibe er sich einfach nur die Zeit, kritzelte, während er Radio hörte, in geistesabwesender Zerstreutheit vor sich hin, genau wie seine Schüler Männchen malten, während er Unterricht erteilte. Eines, was er nicht tat, war, sich an den Zeichentisch zu setzen, in den der Sohn seiner Vermieterin das wichtigste aller jüdischen Gebete geschnitzt hatte, und bei sich zu denken: Ich bin im Begriff, meinen von den Nazis ermordeten Freund zu plagiieren. Er dachte auch nicht: Wenn sie glaubt, ich hätte dies geschrieben, wird sie mich lieben. Er schrieb einfach nur die erste Seite ab, was auf ganz natürliche Weise zum Abschreiben der zweiten führte.

Erst als er bei der dritten Seite anlangte, tauchte Almas Name auf. Er hielt inne. Er hatte bereits einen Feingold aus Wilna in einen De Biedma aus Buenos Aires verwandelt. Wäre es denn ein Verbrechen, Alma in Rosa abzuwandeln? Drei schlichte Buchstaben – das «a» am Ende konnte bleiben. Jetzt war er schon so weit gegangen. Er senkte den Füller auf die Seite. Wie auch immer, sagte er sich, Rosa war die Einzige, die es lesen würde.

Aber wenn Litvinoffs Hand stockte, als er ansetzte, ein großes R dorthin zu schreiben, wo ein großes A gewesen war, so vielleicht, weil er der einzige Mensch außer dem wahren Autor war, der *Die Geschichte der Liebe* gelesen hatte und die wirkliche Alma kannte. Tatsächlich hatte er sie von ihrer beider Kindheit an gekannt, da er in der Schule mit ihr in eine Klasse gegangen war, bis er auf die Jeschiwa gewechselt hatte. Sie war eines in einer Gruppe von Mädchen gewesen, die er von kümmerlichen Bohnenstangen zu tropischen, die Luft um sich mit schwüler Feuchtigkeit schwängernden Schönheiten hatte erblühen sehen. Alma hatte einen unauslöschlichen Eindruck bei ihm hinterlassen, genau wie die sechs oder sieben anderen Mädchen, deren Verwandlungen er beobachtet hatte und die in den Wirren seiner eigenen Pubertät reihum zum Objekt seiner Begierde geworden waren. Auch all diese Jahre später, während Litvinoff an seinem Tisch in Valparaíso saß, konnte er sich noch an den ursprünglichen Katalog entblößter Oberschenkel, zarter Ellenbeugen und nackter Nacken erinnern, die ihn zu zahllosen fieberhaften Variationen inspiriert hatten. Dass Alma in einer Art Hin-und-her-und-wieder-hin an jemand anders vergeben war, schloss ihre Teilnahme an Litvinoffs Träumereien (die sich massiv auf Montagetechnik stützten) nicht aus. Wenn er je neidisch darauf war, dass sie einem anderen gehörte, so nicht aus einem besonderen Gefühl für Alma, sondern aus dem Wunsch heraus, ebenso ausgewählt und allein geliebt zu werden.

Und wenn seine Hand, als er zum zweiten Mal versuchte, ihren Namen durch einen anderen zu ersetzen, zum zweiten Mal erstarrte, so vielleicht, weil er wusste, dass die Entfernung ihres Namens einem Auslöschen all der Satzzeichen und Vokale, eines jeden Adjektivs und

Substantivs gleichkäme. Denn ohne Alma hätte es kein Buch gegeben.

Während der Federhalter über der Seite stockte, erinnerte sich Litvinoff an den Tag im Frühsommer 1936, als er nach zwei Jahren Abwesenheit, die er an der Jeschiwa studiert hatte, nach Slonim zurückgekehrt war. Alles sah kleiner aus als in seiner Erinnerung. Die Hände in den Taschen, schlenderte er die Straße entlang, auf dem Kopf den vom gesparten Geld gekauften neuen Hut, der ihm, wie er meinte, etwas Weltmännisches verlieh. Beim Einbiegen in eine vom Platz wegführende Straße überkam ihn das Gefühl, dass viel mehr Zeit vergangen war als nur zwei Jahre. Die gleichen Hühner legten ihre Eier in die Nester, die gleichen zahnlosen Männer diskutierten über nichts, aber irgendwie schien alles kleiner und schäbiger. Litvinoff wusste, dass sich etwas in seinem Inneren verändert hatte. Er war ein anderer geworden. Er ging an einem Baum mit einem Loch im Stamm vorbei, dem früheren Versteck für ein anstößiges Bild, das er dem Freund seines Vaters vom Tisch gestohlen hatte. Er hatte es fünf oder sechs Jungen gezeigt, bevor er an seinen Bruder verpetzt wurde, der es für seinen eigenen Gebrauch kassierte. Litvinoff ging auf den Baum zu. Und da entdeckte er sie. Sie standen rund hundert Meter von ihm entfernt. Gursky gegen einen Zaun und Alma gegen ihn gelehnt. Litvinoff sah, wie Gursky ihr Gesicht zwischen seine Hände nahm. Sie zögerte, dann hob sie ihr Gesicht zu seinem. Und als Litvinoff sah, wie sie sich küssten, empfand er alles, was ihm gehörte, als wertlos.

Sechzehn Jahre später sah er, wie jede Nacht ein anderes Kapitel des von Gursky geschriebenen Buches in seiner eigenen Handschrift erschien. Um es festzuhalten, kopierte er es Wort für Wort, außer den Namen, die er bis auf einen änderte.

18. KAPITEL, schrieb er in der achtzehnten Nacht. *LIEBE UNTER DEN ENGELN.*

WIE ENGEL SCHLAFEN. Unruhig. Sie wälzen sich hin und her, immer bemüht, das Geheimnis der Lebenden zu begreifen. Sie wissen so wenig darüber, wie es ist, eine neue Brille verordnet zu bekommen und die Welt plötzlich mit anderen Augen zu sehen, in einer Mischung aus Enttäuschung und Dankbarkeit. Wie es ist, wenn ein Mädchen namens Alma – hier hielt Litvinoff inne und knackte mit den Fingern – *einem zum ersten Mal ihre Hand genau unter die Rippen legt: Über dieses Gefühl haben sie nur Theorien, keine feste Vorstellung. Gäbe man ihnen eine Schneekugel in die Hand, wüssten sie womöglich nicht einmal, wie man sie schüttelt.*

Auch träumen sie nicht. Aus diesem Grund haben sie eine Sache weniger, über die sie reden können. In Hinblick auf das Zurückliegende fühlen sie sich beim Aufwachen, als wäre da etwas, was sie vergessen hätten, einander zu erzählen. Es herrscht Uneinigkeit unter den Engeln, ob sich dies aus einer Verkümmerung ergibt oder aus der Empathie, die sie für die Lebenden empfinden, so heftig bringt es sie manchmal zum Weinen. Im Allgemeinen spalten sie sich am Thema der Träume in diese beiden Lager. Sogar unter den Engeln gibt es traurigerweise Zwistigkeiten.

An dieser Stelle stand Litvinoff auf und ging pinkeln, wobei er die Spülung zog, ehe er fertig war, um zu sehen, ob er seine Blase entleeren konnte, bevor sich der Kasten mit frischem Wasser gefüllt hatte. Danach warf er einen Blick in den Spiegel, nahm eine Pinzette aus dem Medizinschränkchen und zupfte sich ein wucherndes Haar aus der Nase. Er durchquerte den Flur zur Küche und wühlte im Schrank nach etwas zu essen. Als er nichts fand, setzte er Wasser zum Kochen auf, nahm selbst wieder am Tisch Platz und fuhr fort abzuschreiben.

VERTRAULICHES. Es stimmt, dass Engel keinen Geruchssinn haben, aber in ihrer unendlichen Liebe zu den Lebenden gehen sie herum und versuchen nacheifernd alles zu riechen. Wie Hunde kennen sie keine Scheu, aufeinander zuzugehen und sich zu beschnüffeln. Manchmal, wenn sie nicht schlafen können, liegen sie im Bett, die Nase in die Achselhöhle vergraben, und fragen sich, wonach sie riechen.

Litvinoff putzte sich die Nase, knüllte das Taschentuch zusammen und ließ es zu seinen Füßen auf den Boden fallen.

DISKUSSIONEN ZWISCHEN ENGELN. Sind ewig und ohne Aussicht auf eine Lösung. Das kommt daher, weil sie darüber diskutieren, was es bedeutet, unter den Lebenden zu sein, und weil sie nicht wissen, dass sie, ähnlich wie die Lebenden, über die Natur Gottes (oder deren Mangel) – hier begann der Kessel zu pfeifen – *nur spekulieren können.*

Litvinoff stand auf, um sich eine Tasse Tee zu machen. Er öffnete das Fenster und warf einen angefaulten Apfel weg.

ALLEINSEIN. Wie bei den Lebenden kommt es auch bei Engeln vor, dass sie einander überdrüssig werden und allein sein wollen. Da die Häuser, in denen sie leben, voll sind und sie nirgends hinkönnen, bleibt einem Engel in solchen Momenten nichts anderes übrig, als die Augen zu schließen und den Kopf auf die Arme zu senken. Wenn ein

Engel dies tut, verstehen die anderen, dass er versucht, sich vorzugaukeln, er wäre allein, und sie schleichen auf Zehenspitzen um ihn herum. Um es ihm einfacher zu machen, reden sie womöglich über ihn, als wäre er nicht da. Wenn sie ihn aus Versehen anstoßen, flüstern sie: «Ich war's nicht.»

Litvinoff schüttelte seine Hand, die sich zu verkrampfen begann. Dann schrieb er weiter:

IN FREUD UND LEID. Engel heiraten nicht. Erstens sind sie zu beschäftigt, und zweitens verlieben sie sich nicht ineinander. (Wie soll lieben, wer nicht weiß wie es sich anfühlt, wenn jemand, den man liebt, einem zum ersten Mal die Hand unter die Rippen legt?)

Litvinoff unterbrach, um sich Rosas sanfte Hand unter seinen Rippen vorzustellen, und registrierte erfreut, dass er eine Gänsehaut bekam.

Sie sind kaum anders als ein frischer Wurf junger Hunde: blind, dankbar und hilflos. Das soll nicht heißen, sie empfänden keine Liebe, denn das tun sie durchaus; manchmal so stark, dass sie glauben, einen Panikanfall zu bekommen. In solchen Momenten rast ihr Herz wie wild, und sie fürchten, sich übergeben zu müssen. Aber ihre Liebe gilt nicht ihrer eigenen Art, sondern den Lebenden, die sie weder verstehen noch riechen oder fühlen können. Es ist eine allgemeine Liebe zu den Lebenden (aber darum nicht weniger stark). Nur ab und zu hat ein Engel einen kleinen Defekt, der dazu führt, dass er sich nicht im Allgemeinen, sondern im Besonderen verliebt.

An dem Tag, als Litvinoff die letzte Seite erreichte, packte er das Manuskript seines Freundes Gursky zusammen, mischte die Seiten durcheinander und warf sie in den Abfalleimer unter der Küchenspüle. Aber hier hatte

Rosa oft zu tun, und es kam ihm in den Sinn, dass sie sie finden könnte. Also nahm er sie wieder heraus und ließ sie, unter ein paar Abfalltüten versteckt, in den Metalltonnen hinter dem Haus verschwinden. Dann machte er sich zum Schlafengehen fertig. Doch geplagt von der Angst, jemand würde sie finden, war er eine halbe Stunde später wieder draußen und wühlte in den Tonnen, um die Seiten aus dem Müll zu fischen. Er stopfte sie unters Bett und versuchte zu schlafen, jedoch war der Gestank aus den Tonnen zu übel, also stand er wieder auf, suchte eine Taschenlampe, holte eine Gartenschaufel aus dem Schuppen der Vermieterin, grub neben ihrer weißen Hortensie ein Loch, warf die Seiten hinein und bedeckte sie mit Erde. Als er im verdreckten Schlafanzug wieder ins Bett ging, wurde der Himmel schon hell.

Das hätte nun der letzte Akt sein können, wäre Litvinoff nicht jedes Mal, wenn er durchs Fenster die weiße Hortensie seiner Vermieterin sah, an das erinnert worden, was er vergessen wollte. Als es Frühling wurde, begann er den Strauch wie besessen zu beobachten, halbwegs in der Erwartung, sein Geheimnis werde Blüten treiben. Eines Nachmittags steigerte sich seine Spannung, als er sah, wie die Vermieterin rund um den Strauch einige Tulpen pflanzte. Sobald er die Augen schloss, um zu schlafen, verfolgten ihn im Geist die großen weißen Blüten. Es wurde immer schlimmer, das Gewissen quälte ihn mehr und mehr, bis er am letzten Abend bevor er und Rosa heiraten und in den Bungalow auf den Klippen ziehen wollten, in kalten Schweiß gebadet aufstand, sich mitten in der Nacht hinausstahl und seine Last ein für alle Mal wieder ausgrub. Von da an bewahrte er sie unter Verschluss in einer Schreibtischschublade im Arbeitszimmer des neuen Hauses auf, wobei er den Schlüssel gut versteckt zu haben glaubte.

Wir wachten immer um fünf oder sechs in der Frühe auf, schrieb Rosa im letzten Absatz ihrer Einleitung zur zweiten und letzten Auflage der *Geschichte der Liebe. Es war ein glühend heißer Januar, in dem er starb. Ich schob sein Bett oben ans offene Fenster. Die Sonne strömte zu uns herein, und er warf die Decken zurück, zog sich alles vom Leib und ließ sich in der Sonne bräunen, wie wir es jeden Morgen taten, denn um acht Uhr kam die Krankenschwester, und dann wurde der Tag ziemlich schrecklich. Medizinische Fragen, die uns beide nicht interessierten. Zvi hatte keine Schmerzen. Ich fragte ihn: «Hast du Schmerzen?» Und er sagte: «Ich habe mich in meinem ganzen Leben nicht so wohl gefühlt.» An jenem Morgen sahen wir auf den Himmel hinaus, und er war wolkenlos und strahlend. Zvi, der gerade ein Buch mit chinesischen Gedichten las, hatte eines aufgeschlagen, von dem er sagte, es sei für mich. Es hieß «Setz die Segel morgen». Es ist sehr kurz und beginnt mit den Worten:* Setz die Segel morgen! / Bis dahin wird der Wind sich legen / Dann kannst du gehn / Und ich muss mich nicht sorgen. *Dem Morgen, an dem er starb, war ein schweres Unwetter vorausgegangen, ein Sturm im Garten, die ganze Nacht, aber als ich das Fenster aufmachte, war der Himmel klar. Kein Lüftchen wehte. Ich drehte mich um und rief ihm zu: «Liebling, der Wind hat sich gelegt!» Und er sagte: «Dann kann ich gehn, und du wirst dich nicht sorgen?» Ich dachte, mich trifft der Schlag. Aber es war wahr. Und so war es, einfach so.*

Aber es war nicht einfach so. Nicht ganz. Am Abend bevor er starb, als der Regen aufs Dach prasselte und durch die Rinnen strömte, hatte Litvinoff Rosa gerufen. Sie war dabei gewesen, das Geschirr zu spülen, und eilte zu ihm. «Was ist, Liebling?», fragte sie, indem sie die Hand auf seine Stirn legte. Er hustete so stark, dass sie glaubte, er würde Blut spucken. Als es vorüber war, sagte er: «Ich möchte dir etwas erzählen.» Sie wartete, bereit zu hören. «Ich –», begann er, aber der Husten kam wieder, versetzte ihn in Krämpfe. «Schh», sagte Rosa und bedeckte seine Lippen mit den Fingern. «Nicht sprechen.» Litvinoff nahm ihre Hand und drückte sie. «Ich muss», sagte er, und ausnahmsweise willigte sein Körper ein und war still. «Siehst du nicht?», sagte er: «Was soll ich sehen?», fragte sie. Er kniff die Augen zu und schlug sie wieder auf. Sie war noch da, sah ihn zärtlich und besorgt an. Sie tätschelte ihm die Hand. «Ich mache dir einen Tee», sagte sie und schickte sich an zu gehen. «Rosa!», rief er hinter ihr her. Sie wandte sich um. «Ich wollte, dass du mich liebst», flüsterte er. Rosa sah ihn an. In diesem Augenblick kam er ihr vor wie das Kind, das sie nicht hatten. «Und ich habe dich geliebt», sagte sie, indem sie einen Lampenschirm gerade richtete. Dann ging sie aus der Tür, die sie leise hinter sich schloss. Das war das Ende ihrer Unterhaltung.

Man möchte nun meinen, dies seien Litvinoffs letzte Worte gewesen. Aber das waren sie nicht. Später sprachen er und Rosa über den Regen, über Rosas Neffen und darüber, ob sie einen neuen Toaster kaufen sollten, nachdem der alte schon zweimal Feuer gefangen hatte. Doch von der *Geschichte der Liebe* oder ihrem Autor war nicht mehr die Rede.

Vor Jahren, als ein kleiner Verlag in Santiago sich bereit erklärt hatte, *Die Geschichte der Liebe* zu drucken, hatte der Lektor einige Vorschläge gemacht, und Litvinoff, der gefällig sein wollte, hatte versucht, die Änderungen auszuführen. Manchmal konnte er sich sogar beinahe einreden, dass es nicht schlimm war, was er da tat: Gursky war tot, immerhin würde das Buch am Ende veröffentlicht und gelesen, war das nicht etwas? Doch als Antwort auf diese rhetorische Frage zeigte ihm sein Gewissen die kalte Schulter. Verzweifelt, weil er nicht mehr wusste, was er tun sollte, nahm er in jener Nacht auch eine Änderung vor, um die der Lektor nicht gebeten hatte. Er schloss die Tür seines Arbeitszimmers ab, griff sich in die Brusttasche und entfaltete das Stück Papier, das er jahrelang mit sich herumgetragen hatte. Er entnahm der Schreibtischschublade ein neues Blatt. Oben hin schrieb er: *39. KAPITEL: DER TOD DES LEOPOLD GURSKY.* Dann kopierte er die Seite Wort für Wort und übersetzte sie, so gut er es vermochte, ins Spanische.

Nach Erhalt des korrigierten Manuskripts schrieb der Lektor an Litvinoff. *Was haben Sie sich eigentlich dabei gedacht, am Schluss ein neues Kapitel hinzuzufügen? Ich werde es streichen – es hat mit nichts etwas zu tun.* Es war Ebbe, Litvinoff blickte von dem Brief auf und sah den Seemöwen zu, die um etwas zankten, was sie auf den Felsen gefunden hatten. *Wenn Sie das tun,* schrieb er zurück, *ziehe ich das Buch zurück.* Einen Tag war Schweigen. *Um Himmels willen!,* kam die Antwort des Lektors. *Seien Sie nicht so empfindlich.* Litvinoff zog seinen Federhalter aus der Tasche. *Es steht nicht zur Diskussion,* schrieb er.

So kam es, dass Litvinoff, als der Regen am nächsten Morgen endlich aufhörte und er in Sonnenlicht gebadet ruhig in seinem Bett starb, sein Geheimnis nicht mit ins

Grab nahm. Jedenfalls nicht ganz. Man brauchte nur, und das stand jedem frei, die letzte Seite aufzuschlagen, um in Druckbuchstaben schwarz auf weiß den Namen des wahren Autors der *Geschichte der Liebe* zu finden.

Im Bewahren von Geheimnissen war Rosa eindeutig die Bessere der beiden. So hatte sie zum Beispiel nie jemandem erzählt, wie sie ihre Mutter auf einem Gartenfest ihres Onkels den portugiesischen Botschafter hatte küssen sehen. Oder wie das Dienstmädchen eine goldene Kette, die ihrer Schwester gehörte, in der Schürzentasche verschwinden ließ. Oder dass ihr Cousin Alfonso, für den die Mädchen um seiner grünen Augen und vollen Lippen willen schwärmten, mehr auf Jungen stand oder dass ihr Vater vor Kopfschmerzen oft weinen musste. Und so wird es kaum überraschen, dass sie auch niemandem je von dem Brief erzählte, der, an Litvinoff adressiert, ein paar Monate nach dem Erscheinen der *Geschichte der Liebe* angekommen war. Er trug einen Stempel aus Amerika, und Rosa hatte angenommen, es handele sich um die verspätete Absage eines der New Yorker Verleger. In ihrer Sorge, Litvinoff gegen jede Kränkung abzuschirmen, ließ sie ihn in einer Schublade verschwinden, wo er in Vergessenheit geriet. Einige Monate später, als sie eine Adresse suchte, fand sie ihn wieder und machte ihn auf. Zu ihrer Überraschung war er auf Jiddisch. *Lieber Zvi,* stand da. *Damit du keinen Herzinfarkt bekommst, sage ich dir gleich, ich bin es, dein alter Freund Leo Gursky. Wahrscheinlich wunderst du dich, dass ich noch am Leben bin, und manchmal wundere ich mich selber. Ich schreibe aus New York, wo ich jetzt lebe. Wer weiß ob dieser Brief dich erreicht. Vor ein paar Jahren habe ich einen an die einzige Adresse geschickt, die ich von dir hatte, aber er kam zurück. Wie ich die jetzige aufgespürt habe, ist eine lange Geschichte. Überhaupt wäre viel zu sagen, aber das ist zu schwer in einem Brief. Ich hoffe, dass es dir gut geht, dass du glücklich bist und ein gutes Leben hast. Natürlich habe ich mich immer gefragt, ob du das Päckchen aufbewahrt hast, das ich dir gab, als wir uns das letzte Mal gesehen haben. Es enthielt das Buch, an dem ich schrieb, als wir beide in Minsk waren. Wenn du es hast, würdest du es mir bitte zurückschicken? Es ist jetzt für niemanden außer mir noch etwas wert. In herzlicher Verbundenheit, L.G.*

Langsam dämmerte Rosa die Wahrheit: Etwas Schreckliches war passiert. Es war grotesk, wirklich; es machte sie ganz krank im Bauch, nur daran zu denken. Und sie war mitschuldig. Jetzt fiel ihr der Tag wieder ein, als sie den Schlüssel zu seiner Schreibtischschublade entdeckt, sie aufgeschlossen und den Stapel schmutziger Seiten in einer ihr unbekannten Handschrift gefunden und sich dafür entschieden hatte, nicht zu fragen. Ja, Litvinoff hatte sie belogen. Aber mit höchst unbehaglichen Gefühlen fiel ihr ein, dass sie diejenige gewesen war, die darauf gedrängt hatte, er solle das Buch veröffentlichen. Er hatte mit ihr gestritten, gesagt, es sei zu persönlich, eine Privatangelegenheit, aber sie hatte gebohrt und gebohrt, seinen Widerstand ausgehöhlt, bis er schließlich schwach wurde und sein Einverständnis gab. Aber war es nicht das, was von Künstlerfrauen erwartet wurde, ihr ganzes Eheglück? Dass sie die Welt beglückten mit ihrer Männer Werk, das ohne sie in der Versenkung verschwände?

Als der Schock nachließ, riss Rosa den Brief in Stücke, die sie im Klo hinunterspülte. Schnell dachte sie nach, was zu tun sei. Sie setzte sich an den kleinen

Tisch in der Küche, holte ein Blatt weißes Briefpapier heraus und schrieb: *Lieber Mr. Gursky, leider muss ich Ihnen mitteilen, dass Zvi, mein Ehemann, zu krank ist, um selbst zu antworten. Er hat sich sehr über Ihren Brief gefreut, vor allem zu hören, dass Sie am Leben sind. Unglücklicherweise wurde Ihr Manuskript bei einer Überschwemmung in unserem Hause zerstört. Ich hoffe, Sie können uns verzeihen.*

Am nächsten Tag packte sie ein Picknick und kündigte Litvinoff einen Ausflug in die Berge an. Nach der ganzen Aufregung um das kürzliche Erscheinen seines Buches brauche er etwas Entspannung, sagte sie. Sie überwachte das Einladen der Vorräte ins Auto. Als Litvinoff den Motor anließ, schlug Rosa sich an den Kopf. «Fast hätte ich die Erdbeeren vergessen», sagte sie und rannte ins Haus zurück.

Drinnen ging sie schnurstracks in Litvinoffs Arbeitszimmer, fummelte den kleinen Schlüssel ab, der unter seiner Schreibtischplatte klebte, steckte ihn in die Schublade und holte ein Bündel verzogener, dreckiger Seiten heraus, die nach Humus rochen. Sie legte es auf den Fußboden. Dann nahm sie, als zusätzliche Maßnahme, das in Litvinoffs Handschrift geschriebene jiddische Manuskript aus einem hohen Regal und legte es in ein Fach weiter unten. Auf dem Weg hinaus drehte sie den Hahn über dem Waschbecken auf und stöpselte den Abfluss zu. Beobachtend blieb sie stehen, bis das Becken voll Wasser war und überzulaufen begann. Dann schloss sie die Tür zum Arbeitszimmer ihres Ehemanns, schnappte sich im Flur das Körbchen mit den Erdbeeren vom Tisch und eilte zum Auto hinaus.

MEIN LEBEN UNTER WASSER

1 *Die Sehnsucht zwischen den Arten*

Nach Onkel Julians Abreise wurde meine Mutter noch verschlossener, oder vielleicht wäre *obskur* ein besseres Wort, im Sinne von schwach, matt, entrückt. Leere Teetassen sammelten sich um sie, Wörterbuchseiten fielen ihr zu Füßen. Sie vernachlässigte den Garten, und die Chrysanthemen und Astern, die sich ihr bis zum ersten Frost anvertraut hatten, ließen die mit Wasser voll gesogenen Köpfe hängen. Von den Verlagen kamen Briefe mit Anfragen, ob sie Interesse hätte, dieses oder jenes Buch zu übersetzen. Sie blieben unbeantwortet. Die einzigen Anrufe, die sie entgegennahm, waren die von Onkel Julian, und wenn sie mit ihm sprach, schloss sie immer die Tür.

Mit jedem Jahr werden die Erinnerungen an meinen Vater schwächer, matter und entrückter. Früher waren sie lebendig und echt, dann wie Fotos, und jetzt sind sie mehr wie Fotos von Fotos. Aber manchmal, in seltenen Momenten, kehrt eine Erinnerung an ihn so plötzlich und klar zurück, dass alle Gefühle, die ich jahrelang unterdrückt habe, wie ein Springteufel hervorschießen. Dann frage ich mich, ob es sich so anfühlen mag, meine Mutter zu sein.

2 *Selbstporträt mit Brüsten*

Jeden Dienstagabend fuhr ich mit der Subway in die Stadt und ging zu «Zeichnen nach Modell». In der ersten Stunde fand ich heraus, was das bedeutete. Nämlich: hundertprozentig nackte Leute zu zeichnen, die dafür bezahlt wurden, reglos mitten in dem von unseren Stühlen gebildeten Kreis zu stehen. Ich war bei weitem die Jüngste im Kurs. Ich versuchte lässig zu wirken, als hätte ich jahrelang nackte Menschen gezeichnet. Das erste Modell war eine Frau mit Hängebusen, krausem Haar und roten Knien. Ich wusste nicht, wo ich hinschauen sollte. Um mich herum beugten sich die Kursteilnehmer über ihre Skizzenblocks und zeichneten wie wild. Ich machte ein paar unsichere Striche aufs Papier. «Denkt an die Nippel, Leute», rief die Lehrerin, während sie im Kreis herumging. Ich fügte Nippel hinzu. Als sie zu mir kam, sagte sie: «Darf ich?», und hielt meine Zeichnung für die anderen hoch. Sogar das Modell drehte sich danach um. «Wisst ihr, was das ist?», sagte sie, auf meine Zeichnung deutend. Einige schüttelten den Kopf. «Ein Frisbee mit Nippel», sagte sie. «Tut mir leid», murmelte ich. «Es soll dir nicht leid tun», sagte die Lehrerin und legte mir die Hand auf die Schulter. «Du sollst *schattieren.*» Dann zeigte sie dem Kurs, wie man meinen Frisbee in eine dicke Brust verwandelte.

Das Modell am zweiten Abend sah fast genauso aus wie das am ersten. Immer wenn die Lehrerin vorbeikam, beugte ich mich über mein Werk und schraffierte heftig.

3 *Wie man seinen Bruder wasserdicht macht*

Der Regen begann Ende September, wenige Tage vor meinem Geburtstag. Es regnete eine ganze Woche, und immer wenn es so aussah, als käme die Sonne gleich heraus, wurde sie wieder zurückgedrängt, und es regnete weiter. Ein paar Tage lang goss es so, dass Bird seine Arbeit an dem Müllturm einstellen musste, obwohl er eine Plane über die Hütte gelegt hatte, die dadurch obenherum Gestalt annahm. Vielleicht baute er ein Versammlungshaus für *lamed wowniks.* Zwei Wände bestanden aus alten Brettern, und für die beiden anderen hatte er Pappkartons aufeinander gestapelt. Abgesehen von der durchhängenden Plane gab es noch kein Dach. Eines Nachmittags blieb ich stehen und beobachtete, wie er die an eine Seite des Haufens gelehnte Leiter herunterkletterte. Er trug ein großes Stück Eisenschrott. Ich wollte ihm helfen, aber ich wusste nicht, wie.

4 *Je länger ich darüber nachdachte, umso mehr tat mir der Bauch weh*

Am Morgen meines fünfzehnten Geburtstags wurde ich von Bird geweckt, der «RAUS AUS DEN FEDERN!» rief, gefolgt von «For She's a Jolly Good Fellow», dem Geburtstagslied, das unsere Mutter für uns gesungen hatte, als wir klein waren, und das Bird übernommen und beibehalten hat. Sie selbst kam etwas später herein und legte ihre Geschenke neben das von Bird auf mein Bett. Die Stimmung war unbeschwert und fröhlich, bis ich Birds Geschenk auspackte und es sich als orangefarbene Schwimmweste entpuppte. Einen Moment, während ich sie, in ihre Verpackung geschmiegt, anstarrte, herrschte Stille.

«Eine Schwimmweste!», rief meine Mutter. «Was für eine tolle Idee. Wo hast du die denn her, Bird?», fragte sie und befühlte mit echter Bewunderung die Gurte. «Wie praktisch», sagte sie.

Praktisch?, wollte ich schreien. PRAKTISCH?

Ich fing an, mir ernsthaft Sorgen zu machen. Was, wenn Birds Religiosität nicht nur eine vorübergehende Phase war, sondern andauernder Fanatismus? Meine Mutter meinte, es sei eben seine Art, mit Dads Verlust umzugehen, und eines Tages würde er darüber hinwegkommen. Aber was, wenn sein Glaube mit zunehmendem Alter trotz aller Gegenbeweise nur stärker wurde? Was, wenn er nie Freunde fand? Wenn er jemand wurde, der im dreckigen Mantel durch die Stadt lief und Schwimmwesten austeilte, einer, der die Welt verleugnen musste, weil sie nicht mit seinem Traum vereinbar war?

Ich suchte sein Tagebuch, aber er hatte es hinter dem Bett weggenommen, und ich konnte es nirgends finden. Stattdessen fand ich unter meinem Bett, zwischen schmutzigen Kleidungsstücken und seit zwei Wochen überfällig, *Die Straße der Krokodile* von Bruno Schulz.

5 *Einmal*

Ich fragte meine Mutter beiläufig, ob sie schon mal von Isaac Moritz gehört habe, dem Schriftsteller, von dem der Portier in der East 52nd Street gesagt hatte, er sei

Almas Sohn. Sie saß im Garten auf der Bank und starrte einen großen Quittenbusch an, als würde er gleich etwas sagen. Zuerst hörte sie mich nicht. «Mom?», wiederholte ich. Sie drehte sich um und schien überrascht, mich zu sehen. «Ich sagte, hast du schon mal von einem Schriftsteller namens Isaac Moritz gehört?» Sie sagte ja. «Hast du mal ein Buch von ihm gelesen?», fragte ich. «Nein.» – «Glaubst du, er hätte eine Chance, den Nobelpreis zu kriegen?» – «Nein.» – «Woher weißt du das, wenn du noch nie ein Buch von ihm gelesen hast?» – «Ich spekuliere», sagte sie, weil sie nie zugeben würde, dass sie nur Toten Nobelpreise verleiht. Dann starrte sie wieder auf den Quittenbusch.

In der Bücherei gab ich «Isaac Moritz» in den Computer ein. Er warf sechs Titel aus. Der, von dem es die meisten Exemplare gab, hieß *Das Heilmittel.* Ich schrieb mir die Signaturen auf, und als ich Moritz' Bücher fand, nahm ich *Das Heilmittel* aus dem Regal. Auf der Rückseite war ein Foto des Autors. Es war ein seltsames Gefühl, in sein Gesicht zu schauen und zu wissen, dass der Mensch, nach dem ich benannt worden war, ihm sehr ähnlich gesehen haben musste. Er hatte lockiges Haar, eine beginnende Glatze und braune Augen, die hinter der metallgerahmten Brille klein und schwach aussahen. Ich drehte das Buch um und schlug die erste Seite auf. *ERSTES KAPITEL* las ich. *Jacob Marcus stand an der Ecke Broadway und Graham Street und wartete auf seine Mutter.*

6 *Ich las es noch einmal*

Jacob Marcus stand an der Ecke Broadway und Graham Street und wartete auf seine Mutter.

7 *Und noch einmal*

Jacob Marcus stand an der Ecke

8 *Und noch einmal*

Jacob Marcus

9 *Heiliger Bimbam*

Ich drehte wieder um zu dem Foto. Dann las ich die ganze erste Seite. Drehte um zu dem Foto, las noch eine Seite, drehte wieder um und starrte auf das Foto. Jacob Marcus war nur eine Figur in einem Buch! Der Mann, der meiner Mutter die ganze Zeit Briefe geschickt hatte, war der Schriftsteller Isaac Moritz. Almas *Sohn.* Er hatte seine Briefe mit dem Namen einer Figur aus seinem berühmtesten Buch unterschrieben! Mir fiel eine Zeile aus seinem Brief ein: *Manchmal gebe ich sogar vor zu schreiben, aber darauf fällt niemand herein.* Ich kam bis Seite achtundfünfzig, dann schloss die Bücherei. Als ich hinausging, war es schon dunkel. Mit dem Buch unterm Arm stand ich vor dem Eingang, blickte in den Regen und versuchte die Situation zu begreifen.

10 *Die Situation*

Am Abend, während meine Mutter oben für den Mann, dessen Name, wie sie glaubte, Jacob Marcus war, *Die Geschichte der Liebe* übersetzte, beendete ich *Das Heilmittel* über eine Figur namens Jacob Marcus, von einem Schriftsteller, der Isaac Moritz hieß und der Sohn der Figur Alma Mereminski war, die es zugleich wirklich gegeben hatte.

11 *Warten*

Als ich mit der letzten Seite fertig war, rief ich Misha an, ließ es zweimal klingeln und legte wieder auf. Das war unser ausgemachter Code, wenn wir spätabends noch miteinander reden wollten. Es war länger als einen Monat her, seit wir uns zum letzten Mal gesprochen hatten. Ich hatte mir eine Liste aller Dinge, die ich mit ihm vermisste, ins Notizbuch geschrieben. Die Art, wie er beim Nachdenken die Nase kräuselt, war eines. Wie er Dinge hält, ein anderes. Aber jetzt musste ich wirklich mit ihm sprechen, und keine Liste konnte das ersetzen. Während ich am Telefon stand, drehte sich mir der Magen um. In der Zeit, die ich wartete, mochte eine ganze Spezies von Schmetterlingen ausgestorben sein, eventuell auch ein großes, hoch entwickeltes Säugetier mit Gefühlen wie den meinen.

Aber er rief nicht zurück. Was wohl bedeutete, dass er nicht mit mir sprechen wollte.

Mein Bruder schlief in seinem Zimmer am Ende des Flurs, die *kippa* lag am Boden. Im Futter stand in Goldbuchstaben *Marsha und Joe zur Vermählung, 13. Juni 1987,* doch obwohl Bird behauptete, er habe sie im Esszimmerschrank gefunden, und überzeugt war, dass sie von Dad stammte, hatte keiner von uns je von Marsha oder Joe gehört. Ich setzte mich neben ihn. Sein Körper war warm, fast heiß. Ich dachte darüber nach, ob Bird, wenn ich nicht so viele Geschichten über Dad erfunden hätte, ihn vielleicht weniger verehrt und nicht geglaubt hätte, er selbst müsse auch etwas Außergewöhnliches sein.

Regen prasselte ans Fenster. «Wach auf», flüsterte ich. Er schlug die Augen auf und stöhnte. Aus dem Flur schien Licht herein. «Bird», sagte ich und berührte seinen Arm. Er blinzelte zu mir herauf und rieb sich die Augen. «Du musst aufhören, von Gott zu sprechen, hörst du?» Er sagte nichts, aber ich war mir ziemlich sicher, dass er jetzt wach war. «Du wirst bald zwölf. Du musst aufhören, unheimliche Geräusche zu machen und von Sachen runterzuspringen und dir wehzutun.» Ich wusste, ich bettelte, aber es war mir egal. «Du musst aufhören, ins Bett zu machen», flüsterte ich, und jetzt sah ich im schwachen Licht die Kränkung auf seinem Gesicht. «Du musst deine Gefühle einfach unterdrücken und versuchen, normal zu sein. Wenn nicht ...» Sein Mund wurde schmal, aber er sprach nicht. «Du musst ein paar Freunde finden», sagte ich. «Ich habe einen Freund», flüsterte er. «Wen?» – «Mr. Goldstein.» – «Du brauchst mehr als einen.» – «Du hast ja selbst nicht mehr als einen», sagte er. «Der Einzige, der dich anruft, ist Misha.» – «Doch, ich habe eine Menge

Freunde», sagte ich, und erst als die Worte herauskamen, merkte ich, dass sie nicht stimmten.

13 *In einem anderen Zimmer schlief meine Mutter an die Wärme eines Bücherstapels geschmiegt*

14 *Woran ich nicht zu denken versuchte*

a) Misha Shklovsky
b) Luba die Große
c) Bird
d) Meine Mutter
e) Isaac Moritz

15 *Ich sollte*

mehr rausgehen, in ein paar Vereine eintreten und mir etwas Neues zum Anziehen kaufen, die Haare blau färben, mich von Herman Cooper im Auto seines Vaters spazieren fahren, mich küssen und ihn womöglich sogar meinen nicht existierenden Busen betasten lassen. Ich sollte ein paar nützliche Fähigkeiten entwickeln, wie Reden halten, elektrisches Cello spielen oder schweißen, wegen meiner Bauchschmerzen zum Arzt gehen, einen Helden finden, der kein Kinderbuch geschrieben hat und mit dem Flugzeug abgestürzt ist, aufhören, Dads Zelt in Rekordzeit aufzubauen, meine Notizbücher wegwerfen, gerade stehen und mir abgewöhnen, jede Frage nach meinem Wohlergehen zu beantworten wie ein züchtiges englisches Schulmädchen, das glaubt, das Leben sei nichts als eine lange Vorbereitung auf ein Häppchen bei der Queen.

16 *Hundert Dinge können dein Leben verändern*

Ich zog meine Schreibtischschublade auf und durchwühlte sie nach dem Zettel, auf dem ich mir die Adresse von Jacob Marcus, der in Wirklichkeit Isaac Moritz war, notiert hatte. Unter einem Zeugnisblatt fand ich einen alten Brief von Misha, einen seiner ersten. *Liebe Alma,* schrieb er. *Wieso du kennst mich so gut? Ich glaube, wir gleichen uns wie ein Ei dem anderen. Es stimmt, ich mag John lieber als Paul. Aber Ringo schätze ich auch sehr.*

Am Samstagmorgen zog ich mir eine Karte mit Wegbeschreibung aus dem Internet und sagte meiner Mutter, ich würde den Tag bei Misha verbringen. Dann ging ich ein Stück die Straße entlang und klopfte bei Coopers an die Haustür. Herman kam mit abstehenden Haaren und in einem Sex-Pistols-T-Shirt heraus. «Wow», sagte er, als er mich sah. Er trat von der Tür zurück. «Hast du Lust auf eine Spazierfahrt?», fragte ich. «Soll das ein Witz sein?» – «Nein.» – «Oookaay», sagte Herman. «Rühr dich nicht vom Fleck, bitte.» Er ging nach oben, um seinen Vater nach den Schlüsseln zu fragen, und als er wieder herunterkam, hatte er sein Haar befeuchtet und ein frisches blaues T-Shirt angezogen.

«Wohin fahren wir, nach Kanada?», fragte Herman, als er die Karte sah. Um sein Handgelenk, dort, wo er den Sommer über seine Uhr getragen hatte, war ein blasser Streifen. «Connecticut», sagte ich. «Nur, wenn du diese Kapuze abziehst», sagte er. «Warum?» – «Ich kann dein Gesicht nicht sehen.» Ich schob sie nach hinten. Er lächelte mich an. In seinen Augenwinkeln war noch Schlaf. Ein Regentropfen rollte ihm über die Stirn. Ich las ihm die Route vor, und wir sprachen über die Colleges, bei denen er sich fürs nächste Jahr bewarb. Er sagte, er denke an Meeresbiologie als Hauptfach, weil er ein Leben führen wolle wie Jacques Cousteau. Ich dachte, wir hätten vielleicht mehr gemeinsam, als ich ursprünglich angenommen hatte. Er fragte, was ich werden wolle, und ich sagte, ich hätte kurz Paläontologie erwogen, und dann fragte er, was ein Paläontologe denn tue, also sagte ich, wenn er einen illustrierten Führer durch das Metropolitan Museum of Art nähme, ihn in hundert Schnipsel risse, sie von den Stufen des Museums aus in den Wind streute und so weiter, da fragte er mich, warum ich meine Meinung geändert hätte, und ich sagte, das sei wohl doch nicht das Richtige für mich, worauf er fragte, was ich denn meinte, was das Richtige für mich sei, und ich sagte: «Das ist eine lange Geschichte», da sagte er: «Ich habe Zeit», und ich: «Willst du das wirklich wissen?», und er sagte ja, also erzählte ich ihm die Wahrheit, angefangen beim Schweizer Armeemesser meines Vaters und dem Buch *Essbare Pflanzen und Blüten in Nordamerika* bis hin zu meinen Plänen, eines Tages die arktische Wildnis mit nichts anderem als dem, was ich auf dem Rücken tragen konnte, zu erforschen. «Ich wünschte, du würdest das nicht machen», sagte er. Dann nahmen wir eine falsche Ausfahrt und hielten an einer Tankstelle, um nach dem Weg zu fragen und ein paar Sweet Tarts zu kaufen. «Die gehen auf mich», sagte Herman, als ich mein Portemonnaie zückte. Als er einen Fünf-Dollar-Schein zur Kasse hinüberreichte, zitterten ihm die Hände.

18 *Ich erzählte ihm die ganze Geschichte der* Geschichte der Liebe

Es regnete so stark, dass wir am Straßenrand halten mussten. Ich zog meine Turnschuhe aus und legte die Füße auf das Armaturenbrett. Herman schrieb meinen Namen an die beschlagene Windschutzscheibe. Dann erinnerten wir uns an eine Wasserschlacht, die wir vor hundert Jahren mal ausgefochten hatten, und ich empfand einen Stich Traurigkeit, dass Herman nächstes Jahr weg sein würde, um sein Leben zu beginnen.

19 *Weiß ich eben*

Nach ewiger Suche fanden wir schließlich die ungeteerte Straße zu Isaac Moritz' Haus. Wir müssen zwei- oder dreimal daran vorbeigefahren sein, ohne sie zu bemerken. Ich hatte schon aufgeben wollen, aber Herman nicht. Meine Hände wurden feucht, als wir den matschigen Weg entlangfuhren, weil ich noch nie einem berühmten Schriftsteller begegnet war und erst recht keinem, dem ich einen gefälschten Brief geschrieben hatte. Moritz'

Hausnummer war an einen großen Ahornbaum genagelt. «Woher weißt du, dass es ein Ahorn ist?», fragte Herman. «Weiß ich eben», sagte ich und ersparte ihm die Einzelheiten. Dann erblickte ich den See. Herman fuhr bis zum Haus, dann stellte er den Motor ab. Plötzlich war es sehr still. Ich beugte mich hinunter und band meine Turnschuhe zu. Als ich mich wieder aufsetzte, sah er mich an. Sein Gesicht war hoffnungsvoll und ungläubig und auch etwas traurig, und ich fragte mich, ob es irgendeine Ähnlichkeit mit dem Gesicht meines Vaters hatte, als er vor all den Jahren am Toten Meer meine Mutter ansah und eine Kette von Ereignissen in Gang setzte, die mich schließlich hierher gebracht hatten, irgendwo ins Nirgendwo, mit einem Jungen, mit dem ich aufgewachsen war, den ich aber kaum kannte.

20 *Schallwort, Schalm, Schalmei, Schalmen*

Ich stieg aus dem Auto und holte tief Atem.

Ich dachte: Ich heiße Alma Singer, Sie kennen mich nicht, aber ich wurde nach Ihrer Mutter benannt.

21 *Schalobst, Schalom, Schalotte, Schalt*

Ich klopfte an die Tür. Keine Antwort. Ich drückte auf die Klingel, aber es rührte sich noch immer nichts, also ging ich ums Haus herum und schaute in die Fenster. Drinnen war es dunkel. Als ich von meiner Runde zurückkam, lehnte Herman mit verschränkten Armen am Auto.

Wir saßen zusammen auf der Veranda vor Isaac Moritz' Haus, ließen die Beine baumeln und beobachteten den Regen. Ich fragte Herman, ob er schon einmal von Antoine de Saint-Exupéry gehört habe, und als er nein sagte, fragte ich, ob von *Der Kleine Prinz,* und er glaubte schon. Also erzählte ich ihm von der Zeit, als Saint-Ex in der Libyschen Wüste notgelandet war, den mit einem ölbefleckten Lumpen gesammelten Tau von den Tragflächen trank und sich Hunderte von Kilometern durch die Wüste schleppte, vollkommen dehydriert und delirierend vor Hitze und vor Kälte. Als ich zu dem Teil kam, wie er von Beduinen gefunden wurde, schob Herman seine Hand in meine, und ich dachte: Im Durchschnitt sterben jeden Tag vierundsiebzig Arten aus, was ein guter, aber nicht der einzige Grund war, jemandes Hand zu halten, und das Nächste war, dass wir uns küssten, und ich stellte fest, dass ich wusste, wie es ging, und fühlte mich ebenso glücklich, wie ich traurig war, weil ich merkte, dass ich mich verliebt hatte, aber nicht in ihn.

Wir warteten lange, aber Isaac kam nicht. Ich wusste nicht, was ich tun sollte, also hinterließ ich eine Notiz mit meiner Telefonnummer an der Tür.

Anderthalb Wochen später – ich erinnere mich an das Datum, den 5. Oktober – sagte meine Mutter, die gerade Zeitung las: «Weißt du noch, dieser Schriftsteller, nach dem du mich gefragt hast, Isaac Moritz?», und ich sagte «Ja», und sie sagte: «Hier steht ein Nachruf auf ihn in der Zeitung.»

An diesem Abend ging ich nach oben in ihr Arbeitszimmer. Ihr blieben noch fünf Kapitel der *Geschichte der Liebe,* und sie wusste nicht, dass sie die jetzt nur noch für mich und niemanden sonst übersetzte.

«Mom?», sagte ich. Sie wandte sich um. «Kann ich über etwas mit dir sprechen?»

«Natürlich, Liebes. Komm her.»

Ich ging ein paar Schritte ins Zimmer. Es gab so viel, was ich sagen wollte.

«Ich möchte, dass du –», sagte ich, und dann fing ich an zu weinen.

«Dass ich was?», sagte sie und breitete die Arme aus.

«Nicht traurig bist», sagte ich.

EINE SCHÖNE SACHE

28. September

יהוה

Heute ist der 10. Regentag hintereinander. Dr. Vishnubaka hat gesagt, eine schöne Sache, die ich in mein Tagebuch schreiben könnte, wären meine Gedanken und Gefühle. Er sagte, wenn ich will, dass er etwas darüber erfährt, wie ich fühle, aber nicht darüber sprechen will, kann ich ihm einfach mein Tagebuch geben. Ich sagte nicht: Haben Sie noch nie das Wort PERSÖNLICH gehört? Einer meiner Gedanken ist, dass es sehr teuer ist, nach Israel zu fliegen. Ich weiß es, weil ich am Flughafen ein Ticket kaufen wollte und mir gesagt wurde, es kostet 1200 Dollar. Als ich der Frau sagte, meine Mutter hätte mal ein Ticket für 700 Dollar gekauft, sagte sie, es würde keine Tickets für 700 Dollar mehr geben. Ich dachte, vielleicht sagt sie das nur so, weil sie glaubt, ich habe sowieso kein Geld, also holte ich den Schuhkarton hervor und zeigte ihr die 741 Dollar und fünfzig Cent. Sie fragte, woher ich so viel Geld habe, da sagte ich, von 1500 Bechern Lemon-Aid, obwohl es nicht ganz stimmte. Dann fragte sie, warum ich unbedingt nach Israel will, und ich fragte, ob sie ein Geheimnis für sich behalten kann, und sie sagte ja, da sagte ich, dass ich ein *lamed wownik* bin und vielleicht auch der Messias. Als sie das hörte, nahm sie mich mit in einen Extraraum, der nur für Angestellte ist, und schenkte mir einen El-Al-Anstecker. Dann kam die Polizei und brachte mich nach Hause. Das Gefühl, das ich dabei hatte, war Ärger.

29. September
יהוה

Es regnet jetzt seit 11 Tagen. Wie soll man nur ein *lamed wownik* sein, wenn es zuerst 700 Dollar nach Israel kostet, und dann ändern sie es einfach in 1200 Dollar? Sie sollten den Preis gleich lassen, damit jeder weiß, wie viel Lemon-Aid er verkaufen muss, wenn er nach Jerusalem will.

Heute wollte Dr. Vishnubaka den Brief erklärt haben, den ich Mom und Alma hinterlassen habe, als ich glaubte, ich würde nach Israel fliegen. Er legte ihn vor mich hin, um mein Gedächtnis aufzufrischen. Aber mein Gedächtnis brauchte nicht aufgefrischt zu werden, weil ich schon wusste, was drinstand, weil ich ihn neunmal abgeschrieben habe, ich wollte ihn nämlich mit der Maschine schreiben, damit er offiziell aussieht, und habe mich immer wieder vertippt. Es stand drin: «Liebe Mom, liebe Alma und alle anderen, ich muss weg und bleibe vielleicht lange fort. Bitte versucht nicht, mich zu finden. Der Grund ist, dass ich ein *lamed wownik* bin und mich um viele Dinge kümmern muss. Es wird eine Flut kommen, aber ihr braucht euch keine Sorgen zu machen, ich habe eine Arche gebaut. Alma, du weißt, wo sie ist. Alles Liebe, Bird.»

Dr. Vishnubaka fragte mich, wie ich zu dem Namen Bird gekommen bin. Ich sagte: Einfach so. Wenn ihr wissen wollt, warum Dr. Vishnubaka Dr. Vishnubaka heißt, ist das darum, weil er aus Indien kommt. Wenn ihr euch merken wollt, wie man es ausspricht, denkt einfach an Dr. Fischinnerbacke.

30. September

יהוה

Heute hat der Regen aufgehört, und die Feuerwehr hat meine Arche abgerissen, weil sie, wie sie sagten, eine Feuergefahr war. Das Gefühl, das ich dabei hatte, war Trauer. Ich versuchte nicht zu weinen, weil Mr. Goldstein sagt: Was G'tt tut, ist wohlgetan, und auch weil Alma gesagt hat, ich soll versuchen, meine Gefühle zu unterdrücken, damit ich Freunde bekomme. Mr. Goldstein sagt auch: Was die Augen nicht sehen, kann das Herz nicht fühlen, aber ich musste sehen, was mit der Arche passiert, weil mir auf einmal einfiel, dass ich auf die Rückseite יהוה gemalt hatte und niemand das wegwerfen darf. Ich ließ Mom bei der Feuerwehr anrufen und fragen, wo sie die Teile hingebracht hatten. Mom sagte mir, sie hätten sie für die Müllabfuhr auf den Bürgersteig gestapelt, also ging ich mit ihr hin, aber die Müllmänner waren schon da gewesen, und alles war weg. Da habe ich geweint und gegen einen Stein getreten, und Mom wollte mich in den Arm nehmen, aber ich habe es ihr nicht erlaubt, weil sie nicht hätte erlauben dürfen, dass die Feuerwehr die Arche abreißt, und sie hätte mich auch fragen müssen, bevor sie alles wegwarf, was Dad gehörte.

1. Oktober

יהוה

Heute habe ich Mr. Goldstein zum ersten Mal wieder besucht, seit ich nach Israel fliegen wollte. Mom hat mich zur Hebräischen Schule gebracht und draußen gewartet. Er war nicht in seinem Büro im Keller, auch nicht im Allerheiligsten, aber schließlich fand ich ihn draußen hinter dem Haus, wo er ein paar *siddurim* mit gebrochenen Rücken begrub. Ich sagte: Hallo Mr. Goldstein, und er sagte lange nichts und sah mich auch nicht an, also sagte ich: Es sieht so aus, als würde es morgen wieder regnen, und er sagte: Narren und Unkraut gedeihen auch ohne Regen, und grub weiter. Seine Stimme klang traurig, und ich versuchte zu verstehen, was er mir sagen wollte. Ich stand neben ihm und sah zu, wie das Loch immer tiefer wurde. Seine Schuhe waren voller Erde, und ich erinnerte mich, wie einer aus der Vierten ihm einmal ein Schild mit den Worten TRITT MICH an den Rücken geheftet hatte und keiner es ihm sagte, ich auch nicht, weil ich nicht wollte, dass er es je erfuhr. Ich sah ihn drei *siddurim* in einen Lumpen wickeln und sie küssen. Die Ringe unter seinen Augen waren dunkler denn je. Ich dachte, Narren und Unkraut gedeihen ohne Regen könnte vielleicht bedeuten, dass er enttäuscht war, also dachte ich darüber nach, warum, und als er den Lumpen mit den beschädigten *siddurim* in das Loch legte, sagte ich *Jisgadal we' jiskadasch schmej rabo:* Erhöht und gelobt sei der Name des Herrn in der Welt, die Er erschuf, und Sein Reich komme zu uns, und dann sah ich Tränen aus Mr. Goldsteins Augen fließen. Er begann Erde in das Loch zu schaufeln, und ich sah seine Lippen sich bewegen, konnte aber nicht hören, was sie sagten, also lauschte ich noch angestrengter, legte mein Ohr direkt an seinen Mund, und er sagte, Chaim, so nennt er mich, ein *lamed wownik* ist bescheiden und wirkt im Geheimen, und dann wandte er sich ab, und ich begriff, dass er um meinetwillen weinte.

2. Oktober
יהוה

Heute hat es wieder angefangen zu regnen, aber mir war das ganz egal, weil die Arche sowieso weg ist und ich Mr. Goldstein enttäuscht habe. Ein *lamed wownik* zu sein bedeutet, nie jemandem zu sagen, dass du einer der 36 Menschen bist, von denen die Welt abhängt, es bedeutet, Gutes zu tun, was den Menschen hilft, ohne dass man bemerkt wird. Stattdessen hatte ich Alma gesagt, dass ich ein *lamed wownik* bin, und Mom und der Frau von El Al und Louis und Mr. Hintz, meinem Turnlehrer, weil ich meine *kippa* abnehmen und kurze Hosen anziehen sollte, und noch ein paar Leuten, und die Polizei musste kommen und mich holen, und die Feuerwehr ist gekommen und hat die Arche abgerissen. Das Gefühl, das ich dabei habe, ist, ich könnte heulen. Ich habe Mr. Goldstein und auch G'tt enttäuscht. Ich weiß nicht, ob das bedeutet, dass ich kein *lamed wownik* mehr bin.

3. Oktober
יהוה

Heute fragte Dr. Vishnubaka, ob ich deprimiert bin, da sagte ich: Was meinen Sie mit deprimiert, worauf er sagte: Bist du zum Beispiel traurig, und ich sagte nicht: Sind Sie ein Ignorant?, weil ein *lamed wownik* so etwas nicht sagen würde. Stattdessen sagte ich: Wenn das Pferd wüsste, wie klein ein Mensch gegen ein Pferd ist, würde es ihn zertrampeln, was Mr. Goldstein manchmal sagt, und Dr. Vishnubaka sagte: Das ist interessant, kannst du dazu etwas sagen?, und ich sagte nein. Dann schwiegen wir ein paar Minuten lang, was wir manchmal tun, aber mir wurde langweilig, also sagte ich: Mais kann auf Kuhdung wachsen, noch etwas, was Mr. Goldstein sagt, und das schien Dr. Vishnubaka enorm zu interessieren, denn er schrieb sich alles auf, also sagte ich: Stolz liegt auf dem Misthaufen. Dann sagte Dr. Vishnubaka: Darf ich dich was fragen, und ich sagte: Kommt drauf an, und er sagte: Vermisst du deinen Vater, und ich sagte: Ich erinnere mich nicht so genau an ihn, und er sagte: Ich glaube, es muss ziemlich hart sein, den Vater zu verlieren, und ich sagte gar nichts. Wenn ihr wissen wollt, warum ich nichts gesagt habe, dann weil ich es nicht leiden kann, wenn jemand über Dad redet, außer er hat ihn gekannt.

Eine Sache, die ich mir fest vorgenommen habe, ist, dass ich mich von jetzt an, bevor ich etwas tue, immer fragen werde: WÜRDE EIN *LAMED WOWNIK* DAS TUN? Heute zum Beispiel rief Misha an und wollte Alma sprechen, und ich sagte nicht: Willst du ihr Zungenküsse geben?, denn als ich mich fragte: WÜRDE EIN *LAMED WOWNIK* DAS TUN?, war die Antwort NEIN. Dann sagte Misha: Wie geht es ihr?, und ich sagte: Gut, und er sagte: Sag ihr, dass ich angerufen habe, um zu hören, ob sie die Person gefunden hat, nach der sie sucht, und weil ich nicht wusste, was er meint, sagte ich: Wie bitte?, und da sagte er: Ach egal, sag ihr nicht, dass ich angerufen habe, und ich sagte: Gut, und ich habe es ihr nicht gesagt, denn das ist eine Sache, in der ein *lamed wownik* gut ist, dass er Geheimnisse für sich behalten kann. Ich wusste gar nicht, dass Alma jemand suchte, und überlegte, wen, aber ich kam nicht drauf.

4. Oktober
יהוה

Heute ist was Schreckliches passiert. Mr. Goldstein ist sehr krank geworden und in Ohnmacht gefallen, und erst nach drei Stunden hat ihn jemand gefunden, und jetzt liegt er im Krankenhaus. Als Mom mir das sagte, bin ich ins Bad gegangen und habe die Tür abgeschlossen und zu G'tt gebetet, er möchte Mr. Goldstein bitte bald wieder gesund machen. Als ich mir fast 100-prozentig sicher war, ein *lamed wownik* zu sein, glaubte ich, G'tt kann mich hören. Aber jetzt bin ich mir nicht mehr sicher. Dann kam mir ein ganz furchtbarer Gedanke, dass Mr. Goldstein vielleicht krank geworden ist, weil ich ihn enttäuscht habe. Plötzlich war ich sehr, sehr traurig. Ich kniff die Augen zu, damit keine Tränen rauslaufen konnten, und überlegte, was ich tun soll. Dann kam mir eine Idee. Wenn ich etwas Gutes täte, was jemand hilft, und niemand ein Wort davon erzählen würde, würde es Mr. Goldstein vielleicht besser gehen, und ich wäre ein echter *lamed wownik!*

Manchmal, wenn ich auf eine Frage eine Antwort brauche, frage ich G'tt. Zum Beispiel sage ich: Wenn du willst, dass ich 100 Dollar aus dem Portemonnaie meiner Mutter stehle, damit ich mir ein Ticket nach Israel kaufen kann, obwohl Stehlen böse ist, dann lass mich morgen 3 blaue VW-Käfer hintereinander sehen, und wenn ich 3 blaue VW-Käfer hintereinander sehe, ist die Antwort Ja. Aber ich wusste, dass ich G'tt diesmal nicht um Hilfe bitten konnte, weil ich es selbst rausfinden musste. Also versuchte ich, auf jemand zu kommen, der Hilfe brauchte, und plötzlich wusste ich die Antwort.

DAS LETZTE MAL, DASS ICH DICH SAH

Ich lag im Bett, träumte einen Traum, der im ehemaligen Jugoslawien oder vielleicht in Bratislava spielte, von mir aus kann es auch Belarus gewesen sein. Je mehr ich darüber nachdenke, umso schwerer ist es zu sagen. *Wach auf!,* rief Bruno. Jedenfalls muss ich annehmen, dass er es gerufen hat, bevor er zu dem Krug mit kaltem Wasser griff, das er mir ins Gesicht platschte. Vielleicht zahlte er es mir ja heim von damals, als ich ihm das Leben gerettet habe. Er zog mir die Decke weg. Tut mir leid wegen all dem, was er darin gefunden haben mag. Und doch. Was soll's? Jeden Morgen steht er, stramm wie ein Soldat.

Guck!, rief Bruno. *Da ist was über dich in einer Zeitschrift.*

Ich war nicht in Stimmung für seine groben Scherze. Wenn ich allein bin, reicht mir zum Wecken mein eigener Furz. Also warf ich mein nasses Kissen auf den Boden und tauchte kopfüber unter die Decken. Bruno schlug mir die Zeitschrift auf den Schädel. *Steh auf und guck,* sagte er. Ich markierte den Taubstummen, was ich mit den Jahren zur Vollendung gebracht habe. Ich hörte Brunos Schritte zurückweichen. Ein Krachen vom Schrank im Flur. Ich machte mich auf was gefasst.

Dann ein lautes Geräusch und ein quietschender Rückkopplungseffekt. *DA IST WAS ÜBER DICH IN EINER ZEITSCHRIFT,* sagte Bruno durch das Megaphon, das er unter meinem Krempel ausgegraben hatte. Obwohl ich unter der Decke lag, gelang es ihm, mein Ohr genau zu orten. *ICH WIEDERHOLE,* trötete das Megaphon. *DU: IN DER ZEITUNG.* Ich warf die Decken ab und riss ihm das Ding von den Lippen.

Seit wann bist du so ein Narr?, sagte ich.

Seit wann du?, sagte Bruno.

Hör zu, Gimpel, sagte ich. *Ich mache jetzt die Augen zu und zähle bis zehn. Wenn ich sie wieder aufmache, will ich dich hier nicht mehr sehen.*

Bruno sah gekränkt aus. *Das meinst du nicht so,* sagte er.

Doch, tue ich wohl, sagte ich und schloss die Augen. *Eins, zwei.*

Sag, dass du das nicht so gemeint hast, sagte er.

Mit geschlossenen Augen erinnerte ich mich daran, wie ich Bruno das allererste Mal begegnet bin. Er kickte einen Ball durch den Staub, ein schmächtiger, rothaariger Junge, dessen Familie gerade nach Slonim gezogen war. Ich ging auf ihn zu. Er blickte auf und musterte mich. Wortlos kickte er mir den Ball zu. Ich kickte ihn zurück.

Drei, vier, fünf, sagte ich. Ich fühlte, wie mir die Zeitschrift aufgeschlagen in den Schoß fiel, und hörte Brunos Schritte sich über den Flur entfernen. Einen Augenblick hielten sie inne. Ich versuchte, mir mein Leben ohne ihn vorzustellen. Es schien unmöglich. Und doch. *SIEBEN!,* rief ich. *ACHT!!* Auf neun hörte ich die Tür knallen. *Zehn,* sagte ich zu niemandem persönlich. Ich schlug die Augen auf und sah nach unten.

Da, auf den Seiten der einzigen Zeitschrift, die ich abonniert habe, stand mein Name.

Ich dachte: Wie sich das trifft, noch ein Leo Gursky. Zugegeben, das elektrisierte mich, obwohl es jemand anders sein musste. Es ist kein ungewöhnlicher Name. Und doch. Gewöhnlich ist er auch nicht.

Ich las einen Satz. Mehr brauchte ich nicht zu lesen, um zu wissen, dass es kein anderer sein konnte als ich. Ich wusste es, weil ich derjenige war, der den Satz geschrieben hatte. In meinem Buch, dem Roman meines Lebens. Dem, den ich nach meinem Herzinfarkt zu schreiben begonnen und am Morgen nach dem Zeichenkurs an Isaac geschickt hatte. Dessen Name, wie ich jetzt sah, in Blockschrift oben auf der Seite stand. WÖRTER FÜR ALLES stand da, der Titel, für den ich mich am Ende entschieden hatte, und darunter: ISAAC MORITZ.

Ich sah nach oben an die Decke.

Ich sah nach unten. Wie gesagt, es gibt Stellen, die ich auswendig weiß. Und der Satz, den ich auswendig wusste, stand noch immer da. Wie ungefähr hundert andere, die ich ebenfalls auswendig wusste, nur hier und dort ein bisschen zusammengestrichen, dass einem leicht übel davon wurde. Als ich umblätterte, um die Anmerkungen zu lesen, stand da, Isaac sei diesen Monat gestorben und der abgedruckte Text ein Auszug aus seinem letzten Manuskript.

Ich stand aus dem Bett auf und zog das Telefonbuch unter *Berühmte Zitate* und der *Geschichte der Wissenschaft* hervor, die Bruno sich gern unterlegt, wenn er bei mir am Küchentisch sitzt. Ich fand die Nummer der Zeitschrift. *Hallo,* sagte ich, als sich die Zentrale meldete. *Die Belletristik,* bitte.

Es klingelte dreimal.

Literaturabteilung, sagte ein Mann. Die Stimme klang jung.

Woher haben Sie diese Geschichte?, fragte ich.

Verzeihung?

Woher haben Sie diese Geschichte?

Welche Geschichte, Sir?

Wörter für alles.

Die ist aus einem Roman des verstorbenen Isaac Moritz, sagte er.

Haha, sagte ich.

Verzeihung?

Nein, ist sie nicht, sagte ich.

Doch, ist sie, sagte er.

Nein, ist sie nicht.

Ich versichere Ihnen, wirklich.

Ich versichere Ihnen, wirklich nicht.

Doch, Sir. Wirklich.

Na schön, sagte ich. *Dann ist sie's eben.*

Darf ich fragen, mit wem ich spreche?, sagte er.

Leo Gursky, sagte ich.

Verlegene Stille. Als er wieder sprach, klang seine Stimme weniger sicher.

Soll das ein Witz sein?

Keine Spur, sagte ich.

Aber das ist doch der Name einer Figur in der Geschichte.

Eben, sagte ich.

Ich muss das mit unserer Rechercheabteilung klären, sagte er. *Normalerweise informieren die uns, wenn es tatsächliche Personen mit identischem Namen gibt.*

Überraschung!, rief ich.

Bitte bleiben Sie dran, sagte er.

Ich legte auf. Ein Mensch hat höchstens zwei, drei gute Ideen in seinem Leben. Und auf diesen Zeitschriftenseiten war eine von meinen. Ich überflog sie noch einmal. Hier und dort musste ich laut lachen und staunte über meine eigene Brillanz. Und doch. Öfter zuckte ich zusammen.

Ich wählte noch einmal die Zeitschrift an und ließ mich mit der Belletristik verbinden.

Wer wohl? Dreimal dürfen Sie raten, sagte ich.

Leo Gursky?, sagte der Mann. Ich hörte die Angst in seiner Stimme.

Bingo, sagte ich, und dann: *Dieses so genannte Buch.*

Ja?

Wann soll es erscheinen?

Augenblick, bleiben Sie dran, sagte er.

Ich blieb dran.

Im Januar, sagte er, als er zurückkam.

Januar!, schrie ich. *So bald!* Auf dem Kalender bei mir an der Wand stand 17. Oktober. Ich konnte nicht anders, ich fragte: *Ist es denn gut?*

Manche halten es für eines seiner besten.

Eines seiner besten! Meine Stimme ging eine Oktave hoch und schnappte über.

Ja, Sir.

Ich hätte gern ein Vorabexemplar, sagte ich. *Wer weiß, ob ich im Januar noch lebe, um über mich selbst zu lesen.*

Schweigen am anderen Ende.

Gut, sagte er schließlich. *Ich werde sehen, dass ich eins auftreibe. Wie ist Ihre Adresse?*

Genau wie die des Leo Gursky in der Geschichte, sagte ich und legte auf. Armer Kerl. Er konnte Jahre damit zubringen, dieses Geheimnis zu lüften.

Aber ich hatte mein eigenes zu lüften. Nämlich: Wenn mein Manuskript in Isaacs Haus gefunden und irrtümlich für seines gehalten worden war, bedeutete das nicht auch, dass er es gelesen oder zumindest zu lesen begonnen hatte, bevor er starb? Wenn ja, hätte das alles geändert. Es hätte bedeutet –

Und doch.

Ich ging in der Wohnung auf und ab, soweit man überhaupt auf und ab gehen konnte zwischen einem Federballschläger hier, einem Stapel *National Geographic* dort und den über den Wohnzimmerboden kugelnden Teilen eines Boulespiels, von dem ich sowieso keine Ahnung habe.

Es war ganz einfach: Wenn er mein Buch gelesen hatte, wusste er die Wahrheit.

Ich war sein Vater.

Er war mein Sohn.

Und jetzt dämmerte mir, dass da womöglich ein kurzer Zeitabschnitt gewesen war, in dem Isaac und ich beide im Wissen um die Existenz des anderen gelebt hatten.

Ich ging ins Bad, wusch mir das Gesicht mit kaltem Wasser und lief nach unten, um nach der Post zu schauen. Ich glaubte noch immer, es bestünde die Chance, dass ein Brief von meinem Sohn käme, den er vor seinem Tod abgeschickt hätte. Ich steckte den Schlüssel in den Kasten und machte auf.

Und doch. Ein Haufen Schund, das war alles. Das Fernsehprogramm, eine Wurfsendung von Bloomingdale's, ein Brief vom World Wildlife Fund, meinem treuen Gefährten, seit ich ihm 1979 zehn Dollar gespendet hatte. Ich nahm alles mit rauf, um es wegzuwerfen.

Ich hatte den Fuß schon auf dem Pedal des Mülleimers, als ich einen kleinen Umschlag mit meinem Namen entdeckte, der mit Schreibmaschine vorne draufgeschrieben war. Die noch lebendigen fünfundsiebzig Prozent meines Herzens begannen heftig zu pochen. Ich riss ihn auf.

Lieber Leopold Gursky, stand da. *Bitte treffen Sie mich Samstag um 4 Uhr nachmittags auf den Parkbänken vor dem Zooeingang im Central Park. Ich glaube, Sie wissen, wer ich bin.*

Überwältigt von Gefühlen, rief ich laut: *Aber ja!*

Herzlich Ihre, stand da.

Herzlich meine, dachte ich.

Alma.

Und auf der Stelle wusste ich, dass meine Zeit gekommen war. Mir zitterten die Hände, dass das Papier zu rascheln begann. Meine Beine gaben nach. Mir wurde schwummrig. So schicken sie dir also den Engel. Mit dem Namen des Mädchens, das du immer geliebt hast.

Ich schlug an die Heizung, nach Bruno. Es kam keine Antwort, auch nicht eine Minute später oder in der Minute darauf, obwohl ich schlug und schlug, dreimal Klopfen bedeutet LEBST DU NOCH?, zweimal JA, einmal NEIN. Ich lauschte, aber es kam nichts. Vielleicht hätte ich ihn keinen Narren nennen sollen, denn nun, da ich ihn am dringendsten brauchte, herrschte Funkstille.

WÜRDE EIN LAMED WOWNIK DAS TUN?

5. Oktober

יהוה

Heute Morgen, als Alma unter der Dusche war, bin ich in ihr Zimmer geschlichen und habe mir *Wie man in der Wildnis überlebt Band 3* aus ihrem Rucksack genommen. Dann bin ich wieder ins Bett und habe ihn unter der Decke versteckt. Als Mom kam, habe ich mich krank gestellt. Sie legte mir die Hand auf die Stirn und sagte: Tut dir was weh?, also sagte ich: Ich glaub, meine Mandeln sind geschwollen, da sagte sie: Du brütest bestimmt was aus, und ich: Aber ich muss doch zur Schule, und da sagte sie: Es macht nichts, wenn du einen Tag fehlst, und ich sagte: Also gut. Sie brachte mir Kamillentee mit Honig, den ich mit geschlossenen Augen trank, um zu beweisen, wie krank ich war. Ich hörte Alma zur Schule gehen, und Mom ging nach oben, an ihre Arbeit. Als ich ihren Stuhl knarren hörte, holte ich *Wie man in der Wildnis überlebt Band 3* heraus und fing an zu lesen, um herauszufinden, ob es irgendwelche Hinweise gab, wen Alma suchte.

Auf den meisten Seiten standen lauter Anweisungen, wie man zum Beispiel ein Bett auf heißen Steinen oder einen Unterstand baut oder wie man Wasser trinkbar macht, was ich eigentlich nicht richtig verstand, weil ich noch nie Wasser gesehen habe, das man nicht trinken kann (außer vielleicht Eis). Ich fragte mich schon, ob ich etwas über das Geheimnis finden würde, als ich zu einer Seite kam, auf der stand WIE MAN ÜBERLEBT, WENN DER FALLSCHIRM SICH NICHT ÖFFNET. Da standen 10 Maßnahmen, aber keine ergab einen Sinn. Wenn man zum Beispiel im Sturzflug durch die Luft saust und der Fallschirm sich nicht öffnet, glaube ich nicht, dass es etwas nützt, einen hinkenden Gärtner zu haben. Und dann stand da, man soll sich einen Stein suchen, aber wieso sollen da oben Steine sein, außer jemand bewirft einen damit, oder man hat einen in der Tasche, was bei den meisten normalen Menschen nicht der Fall ist? Als Letztes stand da nur ein Name, nämlich Alma Mereminski.

Zuerst dachte ich, Alma ist in einen Mr. Mereminski verliebt und will ihn heiraten. Aber dann blätterte ich um, und da stand ALMA MEREMINSKI = ALMA MORITZ. Also dachte ich, vielleicht ist Alma in Mr. Mereminski UND Mr. Moritz verliebt. Dann blätterte ich um, und oben auf der nächsten Seite stand WAS ICH MIT M VERMISSE, danach kam eine Liste von 15 Dingen, und das erste war WIE ER DINGE HÄLT. Ich verstand nicht, wie man vermissen kann, wie jemand Dinge hält.

Ich versuchte nachzudenken, aber es war schwierig. Wenn Alma in Mr. Mereminski oder Mr. Moritz verliebt war, warum war ich dann keinem von beiden je begegnet, und wieso riefen sie sie nie an wie Herman oder Misha? Und wenn sie Mr. Mereminski oder Mr. Moritz liebte, warum vermisste sie dann Misha?

Der Rest des Notizbuchs war leer.

Der einzige Mensch, den ich wirklich vermisse, ist Dad. Manchmal bin ich neidisch auf Alma, weil sie ihn länger gekannt hat als ich und sich an so viel von ihm erinnern kann. Das Komische ist nur, als ich voriges Jahr Band 2 ihres Notizbuchs las, stand darin ICH BIN TRAURIG, WEIL ICH DAD NICHT WIRKLICH KANNTE.

Ich dachte darüber nach, warum sie das geschrieben hatte, als ich plötzlich auf eine sehr seltsame Idee kam. Was, wenn Mom jemand anderen, der Mr. Mereminski oder Mr. Moritz hieß, geliebt hatte und ER Almas Vater war? Und was, wenn er gestorben oder fortgegangen war und Alma ihn darum nicht kannte? Und danach hatte Mom David Singer kennen gelernt und mich bekommen. Und dann starb auch ER, was Mom so traurig machte. Das würde erklären, warum sie ALMA MEREMINSKI und ALMA MORITZ geschrieben hatte, aber nicht ALMA SINGER. Vielleicht versuchte sie ihren wirklichen Dad zu finden!

Ich hörte Mom von ihrem Stuhl aufstehen, deshalb stellte ich mich schlafend, was ich 100-mal vor dem Spiegel geübt habe. Mom kam herein, setzte sich auf meine Bettkante und sagte lange nichts. Aber plötzlich musste ich niesen, also machte ich die Augen auf und nieste, und Mom sagte: Du Ärmster. Dann tat ich was ganz Gewagtes. Mit meiner schläfrigsten Stimme sagte ich: Mom, hast du vor Dad schon mal jemand anders geliebt? Ich war mir fast 100-prozentig sicher, sie würde nein sagen. Aber stattdessen zog sie ein komisches Gesicht und sagte: Ich denke doch, ja! Also sagte ich: Ist er gestorben?, und sie lachte und sagte: Nein! Insgeheim machte mich das ganz verrückt, aber ich wollte nicht zu viel Argwohn erregen, darum tat ich so, als würde ich wieder einschlafen.

Jetzt weiß ich, glaube ich, wen Alma sucht. Und ich weiß auch, wenn ich ein wirklicher *lamed wownik* bin, kann ich ihr bestimmt helfen.

6. Oktober

יהוה

Heute habe ich mich zum zweiten Mal hintereinander krank gestellt, damit ich nicht in die Schule musste, aber auch, damit ich nicht zu Dr. Vishnubaka zu gehen brauchte. Als Mom wieder oben war, habe ich den Wecker gestellt und alle zehn Minuten fünf Sekunden am Stück gehustet. Nach einer halben Stunde schlich ich mich aus dem Bett, um in Almas Rucksack nach weiteren Hinweisen zu suchen. Ich sah nichts außer den Sachen, die immer drin sind, wie ein Erste-Hilfe-Set und ihr Schweizer Armeemesser, aber dann nahm ich ihren Pulli heraus, und darin eingewickelt waren ein paar Blätter Papier. Ich brauchte sie nur eine Sekunde lang anzusehen, da wusste ich, dass sie aus dem Buch *Die Geschichte der Liebe* waren, das Mom gerade übersetzt, weil sie immer unbrauchbare Blätter in den Papierkorb wirft und ich weiß, wie sie aussehen. Ich weiß auch, dass Alma nur sehr wichtige Sachen, die sie im Notfall brauchen würde, in den Rucksack tut, darum wollte ich herausbekommen, warum *Die Geschichte der Liebe* so wichtig für sie ist.

Dann fiel mir was ein. Mom sagt immer, Dad hat ihr *Die Geschichte der Liebe* geschenkt. Aber was, wenn sie die ganze Zeit Almas Dad gemeint hat und nicht meinen?

Und wenn in dem Buch das Geheimnis steht, wer er war?

Mom kam die Treppe herunter, und ich musste zum Klo rennen und 18 Minuten lang so tun, als hätte ich Verstopfung, damit sie nicht misstrauisch wurde. Als ich herauskam, gab sie mir die Telefonnummer von Mr. Goldstein im Krankenhaus und sagte, wenn ich Lust hätte, sollte ich anrufen. Seine Stimme klang sehr müde, und als ich ihn fragte, wie es ihm geht, sagte er: Nachts sind alle Kühe schwarz. Ich wollte ihm von der guten Sache erzählen, die ich tun würde, aber ich wusste, ich durfte es niemandem sagen, nicht einmal ihm.

Ich ging wieder ins Bett und sprach mit mir selbst, um herauszubekommen, warum der Name von Almas wirklichem Vater geheim bleiben musste. Der einzige Grund, der mir einfiel, war, dass er ein Spion war wie die blonde Dame in Almas Lieblingsfilm, die für das F.B.I. arbeitet und Roger Thornhill ihren wahren Namen nicht verraten darf, obwohl sie in ihn verliebt ist. Vielleicht durfte Almas wirklicher Vater auch nicht verraten, wer er in Wirklichkeit war, nicht einmal Mom. Vielleicht hatte er deswegen zwei Namen! Oder sogar mehr als zwei! Ich war neidisch, weil mein Dad kein Spion war, aber dann war ich nicht mehr neidisch, weil mir einfiel, dass ich vielleicht ein *lamed wownik* bin und das noch besser ist als Spion.

Mom kam herunter, um nach mir zu sehen. Sie sagte, sie müsste für eine Stunde weg und ob ich allein zurechtkäme. Nachdem ich die Tür zufallen und den Schlüssel sich im Schloss drehen gehört hatte, ging ich ins Bad und sprach mit G'tt. Dann ging ich in die Küche und schmierte mir ein Erdnussbutter-Marmeladenbrot. Genau da klingelte das Telefon. Ich dachte nicht, dass es etwas Besonderes war, aber als ich mich meldete, sagte die Stimme am anderen Ende: Hallo, hier ist Bernard Moritz, kann ich bitte Alma Singer sprechen?

So erfuhr ich, dass G'tt mich hört.

Mein Herz schlug wie verrückt. Ich musste blitzschnell denken. Ich sagte: Sie ist im Moment nicht da, aber ich kann ihr was ausrichten. Er sagte: Na ja, es ist eine lange Geschichte. Also sagte ich: Ich kann ihr auch eine lange Geschichte ausrichten.

Er sagte: Nun, es ist so, ich habe einen Zettel gefunden, den sie bei meinem Bruder an der Haustür hinterlassen hat. Es muss mindestens eine Woche her sein, er lag im Krankenhaus. Darauf stand, sie wisse, wer er sei, und sie müsse mit ihm über *Die Geschichte der Liebe* sprechen. Und diese Telefonnummer.

Ich sagte nicht: Ich wusste es!, auch nicht: Wussten Sie, dass er ein Spion war?, sondern blieb einfach still, damit ich nichts Falsches sagen konnte.

Aber dann sagte der Mann: Jedenfalls, mein Bruder ist gestorben, er war schon lange krank, und ich hätte gar nicht angerufen, wenn er mir nicht vor seinem Tod erzählt hätte, er habe in einer Schublade unserer Mutter einige Briefe gefunden.

Ich sagte nichts, und der Mann redete weiter.

Er sagte: Er hat die Briefe gelesen, und dabei ging ihm auf, dass sein wirklicher Vater der Verfasser eines Buches mit dem Titel *Die Geschichte der Liebe* gewesen sein muss. Ich habe das nie ernsthaft geglaubt, bis ich Almas Zettel sah. Sie spricht von dem Buch, und weißt du, meine Mutter hieß auch Alma. Ich dachte, ich sollte mit ihr reden oder ihr zumindest sagen, dass Isaac gestorben ist, damit sie sich keine Gedanken macht.

Jetzt war ich wieder ganz verwirrt, weil ich dachte, dieser Mr. Moritz wäre Almas Vater. Das Einzige, was ich mir vorstellen konnte, war, dass Almas Vater eine Menge Kinder hatte, die ihn nicht kannten. Vielleicht war der Bruder dieses Mannes eines, und Alma war ein anderes, und beide suchten gleichzeitig nach ihrem Vater.

Ich sagte: Haben Sie gesagt, er dachte, sein wirklicher Vater wäre der Autor der *Geschichte der Liebe?*

Der Mann am anderen Ende sagte: Ja.

Also sagte ich: Glaubte er denn, sein Vater hieß Zvi Litvinoff?

Jetzt klang der Mann am anderen Ende verwirrt. Er sagte: Nein, er glaubte, er hieß Leopold Gursky.

Ich stellte meine Stimme ganz ruhig und sagte: Können Sie das buchstabieren? Und er sagte: G - U - R - S - K - Y. Warum glaubte er denn, dass sein Vater Leopold Gursky hieß? Und der Mann sagte: Weil das derjenige ist, der unserer Mutter die Briefe geschickt hat, mit Auszügen aus dem Buch *Die Geschichte der Liebe,* das er gerade schrieb.

Insgeheim machte mich das ganz verrückt, weil ich mir, obwohl ich nicht alles verstand, trotzdem sicher war, dass ich das Geheimnis um Almas Vater so gut wie gelöst hatte und dass ich, wenn ich es gelöst hatte, etwas Hilfreiches tun würde, und dass ich, wenn ich es hinkriegte, unbemerkt etwas Hilfreiches zu tun, weiter ein *lamed wownik* sein könnte, und alles würde gut.

Dann sagte der Mann: Weißt du, ich glaube, es wäre wirklich besser, wenn ich selbst mit Ms. Singer spräche. Ich wollte ihn nicht misstrauisch machen, also sagte ich: Ich werd's ihr ausrichten, und legte auf.

Ich saß am Küchentisch und versuchte über all das nachzudenken. Jetzt wusste ich, dass Mom, wenn sie sagte, Dad hätte ihr *Die Geschichte der Liebe* geschenkt, eigentlich Almas Dad meinte, weil er derjenige war, der das Buch geschrieben hatte.

Ich kniff die Augen zu und sagte mir: Wenn ich ein *lamed wownik* bin, wie kann ich dann Almas Vater finden, der Leopold Gursky, aber auch Zvi Litvinoff und außerdem Mr. Mereminski und Mr. Moritz heißt?

Ich machte die Augen auf. Ich starrte den Block an, auf den ich G-U-R-S-K-Y geschrieben hatte. Dann wanderte mein Blick zum Telefonbuch oben auf dem Kühlschrank. Ich holte die Trittleiter und stieg hinauf. Auf dem Umschlag war viel Staub, also wischte ich ihn weg und schlug bei G auf. Ich glaubte eigentlich nicht, dass ich ihn finden würde. Ich sah GURLAND, John. Ich ging mit dem Finger weiter unten auf die Seite, GUROL, GUROV, GUROVICH, GURRERA, GURRIN, GURSHON, und nach GURSHUMOV sah ich seinen Namen. GURSKY, Leopold. Er hatte die ganze Zeit da gestanden. Ich schrieb mir seine Telefonnummer und seine Adresse auf, 504 Grand Street, schlug das Telefonbuch zu und stellte die Trittleiter wieder weg.

7. Oktober
יהוה

Heute war Samstag, da brauchte ich mich nicht mehr krank zu stellen. Alma stand früh auf und sagte, sie hätte was vor, und als Mom mich fragte, wie es mir geht, sagte ich: Viel besser. Dann fragte sie, ob ich etwas mit ihr unternehmen wollte, in den Zoo gehen oder so, weil Dr. Vishnubaka sagt, es wäre gut, wenn wir mehr im Familienkreis machen. Aber obwohl ich Lust hatte, wusste ich, es gab da etwas, das musste ich einfach tun. Also sagte ich: Vielleicht morgen. Dann ging ich nach oben in ihr Arbeitszimmer, machte den Computer an und druckte *Die Geschichte der Liebe* aus. Ich steckte sie in einen braunen Umschlag, und vorne drauf schrieb ich FÜR LEOPOLD GURSKY. Ich sagte Mom: Ich gehe etwas spielen, und sie sagte: Wo denn?, und ich sagte: Bei Louis, obwohl er gar nicht mehr mein Freund ist. Mom sagte: Gut, aber ruf mich an. Dann nahm ich 100 Dollar von meinem Lemon-Aid-Geld und steckte sie in die Tasche. Ich versteckte den Umschlag mit der *Geschichte der Liebe* unter meiner Jacke und ging zur Tür hinaus. Ich wusste nicht, wo die Grand Street ist, aber ich bin ja fast 12, und ich wusste, ich würde sie finden.

A + L

Der Brief kam ohne Absender mit der Post. Mein Name, Alma Singer, war mit Schreibmaschine vorne draufgeschrieben. Die einzigen Briefe, die ich je bekommen hatte, waren alle von Misha gewesen, aber er hatte nie eine Schreibmaschine benutzt. Ich machte ihn auf. Es waren nur zwei Zeilen. *Liebe Alma,* stand da. *Bitte treffen Sie mich Samstag um 4 Uhr nachmittags auf den Parkbänken vor dem Zooeingang im Central Park. Ich glaube, Sie wissen, wer ich bin. Herzlich, Leopold Gursky.*

Ich weiß nicht, wie lange ich schon auf dieser Parkbank sitze. Inzwischen ist kaum noch Tageslicht, aber solange es hell war, konnte ich die Skulpturen bewundern. Einen Bären, ein Nilpferd, etwas mit gespaltenen Klauen, was ich für eine Ziege hielt. Auf dem Weg kam ich an einem Brunnen vorbei. Das Becken war trocken. Ich sah hinein, ob irgendwelche Pennys auf dem Grund lagen. Aber da war nur Laub. Es liegt jetzt überall, fällt und fällt, bis die Welt wieder zu Erde wird. Manchmal vergesse ich, dass die Welt nicht dem gleichen Zeitplan folgt wie ich. Dass nicht alles stirbt, oder wenn es stirbt, wieder zum Leben zurückkehrt, oft braucht es nur ein bisschen Sonne und die übliche Ermunterung. Manchmal denke ich: Ich bin älter als der Baum dort, älter als die Bank, älter als der Regen. Und doch. Ich bin nicht älter als der Regen. Er ist all die Jahre gefallen, und wenn ich nicht mehr bin, wird er weiter fallen.

Ich las den Brief noch einmal. *Ich glaube, Sie wissen, wer ich bin,* stand da. Aber ich kannte niemanden namens Leopold Gursky.

Ich habe mich entschlossen, hier sitzen zu bleiben und zu warten. Für mich gibt es sonst nichts mehr zu tun im Leben. Mag sein, dass ich mir den Hintern wund sitze, aber viel schlimmer wird's schon nicht werden. Wenn ich Durst bekomme, dürfte es wohl kein Verbrechen sein, mich hinzuknien und das Gras abzulecken. Ich stelle mir gern vor, wie meine Füße im Boden Wurzeln schlagen und Moos über meine Hände wächst. Vielleicht ziehe ich mir die Schuhe aus, um den Vorgang zu beschleunigen. Nasse Erde zwischen den Zehen, wie früher, als ich ein Junge war. An meinen Fingern werden Blätter wachsen. Vielleicht klettert ein Kind auf mich. Der kleine Junge, den ich Kieselsteine in den leeren Brunnen werfen sah, der war noch nicht zu alt zum Bäumeklettern. Aber man sah ihm an, dass er altklug war. Wahrscheinlich glaubte er, er sei nicht für diese Welt gemacht. Ich wollte ihm sagen: *Wenn nicht du, wer dann?*

Vielleicht ist er wirklich von Misha. So was wäre ihm jedenfalls zuzutrauen. Ich würde Samstag hingehen, und dann säße er da auf der Bank. Zwei Monate waren vergangen seit dem Nachmittag in seinem Zimmer, wo sich hinter der Wand seine Eltern angeschrien hatten. Ich würde ihm sagen, wie sehr ich ihn vermisst habe.

Gursky – das klang russisch.

Vielleicht war er von Misha.

Aber wahrscheinlich nicht.

Manchmal dachte ich an nichts, und manchmal dachte ich an mein Leben. Immerhin habe ich mir mein Leben verdient. Was für ein Leben? Ein Leben eben. Ich habe gelebt. Es war nicht einfach. Und doch. Ich fand heraus, wie wenig unerträglich ist.

Wenn er nicht von Misha war, dann womöglich von dem Mann mit der Brille aus dem Stadtarchiv in der 31 Chambers Street, der mich Fräulein Kaninchenfleisch genannt hatte. Ich hatte nicht nach seinem Namen gefragt, aber er kannte meinen und meine Adresse, weil ich ein Formular ausfüllen musste. Vielleicht hatte er etwas gefunden – eine Akte oder eine Urkunde. Vielleicht dachte er auch, ich sei älter als fünfzehn.

Es gab eine Zeit, da lebte ich im Wald oder in den Wäldern, Plural. Ich aß Würmer. Ich aß Käfer. Ich aß alles, was ich in den Mund stecken konnte. Manchmal wurde mir übel. Mein Magen war verkorkst, aber ich brauchte etwas zu kauen. Ich trank Wasser aus Pfützen. Schnee. Alles, was ich kriegen konnte. Manchmal schlich ich mich in die Kartoffelkeller der Bauern in der Umgebung ihrer Dörfer. Das waren gute Verstecke, weil sie im Winter etwas wärmer waren. Aber es gab Nagetiere dort. Was heißt schon rohe Ratten essen – ja, ich habe es getan. Offenbar wollte ich dringend weiterleben. Und es gab nur einen Grund: sie.

Die Wahrheit ist, dass sie mir gesagt hat, sie könne mich nicht lieben. Als sie adieu sagte, sagte sie es für immer.

Und doch.

Ich tat alles, um zu vergessen. Warum, weiß ich nicht. Ich frage mich noch immer. Aber ich tat's.

Vielleicht war er auch von dem alten Mann, dem jüdischen Angestellten aus dem Ordnungsamt in der 1 Centre Street. Er hatte so ausgesehen, als könnte er ein Leopold Gursky sein. Vielleicht wusste er etwas über Alma Moritz, über Isaac oder *Die Geschichte der Liebe.*

Ich erinnere mich, wie mir zum ersten Mal bewusst wurde, dass ich mich dazu bringen konnte, etwas zu sehen, was nicht da war. Ich war zehn Jahre alt, auf dem Heimweg von der Schule. Einige Jungen aus meiner Klasse rannten lärmend und lachend vorbei. Ich wollte so sein wie sie. Und doch. Ich wusste nicht, wie. Ich hatte mich immer anders gefühlt als die anderen, und das Anderssein tat weh. Und dann bog ich um die Ecke und sah ihn. Einen riesigen Elefanten, der allein auf dem Platz stand. Ich wusste, ich bildete ihn mir ein. Und doch. Ich wollte daran glauben.

Also versuchte ich es.

Und merkte, ich konnte es.

Vielleicht war der Brief auch von dem Portier des Gebäudes 450 East 52nd Street. Vielleicht hatte er Isaac nach der *Geschichte der Liebe* gefragt. Vielleicht hatte Isaac meinen Namen wissen wollen. Vielleicht hatte er, bevor er starb, herausbekommen, wer ich war, und dem Portier etwas gegeben, was er mir geben sollte.

Nach dem Tag, da ich den Elefanten sah, ließ ich mich immer mehr sehen und glauben. Es war ein Spiel, das ich mit mir spielte. Wenn ich Alma von den Sachen erzählte, die ich sah, lachte sie und sagte, sie liebe meine Phantasie. Für sie verwandelte ich Kieselsteine in Diamanten, Schuhe in Spiegel, Glas in Wasser; ich machte ihr Flügel und zog ihr Vögel aus den Ohren, und sie fand die Federn in ihren Taschen; ich ließ eine Birne eine Ananas, die Ananas eine Glühbirne, die Glühbirne den Mond und den Mond eine Münze werden, die ich, Kopf oder Zahl, um ihre Liebe warf. Beide Seiten waren Kopf: Ich wusste, ich konnte nicht verlieren.

Und jetzt, am Ende meines Lebens, kann ich kaum mehr unterscheiden zwischen dem, was wirklich ist und was ich glaube. Dieser Brief in meiner Hand zum Beispiel – ich kann ihn zwischen den Fingern fühlen. Das Papier ist glatt, außer in den Kniffen. Ich kann ihn auf- und wieder zufalten. So sicher ich jetzt hier sitze, so sicher existiert dieser Brief.

Und doch.

Im Herzen weiß ich, meine Hand ist leer.

Vielleicht war der Brief auch von Isaac selbst, und er hatte ihn vor seinem Tod geschrieben. Vielleicht war Leopold Gursky eine weitere Figur in seinem Buch. Vielleicht gab es Dinge, die er mir sagen wollte. Und jetzt war es zu spät – wenn ich morgen hinginge, wäre die Parkbank leer.

Es gibt so viele Arten zu leben, aber nur eine Art, tot zu sein. Ich nahm die entsprechende Körperhaltung ein. Ich dachte: Wenigstens wird man mich hier finden, bevor ich das ganze Haus verstinke. Nachdem Mrs. Freid gestorben und drei Tage nicht gefunden worden war, hatten sie Zettel unter unseren Türen durchgeschoben, auf denen stand: BITTE HALTEN SIE IHRE FENSTER HEUTE GEÖFFNET. DIE HAUSVERWALTUNG. Und so genossen wir alle ein bisschen Frischluft dank Mrs. Freid, die ein langes Leben gelebt hatte, mit vielen seltsamen Windungen, die sie sich als Kind nicht im Traum hätte vorstellen können, und es mit einem letzten Gang beschloss, der sie in den Lebensmittelladen führte, eine Schachtel Kekse kaufen, die sie noch nicht geöffnet hatte, als sie sich zum Mittagsschläfchen hinlegte und ihr Herz aufhörte zu schlagen.

Ich dachte: Lieber im Freien warten. Schlechtes Wetter kündigte sich an, es wurde recht kühl, die Blätter fielen raschelnd. Manchmal dachte ich an mein Leben, und manchmal dachte ich gar nicht. Von Zeit zu Zeit, wenn es dringend schien, nahm ich eine kurze Inspektion vor. Nein auf die Frage: Fühlst du deine Beine noch? Nein auf die Frage: Den Hintern? Ja auf die Frage: Schlägt dein Herz?

Und doch.

Ich war geduldig. Sicher gab es noch andere, auf anderen Parkbänken. Der Tod war beschäftigt. So viele, die versorgt werden wollten. Damit er nicht glaubte, ich schlüge blinden Alarm, zog ich die Karteikarte heraus, die ich in der Geldbörse bei mir trug, und steckte sie mir mit einer Sicherheitsnadel an die Jacke.

Hundert Dinge können dein Leben verändern. Und ein paar Tage lang, zwischen der Zeit, als ich den Brief erhielt, und der Zeit, als ich denjenigen treffen ging, der ihn geschickt hatte, war alles möglich.

Ein Polizist kam vorbei. Er las die Karte, die ich mir an die Brust geheftet hatte, und sah mich an. Ich dachte, er würde mir einen Spiegel unter die Nase halten, aber er fragte nur, ob mit mir alles in Ordnung sei. Ich sagte ja, was sollte ich sonst sagen? Ich habe mein ganzes Leben auf sie gewartet, sie war das Gegenteil des Todes – und jetzt warte ich hier noch immer?

Endlich war Samstag. Das einzige Kleid, das ich besaß, hatte ich an der Klagemauer angehabt, und jetzt war es zu klein. Also zog ich einen Rock an und steckte den Brief in die Tasche. Dann ging ich los.

Nun, da mein Leben fast vorbei ist, kann ich sagen, dass mich am stärksten beeindruckt hat, wie es sich verändern kann. An einem Tag ist man ein Mensch, und am nächsten Tag heißt es, man sei ein Hund. Zuerst ist das schwer zu ertragen, aber nach einer Weile lernt man, es nicht als ein Manko zu betrachten. Es kommt sogar ein Moment, in dem es berauschend wird, zu merken, wie wenig eigentlich für einen gleich zu bleiben braucht, damit man weitermacht im Bemühen um das, was in Ermangelung eines besseren Wortes Menschsein genannt wird.

Ich kam aus der Subway und ging in Richtung Central Park, am Plaza Hotel vorbei. Es war schon Herbst, die Blätter wurden braun und fielen ab.

Ich betrat den Park an der 59th Street und nahm den Weg zum Zoo. Als ich am Eingang ankam, sank mir der Mut. Ungefähr fünfundzwanzig Bänke standen da in einer Reihe. Auf sieben saßen Leute.

Wie sollte ich wissen, welcher er war?

Ich ging die Reihe auf und ab. Keiner schenkte mir einen zweiten Blick. Schließlich setzte ich mich neben einen Mann. Er beachtete mich nicht.

Meine Uhr zeigte 4:02. Vielleicht hatte er sich verspätet.

Einmal hatte ich mich in einem Kartoffelkeller versteckt, als die SS kam. Der Eingang war unter einer dünnen Schicht Heu verborgen. Ihre Schritte kamen näher, ich hörte sie sprechen, als wären sie in meinen Ohren. Sie waren zu zweit. Der eine sagte: *Meine Frau schläft mit einem anderen Mann,* und der andere sagte: *Woher weißt du das?,* und der erste sagte: *Ich weiß es nicht, ich vermute es nur,* worauf der zweite sagte: *Und warum vermutest du es?,* während mir das Herz stillstand. *Es ist nur so ein Gefühl,* sagte der erste, und ich stellte mir die Kugel vor, die mir das Gehirn zerfetzen würde. *Ich kann nicht mehr richtig denken,* sagte er, *und bin völlig appetitlos.*

Fünfzehn Minuten vergingen, dann zwanzig. Der Mann neben mir stand auf und ging. Eine Frau setzte sich hin und schlug ein Buch auf. Eine Bank weiter unten stand eine andere Frau auf. Zwei Bänke weiter unten saß eine Mutter neben einem alten Mann und schaukelte ihren Kinderwagen. Drei Bänke weiter unten lachte ein Paar und hielt Händchen. Dann sah ich sie aufstehen und gehen. Die Mutter stand auf und schob ihr Baby weg. Es blieben die Frau, der alte Mann und ich. Wieder vergingen zwanzig Minuten. Es wurde spät. Ich dachte, wer immer er sei, er würde nicht kommen. Die Frau klappte ihr Buch zu und ging. Der alte Mann und ich waren die Einzigen, die übrig blieben. Ich stand auf. Ich war enttäuscht. Ich weiß nicht, was ich mir erhofft hatte. Ich fing an zu gehen, an dem alten Mann vorbei. Eine Karte war mit einer Sicherheitsnadel an seine Brust geheftet. Darauf stand: ICH HEISSE LEO GURSKY ICH HABE KEINE FAMILIE BITTE DEN PINELAWNFRIEDHOF VERSTÄNDIGEN ICH HABE EINE GRABSTELLE IM JÜDISCHEN TEIL VIELEN DANK FÜR IHRE BEMÜHUNGEN.

Wegen dieser Frau, die es satt hatte, auf ihren Soldaten zu warten, lebte ich weiter. Er hätte nur im Heu zu stochern brauchen, um zu merken, dass nichts darunter war; hätte er nicht so viel im Kopf gehabt, wäre ich entdeckt worden. Manchmal frage ich mich, was wohl aus ihr geworden ist. Ich stelle mir gern vor, wie sie sich das erste Mal vorbeugte, um den Fremden zu küssen, wie sie gespürt haben muss, dass sie sich in ihn verliebte oder vielleicht nur ihrer Einsamkeit entfloh, und es war, wie wenn ein winziges Nichts eine Naturkatastrophe auf der anderen Seite der Welt auslöst, nur dass es diesmal das Gegenteil einer Katastrophe war, wie sie mich zufällig durch diesen gedankenlosen Gnadenakt gerettet hat und es nie erfuhr, und dass auch das ein Teil der Geschichte der Liebe ist.

Ich stand vor ihm.
Er schien es kaum zu merken.
Ich sagte: «Ich heiße Alma.»

Und da sah ich sie. Seltsam, was der Geist alles kann, wenn das Herz die Richtung weist. Sie sah anders aus, als ich sie in Erinnerung hatte. Und doch. Genau so. Die Augen: Daran erkannte ich sie. Ich dachte: So schicken sie dir also den Engel. In das Alter versetzt, in dem sie dich am meisten liebte.

Hast du eine Ahnung, sagte ich. *Mein Lieblingsname.*

Ich sagte: «Ich bin nach jedem Mädchen in einem Buch benannt, das *Die Geschichte der Liebe* heißt.»

Ich sagte: *Ich habe dieses Buch geschrieben.*

«Oh», sagte ich. «Im Ernst. Es ist ein wirkliches Buch.»

Ich spielte mit. Ich sagte: *Ernster könnte ich nicht sein.*

Ich wusste nicht, was ich sagen sollte. Er war so alt. Vielleicht machte er Spaß, oder er war verwirrt. Konversationshalber sagte ich: «Sind Sie Schriftsteller?»

Er sagte: «Gewissermaßen.»

Ich fragte nach den Titeln der Bücher, die er geschrieben habe. Er sagte, *Die Geschichte der Liebe* sei einer und *Wörter für alles* ein weiterer.

«Seltsam», sagte ich. «Vielleicht gibt es zwei Bücher, die *Die Geschichte der Liebe* heißen.»

Er sagte nichts. Seine Augen glänzten.

«Das, von dem ich spreche, wurde von einem Zvi Litvinoff geschrieben», sagte ich. «Er schrieb es auf Spanisch. Mein Vater hat es meiner Mutter geschenkt, als sie sich kennen lernten. Dann ist mein Vater gestorben, und sie hat es weggelegt bis vor ungefähr acht Monaten, als jemand sie bat, es zu übersetzen. Jetzt ist sie bald fertig, es sind nur noch ein paar Kapitel. In dem Buch, das ich meine, gibt es ein Kapitel mit der Überschrift ‹Das Stummzeitalter› und eines mit der Überschrift ‹Die Geburt des Gefühls› und eines mit –»

Der älteste Mann der Welt lachte.

Er sagte: «Was erzählst du mir da, dass du auch in Zvi verliebt warst? Nicht genug damit, dass du mich geliebt hast, und dann mich und Bruno, und dann nur Bruno, und nun sollen es weder Bruno noch ich gewesen sein?»

Langsam wurde ich nervös. Vielleicht war er verrückt. Oder einfach einsam.

Es wurde dunkel.

Ich sagte: «Tut mir leid. Ich verstehe kein Wort.»

Ich merkte, dass ich sie erschreckt hatte. Ich wusste, zum Streiten war es zu spät. Sechzig Jahre waren vergangen.

Ich sagte: *Verzeih mir. Sag mir, welche Teile dir gefallen haben. Wie fandest du die «Glaszeit»? Ich wollte dich zum Lachen bringen.*

Sie riss die Augen auf.

Auch zum Weinen.

Jetzt wirkte sie erschreckt und überrascht zugleich. Und dann dämmerte es mir.

Es schien unmöglich.

Und doch.

Was, wenn die Dinge, die ich für möglich hielt, in Wirklichkeit unmöglich waren, und die, die ich unmöglich wähnte, es in Wirklichkeit nicht waren?

Zum Beispiel.

Was, wenn dieses Mädchen neben mir auf der Bank wirklich war?

Was, wenn sie Alma hieß, nach meiner Alma?

Was, wenn mein Buch gar nicht bei einer Überschwemmung verloren gegangen war?

Was, wenn –

Ein Mann ging vorbei.

Entschuldigen Sie, sprach ich ihn an.
Ja?, sagte er.
Sitzt hier jemand neben mir?
Der Mann schien verwirrt.
Ich verstehe nicht, sagte er.
Ich auch nicht, sagte ich. *Würden Sie mir die Frage bitte beantworten?*
Ob jemand neben Ihnen sitzt?, sagte er.
Genau, das möchte ich wissen.
Und er sagte: *Ja.*
Also sagte ich: *Ist es ein Mädchen, fünfzehn, sechzehn vielleicht, oder womöglich auch frühreife vierzehn?*
Er lachte und sagte: *Ja.*
Ja als das Gegenteil von nein?
Als das Gegenteil von nein, sagte er.
Danke, sagte ich.
Er ging weiter.
Ich wandte mich ihr zu.
Es stimmte. Sie war mir vertraut. Und doch. Sie sah nicht sehr wie meine Alma aus, jetzt, wo ich wirklich hinsah. Zum einen war sie viel größer. Und sie hatte schwarzes Haar. Sowie eine Lücke zwischen den Schneidezähnen.
Wer ist Bruno?, fragte sie.
Ich musterte ihr Gesicht. Ich versuchte eine Antwort zu finden.
Noch so ein Unsichtbarer, sagte ich.
Ihrem Ausdruck von Furcht und Überraschung gesellte sich Verwirrung hinzu.
Aber wer ist er?
Er ist der Freund, den ich nicht hatte.
Sie sah mich an, abwartend.

Er ist die stärkste Figur, die ich je geschrieben habe.

Sie sagte nichts. Ich fürchtete, sie würde gleich aufstehen und mich verlassen. Mir fiel nichts anderes ein. Also sagte ich die Wahrheit.

Er ist tot.

Es tat weh, das zu sagen. Und doch. Es gab noch so viel mehr.

Er starb an einem Tag im Juli 1941.

Ich wartete, dass sie aufstand und ging. Aber: Sie blieb da, ohne mit der Wimper zu zucken.

Ich war schon so weit gegangen.

Warum nicht etwas weiter?, dachte ich.

Und noch etwas.

Ich hatte ihre volle Aufmerksamkeit. Es war eine Freude zu sehen. Sie wartete, lauschend.

Ich hatte einen Sohn, der nicht wusste, dass es mich gab.

Eine Taube flog in den Himmel hinauf. Ich sagte: *Er hieß Isaac.*

Und da wurde mir klar, dass ich nach der falschen Person gesucht hatte.

Ich sah in die Augen des ältesten Mannes der Welt und suchte darin den Jungen, der sich verliebt hatte, als er zehn Jahre alt gewesen war.

Ich sagte: «Waren Sie einmal in ein Mädchen verliebt, das Alma hieß?»

Er war still. Seine Lippen zitterten. Ich dachte, er hätte nicht verstanden, also wiederholte ich: «Waren Sie einmal in ein Mädchen verliebt, das Alma Mereminski hieß?»

Er streckte seine Hand aus. Er klopfte mir zweimal auf den Arm. Ich wusste, er versuchte mir etwas zu sagen, aber ich wusste nicht was.

Ich sagte: «Waren Sie einmal in ein Mädchen verliebt, das Alma Mereminski hieß und nach Amerika gegangen ist?»

Seine Augen füllten sich mit Tränen; er klopfte mir zweimal auf den Arm, dann noch zweimal.

Ich sagte: «Und der Sohn, von dem Sie glauben, er habe nicht gewusst, dass es Sie gibt, hieß der Isaac Moritz?»

Ich fühlte mein Herz aufwallen. Ich dachte: Ich habe so lange gelebt. Bitte. Ein klein wenig länger wird mich nicht umbringen. Ich wollte laut ihren Namen sagen; ich hätte ihn gern gerufen, denn ich wusste, ein bisschen war es meine Liebe, die ihn ihr gegeben hatte. Und doch. Ich konnte nicht sprechen. Ich fürchtete, den falschen Satz zu wählen. Sie hatte gesagt: *Der Sohn, von dem Sie glauben, er habe nicht gewusst* – Ich klopfte zweimal. Dann noch zweimal. Sie nahm meine Hand. Ich klopfte zweimal mit der anderen. Sie drückte mir die Finger. Ich klopfte zweimal. Sie legte den Kopf an meine Schulter. Ich klopfte zweimal. Sie legte einen Arm um mich. Ich klopfte zweimal. Sie legte beide Arme um mich und drückte mich. Ich klopfte nicht mehr.

Alma, sagte ich.

Sie sagte: *Ja.*

Alma, sagte ich noch einmal.

Sie sagte: *Ja.*

Alma, sagte ich.

Sie klopfte zweimal.

DER TOD DES LEOPOLD GURSKY

Leopold Gursky begann am 18. August 1920 zu sterben.
Er starb, als er laufen lernte.
Er starb, als er an der Tafel stand.
Und einmal auch, als er ein schweres Tablett trug.
Er starb, als er eine neue Unterschrift seines Namens übte.
Beim Öffnen eines Fensters.
Beim Waschen seiner Geschlechtsteile im Bad.

Er starb allein, weil es ihm zu peinlich war, jemanden anzurufen.
Er starb, als er an Alma dachte.
Oder als nicht.

Wirklich, es gibt nicht viel zu sagen.
Er war ein großer Schriftsteller.
Er verliebte sich.
Das war sein Leben.

DIE GESCHICHTE DER LIEBE
von *Nicole Krauss*
erscheint als vierzehnter Band der
BRIGITTE Buch-Edition *Die Liebesromane*
Herausgegeben von der BRIGITTE-Redaktion

Genehmigte Lizenzausgabe für die Verlagsgruppe BRIGITTE,
Gruner + Jahr AG & Co KG, Hamburg

Ausstattung und Gestaltung von
Groothuis, Lohfert, Consorten | glcons.de, Hamburg
Illustrationen: Sybille Dörfler
Herstellung: Heiko Belitz, G+J Druckzentrale/Herstellung, Hamburg
Satz: AlsterWerk MedienService GmbH, Hamburg
Druck und Bindung: GGP Media GmbH, Pößneck
Printed in Germany.

ISBN 978-3-570-90731-3

Brigitte Buch-Edition *Die Liebesromane*

Lesen Sie weiter!
Folgende Bücher sind in der Edition erschienen:

1 | ZUSAMMEN IST MAN WENIGER ALLEIN
Anna Gavalda

2 | BALZAC UND DIE KLEINE CHINESISCHE SCHNEIDERIN
Dai Sijie

3 | BETTY BLUE – 37,2° AM MORGEN
Philippe Djian

4 | DIE FRAU DES ZEITREISENDEN
Audrey Niffenegger

5 | ZIMMER MIT AUSSICHT
Edward Morgan Forster

6 | DIE ERSTAUNLICHE GESCHICHTE DES MAX TIVOLI
Andrew Sean Greer

7 | VALERIAS LETZTES GEFECHT
Marc Fitten

8 | DAS ORANGENMÄDCHEN
Jostein Gaarder

9 | CORELLIS MANDOLINE
Louis de Bernières

10 | BITTERSÜSSE SCHOKOLADE
Laura Esquivel

11 | JULES UND JIM
Henri-Pierre Roché

12 | SALZ UND SEIN PREIS
Patricia Highsmith

13 | DAS EROTISCHE POTENTIAL MEINER FRAU
David Foenkinos

14 | DIE GESCHICHTE DER LIEBE
Nicole Krauss

15 | ALI UND NINO
Kurban Said

16 | ALBERTA EMPFÄNGT EINEN LIEBHABER
Birgit Vanderbeke

17 | DER SCHAUM DER TAGE
Boris Vian

18 | MANN UND FRAU
Zeruya Shalev

19 | REBECCA
Daphne du Maurier

20 | TANTE JULIA UND DER KUNSTSCHREIBER
Mario Vargas Llosa